HEYNE BÜCHER

Von Johanna Lindsey sind
als Heyne-Taschenbuch erschienen

Zorn und Zärtlichkeit · Band 01/6641
Wild wie der Wind · Band 01/6750
Zärtlicher Sturm · Band 01/6883
Das Geheimnis ihrer Liebe · Band 01/6976
Wenn die Liebe erwacht · Band 01/7672
Herz in Flammen · Band 01/7746
Stürmisches Herz · Band 01/7843
Wildes Liebesglück · Band 28/44
Auf den Wogen der Leidenschaft · Band 28/53
Paradies der Leidenschaft · Band 28/59
Sündige Liebe · Band 28/67
Die Sprache des Herzens · Band 28/79
Liebe unter heißer Sonne · Band 28/85

JOHANNA LINDSEY

DIE GEFANGENE BRAUT

Roman

Deutsche Erstausgabe

WILHELM HEYNE VERLAG
MÜNCHEN

HEYNE ALLGEMEINE REIHE
Nr. 01/6831

Titel der amerikanischen Originalausgabe
CAPTIVE BRIDE
Deutsche Übersetzung von Uschi Gnade

13. Auflage

Printed in Germany 1995
Umschlagzeichnung: Allan Morgan/Schlück
Umschlaggestaltung: Atelier Ingrid Schütz, München
Satz: IBV Satz- und Datentechnik GmbH, Berlin
Druck und Bindung: Presse-Druck Augsburg

ISBN 3-453-02443-5

1

Das Wetter war an diesem Vorfrühlingstag des Jahres 1883 erfreulich warm. Eine leichte Brise spielte in den alten Eichen, die den langen Privatweg zur Villa Wakefield säumten. Zwei prächtige weiße Rösser, die vor einen offenen Wagen gespannt waren, standen schnaufend vor dem großen, zweistöckigen Gutshaus.

Im Innern des Hauses lief Tommy Huntington gereizt durch den riesigen Salon mit den Polstermöbeln aus Goldbrokat und wartete ungeduldig darauf, daß Christina Wakefield herunterkommen würde. Tommy war zu ihr geeilt, um mit ihr zu sprechen, nachdem er endlich zu einer Entscheidung gekommen war, was sie betraf, aber jetzt wurde er zusehends nervöser.

Verdammt, sie hat doch sonst nie so lange gebraucht, dachte er, als er endlich vor dem Fenster stehenblieb, das einen Ausblick auf das gewaltige Anwesen der Wakefields bot, es dauert erst so lange, seit sie angefangen hat, Kleider zu tragen und sich die Haare hochzustecken. Wenn er sie jetzt aufsuchte, endete es jedesmal damit, daß er eine halbe Stunde oder gar länger wartete, ehe sie sich zu ihm gesellte.

Tommy ließ sich das, was er ihr sagen wollte, gerade noch einmal durch den Kopf gehen, als zwei zarte Hände über seine Augen glitten und er Christinas Brüste spürte, die sich gegen seinen Rücken preßten.

»Rat mal, wer das ist?« flüsterte sie ihm verspielt ins Ohr.

O Gott, er wünschte, sie würde das endlich bleibenlassen. Als sie Kinder waren, die gemeinsam aufwuchsen, war alles schön und gut gewesen, aber in der letzten Zeit brachte ihre Nähe ihn vor Verlangen fast um den Verstand.

Er drehte sich zu ihr um und war von ihrer außergewöhnlichen Schönheit bezaubert. Sie trug ein figurbetontes Kleid aus dunkelblauem Samt, dessen Kragen und lange Ärmel weiße Spitze zierte, und ihr goldenes Haar wand sich in zahllosen Ringellöckchen um ihren Kopf.

»Ich wünschte, du würdest mich nicht so anstarren, Tommy. Das tust du in letzter Zeit immer häufiger, und es macht mich nervös. Wenn ich es nicht besser wüßte, könnte ich fast glauben, ich hätte Schmutz im Gesicht.«

»Es tut mir leid, Crissy«, stammelte er. »Es liegt nur daran, daß du dich in diesem letzten Jahr so sehr verändert hast, daß ich mir nicht mehr zu helfen weiß. Du bist so schön geworden.«

»Also, hör mal, Tommy Huntington, willst du damit etwa sagen, daß ich früher häßlich war?« neckte ihn Christina, die jetzt die Beleidigte spielte.

»Natürlich nicht. Du weißt doch, was ich meine.«

»Schon gut, ich verzeihe dir«, sagte sie lachend, während sie auf das Sofa mit dem Bezug aus Goldbrokat zuging und sich setzte. »Und jetzt sag mir, warum du so früh gekommen bist. Ich habe dich nicht vor dem Abendessen erwartet, und Johnsy hat mir gesagt, du seist völlig erschöpft ins Haus gestürzt.«

Tommy verlor die Fassung und versuchte die richtigen Worte zu finden, denn er hatte sich seine kleine Ansprache nicht zurechtgelegt. Jetzt war es wohl besser, wenn er irgend etwas sagte, ehe der Mut ihn verließ.

»Crissy, ich möchte nicht, daß du diesen Sommer in London verbringst. Dein Bruder kommt in wenigen Monaten zurück, und ich habe vor, bei ihm um deine Hand anzuhalten. Wenn wir erst verheiratet sind und du dir London immer noch ansehen möchtest, nehme ich dich mit nach London.«

Christina starrte ihn entgeistert an. »Du scheinst zuviel als selbstverständlich vorauszusetzen, Tommy«, sagte sie barsch, doch als sie sah, welch ein betroffener Blick auf sein knabenhaftes Gesicht trat, war sie wieder ein wenig besänftigt. Schließlich hatte sie schon immer gewußt, daß es eines Tages dazu kommen würde. »Es tut mir leid, daß ich so grob war. Mir ist klar, daß unsere Familien uns immer als ein perfektes Paar angesehen haben, und vielleicht heiraten wir eines Tages, aber bestimmt nicht jetzt. Du bist erst achtzehn Jahre, und ich bin siebzehn. Wir sind zu jung zum Heiraten. Du weißt, daß ich hier immer sehr isoliert gelebt habe. Ich liebe mein Zuhause, aber ich möchte neue Leute kennenlernen und die Aufregungen Londons erleben. Kannst du das denn nicht verstehen?«

Sie wartete ab, denn sie wollte ihn nicht verletzen. »Ich liebe dich, Tommy, aber nicht so, wie du es willst. Du bist immer mein bester Freund gewesen, und ich liebe dich so, wie ich meinen Bruder liebe.«

Er hatte ihr geduldig zugehört, denn er wußte, wie willensstark sie war, aber ihre letzten Worte hatten ihn zutiefst verletzt.

»Verdammt noch mal, Crissy. Ich will dir kein Bruder sein. Ich liebe dich. Ich begehre dich, wie ein Mann eine Frau begehrt.« Er trat zu ihr, nahm ihre Hände und zog sie an sich. »Ich will dich mehr, als ich je irgend etwas gewollt habe. Ich kann an nichts anderes mehr denken als daran, dich in meine Arme zu nehmen und dich zu lieben. Dieser Gedanke ist zu einer Besessenheit geworden.«

»Du redest dummes Zeug, Tommy. Ich will kein Wort mehr davon hören!«

Christina riß sich von ihm los, und im nächsten Moment tauchte Johnsy, ihr altes Kindermädchen, mit dem Tee auf. Daher wurde kein Wort mehr zu diesem Thema verloren.

Sie aßen vergnügt zusammen zu Abend, nachdem sie einen langen Ritt unternommen hatten, um die Spannungen abzubauen. Da Christina wieder zu ihrer gewohnten, sorglosen Art zurückgekehrt war, kam Tommy taktvollerweise nicht mehr auf das Verlangen zu sprechen, das in ihm entbrannt war.

Später am Abend, als Tommy in seinem Bett lag und an Christina und den vergangenen Nachmittag dachte, machten sich große Sorgen in ihm breit. Er war plötzlich absolut sicher, daß sich, wenn Christina, wie sie es vorhatte, diesen Sommer in London verbrachte, ihr gesamtes Leben verändern und sein Leben verpfuscht sein würde. Aber er konnte nichts tun, um sie davon abzuhalten.

2

Tausend blinkende Sterne waren an diesem klaren Sommerabend zu sehen. Eine warme Brise ließ die Baumwipfel wanken und gab ab und zu den Blick auf den vollen Mond frei, der die Landschaft erhellte. Doch die friedliche Ruhe der schönen englischen Landschaft wurde durch die Kutsche der Wakefields gestört, die über die leere, staubige Straße rumpelte.

Im Innern der geräumigen, üppig gepolsterten Kutsche sah sich John Wakefield versonnen sein eigenes Spiegelbild im Fenster an. Eine einzelne Kerze warf ein gedämpftes Licht auf den dunkelblauen Samt des Kutscheninneren.

John sagte sich, daß er diese Reise in die Stadt einfach genießen sollte, und er wußte, wie sehr sich Crissy freute. Er warf einen Blick auf seine Schwester, die auf dem Sitz ihm gegenüber unbeirrt schlief.

Christina Wakefield hatte sich von einem bubenhaften Mädchen, das stets zu Streichen aufgelegt war, in eine verblüffend schöne Frau verwandelt, und das im Lauf dieses einen Jahres, das Johnny fern von zu Hause verbracht hatte. Als er sie bei seiner Rückkehr vor einem Monat derart erwachsen vorgefunden hatte, war er schockiert gewesen, und er hatte diese unglaubliche Veränderung immer noch nicht bewältigt. Ihre Figur hatte sich zu einer verblüffenden Perfektion ausgewachsen, und selbst ihr Gesicht hatte sich derart verändert, daß Johnny sie nur mit Mühe wiedererkannt hatte.

Jetzt musterte er ihr Gesicht, während sie in süßen Träumen versunken war. Über ihren hohen Backenknochen wuchsen dichte Wimpern, die innerhalb eines Jahres länger geworden zu sein schienen. Ihre gerade, schmale Nase und das leicht runde Kinn hatte der Verlust der kindlichen Pausbacken betont. Johnny wußte, daß er alle Hände voll zu tun haben würde, die jungen Kerle in Schach zu halten, wenn sie in der Stadt eintrafen.

Crissy hatte sich diese Reise nach London zu ihrem achtzehnten Geburtstag gewünscht, und John hatte keine Gründe dafür gefunden, ihr diesen Wunsch abzuschlagen. Christina Wakefield war es immer gelungen, das zu bekommen, was sie wollte. Sie hatte ihren Vater um den kleinen Finger gewickelt, und jetzt machte sie es mit ihm ganz genauso. Aber er hatte nichts dagegen. John gab den Wünschen seiner kleinen Schwester gern nach. Sie war alles, was er jetzt noch hatte.

Er erinnerte sich nur zu deutlich an jenen verhängnisvollen Tag vor vier Jahren, als Jonathan Wakefield bei einem Jagdunfall ums Leben gekommen war. John hatte Crissy über den Tod ihres Vaters unterrichten müssen, denn ihre Mutter hatte die Meldung so schlimm aufgenommen, daß sie selbst drei Wochen darauf gestorben war – am Kummer, sagte der Arzt. Doch trotz seines eigenen Kummers brachte John es irgendwie fertig, Crissy in ihrem Leid beizustehen. Crissy hatte den größten Teil der Zeit, die auf den Tod ihrer Eltern folgte, damit verbracht, wie eine Wilde auf ihrem schwarzen Hengst über das Gut zu reiten. John hatte sie ungehindert bei Tag und Nacht ausreiten lassen, denn erst drei Monate vorher hatte sie ihm gesagt, sie könne alle ihre Sorgen vergessen, wenn sie mit dem Wind ritt.

Damals hätte John sie am liebsten ausgelacht, denn welche Sorgen hätte sie in ihrem Alter haben können? Er hatte jedoch nur zu schnell gelernt, daß man in jedem Alter Sorgen haben kann. Das Reiten half Crissy über ihren Kummer hinweg, und sie kehrte früher wieder zu einem normalen Leben zurück, als es zu erwarten stand, nachdem sie plötzlich beide Elternteile verloren hatte.

Von da an war es Johns Aufgabe, Crissy aufzuziehen, doch ohne die Hilfe von Mrs. Johnson – Johnsy nannten sie sie – hätte er es nicht geschafft. Als sie klein waren, war sie das Kindermädchen der beiden gewesen, doch jetzt kümmerte sie sich um das Haus und führte die Aufsicht über sämtliche Bediensteten, die auf dem Gut arbeiteten. John konnte noch vor sich sehen, wie Johnsy ihm mit besorgt aufgerissenen Augen mit dem Finger gedroht hatte, ehe sie nach London aufgebrochen waren.

»Daß du mir bloß mein Kleines im Auge behältst, Johnny, mein Junge«, hatte sie zum drittenmal an diesem Morgen zu ihm gesagt. »Laß mir ja nicht zu, daß sie sich in einen dieser Schnösel aus London verliebt. Ich kann diese Gecken aus der Stadt mit ihrer überheblichen Art nicht leiden. Also, bring mir bloß nicht so einen mit nach Hause.«

Crissy hatte gelacht und Johnny gehänselt, als sie in die Kutsche stieg. »Schäm dich, Johnny. Was sollte ich mich in einen Schnösel aus London verlieben, wenn ich hier meinen Tommy habe, der meine Rückkehr erwartet?« Crissy warf Tommy Huntington, der zum Abschied gekommen war, einen Kuß zu. Tommy hatte den Verlegenen gespielt und den Kopf gesenkt, aber John hatte gemerkt, daß er nicht glücklich über Crissys Reise in die Stadt war.

Tommy lebte bei seinem Vater, Lord Huntington, auf einem der angrenzenden Güter. Da in der Umgebung keine Mädchen in Crissys Alter lebten, waren Tommy und sie seit ihrer Kindheit ständige Gefährten. John und Lord Huntington hatten immer gehofft, sie würden eines Tages heiraten. Aber Tommy mit seinem bräunlichen Haar und den hellbraunen Augen war nur sechs Monate älter als Crissy und in Johns Augen immer noch ein Junge. Crissy dagegen war jetzt eine junge Frau im heiratsfähigen Alter. John hatte gehofft, Tommy würde ebenso schnell heranreifen wie Crissy, aber wenn sie ihn liebte, würde sie vielleicht auf ihn warten.

Wer weiß, was im Kopf einer Frau vor sich geht, dachte John geistesabwesend. Er versuchte gar nicht erst Crissys Gefühle für Tommy zu verstehen; er wußte nicht einmal, ob sie nur freundschaftliche Gefühle für ihn hegte oder ob es mehr war. Er mußte daran denken, sie irgendwann danach zu fragen, aber wahrscheinlich würde sie in den kommenden Wochen so beschäftigt sein, daß er keine Gelegenheit bekam, diese Frage zu stellen.

John lächelte, als er sich die überraschten Gesichter der jungen Männer vorstellte, die ihren Kontakt suchen würden, wenn sie erst feststellten, daß Crissy nicht nur schön, sondern auch intelligent war. John kicherte in sich hinein, als er an den hitzigen Streit zwischen seinen Eltern dachte, was Crissys Schulbildung anging. Sie hatten sich auf einen Kompromiß geeinigt, und Crissy hatte dieselbe Schulbildung wie ein Junge bekommen, doch gleichzeitig hatte man sie auch die weiblichen Künste des Nähens und des Kochens gelehrt.

Ja, Crissy war gebildet, und sie war schön, aber sie hatte auch ihre Mängel. Ihre absolute Halsstarrigkeit war ein Mangel, den sie von ihrer Mutter geerbt hatte, die bei keinem Thema nachgab, wenn sie sich im Recht fühlte. Eine weitere schlechte Eigenschaft war ihre aufbrausende Art, denn sie konnte über die kleinsten Kleinigkeiten außer sich geraten.

John seufzte, als er daran dachte, wie hektisch die beiden kommenden Wochen werden würden. Nun, immerhin waren es nur zwei Wochen. Er schlummerte ein, während die Kutsche auf der menschenleeren Straße nach London fuhr.

Christina und John Wakefield schliefen noch, als ihre Kutsche vor dem zweistöckigen Haus am Portland Place anhielt. Die Sonne tauchte gerade über dem Horizont auf und färbte den Himmel rosa und hellblau, und die Vögel zwitscherten fröhlich.

Christina erwachte, als der Kutscher den Verschlag öffnete. »Wir sind da, Miß Christina«, sagte er in einem entschuldigenden Tonfall, ehe er das Gepäck von dem stabilen Fahrzeug lud.

Christina richtete sich auf und strich sich über ihr Haar, das in langen Locken um ihr Gesicht fiel. Sie glättete ihr Kleid und warf einen Blick auf John, der ihr gegenübersaß und noch fest schlief. Das blonde Haar war ihm in die hohe Stirn gefallen.

Sachte rüttelte sie seine Knie. »John, wir sind da! Wach auf!«

Langsam öffnete Johnny seine dunkelblauen Augen und lächelte, fuhr sich mit einer Hand durch das Haar und setzte sich aufrecht hin. Christina bemerkte, daß seine Augen rot waren. Er konnte letzte Nacht nicht allzulange geschlafen haben.

»Komm schon, John! Du weißt doch, wie aufgeregt ich bin«, flehte sie ihn an.

»Immer langsam, junge Frau«, sagte er lachend, während er sich den Schlaf aus den Augen rieb. »Die Yeats schlafen wahrscheinlich noch.«

»Aber ich könnte schon unsere Sachen auspacken und mich einrichten und dann den Tag mit Einkäufen verbringen. Du hast gesagt, daß ich neue Garderobe bekomme, und wann wäre der Zeitpunkt günstiger, um mich neu einzukleiden, wenn nicht an meinem ersten Tag hier? Dann kann ich meine neuen Kleider tragen, solange wir hier sind«, sagte sie beseligt, während sie aus der Kutsche sprang.

»Hat dir diese Anstandsdame denn überhaupt nichts beigebracht, Crissy?« schalt er sie aus, und er schüttelte seinen Kopf über ihr unangemessenes Benehmen. »Ich weiß, daß du aufgeregt bist, aber beim nächstenmal wirst du warten, bis ich dir aus der Kutsche helfe.«

Sie stiegen die wenigen Stufen zu einer großen Flügeltür hinauf, und John klopfte fest an die Tür. »Wahrscheinlich schläft das ganze Haus noch«, sagte er und klopfte noch einmal.

Doch die Türen wurden weit aufgerissen, und beide waren überrascht. Eine kleine, stämmige Frau mit roten Backen und grauem Haar lächelte sie an.

»Sie müssen Christina und John Wakefield sein. Kommen Sie rein – na, kommen Sie schon. Wir haben Sie bereits erwartet.«

Sie traten in einen schmalen Hausflur, in dem ein Orientteppich lag und an dessen hinterem Ende eine Treppe nach oben führte. An einer der Wände stand ein Mahagonitisch, der mit kleinen, zarten Figürchen beladen war.

»Ich bin Mrs. Douglas, die Haushälterin. Sie müssen müde sein nach dieser Reise. Wollen Sie sich noch ein wenig ausruhen, ehe Sie den Tag beginnen? Mr. und Mrs. Yeats sind noch im Bett«, sagte sie heiter, während sie sie zur Treppe führte.

»John könnte sicher noch ein wenig Schlaf gebrauchen, aber ich würde schrecklich gern ein heißes Bad nehmen und dann etwas frühstücken, wenn das nicht zuviel Aufwand macht«, sagte Christina, als sie den oberen Treppenabsatz erreicht hatten.

»Das macht überhaupt keinen Aufwand, Miß«, sagte Mrs. Douglas. Sie zeigte ihnen die Zimmer und ging.

Der Kutscher folgte mit ihrem Gepäck und ging dann wieder nach unten, um sich um die Pferde zu kümmern.

John entschuldigte sich und sagte, ein kleines Schläfchen sei genau das, was er jetzt brauche, als ein junges Mädchen eintrat, um Wasser für Christinas Bad zu bringen.

»Ich bin Mary, das Stubenmädchen«, sagte sie schüchtern, während sie einen großen Zuber herauszog und das Wasser hineingoß. »Wenn Sie etwas brauchen, Miß, dann sagen Sie es mir einfach«, fügte sie hinzu.

»Danke, Mary.«

Christina sah sich das Zimmer an. Es war klein im Vergleich zu ihrem Schlafzimmer zu Hause, aber es war ein schönes Zimmer. Ein goldgelber Plüschteppich lag auf dem Boden, und das Bett mit dem goldenen Baldachin hatte auf einer Seite eine kleine Kommode mit einer Marmorplatte darauf, und auf der anderen Seite stand eine verzierte Truhe mit Schubladen. Ein kleines Sofa mit einem grünen Samtbezug stand in der Ecke unter dem einzigen Fenster, vor dem hellgrüne Samtgardinen hingen, und an einer anderen Wand war ein Spiegel in einem vergoldeten Rahmen.

Mary verstaute die Kleider, die Christina mitgebracht hatte, und als sie damit fertig war, traf weiteres heißes Wasser ein, und endlich ließ man Christina allein. Nachdem sie ihr Haar hochgesteckt hatte, zog sie sich aus und ließ sich in das dampfend heiße Wasser. Sie lehnte sich zurück und entspannte sich.

Solange sie zurückdenken konnte, hatte Christina schon von dieser Reise in die Stadt geträumt. Immer hatte man sie für zu jung gehalten, und letztes Jahr, als sie sechzehn war, war John mit seinem Regiment ausgezogen. Er war als Leutnant der Königlichen Armee zurückgekehrt und erwartete jetzt weitere Befehle.

Sie hatte ihr gesamtes Leben auf dem Gut der Wakefields verbracht. Doch sie hatte eine wunderbare Kindheit auf dem Lande verlebt, war frei herumgestromert und hatte viel Unfug angestellt. Sie dachte daran, wie Tommy und sie sich auf dem Dachboden über den Ställen der

Huntingtons versteckt hatten, um dem alten Peter zu lauschen, dem obersten Stallknecht. Er fluchte immer und redete mit sich selbst und mit den Pferden. Vom alten Peter lernte Christina die Wörter, die alles andere als damenhaft waren und von denen sie die meisten gar nicht verstand. Doch eines Tages hatte Tommys Vater sie entdeckt, als sie sich am Dachboden versteckt hatten. Beide wurden übel ausgescholten, und Christina durfte lange nicht mehr in die Nähe der Ställe der Huntingtons kommen.

Christina war nicht mehr der Lausbub, der sie gewesen war. Sie trug jetzt Kleider anstelle der Hosen, die Johnsy für sie hatte anfertigen lassen, weil sie sich immer schmutzig machte und ihre Kleider zerriß. Sie war jetzt eine Dame, und sie genoß es, das zu sein.

Christina stieg aus der Badewanne und zog sich ein kühles Baumwollkleid mit einem Blumenmuster an. Ihr fiel auf, daß es nicht modisch war, aber sie wollte sich für ihre Einkäufe etwas anziehen, worin sie sich wohl fühlte. Sie kämmte ihr langes, goldenes Haar und steckte es dann zu Löckchen und Ringeln auf. Mit dem Hut in der Hand, den sie tragen würde, ging sie die Treppe hinunter, um zu frühstücken.

Hinter einer der Türen, die von dem Korridor abgingen, fand sie den Frühstücksraum. John saß mit Howard und Kathren Yeats an einem riesigen Tisch. Sie roch den Duft des Schinkens und der Apfelküchlein, der Eier und der süßen Brötchen, unter denen sich der Tisch bog.

»Christina, meine Liebe. Ich kann Ihnen gar nicht sagen, wie sehr wir uns freuen, Sie bei uns zu haben.« Kathren Yeats lächelte sie aus freundlichen grauen Augen an. »Wir haben John gerade von den Partys erzählt, zu denen wir eingeladen sind, und es wird auch einen großen Ball geben, den Sie unbedingt aufsuchen müssen, ehe die Zeit Ihres Aufenthalts bei uns abläuft.«

Howard Yeats mischte sich ein. »Für den Anfang findet heute abend im Haus eines Freundes eine förmliche Essensgesellschaft statt. Aber machen Sie sich keine Sorgen – die jüngeren Leute werden ebenfalls dort vertreten sein«, sagte er lachend.

Howard und Kathren Yeats waren Ende Vierzig, ein fröhliches und gesundes Paar, das ständig unterwegs war und jeden einzelnen Moment auskostete. Christina und John kannten die beiden schon immer, denn es waren alte Freunde der Familie.

»Ich kann es gar nicht erwarten, rauszugehen und mir die Stadt anzuschauen!« sagte Christina, die sich von allem etwas auf den Teller tat. »Ich will heute meine Einkäufe erledigen. Kommen Sie mit, Kathren?«

»Selbstverständlich, meine Liebe. Wir gehen in die Bond Street. Sie ist gleich um die Ecke, und dort ist ein Laden neben dem anderen.«

»Ich wollte dich selbst schon begleiten, da ich ohnehin nicht mehr schlafen kann. Ich muß auch ein paar Dinge besorgen«, bemerkte John. Er hatte keineswegs vor, Crissy ohne seine Begleitung in die gefährliche Stadt ziehen zu lassen, selbst dann nicht, wenn Kathren Yeats mitkam.

John wirkte immer noch müde, aber vielleicht war er genauso aufgeregt wie sie, dachte Christina. Ein Mädchen füllte ihre Tasse mit dampfend heißem Tee, während sie in großen Bissen schmackhaften Schinken mit Eiern verschlang.

»Ich bin sofort soweit«, sagte Christina, als sie merkte, daß alle außer ihr schon gegessen hatten.

»Laß dir Zeit, mein Kind«, sagte Howard Yeats, auf dessen rotbäckiges Gesicht ein belustigter Ausdruck getreten war. »Du hast alle Zeit auf Erden.«

»Howard hat recht, Crissy. Iß nicht so schnell«, schalt John sie aus. »Du wirst deine Einkäufe verschieben müssen, weil du Bauchweh bekommst.«

Alle lachten, aber Christina aß keineswegs langsamer weiter. Sie wollte sich sofort auf den Weg machen. Sie hatte nicht damit gerechnet, sich an ihrem ersten Abend in der Stadt für einen offiziellen Anlaß kleiden zu müssen. Sie hatte nur ein Abendkleid mitgenommen, das sie für Lord Huntingtons letzten Ball hatte anfertigen lassen.

Den gesamten Morgen und einen Teil des Nachmittags verbrachten sie damit, von einem Laden in den nächsten zu gehen. Es gab ein paar Läden, in denen man Kleider von der Stange kaufen konnte, aber Christina fand nur drei Straßenkleider, die ihr zusagten, und dazu die passenden Schuhe und Hüte. Ein Abendkleid konnte sie nirgends finden, und daher verbrachten sie die übrige Zeit damit, ihre Maße nehmen zu lassen und Stoffe und Borten auszusuchen. Sie gab drei Abendkleider und zwei weitere Straßenkleider in Auftrag, jeweils mit den passenden Accessoires.

Die Näherin sagte, es würde mindestens vier Tage dauern, bis ihre Garderobe fertiggestellt war, doch sie würde mit den Abendkleidern anfangen, damit Christina sie als erstes bekommen konnte. Schließlich kehrten sie nach Hause zurück und legten sich nach einer leichten Mahlzeit kurz schlafen.

An jenem Abend lösten sich die Zungen, als Christina und John Wakefield bei der Abendgesellschaft auftraten. Mit ihren blonden Haaren und ihrem extrem guten Aussehen gaben sie ein ganz unglaubliches Paar ab. Christina fühlte sich in ihrem dunkelvioletten Abendkleid deplaziert, da alle anderen jungen Frauen zarte Pastelltöne trugen, doch sie gewann ihre Selbstsicherheit wieder, als John ihr zuflüsterte: »Du stellst alle anderen in den Schatten, Crissy.«

Ihre Gastgeber führten sie herum, um sie den anderen Gästen vorzustellen, und Christina genoß jede einzelne Minute. Die Frauen flirteten dreist mit John, und das schockierte sie ein wenig. Doch noch mehr schockierte sie die Art, in der die Männer sie ansahen – als entkleideten sie sie mit ihren Blicken. Sie nahm an, daß sie noch eine Menge über die Städter lernen mußte.

Das Essen wurde in einem riesigen Saal serviert, und über dem Tisch hingen zwei gewaltige Kronleuchter. Christina wurde zwischen zwei junge Herren gesetzt, die sie verschwenderisch mit viel zu vielen Komplimenten überhäuften. Der Mann zu ihrer Linken, Mr. Peter Browne, hatte die lästige Gewohnheit, ihre Hand zu halten, wenn er mit ihr sprach. Sir Charles Buttler zu ihrer Rechten hatte klare blaue Augen, die sich nicht einen Moment lang von ihr lösten. Beide Männer wetteiferten um ihre Aufmerksamkeit und prahlten und versuchten, einander auszustechen.

Nach beendigtem Mahl zogen sich die Frauen in den Salon zurück und überließen die Männer den Spirituosen und den Zigarren. Christina hätte es vorgezogen, bei den Männern zu bleiben und über Politik oder Staatsgeschäfte zu diskutieren. Statt dessen war sie gezwungen, sich den neuesten Klatsch über Leute, die sie nicht kannte, anzuhören.

»Wissen Sie, meine Liebe, dieser Mann hat jedes hübsche junge Mädchen beleidigt, das sein Bruder, Paul Caxton, ihm vorgestellt hat. Es ist nicht normal, wie er die Frauen meidet«, hörte Christina eine Witwe zu ihrer Freundin sagen.

»Es stimmt, daß er sich nicht für Frauen zu interessieren scheint. Er will nicht einmal tanzen. Sie glauben doch nicht, daß er... äh – anders ist, oder? Sie wissen schon, die Sorte Mann, die sich nichts aus Frauen macht?« entgegnete die andere.

»Wie können Sie das bei diesem männlichen Erscheinungsbild sagen? Jede heiratsfähige junge Frau in der ganzen Stadt würde ihn liebend gern an Land ziehen – ganz gleich, wie schlecht er sie auch behandelt.«

Christina fragte sich einen Moment lang, von wem die Witwen wohl sprachen, aber es interessierte sie nicht wirklich. Sie war sehr erleichtert, als sie und John schließlich gehen konnten. In der Kutsche auf dem Heimweg lächelte John schelmisch.

»Weißt du, Crissy, drei deiner Verehrer haben mich unabhängig voneinander zur Seite genommen, um zu fragen, ob sie dir einen Anstandsbesuch abstatten dürfen.«

»Wirklich, John?« erwiderte sie gähnend. »Und was hast du ihnen geantwortet?«

»Ich habe gesagt, du hättest einen ganz eigenwilligen Geschmack und würdest dir aus dem ganzen Haufen nicht die Bohne machen.«

Christina riß abrupt die Augen auf. »Das hast du nicht gesagt, John!« keuchte sie. »Ich kann mich nie wieder blikken lassen.«

Howard Yeats brach in Gelächter aus. »Du bist heute äußerst leichtgläubig, Christina. Wo ist dein Humor geblieben?«

»Die Wahrheit ist, daß ich ihnen gesagt habe, ich würde dir nicht vorschreiben, wen du sehen oder nicht sehen darfst – die Entscheidung, ob du Besucher empfangen wolltest oder nicht, läge ganz bei dir«, sagte John, als sie vor dem Haus der Yeats' vorfuhren.

»Weißt du, darüber habe ich mir noch gar keine Gedanken gemacht. Ich wüßte gar nicht, was ich sagen oder tun sollte, wenn ich Herrenbesuch bekäme. Ich habe noch nie einen anderen Besucher als Tommy gehabt, und er ist für mich so etwas wie ein Bruder«, sagte Christina ernst.

»Das wird sich alles ganz von selbst ergeben, meine Liebe«, sagte Kathren. »Deshalb brauchst du dir gar keine Sorgen zu machen.«

Für Christina verflogen die Tage schnell. Partys, gesellschaftliche Anlässe und Abendgesellschaften lösten einander ab. Peter Browne, der an ihrem ersten Abend in London bei der Gesellschaft neben ihr gesessen hatte, drückte sein spontanes Entzücken aus und ermüdete sie mit seinen ständigen Liebeserklärungen. Er hielt sogar bei ihrem Bruder um ihre Hand an.

»Peter Browne hat gestern bei mir um deine Hand angehalten.«

»Sir Charles Buttler hat mich heute darauf angesprochen, als wir durch den Park geritten sind. Diese Londoner Männer sind reichlich impulsiv, findest du nicht? Ich will sie einfach nicht mehr sehen! Es ist doch lächerlich, daß sie glauben, jedes Mädchen, das nach London kommt, sei auf der Suche nach einem Ehemann. Und ihre Liebe zu erklären, obwohl sie mich kaum kennen – das ist einfach absurd!« legte Christina los, und ihr Bruder war mehr als nur belustigt über diesen Ausbruch.

An diesem Abend sollte Christinas erster Ball stattfinden. Schon seit dem letzten Monat freute sie sich darauf, zu tanzen, denn damals hatte sie Johnsys Mann beschwätzt, es ihr beizubringen. Ihr schönstes neues Kleid hatte sie sich für diese Nacht aufgehoben, und sie war so aufgeregt wie ein kleines Kind, das ein neues Spielzeug bekommen hat. Bisher war ihr Londonaufenthalt nicht das gewesen, was sie sich davon erträumt hatte. Aber das würde sich heute abend ändern! Und sie hoffte, daß Peter und Sir Charles den Ball besuchen würden, denn sie war entschlossen, beide zu ignorieren.

3

Paul Caxton starrte verdrossen aus dem Fenster seines Arbeitszimmers. Er grübelte über seinen älteren Bruder Philip nach, den er nie wirklich verstanden hatte. Philip war ein stilles, zurückhaltendes Kind gewesen, und der Umstand, daß er die letzten Jahre bei seinem Vater verbracht hatte, hatte daran auch nichts geändert.

Philip war unzufrieden, seit er vor einem Jahr aus Anlaß

von Pauls Hochzeit nach London zurückgekehrt war. Paul hatte ihn überredet, in England zu bleiben, denn er hatte gehofft, Philip würde hier eine Frau finden, sich dauerhaft niederlassen und eine Familie gründen. Doch Philip hatte zu lange mit seinem Vater in der Wüste gelebt und war in dieser Zeit ein Barbar geworden. Paul und seine Frau Mary stellten Philip viele junge Damen vor, doch er zeigte nur Verachtung für alle.

Paul konnte Philips Einstellung nicht verstehen. Er wußte, daß Philip charmant und höflich sein konnte, wenn er wollte, denn er behandelte Mary mit größtem Respekt. Philip kümmerte sich einfach einen feuchten Kehricht darum, wie die Gesellschaft über ihn dachte. Er weigerte sich, den Gentleman zu spielen, ganz gleich, wie sehr er Paul auch in Verlegenheit brachte.

Philip war gestern abend von einem einmonatigen Aufenthalt auf ihrem Landsitz zurückgekehrt. Er war ungewöhnlich beherrscht gewesen, aber in Wut geraten, als Paul ihm den Ball angekündigt hatte, der an diesem Abend stattfinden sollte.

»Falls du die Absicht haben solltest, mir noch mehr von deinen naseweisen Gesellschaftsfrätzchen schmackhaft machen zu wollen, dann schwöre ich dir, daß ich diese Stadt für alle Zeiten verlassen werde!« hatte Philip ihn angeschrien. »Wie oft muß ich dir noch sagen, Paul, daß ich keine Frau will! Ich habe nicht den Wunsch, eine gezierte Zicke in Rüschen am Hals zu haben, die mir auf die Nerven geht und Anforderungen an meine Zeit stellt. Ich habe Besseres zu tun, als mich mit einer Frau abzugeben.« Philip war erbost und ärgerlich durch den Raum gelaufen. »Wenn ich eine Frau haben will, dann nehme ich sie mir, aber nur für eine vergnügliche Nacht und ohne jede Verpflichtung. Ich will mich nicht binden. Verdammt noch mal, wann geht das endlich in deinen Kopf?«

»Aber was ist, wenn du dich eines Tages verlieben solltest – so, wie es mir ergangen ist? Wirst du dann heiraten?« hatte Paul sich vorgewagt, da er wußte, daß das Bellen seines Bruders schlimmer als sein Beißen war.

»Falls dieser Tag jemals kommen sollte, werde ich selbstverständlich heiraten. Mach dir trotzdem keine Hoffnungen, kleiner Bruder, denn ich habe bereits gesehen, was diese Stadt zu bieten hat. Dieser Tag wird niemals kommen.«

Der Ball könnte Philip überraschen, dachte Paul, und er lächelte vor sich hin. Er sprang von seinem Stuhl auf und nahm jeweils drei Treppenstufen mit einem Satz. Er war blendend aufgelegt, als er an die Tür seines Bruders klopfte und seinen Kopf ins Zimmer steckte. Philip richtete sich gerade im Bett auf und wischte sich den Schlaf aus den Augen.

»Es ist an der Zeit, daß du dich anziehst, Alter«, sagte Paul. »Und wirf dich in Schale. Du willst doch schließlich sämtliche anwesenden Damen mit deinem Charme erobern, stimmt's?« Paul schloß eilig die Tür, als ein Kissen dagegen knallte. Er lachte schallend, als er durch den Korridor zu seinem Zimmer ging.

»Was amüsiert dich derart, Paul?« fragte Mary, als er, immer noch lachend, das Zimmer betrat.

»Ich glaube, daß Philip heute abend der Untergang bevorsteht, und er wird es noch nicht einmal merken«, antwortete Paul.

»Wovon, um alles in der Welt, sprichst du?«

»Nichts weiter, mein Liebling – nichts von Bedeutung!« rief er aus, hob sie auf seine Arme und wirbelte sie durch die Luft.

Philip Caxton war verärgert. Erst gestern hatte er mit seinem Bruder über Frauen und die Ehe gestritten, und schon fing Paul wieder damit an.

»Sieh dir nur all die Schönheiten in diesem Ballsaal an, unter denen du wählen kannst«, hatte sein Bruder mit einem Funkeln in den grünen Augen gesagt. »Es ist wirklich an der Zeit, daß du seßhaft wirst und den Caxtons einen Erben gibst.«

Paul ging zu weit. Philip fragte sich, was für ein Spiel er wohl spielen mochte. »Erwartest du im Ernst von mir, daß ich mir unter diesen einfältigen jungen Damen der besseren Gesellschaft eine Frau suche?« sagte er sarkastisch. »Hier läuft nicht eine einzige Frau herum, die ich in meinem Bett haben möchte.«

»Warum tanzt du nicht, Philip?« fragte Mary, die zu den beiden trat. »Du solltest dich schämen, Paul – deinen Bruder von all diesen hübschen jungen Dingern fernzuhalten.« Sie legte ihre Hand auf Pauls Arm.

Es belustigte Philip immer wieder, wenn Mary von Mädchen in ihrem eigenen Alter als jungen Dingern sprach. Mary war selbst erst achtzehn Jahre alt und sah mit ihren großen Katzenaugen und ihrem hellen braunen Haar ganz bezaubernd aus. Paul hatte sie erst im letzten Jahr geheiratet.

Philip erwiderte spöttisch. »Wenn ich ein Mädchen finde, das so schön ist wie du, meine Liebe, dann würde ich mich mehr als glücklich schätzen, die ganze Nacht mit ihr durchzutanzen.«

In genau diesem Augenblick sah Philip Christina, die nur einen Meter von ihm entfernt stand. Sie war eine Erscheinung! Er hatte nicht gewußt, daß eine Frau derart schön sein konnte.

Sie warf ihm einen Blick zu, ehe sie sich abwandte, doch in diesem einen Augenblick grub sich ihr Bild für alle Zeiten in seine Seele ein. Ihre Augen faszinierten ihn – dunkle meeresblaue Ringe, die helle, bläulich-grüne Stellen umschlossen. Ihr Haar war eine schimmernde goldene Lockenpracht, und ein paar kleine Löckchen baumelten lose über ihren Nacken und ihre Schläfen. Ihre Nase war schmal und gerade – ihre Lippen voll und verlockend und zum Küssen geschaffen.

Sie trug ein Ballkleid aus dunklem saphirgrauem Satin.

Ihre zarten, runden Brüste hoben sich unter dem Ausschnitt, und hellblaue Bänder betonten die schlanke Taille. Sie war eine vollkommene Erscheinung.

Philips Blick wurde durch Pauls Hand gestört, die vor seinen Augen hin und her wedelte. Endlich sah er seinen Bruder an, der breit grinste.

»Hast du den Kopf verloren?« fragte Paul lachend. »Oder hat dir nur Miß Wakefields Anblick den Kopf verdreht? Was glaubst denn du, warum ich darauf bestanden habe, daß du heute abend mitkommst? Sie lebt mit ihrem Bruder in Halstead und ist für den Sommer mit ihm hierhergekommen. Möchtest du sie gern kennenlernen?«

Philip lächelte. »Das fragst du noch?«

Christina fiel auf, daß ein Mann sie ungehörig anstarrte. Sie hatte bereits früher am Abend mitangehört, wie er sämtliche Damen im Raum beleidigt hatte. Vielleicht war es eben der Mann, dessen schlechtes Benehmen in London Tagesgespräch war.

Sie wandte sich ab, als sie sah, daß er auf sie zukam. Sie mußte sich eingestehen, daß er der bestaussehendste Mann war, den sie je gesehen hatte, doch sie rief sich in Erinnerung, daß sie ein abgeschiedenes Leben geführt und erst wenige Männer getroffen hatte.

»Entschuldige, John«, sagte sie zu ihrem Bruder, »aber hier drinnen ist es extrem heiß. Könnten wir eine Runde durch den Garten drehen?« Sie trat einen Schritt vor, doch eine Stimme hinter ihrem Rücken hielt sie zurück.

»Miß Wakefield?«

Christina hatte keine andere Wahl, als sich umzudrehen. Sie sah in ein Paar moosgrüne Augen mit Hunderten von gelben Sprenkeln, die darin tanzten. Diese Augen nahmen sie gefangen. Es schien eine Ewigkeit vergangen zu sein, als sie wieder Stimmen hörte.

»Miß Wakefield, wir sind uns gestern im Park begegnet – Sie erwähnten, Sie würden diesen Ball aufsuchen. Sie erinnern sich doch, oder nicht?«

Christina drehte sich endlich zu dem großen jungen Mann und seiner Frau um. »Ja, ich erinnere mich. Paul und Mary Caxton, ist das richtig?«

»Ja, das stimmt«, sagte Paul. »Ich möchte Ihnen meinen Bruder vorstellen, der ebenfalls hier in der Stadt zu Besuch ist. Miß Christina und Mr. John Wakefield – mein Bruder, Philip Caxton.«

Philip Caxton drückte John die Hand und gab ihr einen flüchtigen Handkuß, bei dem ihr eine Gänsehaut über den Arm lief.

»Miß Wakefield, es wäre mir mehr als nur eine Ehre, wenn Sie einwilligen würden, mir den nächsten Tanz zu gewähren«, sagte Philip Caxton, ohne ihre Hand loszulassen.

»Es tut mir leid, Mr. Caxton, aber ich wollte gerade mit meinem Bruder einen kleinen Spaziergang machen. Es ist so heiß und stickig hier.« Warum gab sie diesem Mann Erklärungen ab?

»Dann müssen Sie zulassen, daß ich Sie begleite, die Erlaubnis Ihres Bruders selbstverständlich vorausgesetzt.« Er sah John an.

»Gewiß, Mr. Caxton. Ich habe gerade einen Bekannten entdeckt, mit dem ich mich gern unterhalten würde, und Sie täten mir insofern einen Gefallen.«

Oh, John, wie kannst du nur, dachte sie erbost. Aber Philip Caxton führte sie bereits durch die Menge auf die Türen zu. Als sie ins Freie traten, zog Christina augenblicklich ihre Hand aus seiner zurück. Sie gingen einige Schritte, ehe sie seine tiefe Stimme wieder hörte.

»Christina, was für ein bezaubernder Name. War Ihre Ausrede mit der Hitze ein weiblicher Trick, um mich alleine ins Freie zu locken?«

Sie drehte sich ganz langsam zu ihm um, die Hände auf ihren Hüften, und Funken sprühten aus ihren Augen.

»Na so was, Sie unmöglicher Prolet! Ihr Dünkel überwältigt mich. Sind Sie auch ganz sicher, daß diese einfältige junge Dame der besseren Gesellschaft es wert ist, daß Sie sie im Bett haben wollen?«

Der schockierende Ausdruck, der auf Philips Gesicht trat, entging Christina, weil sie sich umdrehte und in den Ballsaal stolzierte. Auch das Grinsen, das langsam an die Stelle des schockierten Gesichtsausdruckes trat, entging ihr.

Ich will verdammt sein, dachte der kopfschüttelnd. Das ist keine einfältige junge Dame. Das ist ein kleiner Hitzkopf. Ich will verdammt sein, wenn sie es mir nicht ordentlich gegeben hat. Er schloß die Augen und sah sie vor sich, und er wußte, daß er sie haben mußte. Aber er hatte mit Sicherheit einen schlechten Einstieg, denn sie hatte eine spontane Abneigung gegen ihn gefaßt. Jedenfalls würde er nicht aufgeben. So oder so würde er sie bekommen.

Philip fand Christina im Ballsaal bei ihrem Bruder vor. Er behielt sie die ganze Nacht lang im Auge, doch es gelang ihr, seinen Blicken auszuweichen. Er entschloß sich, Distanz zu halten, denn es hatte keinen Sinn, die Dinge noch schlimmer zu machen, als sie ohnehin schon standen. Er würde ihr Gelegenheit geben, sich über Nacht zu beruhigen, und morgen würde er einen neuen Anfang machen.

4

Die Sonne stand hoch über den Bäumen, als Christina endlich aus dem Bett kroch. Sie schlüpfte in ihre Hausschuhe und ihren Morgenmantel, ging ans Fenster und fragte sich, wie spät es wohl sein mochte. Sie erinnerte sich daran, wie sie sich nach dem Ball die ganze Nacht lang in ihrem Bett herumgewälzt hatte.

Immer wieder sah sie diese ungewöhnlichen Augen, die sie aus diesem schön geschnittenen Gesicht heraus unverschämt anstarrten. Philip Caxton war größer als die meisten Männer, mehr als dreißig Zentimeter größer als sie, und sie war schließlich selbst mit eins zweiundsechzig nicht gerade klein. Er war schlank und muskulös, hatte schwarzes Haar und eine kräftige Sonnenbräune, die ihn von den blütenweißen Gecken aus London absetzte.

Was ist bloß los mit dir, Christina, schalt sie sich. Wieso geht dir dieser Mann nicht aus dem Kopf? Er hat dich beleidigt, und doch denkst du immer wieder an ihn. Jedenfalls wirst du Philip Caxton nicht wiedersehen, solange es sich vermeiden läßt.

Sie zog sich eins ihrer neuen Straßenkleider an und machte sich auf die Suche nach ihrem Bruder. Im Eßzimmer fand Christina Mrs. Douglas und eines der Stubenmädchen vor, die gerade die Überreste des Mittagessens abräumten.

»Miß Christina, wir haben uns schon gefragt, ob Ihnen vielleicht etwas fehlt. Möchten Sie gern etwas frühstükken? Oder wäre Ihnen ein Mittagessen lieber?« sagte Mrs. Douglas.

Christina setzte sich lächelnd hin. »Nein, danke Mrs. Douglas. Nur etwas Toast und ein Tee wäre mir lieb. Wo sind denn die anderen alle?«

»Mr. John hat gesagt, er hätte ein paar Besorgungen zu erledigen, und er ist gerade gegangen, als Sie heruntergekommen sind, Miß«, sagte Mrs. Douglas, während sie Christina eine Tasse Tee einschenkte. »Und Mr. und Mrs. Yeats halten gerade ihren Mittagsschlaf.« Das Stubenmädchen kam mit Toast und Marmelade.

»Fast hätte ich es vergessen, Miß Christina«, sagte Mrs. Douglas. »Heute morgen war ein junger Mann hier, der Sie sehen wollte. Er scheint recht beharrlich zu sein – schon dreimal war er da. Ein Mr. Caxton, glaube ich.« Sie wurde durch ein Klopfen an der Tür unterbrochen. »Das muß er wohl wieder sein.«

Christina war verärgert. »Wenn es sich wieder um diesen Herrn oder um irgendeinen anderen Mann handelt, dann sagen Sie ihm, daß ich mich schlecht fühle und heute keine Besucher empfange.«

»Ja, Miß. Aber dieser Mr. Caxton ist ein schrecklich gutaussehender Mann«, erwiderte Mrs. Douglas, ehe sie den Raum verließ, um die Tür zu öffnen.

Kurz darauf kam sie kopfschüttelnd wieder. »Das war wieder Mr. Caxton. Er hat gesagt, ich soll Ihnen ausrichten, Miß, es täte ihm leid, daß Sie sich nicht wohl fühlen, und er hofft, daß es Ihnen morgen besser geht.«

John und sie fuhren morgen wieder nach Hause, und das hieß, daß sie Mr. Caxton nicht wiederzusehen brauchte. Sie vermißte das Land, und sie vermißte ihre täglichen Ausritte auf ihrem Hengst Dax. Sie freute sich darauf, wieder nach Hause zu kommen.

Dax und Princess waren zur selben Zeit auf die Welt gekommen, und ihr Vater hatte ihr Princess zum Geburtstag geschenkt. Aber Princess war weiß und sanftmütig, und Dax war ein temperamentvolles schwarzes Füllen. Daher hatte Christina ihren Vater überredet, ihr statt dessen Dax zu geben, und sie hatte versprochen, ihn zur Sanftmut zu erziehen.

Doch Dax war nur bei Christina sanftmütig. Sie lachte laut, als sie daran dachte, wie John vor zwei Jahren versucht hatte, Dax zu reiten. Der Hengst duldete niemanden außer Christina auf seinem Rücken. Zu Hause würde sie diesen ungehobelten Philip Caxton schnell vergessen und auch Peter Browne und Sir Charles Buttler.

Christina hörte, wie sich die Haustür öffnete und wieder schloß, und John tauchte in der Tür zum Eßzimmer auf.

»Hast du es schließlich doch noch geschafft, aus dem Bett zu kommen! Ich habe heute morgen auf dich gewartet, aber als es Mittag wurde, habe ich aufgegeben.« John lehnte sich an den Türrahmen. »Ich habe Tom und Anne Shadwell auf der Straße getroffen. Du erinnerst dich sicher – er war in meinem Regiment. Sie haben uns zum Abendessen eingeladen, zusammen mit ein paar Freunden. Kannst du um sechs Uhr fertig sein?«

»Ich denke schon, John.«

»Außerdem habe ich draußen Mr. Caxton getroffen. Er hat gesagt, er hätte dich besuchen wollen, aber du fühlst dich nicht wohl. Fehlt dir etwas?«

»Nein. Ich wollte nur heute niemanden sehen«, erwiderte sie.

»Wir reisen morgen ab, und somit hast du heute eine letzte Gelegenheit, einen würdigen Ehemann zu finden«, neckte John sie.

»Also wirklich, John! Du weißt, daß ich nicht deshalb in die Stadt gekommen bin. Das allerletzte, was ich will, ist, mich festnageln und von weiblichen Pflichten versklaven zu lassen. Wenn ich einen Mann finde, der mich als Ebenbürtige behandelt, dann werde ich eventuell eine Ehe ins Auge fassen.«

John lachte. »Ich habe Vater gewarnt, daß jede Form von Bildung dein Untergang sein wird. Welcher Mann will schon eine Frau, die so klug ist wie er?«

»Wenn alle Männer so schwach und furchtsam sind, werde ich nie heiraten – und damit zufrieden sein!«

»Ich kann nicht behaupten, daß ich den Mann bemitleiden würde, der dein Herz für sich gewinnt, Crissy«, sagte John. »Das wird eine hochinteressante Ehe.« Dann verließ er den Raum.

Christina blieb sitzen und dachte über das nach, was John gesagt hatte. Sie bezweifelte, daß sie je die Form von Liebe finden würde, die sie glücklich machen konnte: die Art von Liebe, die ihr Vater und ihre Mutter füreinander empfunden hatten. Ihre Ehe war bis zu ihrem Tod vor vier Jahren eine perfekte Ehe gewesen. John und sie waren nach dem Tod ihrer Eltern nur um so näher zusammengewachsen.

Im letzten Jahr hatte John dann ein Offizierspatent in der Königlichen Armee erworben und wartete jetzt auf weitere Befehle. Plötzlich stand Christinas Entschluß fest, mit ihm zu gehen, ganz gleich, wohin er auch geschickt wurde. Sie würde Dax und das Wakefield-Anwesen vermissen, aber John würde ihr andernfalls noch mehr fehlen.

Sie hoffte, man würde John nicht zu weit fortschicken. Er hatte nicht vor, eine militärische Karriere zu machen, aber er wollte seinen Teil für sein Land tun, ehe er sich seßhaft machte. Morgen würden sie wieder in Wakefield sein und dann bald abreisen. Sie hoffte, es würde nicht zu bald sein.

Christina ging nach oben, um ein Bad zu nehmen. Sie liebte entspannende Bäder. Sie taten ihr ebenso gut wie das Reiten.

Christina kleidete sich mit besonderer Sorgfalt, da es ihr letzter Abend in London sein würde. Sie wählte ein Abendkleid in dunklem Burgunder und ließ sich von Mary ihre blonden Locken zu einer kunstvollen neuen Frisur hochstecken. Sie steckte sich blutrote Rubine ins Haar und legte ein dazu passendes Geschmeide an. Ihre Mutter hatte ihr Rubine, Saphire und Smaragde hinterlassen. Die Diamanten und Perlen sollte John seiner Frau schenken, wenn er heiratete. Ihre Mutter hatte einmal zu ihr gesagt, ihre Haut und ihr Haar seien zu hell für Diamanten, und Christina hatte ihr zugestimmt.

Christina bewunderte ihr Spiegelbild. Sie trug liebend gern schöne Kleider und edlen Schmuck. Sie wußte, daß sie hübsch war, aber sie konnte nicht glauben, daß sie so schön war, wie es ihr immer wieder gesagt wurde. Ihr Haar war von einem so hellen Blond, daß ihre hohe Stirn in ihren Haaransatz überzugehen schien. Mit ihrer Figur war sie jedenfalls zufrieden. Ihre Brüste waren voll und perfekt geformt, und ihre schlanken Hüften betonten ihre langen Beine.

Ein Klopfen an der Tür riß sie aus ihrer eitlen Selbstgefälligkeit. John rief von draußen: »Wenn du fertig bist, Crissy, könnten wir doch ein letztes Mal durch den Park fahren, ehe wir zum Essen gehen.«

Als sie die Tür öffnete, sah sie Johns bewundernden Blick. »Ich muß nur noch meinen Umhang holen, dann können wir gehen«, erwiderte sie fröhlich.

»Du bist sehr schön heute, Crissy, aber schließlich bist du immer schön.«

»Du bist ein Schmeichler, John, aber ich mag das«, neckte sie ihn. »Gehen wir?«

Christina und John fuhren gemächlich durch den Regent's Park, ehe sie vor einem schmucken Stadthaus in der Eustin Street anhielten. Tom und Anne Shadwell begrüßten sie an der Tür, und John stellte ihnen Christina vor. Anne Shadwell war die kleinste Frau, die Christina je gesehen hatte. Mit ihrem schwarzen Haar, ihren dunklen Augen und dem weißen Teint sah sie wie eine Porzellanpuppe aus. Ihr Mann war so groß wie John und hatte ein gefurchtes Gesicht.

»Ihr seid die letzten, John. Meine anderen Gäste sind bereits im Salon«, sagte Tom Shadwell, als er ihnen voranging.

Als sie den Salon betraten, fiel Christinas Blick unwillkürlich zuerst auf ihn. Er war unter allen Anwesenden der Größte. Oh, verdammt noch mal, dachte sie, er würde ihr den letzten Abend in London verderben!

Philip Caxton sah Christina in dem Moment, in dem sie den Raum betrat. Sie wandte sich verächtlich ab, als sie ihn sah. Aber schließlich hatte er nicht mit einer leichten Eroberung gerechnet. Am Vorabend schien sie ihn gehaßt zu haben.

Es war ein reiner Glücksfall gewesen, daß er John Wakefield am Nachmittag über den Weg gelaufen war und von ihm erfahren hatte, daß er und seine Schwester heute abend hier sein würden. Paul kannte Tom Shadwell und konnte eine Einladung für sich und Philip besorgen.

Philip hatte außerdem von John Wakefield erfahren, daß dies ihr letzter Abend in London war, und daher mußte er zügig vorgehen. Er hoffte, daß sich Christina von seiner Kühnheit nicht zu sehr in die Enge getrieben fühlte, aber er hatte keine andere Wahl, als zu versuchen, sie noch heute nacht für sich zu gewinnen. Am liebsten hätte er Christina in seine Heimat mitgenommen und sie zu seiner Frau gemacht, ob sie Einwände dagegen erhob oder nicht – ganz so, wie es beim Volk seines Vaters üblich war. Aber er wußte, daß er das nicht tun konnte, nicht hier, in England. Er mußte versuchen, ihre Zuneigung auf zivilisierte Art zu gewinnen.

Er seufzte und verfluchte die Zeitknappheit. Aber vielleicht spielte Christina Wakefield auch nur das Mädchen, das schwer rumzukriegen war. Schließlich kamen junge Mädchen nach London, um sich einen Mann zu suchen. Und ein so schlechter Fang war er nun auch wieder nicht. Dennoch standen die Chancen nicht gut für ihn, und sie hatten sich erst am Vortag kennengelernt. Verdammt, warum hatte er sie nicht eher getroffen?

Anne Shadwell zog Christina zu Philip. »Miß Wakefield, darf ich vorstellen, Mr. –«

Ihr wurde abrupt das Wort abgeschnitten.

»Wir kennen uns bereits«, sagte Christina verächtlich.

Anne Shadwell sah die beiden bestürzt an, doch Philip verbeugte sich mit arroganter Anmut, nahm Christinas Arm mit festem Griff und zog sie auf den Balkon. Sie versuchte, sich zu widersetzen, aber er war sicher, daß sie keine Szene machen würde.

Als sie am Geländer standen, wirbelte sie herum und sah ihm trotzig ins Gesicht. Ihre Augen sprühten Funken, und ihre Stimme war kalt vor Verachtung.

»Also wirklich, Mr. Caxton! Ich dachte, ich hätte mich gestern abend deutlich genug ausgedrückt, aber da Sie mich nicht zu verstehen scheinen, möchte ich Sie aufklären. Ich kann Sie nicht ausstehen. Sie sind ein ungehobelter, eingebildeter Mann, und ich finde Sie ziemlich unerträglich. Und wenn Sie mich jetzt entschuldigen, werde ich wieder zu meinem Bruder gehen.« Sie wandte sich ab, um zu gehen, doch er griff nach ihrer Hand und hielt sie fest.

»Warten Sie, Christina«, forderte er mit heiserer Stimme und zwang sie, in seine dunklen Augen zu sehen.

»Ich glaube wirklich nicht, daß wir einander noch etwas zu sagen haben, Mr. Caxton. Im übrigen möchte ich Sie bitten, Abstand davon zu nehmen, mich bei meinem Vornamen zu nennen.« Sie drehte sich wieder um und wollte gehen, doch Philip ließ ihre Hand nicht los. Sie sah ihm noch einmal ins Gesicht und stapfte wütend mit ihrem Fuß auf den Boden.

»Lassen Sie meine Hand los!« forderte sie.

»Nicht, ehe Sie sich angehört haben, was ich Ihnen zu sagen habe, Tina«, antwortete er, und er zog sie dichter an sich.

»Tina!« Sie sah ihn böse an. »Wie können Sie es wagen ...«

»Ich wage, verdammt noch mal, alles, was mir paßt. Und jetzt hältst du den Mund und hörst mir zu.« Die Ungläubigkeit, die auf ihrem reizenden Gesicht geschrieben stand, belustigte ihn. »Ich habe mich gestern nur deshalb so grob über die jungen Damen geäußert, um meinen Bruder zum Schweigen zu bringen, der mich unter allen Umständen verkuppeln will. Ich wollte nie heiraten, bis ich dich gesehen habe. Tina, ich will dich haben. Es wäre mir eine Ehre, wenn du einwilligen würdest, meine Frau zu werden. Ich würde dir alles geben, was du dir nur wünschen kannst – Juwelen, schöne Gewänder, meine Ländereien.«

Sie sah ihn auf ganz ungewöhnliche Weise an. Sie machte den Mund auf, um etwas zu sagen, aber die Worte wollten nicht herauskommen. Dann spürte er das Brennen ihrer Hand auf seiner Wange.

»So bin ich in meinem ganzen Leben noch nicht beleidigt...«

Philip ließ sie den Satz nicht beenden. Er zog sie in seine Arme und erstickte ihre Worte in einem ungestümen, fordernden Kuß. Er preßte sie dicht an sich, spürte ihre Brüste, die sich an seinen Brustkorb drängten, und benahm ihr den Atem. Sie wehrte sich und wollte sich losreißen, doch ihre Bemühungen verstärkten nur sein Verlangen.

Dann sackte Christina ganz unerwartet in seinen Armen zusammen und überrumpelte ihn. Philip glaubte, sie sei ohnmächtig geworden, doch er zuckte zusammen, als er einen stechenden Schmerz an seinem Schienbein spürte. Er ließ sie augenblicklich los, um sein Bein zu halten, und als er aufblickte, lief Christina in den Salon. Er sah sie zu ihrem Bruder gehen, der sofort ihren Umhang holte und etwas zu ihrem Gastgeber sagte. Dann begleitete John seine Schwester aus dem Salon.

Philip konnte ihre Lippen noch auf seinem Mund spüren. Sein Verlangen war noch nicht abgeebbt, als er sich zur Straße umdrehte und sah, wie Christina und ihr Bruder in ihre Kutsche stiegen und losfuhren. Er sah ihnen nach, bis sie aus seiner Sichtweite verschwunden waren, und dann suchte er Paul, um ihn zu bitten, sie bei Tom Shadwell zu entschuldigen. Er war nicht dazu aufgelegt, das Abendessen über sich ergehen zu lassen.

Paul wollte Einwände machen, aber Philip verließ bereits den Salon.

Ich hätte es wissen sollen, sagte sich Philip. Er hatte sie angefleht wie der letzte Dummkopf. Das war aber auch das letzte Mal. Nie vorher hatte er sich einer Frau erklärt, und er würde es auch nie wieder tun. Allein der Gedanke, daß er tatsächlich geglaubt hatte, sie an nur einem einzigen Abend für sich gewinnen zu können! Sie war nicht irgendeine Scheuermagd, die jede Gelegenheit ergriffen hätte, aus ihrem tristen Dasein errettet zu werden. Christina war eine Dame, die für den Luxus geboren war. Sie brauchte den Reichtum nicht, den er ihr bieten konnte.

Er hätte nach Halstead gehen und behutsam um sie werben müssen. Aber das entsprach ihm nicht. Außerdem hatte er noch nie einer Frau den Hof gemacht. Er war es gewohnt, das, was er wollte, augenblicklich zu bekommen, und er wollte Christina.

Christina zitterte unkontrolliert, als sie in den Salon stürzte. Sie konnte Philip Caxtons Lippen noch auf ihrem Mund spüren, seine Arme, die sie an sich zogen, das Harte zwischen seinen Beinen, das sich an sie preßte. So also küßte ein Mann eine Frau. Sie hatte sich immer gefragt, wie es wohl sein mochte. Das seltsame Gefühl, das Philip Caxton in ihr ausgelöst hatte, hatte sie nicht erwartet: ein Gefühl, das sie zugleich erschreckte und erregte.

Zum Glück war ihr wieder eingefallen, was ihre Mutter ihr einmal gesagt hatte: Wenn ein Mann sich ihr annäherte und sie ihn loswerden wollte, sollte sie so tun, als würde sie ohnmächtig und ihn dann mit aller Kraft treten. Es hatte geklappt, und sie dankte ihrer Mutter stumm für diesen Rat.

Christina beruhigte sich, während ihr Bruder ihren Umhang holte. Sie hatte ihm erzählt, sie habe bohrende Kopfschmerzen und wolle augenblicklich gehen. Als er zurückkam, waren sie zur Kutsche gegangen.

Als sie aufblickte, sah sie Philip Caxton, der auf dem Balkon stand und ihnen nachsah. Allein der Gedanke, daß dieser Mann sie haben wollte und sie aufgefordert hatte, ihn zu heiraten, obwohl er wußte, daß sie ihn nicht leiden konnte! Eine solche Dreistigkeit war ihr noch in keiner Form begegnet!

Jetzt, da sie Philip Caxton entkommen und in Sicherheit

war, wurde sie wütend. Erst gestern hatte sie ihn kennengelernt, und heute hatte er ihr einen Heiratsantrag gemacht – ohne ein Wort von Liebe. Er hatte lediglich verkündet, daß er sie haben wollte. Er war noch impulsiver als Peter oder Sir Charles. Die beiden waren wenigstens Gentlemen.

Der Gedanke brachte sie in Wut. Er war kein Gentleman! Er benahm sich wie ein Barbar! Am liebsten wäre sie sofort auf diesen Balkon zurückgekehrt und hätte ihm noch eine weitere Ohrfeige in sein arrogantes Gesicht verpaßt.

Christinas Gefühle zeigten sich auf ihrem Gesicht, und John, der sie still und forschend gemustert hatte, riß sie schließlich aus ihren Gedanken heraus.

»Crissy, was auf Erden ist los mit dir? Du wirkst völlig fassungslos. Ich dachte, du hättest Kopfschmerzen.«

Sie wandte John ihre Aufmerksamkeit zu und legte geistesabwesend eine Hand auf ihre Stirn, als wolle sie fühlen, ob dort ein Schmerz zu finden sei. Dann platzte sie hitzig heraus.

»Kopfschmerz! Ja, ich hatte einen Kopfschmerz, aber ich habe ihn auf dem Balkon stehen lassen. John, dieser unerträgliche Schnösel hat mich aufgefordert, ihn zu heiraten.«

»Wer?« fragte John ruhig.

»Philip Caxton, ausgerechnet er! Und er hat die Frechheit besessen, mich zu küssen – dort, auf dem Balkon.«

John war belustigt. »Mir scheint, liebe Schwester, du bist auf einen Mann gestoßen, der weiß, was er will, und der seine Ziele beharrlich verfolgt. Du sagst, er hat dir einen Heiratsantrag gemacht, und das, nachdem er dich erst seit gestern kennt? Browne und Buttler kannten dich wenigstens etwas länger. Es sieht ganz so aus, als wolle Philip Caxton dich wirklich haben.«

Christina, die sich nur zu lebhaft an seine Worte erinnerte, brauste noch mehr auf. »Ja, er will mich haben. Das hat er mir auch gesagt, ohne auch nur ein Wort von Liebe zu erwähnen – die reine Lüsternheit!«

John lachte. Er erlebte seine Schwester nicht oft so zornig. Wenn Caxton versucht hätte, Crissy zu belästigen, wäre John weniger belustigt gewesen, und er hätte diesen Mann aufsuchen müssen. Aber einen Kuß und einen Heiratsantrag konnte er Caxton wohl kaum vorwerfen. Er hätte sich ebenso verhalten, wenn er eine Frau gefunden hätte, die so schön wie Crissy war.

»Weißt du, Crissy, es ist meistens so, daß das Verlangen vor der Liebe kommt. Wenn Caxton gesagt hätte, daß er dich liebt, wäre das wahrscheinlich eine Lüge gewesen. Was er dagegen gesagt hat, war die Wahrheit – daß er dich begehrt. Wenn ein Mann eine Frau findet, ohne die er nicht leben kann, dann weiß er, daß er sich verliebt hat. Ich glaube, daß die Liebe langsamer heranreifen muß und mehr als zwei Tage braucht, um sich herauszubilden, auch mehr als zwei Wochen. Mir scheint jedoch, daß Philip Caxton die Bereitschaft spürt, dich zu lieben, wenn er dich heiraten will. Du hättest das als ein Kompliment auffassen sollen, statt so zornig zu werden.«

Christina, die sich langsam wieder beruhigte, lehnte sich zurück und starrte verdrossen in die Ferne.

»Das spielt jetzt ohnehin keine Rolle mehr. Ich werde Philip Caxton nie wiedersehen. Und überhaupt hätte ich gar nicht erst nach London kommen sollen. Die Männer hier wissen selbst nicht, was in ihnen vorgeht. Sie wetteifern alle nur um Aufmerksamkeiten: Jeder brüstet sich damit, besser als der andere zu sein. Und Männer wie Philip Caxton glauben, daß sie alles bekommen können. Das ist kein Leben für mich. Ich vermute, in meinem Herzen bin ich doch ein Mädchen vom Lande.« Christina holte tief Luft und atmete ganz langsam wieder aus. »Oh, John, ich bin so froh, daß wir wieder nach Hause fahren.«

5

Ein angenehmer Windhauch spielte mit Christinas Rökken, als sie und John das Schiff bestiegen, das sie nach Kairo bringen würde. Christina wurde zu einer kleinen Schiffskabine geführt, die sie mit einer anderen Frau teilen mußte. John hatte die Kabine direkt gegenüber. Nachdem ihr Gepäck an Bord gebracht worden war, ging Christina an Deck, um einen letzten Blick auf ihr geliebtes England zu werfen. Sie sah zu, wie die Matrosen die Vorbereitungen zur Abreise trafen, und dachte an die unglaubliche Hektik dieses Morgens.

Christina war durch ein lautes Klopfen an der Tür aus einem unruhigen Schlaf herausgerissen worden. Ihr Bruder betrat das Zimmer und blieb neben ihrem Bett stehen. Auf seinem Gesicht stand ein Ausdruck der Hilflosigkeit. Ihr Blick fiel auf das Papier, das er in der Hand hielt, als sie sich den Schlaf aus den Augen wischte.

»Heute morgen ist es gekommen, Crissy. Ich fürchte, ich muß augenblicklich abreisen.«

»Wer ist gekommen?« gähnte sie. »Wovon sprichst du überhaupt?«

»Von meinen Anweisungen. Sie sind eher als erwartet gekommen.« Er drückte ihr das Papier in die Hand.

Christina las langsam durch, was darauf stand, und sie schüttelte ungläubig den Kopf. »Kairo!« rief sie aus. »Aber das ist mehr als sechstausend Kilometer von hier!«

»Ja, ich weiß. Ich muß in einer Stunde abreisen. Es tut mir leid, daß ich dich nicht nach Hause bringen kann, Crissy, aber Howard hat gesagt, er würde dich mit Freuden nach Hause begleiten. Ich werde dich vermissen, kleine Schwester.«

Ein Lächeln trat auf ihre Lippen. »Nein, das wirst du nicht, großer Bruder. Ich komme mit, das habe ich schon längst beschlossen.«

»Das ist ein Witz, Crissy! Was solltest du in einem Militärposten in Ägypten anfangen? Das Wetter ist unerträglich. Es ist glühend heiß und ein sehr ungesundes Klima. Du würdest dir den Teint verderben.«

Christina schlug ihre Bettdecke zurück, stellte sich vor John hin, stemmte ihre Arme in die Hüften und reckte stur ihr kleines Kinn in die Luft.

»Ich gehe mit, John Wakefield, und mehr gibt es dazu nicht zu sagen! Das letzte Jahr zu Hause, als du fort warst, war schrecklich. Das mache ich nicht noch einmal mit. Und so lange werden wir nun auch nicht in Ägypten bleiben.« Sie wirbelte herum und sah ihre Habe, die über das Zimmer verteilt war. »Ach was, ich vergeude meine Zeit! Raus mit dir, damit ich packen und mich anziehen kann. Ich brauche nicht lange, das verspreche ich dir.«

Christina stieß John aus dem Zimmer und rief Mary, damit sie ihr beim Packen half. Sie mußte sich eilen, damit John keinen Vorwand hatte, sie zurückzulassen.

In weniger als einer Stunde war sie angekleidet und abreisebereit. John brachte keine Einwände mehr vor und sagte ihr sogar, er freue sich, daß sie mitkomme.

Als sie sich die anderen Passagiere ansah, fand sie es befremdlich, daß ihr Bruder der einzige Offizier an Bord war.

»Du hättest auf mich warten sollen, Crissy. Ich will dich nicht noch einmal allein an Deck sehen!«

Seine Worte verblüfften Christina, aber sie beruhigte sich, als John sich neben sie an die Reling stellte. »Oh, John, du bist wie eine Glucke zu mir. Ich komme gut allein zurecht.«

»Trotzdem wäre es mir lieber, wenn du während der Reise nicht ohne Begleitung an Deck gehst.«

»Gut, wenn du darauf bestehst«, gab sie nach. »Ich habe mir nur gerade überlegt, wie seltsam es ist, daß keine anderen Offiziere an Bord sind. Ich dachte, Ersatztruppen reisen im allgemeinen zusammen.«

»Gewöhnlich ist das auch der Fall. Ich habe mich auch

schon darüber gewundert, aber die Antwort werde ich erst in Kairo bekommen.«

»Vielleicht braucht man dich für etwas ganz Besonderes!« wagte sich Christina vor.

»Das bezweifle ich, Crissy, aber wir werden es bei der Landung herausfinden.« John legte seinen Arm um Christinas Schulter, und sie sahen zu, wie England hinter ihnen zurückblieb, als das Schiff aufs Meer hinaussegelte.

Für Christina war es eine lange und langweilige Reise. Sie haßte die Enge, und das Schiff bot wenig Möglichkeiten zur Zerstreuung. Sie freundete sich mit ihrer Mitreisenden, einer Mrs. Bigley, an, die die Kabine mit ihr teilte. Mrs. Bigley hatte ihre Kinder besucht, die in England in die Schule gingen, und kehrte jetzt nach Ägypten zurück. Ihr Mann war Colonel bei eben dem Regiment, zu dem John berufen worden war. Aber Mrs. Bigley konnte Christina nicht sagen, warum ihr Bruder nach Kairo geschickt wurde. Sie wußte nur, daß erst in einem Monat andere Ersatztruppen eintreffen würden.

Da sich die Fragen erst nach beendeter Reise beantworten ließen, gab Christina es vorläufig auf, dieses Rätsel zu lösen. Sie verbrachte die meiste Zeit damit, in ihrer Kabine zu lesen, und gleich zu Beginn der Reise hatten sich drei junge Bewunderer eingestellt, die ihr Bestes taten, um Monopolansprüche auf ihre Zeit zu stellen.

Einer von ihnen war ein Amerikaner. Er hieß William Dawson und war ein netter junger Mann mit grauen Augen und dunkelbraunem Haar. Sein Gesicht war schmal und gefurcht, und seine tiefe Stimme hatte einen seltsamen Akzent. Christina konnte stundenlang dasitzen und ihm zuhören, wenn er ihr aufregende Geschichten von den Kämpfen im Wilden Westen erzählte.

Christina konnte Mr. Dawson zwar gut leiden, doch sie empfand für keinen ihrer drei Verehrer romantische Gefühle. Sie hatte beschlossen, die meisten Männer seien gleich; sie wollten alle nur eins von einer Frau. Kein Mann schien gewillt zu sein, sie als ebenbürtig zu akzeptieren.

Die Tage zogen sich ohne jegliche Vorfälle dahin. Christina konnte es kaum glauben, als sie Ägypten schließlich erreichten. Je weiter sie nach Süden gekommen waren, desto heißer war es geworden, und sie war froh, daß sie Sommerkleider mitgenommen hatte. John hatte arrangiert, daß ihre übrige Garderobe nachgeschickt wurde, doch die Überseekoffer würden erst im kommenden Monat eintreffen.

Am folgenden Morgen legte ihr Schiff in Alexandria an. Christina konnte es gar nicht erwarten, wieder festen Boden zu betreten, doch die Hafenanlagen waren so überfüllt von Ägyptern, daß die Passagiere, die an Land gingen, sich einen Weg durch die dichte Menge bahnen mußten.

John und Christina standen an Deck, als Mrs. Bigley auf sie zukam und Christinas Hand drückte. »Meine Liebe, erinnern Sie sich noch an unser Gespräch über die Anweisungen Ihres Bruders? Seit da an rätsele ich an dieser Geschichte herum. Mein Mann, Colonel Bigley, holt mich hier ab, und ich werde ihn als erstes danach fragen. Wenn irgend jemand weiß, warum Ihr Bruder hierher geschickt worden ist, dann ist er es. Wenn Sie bei mir bleiben wollen, bis ich ihn gefunden habe, werden Sie auch gleich eine Antwort auf ihre Frage bekommen.«

»Ja, natürlich«, sagte Christina. »Ich sterbe vor Neugier, und ich bin sicher, daß John auch sehr gespannt ist.«

Mrs. Bigley winkte einen stämmigen Herrn, der Ende Vierzig sein mochte, zu sich heran. Das mußte ihr Mann sein, der Colonel. Sie gingen ihm entgegen, und er umarmte seine Frau und küßte sie.

»Verdammt einsam hier ohne dich, Liebling«, sagte der Colonel, der seine Frau dicht an sich drückte.

»Ich habe dich auch vermißt, Schatz. Ich möchte dir Lieutenant John Wakefield und seine Schwester Christina

Wakefield vorstellen.« Sie sah ihren Mann an. »Colonel Bigley.«

John und der Colonel salutierten. »Was auf Erden haben Sie einen Monat zu früh hier zu suchen, Lieutenant? Die Ersatztruppen werden erst nächsten Monat erwartet«, sagte Colonel Bigley.

»Ich hatte gehofft, Sie könnten mir diese Frage beantworten, Sir«, sagte John.

»Was? Wollen Sie damit etwa sagen, daß Sie nicht wissen, warum Sie hier sind? Haben Sie Ihre Befehle bei sich?«

»Ja, Sir.« John drückte sie dem Colonel in die Hand.

Nachdem Colonel Bigley die Befehle gelesen hatte, sah er John mit einem verblüfften Ausdruck auf seinem sonnengebräunten Gesicht an. »Tut mir leid, mein Sohn, aber ich kann Ihnen auch nicht helfen. Alles, was ich Ihnen sagen kann, ist, daß *wir* Sie nicht hierher beordert haben. Haben Sie irgendwelche Feinde in England, die Sie gern außer Landes sehen würden?«

John sah ihn schockiert an. »Auf die Idee wäre ich nicht gekommen, Sir. Ich habe keine Feinde, von denen ich weiß.«

»Die Sache ist höchst ungewöhnlich, aber da Sie jetzt hier sind, müssen Sie unbedingt eine Erfrischung mit uns einnehmen. Der Zug nach Kairo fährt erst in zwei Stunden.«

William Dawson verabschiedete sich von Christina und machte mit ihr aus, sich bei ihr zu melden, wenn er nach Kairo kam, eine Woche nach ihr.

Die Zugfahrt war heiß und unangenehm. Es belustigte Christina, daß sie, bei all den Zügen, die es in England gab, um die halbe Welt gereist war, ehe sie zum erstenmal mit einem Zug fuhr. Sie zog die kühle Behaglichkeit der Kutsche bei weitem vor, wenn es auch manchmal sehr holprig war.

Mrs. Bigley und Christina saßen in dem überfüllten Abteil zu zweit auf einem Sitz. »Ich habe gehört, daß es in der Wüste viele gefährliche Gesetzlose gibt. Stimmt es, daß die Beduinenstämme ihre Gefangenen zu Sklaven machen?« fragte Christina, die jetzt doch nervös war, Mrs. Bigley.

»Es ist alles wahr, meine Liebe«, erwiderte Mrs. Bigley, »aber machen Sie sich deshalb keine Sorgen. Die gesetzlosen Stämme fürchten die Truppen Ihrer Majestät, und das sollte man ihnen auch raten. Sie verstecken sich in der arabischen Wüste, die weit von Kairo entfernt ist.«

»Das ist eine große Erleichterung«, seufzte Christina.

Der Zug fuhr vor Einbruch der Nacht in Kairo ein. Die Bigleys brachten Christina und John in einem Hotel unter.

»Wenn Sie sich erst eingerichtet haben, werde ich Ihnen die Stadt zeigen, und wir können zusammen in die Oper gehen«, sagte Mrs. Bigley freundlich. »Wußten Sie, daß die berühmte Oper *Aida* ausgerechnet hier anläßlich der Feierlichkeiten zur Eröffnung des Suezkanals uraufgeführt wurde?«

»Nein, das wußte ich nicht, aber ich habe ohnehin noch nicht allzuviel über dieses Land gelesen«, erwiderte Christina. Sie war zu müde, um sich heute noch übermäßig für irgend etwas zu interessieren. John und sie dankten den Bigleys für ihre Freundlichkeit und verabschiedeten sich von ihnen. John bestellte etwas Leichtes zum Abendessen, doch Christina brachte nur wenig herunter und zog sich früh in ihr Zimmer zurück.

Ihr Zimmer lag Johns Zimmer gegenüber, und ein heißes Bad erwartete sie. Schnell schlüpfte sie aus ihren Kleidern und glitt in die Wanne. Das ist der Himmel, dachte sie. Die Hitze und die Fahrt in dem überfüllten Zug hatten ihr das Gefühl gegeben, verklebt und schmutzig zu sein. Doch jetzt streckte sie sich genüßlich in dem dampfend heißen Wasser.

Sie blieb eine Stunde in der Wanne liegen, ehe sie die Seife abspülte und ihr Nachthemd anzog. Das heiße Wasser hatte sie entspannt, und es bereitete ihr keinerlei Schwierigkeiten, augenblicklich einzuschlafen.

6

Irgendwann mitten in der Nacht erwachte Christina durch ein Geräusch in ihrem Zimmer. Sie schlug die Augen auf und sah eine große Gestalt, die über ihr aufragte. Christina fragte sich, was auf Erden John hier zu suchen hatte, der neben ihrem Bett stand und sie im Dunkeln betrachtete. Doch dann wurde ihr klar, daß es nicht John sein konnte. Dieser Mann war größer als John, und sein Gesicht war bedeckt.

Sie wollte schreien, doch ehe sie einen Laut von sich geben konnte, legte sich eine riesige Hand auf ihren Mund. Sie versuchte, diese Hand fortzustoßen, aber der Mann war zu stark.

Plötzlich zog er sie an sich und küßte sie inbrünstig. Er preßte seinen Körper gegen ihren und fuhr mit seiner freien Hand kühn über ihre Brüste.

»Mein Gott«, dachte sie in heller Panik, »er wird mich vergewaltigen!« Christina wehrte sich heftig, doch ihr Angreifer ließ sie auf ihr Bett zurückfallen, brachte einen Knebel an und zog ihr einen Sack über den Kopf, der über ihren ganzen Körper reichte und den er an ihren Knien zuband. Dann hob er sie hoch und warf sie sich über die Schulter.

Christina trat um sich, um ihn aus dem Gleichgewicht zu bringen, doch er warf sie nur in die Luft, und als sie wieder auf seiner Schulter landete, blieb ihr der Atem aus. Sie spürte, daß er sich in Bewegung setzte, und sie hörte, wie die Tür ihres Schlafzimmers geöffnet und wieder geschlossen wurde.

Sie schienen sich eine Treppe hinunter zu begeben, und

dann spürte sie einen leichten Windhauch an ihren nackten Füßen. Sie mußten im Freien sein. O Gott, was wird dieser Mann mir antun? Bin ich nur in dieses gottverfluchte Land gekommen, um hier zu sterben – und wie werde ich sterben? Wird er mich vorher brutal vergewaltigen? Warum habe ich England bloß verlassen? Der arme John, er wird sich Vorwürfe machen, wenn ich tot bin. Ich muß entkommen!

Der Mann ging etliche Minuten lang schneller, und dann hörte sie einheimische Stimmen miteinander murmeln. Schallendes Gelächter ertönte, und Christina fühlte sich hin und her geworfen. Dann wurde ihr klar, daß sie wie ein Sack Kartoffeln auf einem Pferd lag. Fast hätte sie hysterisch gelacht, als der Mann eine Hand in ihr Kreuz preßte. Hatte er Angst, sie könnte vom Pferd fallen und sich verletzen, ehe er ihr etwas antun konnte?

Christinas Herz schlug so schnell, daß sie fürchtete, es könne sich überschlagen. Wohin bringt er mich wohl? fragte sie sich, und dann dämmerte es ihr. Natürlich – in die Wüste. Nirgends konnte man eine Frau besser vergewaltigen als in der Wüste – und niemand konnte dort ihre Schreie hören. Außerdem schienen einige andere Männer mit dem Mann zu reiten, der sie aus ihrem Bett geholt hatte. Wie viele Vergewaltigungen würde sie über sich ergehen lassen müssen, ehe sie sie töteten?

Sie ritten stundenlang, und Christina verlor jedes Zeitgefühl. Ihr Haar hing ihr wirr ins Gesicht, und ihr Magen schmerzte wegen ihrer unbequemen Lage. Sie konnte nicht verstehen, warum sie so weit in die Wüste hinausritten. Dann hielten sie an.

Jetzt wird es passieren, dachte sie, als sie auf den Boden gehoben wurde. Als sie keine Hände auf sich spürte, versuchte sie, davonzulaufen, aber sie hatte vergessen, daß der Sack um ihre Knie zugebunden worden war, und sie fiel vornüber in den Sand.

Eine größere Demütigung konnte sie nicht mehr ertragen. Sie fing an zu wimmern. Wenn der Knebel nicht in ihrem Mund gesteckt hätte, hätte sie hysterisch geschrien. Jemand hob sie auf und stellte sie wieder auf die Füße. Ihre Zehen versanken langsam in dem kalten Wüstensand.

Christina spürte, daß das Seil um ihre Knie gelöst wurde, und wieder machte sie einen Satz nach vorn. Aber sie wurde zurückgezogen, und ein Mann drückte sie an seine breite Brust. Er hielt sie so lange in seinen Armen gefangen, daß es ihr wie eine Ewigkeit erschien, und dann kicherte er mit tiefer Stimme vor sich hin. Er hob sie auf das Pferd und stieg hinter ihr auf. Es schien, daß dieser Mann sie zumindest mit einer gewissen Würde im Sitzen reiten lassen würde.

Aber warum ritten sie schon wieder weiter? Warum hatte man ihr nichts angetan? Glaubten sie etwa, sie könnten sie schlimmer leiden lassen, indem sie sie in Ungewißheit ließen? Dann schoß es ihr plötzlich durch den Kopf. Vielleicht würden sie sie gar nicht töten. Vielleicht würden sie sie ganz einfach als Sklavin verkaufen, nachdem sie sie vergewaltigt hatten. Natürlich. Wahrscheinlich würde sie bei einer Sklavenversteigerung eine ansehnliche Summe einbringen. Mit ihrem langen blonden Haar und ihrem schlanken weißen Körper war sie eine große Attraktion. Darum ging es wahrscheinlich, dachte sie, und sie fühlte sich elend. Sie werden mich benutzen und mich dann gewinnbringend verkaufen. Das war schlimmer als der Tod.

Christina hatte immer gesagt, sie würde sich von keinem Mann durch eine Ehe versklaven lassen. Doch jetzt würde sie eine echte Sklavin sein – die Sklavin eines Herrn, der mit ihr tun und lassen konnte, was er wollte. Sie würde in dieser Angelegenheit nichts zu sagen haben. Sie betete, sie würden sie statt dessen töten, denn die Vorstellung, eine Sklavin zu sein, war ihr unerträglich.

Die Stunden zogen sich ewig dahin, bis Christina Licht

durch das rauhe Material des Sacks sehen konnte und wußte, daß die Dämmerung hereingebrochen war. Sie dachte an John und daran, wie elend er sich fühlen würde, wenn er feststellte, daß sie verschwunden war. Sie bezweifelte, daß er sie jemals finden würde, denn sie waren die ganze Nacht lang geritten.

Wohin brachten sie sie bloß? Christina spürte den Schweiß an sich herunterrinnen, als der Tag immer heißer wurde. Sie hätte diesen Schurken zum Teufel gewünscht, wenn er sie verstanden hätte. Sie war außer sich und erschöpft.

Schließlich hielten sie an, doch Christina war das inzwischen egal – sie wollte an nichts mehr denken. Wieder wurde sie auf den Boden gestellt, und ihre Beine sackten unter ihr zusammen. Sie gab nicht auf, aber sie wußte, daß es zwecklos war, wegzulaufen. Eine Minute lang war sie von der Sonne geblendet, als jemand den Sack von ihrem Kopf zog. Als sie wieder etwas sehen konnte, stand ein kleiner Eingeborener vor ihr. Er drückte ihr ein Kleid und ein quadratisches Stück Stoff mit einer Schnur in die Hand, die Kopfbedeckung der Beduinen.

»Kufijah«, sagte er und deutete auf das Tuch. Er nahm ihr den Knebel ab und ließ sie stehen.

Sie waren zu dritt. Zwei mittelgroße junge Männer und ein riesiger Mann, der die Pferde tränkte. Der junge Mann, der ihr die Kleider gegeben hatte, kam wieder zu ihr, lächelte dämlich und drückte ihr ein Stück Brot und einen Wasserschlauch in die Hand. Sie war sehr hungrig, weil sie am Vorabend nur wenig gegessen hatte.

Als Christina gegessen hatte, kam der große Mann auf sie zu, nahm ihr den Wasserschlauch ab und warf ihn einem der anderen Männer zu. Seine *kufijah* bedeckte die untere Hälfte seines Gesichtes, und daher konnte sie nicht sehen, wie er aussah.

Für einen Araber war er sehr groß. Sie hatte geglaubt,

daß Araber generell klein waren, doch neben diesem Mann waren die beiden anderen Zwerge.

Er half ihr, das Kleid überzuziehen und strich ihr das Haar zurück, das ihr bis auf die Hüften hing. Zumindest half er ihr beim Anziehen, statt ihr die Kleider herunterzureißen. Er zog ihr die *kufijah* über das Gesicht und führte sie in den Schatten eines Felsens und stieß sie dort in den kühlen Sand.

Entsetzt wich Christina vor ihm zurück, aber der große Mann lachte nur rauh und ging fort, um den anderen mit den Pferden zu helfen. Die beiden kleineren Araber legten sich schlafen, und der große kletterte mit einer Flinte in der Hand auf den Felsen, um Wache zu halten. Sie konnte nicht entkommen. Christina gönnte ihrem erschöpften Körper Entspannung und schlief ein.

Als sie erwachte, stand die Sonne tief über dem Horizont. Die Pferde standen bereit, und der große Mann schwang sie vor sich auf ein Pferd.

Christina konnte in der Ferne Berge und vor sich einen Ozean aus Sand sehen. Sie gab auf und lehnte sich an den Mann, der hinter ihr saß. Sie glaubte, ihn lachen zu hören, aber sie war zu müde, um sich etwas daraus zu machen. Wieder schlief sie ein.

Sie ritten drei weitere Nächte lang und schliefen während der heißesten Zeit des Tages. Endlich ließen sie die Wüste hinter sich. Christina konnte um sich herum Bäume sehen, und sie spürte, daß die Luft kühler wurde. Wenn es wirklich kälter wurde, mußten sie wohl schon hoch oben in den Bergen sein.

Verzweifelt wünschte sie sich, dieser Alptraum sei wirklich nur ein böser Traum gewesen. Bald würde sie zu Hause in Halstead aufwachen, ein kühler Morgenwind würde wehen, und nach dem Frühstück würde sie genüßlich auf Dax ausreiten. Aber sie wußte, daß es kein Traum war. Nie mehr würde sie Dax oder ihr Zuhause sehen.

Ein Feuer loderte vor ihnen auf. Einer der Männer

schrie etwas, und dann ritten sie langsam aus den Bäumen heraus, die sie verborgen hatten, und in ein Lager hinein. Dort standen fünf Zelte, von denen eines größer als die anderen war. Die Zelte waren um das Feuer herum aufgebaut. Das Feuer war die einzige Lichtquelle, und es warf auf alles in seiner Reichweite tanzende Schatten.

Vier Eingeborene, auf deren dunklen Gesichtern ein breites Lächeln stand, kamen näher, und alle fingen an, zu reden und zu lachen. Die Frauen kamen aus ihren Zelten, und in ihren Augen blitzte Neugier auf, aber sie blieben im Hintergrund.

Christina wurde vom Pferd gehoben. Ihr wurde klar, daß sie das Ziel ihrer Reise erreicht hatten. Sie mußte versuchen, sich vor dem Schicksal zu bewahren, das ihr bevorstand. Vielleicht konnte sie sich in den Bergen verstekken und dann einen Weg in die Zivilisation finden.

Weitere Männer gesellten sich zu der Gruppe, die um das Feuer herumstand. Alle drängten sich um ihren großen Entführer herum und redeten und gestikulierten. Christina stand einen Moment lang allein da. Rechneten sie etwa damit, daß sie seelenruhig dort stehenblieb und ihr Los erwartete?

Christina hob das arabische Gewand und ihr Nachthemd bis zu ihren Schenkeln und rannte los. Sie rannte um ihr Leben, und sie rannte schneller, als sie es sich zugetraut hätte. Sie wußte nicht, ob sie gejagt wurde, denn das einzige, was sie hörte, war das laute Hämmern ihres Herzens. Die *kufijah* glitt von ihrem Gesicht, und ihr Haar wehte im Wind hinter ihr her.

Christina stolperte und fiel hin. Sie blickte auf und sah zwei Füße, die über ihr gespreizt waren. Sie warf sich auf den harten Boden und fing an zu weinen. Sie konnte nicht gegen ihre Tränen an, obwohl es ihr verhaßt war, diesem Mann ihre Schwäche zu zeigen. Er hatte einen Sieg über sie errungen, indem er sie zum Weinen gebracht hatte. Er zog sie roh auf die Füße und zerrte sie zurück ins Lager.

Christina wurde in das größte Zelt geführt und auf ein niedriges Sofa ohne Rückenlehne gesetzt, das an beiden Seiten abgerundete Armlehnen hatte. Augenblicklich versuchte sie, ihre Fassung wiederzugewinnen. Sie strich sich ihr wirres Haar aus dem Gesicht und wischte sich die Tränen von den Wangen.

Ihr gegenüber stand ein zweites Sofa, und auf dem Boden lagen dicke Teppiche und viele bunte Kissen. Christina beobachtete ihren Entführer, der ihr den Rücken zugewandt hatte, als er seine *kufijah* und sein Gewand ablegte. Darunter trug er kniehohe Wildlederstiefel, eine weite Hose, die in seinen Stiefeln steckte, und eine lose, kurze Tunika.

Christina war verblüfft, als der Mann sie in fließendem, fehlerlosem Englisch ansprach.

»Ich sehe schon, daß der Umgang mit dir schwierig wird, Tina. Aber jetzt bist du hier, und du weißt, daß du mir gehörst, und vielleicht wirst du weniger oft versuchen, fortzulaufen.«

Christina traute ihren Ohren nicht. Der Mann drehte sich zu ihr um. Ihre Augen wurden kugelrund, und ihr Kiefer fiel herunter.

Er brach in Lachen aus. »Ich habe lange darauf gewartet, diesen Ausdruck auf deinem Gesicht zu sehen, Tina, schon seit dem Moment, in dem du mich an jenem Abend in London hast stehenlassen.«

Wovon sprach er? Er mußte verrückt sein.

Ihre Wangen erröteten vor Zorn, und ihr ganzer Körper bebte. »Sie!« schrie sie. »Was tun Sie denn hier, und wie können Sie es wagen, mich zu entführen und mich an diesen gottverfluchten Ort zu bringen? Mein Bruder wird Sie umbringen, Philip Caxton!«

Wieder lachte er. »Du fürchtest dich also nicht mehr vor mir, Tina. Das ist gut so. Ich glaube nicht, daß es mir Spaß machen würde, dich um Gnade flehen und winseln zu hören.«

»Diese Befriedigung würde ich Ihnen niemals gönnen, Mr. Caxton.« Christina stand auf und trat vor ihn hin. Ihr Haar floß um ihre Hüften. »Würden Sie mir jetzt freundlicherweise sagen, warum Sie mich hierher gebracht haben? Wenn Sie auf Lösegeld aus sind, wird mein Bruder jede Ihrer Forderungen erfüllen. Mir wäre es nur lieb, die Sache schnell zu regeln, damit ich diesen Ort verlassen kann und Ihre Gesellschaft nicht länger ertragen muß.«

Er lächelte sie an. Seine ungewöhnlichen Augen zogen sie in ihren hypnotischen Bann. Warum mußte er so verdammt gut aussehen, dachte sie.

»Ich nehme an, ich sollte dich darüber aufklären, warum ich dich hierher gebracht habe.« Philip setzte sich auf das Sofa, das ihrem gegenüberstand, und bedeutete ihr, sich ebenfalls zu setzen. Er trank das Gefäß leer, das er sich eingeschenkt hatte, und sah sie prüfend an, bevor er fortfuhr.

»Gewöhnlich gebe ich keine Erklärungen ab, aber ich denke, in deinem Fall kann ich eine Ausnahme machen.« Er unterbrach sich, als suche er nach den Worten, die er jetzt brauchte. »Christina, als ich auf diesem Ball in London den ersten Blick auf dich geworfen habe, wußte ich, daß ich dich haben will. Daher habe ich es auf deine Art versucht. Ich habe dir meine Gefühle erklärt und dir eine Heirat angeboten. Als du abgelehnt hast, habe ich beschlossen, dich auf meine Weise zu holen, und zwar schnell. Ich habe dafür gesorgt, daß dein Bruder noch in der Nacht, in der du mich abgewiesen hattest, in dieses Land geschickt wird.«

»Sie waren es also, der meinen Bruder hierher geholt hat!« Sie schnappte nach Luft.

»Du wirst mich nicht mehr unterbrechen, bis ich ausgeredet habe. Ist das klar?« sagte Philip barsch.

Christina nickte, aber nur, weil ihre Neugier ihr gebot, ihn anzuhören.

»Wie ich schon sagte, ich habe dafür gesorgt, daß dein

Bruder hierher geschickt wird. Es war nur die Frage, die richtigen Leute zu kennen. Wenn du dich entschlossen hättest, in England zu bleiben, hätte es mir keine allzu großen Schwierigkeiten bereitet, dich in meine Heimat zu bringen, wenn dein Bruder nicht da ist. Dort wäre es dir leichter gefallen, mir zu entkommen, aber ich hätte dich schneller gehabt. Hier stehen deine Chancen schlechter, mir davonzulaufen. In diesem Land ist es üblich, Gefangene zu nehmen, und daher hast du von den Leuten hier im Lager keine Hilfe zu erwarten.« Philip lächelte sie ironisch an. »Du gehörst jetzt mir, Tina. Je eher dir das klar wird, desto besser ist es für dich.«

Christina sprang auf und lief wütend auf und ab. »Ich kann es einfach nicht glauben! Wie konnten Sie bloß auf die Idee kommen, ich würde Sie heiraten – nach allem, was Sie mir angetan haben!«

»Heiraten!« Er lachte. »Heirat habe ich dir einmal angeboten, und ich werde es kein zweites Mal tun. In diesem Land brauche ich dich nicht zu heiraten, um dich zu besitzen!« Er kam auf sie zu und zog sie in seine Arme. »Du kannst dich als meine Sklavin bezeichnen, aber nicht als meine Frau.«

»Ich werde die Sklavin keines Mannes sein! Eher bringe ich mich um, als mich Ihnen zu fügen!« schrie Christina, und sie wehrte sich, um sich aus seiner Umarmung loszureißen.

»Glaubst du, ich würde zulassen, daß du dich tötest, nachdem ich so lange auf dich gewartet habe?« murmelte Philip heiser. Er senkte seine Lippen auf ihren Mund und küßte sie leidenschaftlich. Mit einer Hand hielt er ihren Kopf, mit der anderen ihre Arme.

Christina spürte wieder, wie dieses seltsame Gefühl durch ihren Körper rann. Genoß sie seinen Kuß? Aber das war doch unmöglich. Sie haßte ihn!

Sie sackte schlaff in seinen Armen zusammen, doch ehe sie dazu kam, um sich zu treten, hatte Philip sie auf seine

Arme genommen, und sein Gelächter schallte durch das Zelt.

»Mit diesem kleinen Trick kommst du kein zweites Mal durch, Tina.«

Philip trug Christina durch die schweren Vorhänge zu seinem Bett. Als sie seine Absicht erkannte, begann sie, sich ernstlich zu wehren, aber er legte sie auf das Bett und legte sich neben sie. Sie hieb mit ihren Fäusten auf seine Brust ein, bis er ihre Arme über ihren Kopf zog und sie dort mit einer Hand festhielt.

»Ich denke, ich werde mir jetzt ansehen, ob dein Körper sich mit der Schönheit deines Gesichtes messen kann.«

Philip schnürte ihr Gewand auf. Er hielt sie mit einem Bein fest, damit sie nicht um sich treten konnte, und mit einem einzigen Ruck zerriß er ihr Nachthemd.

Christina schrie auf, doch seine Lippen legten sich auf ihre, und seine Zunge forschte in ihrem Mund. Doch diesmal war sein Kuß sanft und zärtlich, und ihr schwirrte der Kopf, denn ihre Gefühle waren so gemischt, wie sie es bisher nicht gekannt hatte. Er ließ seine Lippen auf ihren Hals gleiten, und mit seiner freien Hand liebkoste er frech ihre vollen, reifen Brüste.

Philip sah ihr in die Augen und lächelte. »Du bist noch schöner, als ich es in meinen kühnsten Träumen für möglich gehalten habe. Dein Körper ist für die Liebe geschaffen. Ich begehre dich, Tina«, flüsterte er heiser. Dann senkte er seine Lippen auf ihre Brüste und küßte sie beide. Christina fühlte sich in Flammen gesetzt.

Sie mußte etwas sagen, damit er aufhörte. Gegen seine Stärke konnte sie nicht ankommen. »Sie sind kein Gentleman, Mr. Caxton. Müssen Sie mich gegen meinen Willen vergewaltigen«, fragte sie kühl, »obwohl Sie wissen, daß ich Sie nicht ausstehen kann?«

Philip sah sie an, und sie sah, wie das Verlangen aus seinen grünen Augen wich. Er ließ sie los und stand auf. Als er auf sie herunterblickte, war sein Mund so hart, daß er es mit dem kalten Funkeln in seinen Augen aufnehmen konnte.

»Ich habe nie behauptet, ich sei ein Gentleman, aber ich werde dich nicht vergewaltigen. Wenn ich dich nehme, dann nur, weil du es ebensosehr wollen wirst wie ich. Und du wirst mich begehren, Tina, das verspreche ich dir.«

»Niemals!« zischte sie, und sie zog ihre Kleider über ihren Körper. »Niemals werde ich das wollen. Ich hasse dich aus tiefster Seele.«

»Wir werden sehen, Tina«, antwortete Philip, und er wandte sich ab.

»Und würden Sie endlich aufhören, mich Tina zu nennen? So heiße ich nicht!« schrie sie ihn an, aber er hatte das Zelt bereits verlassen.

Christina band sich das arabische Gewand über ihrem zerrissenen Nachthemd zusammen und sah sich um. Sie glitt unter die Zudecke und dachte über das nach, was er gesagt hatte. Er würde sie also nicht vergewaltigen. Wenn er ein Mann war, der zu seinem Wort stand, war sie in Sicherheit, denn sie wußte, daß sie ihn niemals begehren würde. Weshalb hätte sie jemals einen Mann begehren sollen? Das Verlangen war eine männliche Empfindung, nicht die einer Frau.

Aber was war, wenn er sein Wort nicht hielt? Sie war nicht stark genug, um ihn davon abzuhalten, wenn er sich entschloß, sie gewaltsam zu nehmen. Was dann? Und was zum Teufel hatte er überhaupt in Ägypten zu suchen? Er benahm sich wie ein Eingeborener, und der Stamm schien ihn als einen der ihren zu akzeptieren. Das konnte sie nicht verstehen, und immer wieder ging ihr diese Frage durch den Kopf, ohne daß sie eine Antwort darauf finden konnte.

Als sie daran dachte, wie weit Philip Caxton gegangen war, um sie hierher zu holen, wurde sie wieder wütend. Sich vorzustellen, daß sie die ganze Reise über das Meer nur zurückgelegt hatte, um von einem Verrückten entführt zu werden! Jedenfalls würde sie nicht lange hier sein, wenn sie etwas dagegen tun konnte. Fluchtgedanken gingen ihr durch den Kopf, als sie endlich einschlief.

7

Verdammt, Christina konnte wirklich eine Hexe sein, wenn sie wollte, dachte Philip. Aber ihr Tag würde kommen und es würde ihm großes Vergnügen bereiten, sie eingestehen zu lassen, daß sie ihn begehrte.

Trotz der späten Stunde verließ Philip das Zelt, um Scheich Yasir Alhamar aufzusuchen, seinen Vater, denn er wußte, daß der alte Mann ihn erwartete.

Yasir Alhamar war jetzt seit mehr als fünfunddreißig Jahren der Scheich dieses Stammes. Seine erste Frau, eine Engländerin aus adliger Familie, hatte er beim Überfall auf eine Karawane gefangengenommen. Sie hatte fünf Jahre lang mit Yasir zusammengelebt und ihm zwei Söhne geboren, Philip und Paul.

Damals hatte der Stamm ein Nomadenleben in der Wüste geführt, und das Klima und das rauhe Leben hatten Philips Mutter schnell altern lassen. Sie hatte ihn darum gebeten, sie mit ihren Söhnen nach England gehen zu lassen. Yasir, der sie sehr geliebt hatte, hatte sie gehen lassen. Doch sie hatte ihm versprochen, ihre Söhne nach Ägypten zurückkehren zu lassen, wenn sie volljährig waren und sich selbst dazu entschlossen.

Philip war in England aufgewachsen und zur Schule gegangen. Als er einundzwanzig Jahre alt war, hatte seine Mutter ihm von seinem Vater erzählt. Philip hatte sich entschlossen, Yasir zu finden und bei ihm zu leben. Als Philips Mutter vor fünf Jahren gestorben war, hatte er das Anwesen geerbt und es in der Obhut des Pächters der

Caxtons zurückgelassen, da er nicht in England leben wollte und sein Bruder noch zur Schule ging.

Philip hatte elf Jahre lang beim Stamm seines Vaters gelebt, doch vor einem Jahr war er nach England zurückgegangen, um der Hochzeit seines Bruders beizuwohnen. Paul hatte ihn überredet, eine Weile zu bleiben. Dann hatte er Christina Wakefield kennengelernt und beschlossen, sie zur Seinen zu machen.

Philip war Christina und John zum Hafen gefolgt und hatte geduldig abgewartet, bis ihr Schiff abgelegt hatte. Es war reine Glückssache, daß es ihm gelungen war, auf einem Frachter als Passagier mitgenommen zu werden. Er reiste noch am selben Tag, kam aber eine Woche eher an als Christinas Schiff.

Nach seiner Ankunft hatte er Kontakt zu Saadi und Ahmed aufgenommen und sich von ihnen sein Pferd, Victory, bringen lassen, mit dem sie ihn in Kairo abholten. Saadi und Ahmed waren gute Kameraden; sie waren entfernte Cousins von ihm. Der ganze Stamm war entfernt mit ihm verwandt.

Philip hatte hier einen Halbbruder, der acht Jahre jünger war als er. Aber die beiden kamen nicht allzu gut miteinander aus. Er konnte die Gründe verstehen, denn Rashid wäre das Oberhaupt des Stammes geworden, wenn Philip in England geblieben wäre.

Yasir Alhamar setzte sich auf den Schafsfellen auf, die ihm als Bett dienten. Er lebte immer noch das herkömmliche Nomadenleben, mit wenigen Einrichtungsgegenständen und nur wenig Komfort. Philip erinnerte sich noch daran, wie sein Vater ihn ausgelacht hatte, als er sein Bett und die Möbel in das Lager in den Bergen gekarrt hatte.

»Du bist also immer noch ein Engländer, Abu. Ich dachte schon, du hättest dich nach so langer Zeit daran gewöhnt, auf dem Boden zu schlafen und zu essen«, hatte Yasir gesagt.

»Wenigstens habe ich die Gegenstände gestohlen, Vater«, hatte Philip entgegnet.

»Es besteht also doch noch Hoffnung für dich«, hatte Yasir lachend erwidert.

Als Yasir Philip erblickte, bedeutete er ihm, einzutreten und sich neben ihn zu setzen. »Es ist lange her, mein Sohn. Ich habe von der Frau gehört, die du in das Lager mitgebracht hast. Ist sie deine Frau?«

»Sie wird es werden, Vater. Ich habe sie in London gesehen, und ich wußte, daß ich sie haben muß. Ich habe dafür gesorgt, daß ihr Bruder hierher geschickt wird, und jetzt gehört sie mir. Im Moment widersetzt sie sich mir, aber es wird nicht allzu lange dauern, bis ich sie gezähmt habe.«

Yasir lachte. »Du bist wahrhaft mein Sohn. Du hast dir deine Frau gestohlen, genauso, wie ich deine Mutter geraubt habe. Deine Mutter hat sich mir anfangs auch widersetzt, aber ich glaube, sie hat mich ebenso sehr lieben gelernt, wie ich sie, denn sie hat mich geheiratet. Wenn wir damals schon in den Bergen gelebt hätten, wäre sie vielleicht bei mir geblieben, aber sie konnte das Wüstenklima nicht ertragen. Ich wäre mit ihr gegangen, aber ich habe mein gesamtes Leben hier verbracht, und ich hätte euer zivilisiertes England nicht ertragen«, sagte er. »Vielleicht wirst du mir Enkel schenken, ehe ich sterbe.«

»Vielleicht, Vater. Wir werden es sehen. Morgen werde ich sie zu dir bringen, aber jetzt muß ich wieder gehen.«

Sein Vater nickte, und Philip ging zurück in sein Zelt. Dort erwartete ihn eine Mahlzeit, und er setzte sich hin, um zu essen und über das Mädchen nachzudenken, das in seinem Bett schlief. Er würde es nicht allzu lange erwarten können, sie zu besitzen, wenn sie jetzt ständig in seiner Nähe war. Es war schon zu lange her, seit er sich das letzte Mal zu einer Frau gelegt hatte, und Christinas Körper brachte ihn um den Verstand. Er erinnerte sich an ihre Brüste, deren Fülle er noch unter seinen Händen spürte; an ihre schmale Taille und ihre schlanken, geschmeidigen

Hüften; an ihre langen, wohlgeformten Beine; an ihre seidige Haut; ihr Haar – in dieser goldenen Lockenmasse konnte er sich verlieren.

Christinas Augen faszinierten ihn. Sie hatten ein dunkles Sturmblau angenommen, als sie dahintergekommen war, daß er es war, der sie entführt hatte. Lange hatte er darauf gewartet, diese Reaktion zu sehen. Wieder lachte er, als er an ihr schockiertes Gesicht dachte, dessen Ausdruck sich schnell in Zorn verwandelt hatte.

Vielleicht würde er ihr ein wenig Zeit lassen, damit sie sich an ihr neues Zuhause gewöhnen konnte, aber nicht zuviel Zeit. Bis morgen, das mußte reichen.

Er zog sich aus und legte sich behutsam ins Bett. Christina hatte sich zu einer Kugel zusammengerollt und ihm den Rücken zugewandt. Philip spielte mit dem Gedanken, sie auszuziehen, aber davon würde sie nur wach, und er war zu müde, um ihren Zornesausbruch über sich ergehen zu lassen. Er lächelte bei dem Gedanken an ihre Reaktion, wenn sie am nächsten Morgen feststellte, daß er neben ihr im Bett lag. Zumindest lag Christina jetzt hier neben ihm, wenn auch gegen ihren Willen. Sie würde sich mit dieser Situation abfinden müssen. Philip schloß die Augen und ließ sich vom Schlaf übermannen.

8

Als Christina Wakefield am nächsten Morgen erwachte, stand ein Lächeln auf ihren Lippen, denn sie hatte geträumt, sie sei zu Hause in Halstead durch ein Feld gelaufen. Überrascht riß sie ihre blaugrünen Augen auf, als sie den Mann sah, der neben ihr im Bett lag. Dann fiel ihr wieder ein, wo sie war und wie sie in diese Klemme geraten war.

Eine solche Unverschämtheit! dachte sie erbost. Sie

hätte nie damit gerechnet, daß er im selben Bett wie sie schlafen würde. Das ging einfach zu weit; sie mußte diesem Mann entkommen!

Christina stand auf, lugte aus dem Zelt und stellte fest, daß niemand im Lager herumlief. Sie ging langsam durch das Lager, doch sowie das letzte Zelt hinter ihr lag, fing sie an zu rennen, quer durch die Felsen, denn sie wollte nicht den Weg benutzen falls Philip sie suchte. Leise betete sie, daß niemand sie beim Verlassen des Lagers beobachtet hatte, doch schon hörte sie Pferdehufe hinter sich. Philip galoppierte auf seinem schönen Araberhengst auf sie zu.

»Muß ich dich nachts im Bett festbinden, damit du mir nicht davonläufst, während ich schlafe?« schrie er sie an. »Ist es das, was du willst?«

»Das würdest du niemals wagen!«

»Ich habe dir bereits einmal gesagt, Christina, daß ich verdammt noch mal alles wage, was ich will!« Philip sprang mit der Behendigkeit einer Wüstenkatze von seinem Pferd. In seinen Augen stand eine gefährliche Kälte, als er sie packte und an den Schultern rüttelte. »Ich sollte dich dafür schlagen, daß du mir davonläufst! Das ist es, was jeder Araber, der Achtung vor sich selbst hat, in einem solchen Fall mit seiner Frau anfangen würde.«

»Ich bin nicht deine Frau!« sagte sie, und in ihren funkelnden Augen stand Mordlust. »Und das werde ich auch nie sein!«

»In dem Punkt täuschst du dich, Christina, denn du bist meine Frau und wirst meine Frau bleiben, bis ich dich satt habe.«

»Nein, das werde ich nicht! Und du hast kein Recht, mich hierzubehalten. Mein Gott, siehst du denn nicht, wie sehr ich dich hasse? Du verkörperst all das, was ich an Männern verachte. Du bist ein – ein Barbar!«

»Ja, das bin ich wohl wirklich. Aber wenn ich ein zivilisierter Gentleman wäre, wärst du nicht hier, und genau hier will ich dich haben. Und ob es dir paßt oder nicht – du wirst hierbleiben, und wenn es sein muß, daß ich dich an mein Bett fessele«, erwiderte er kühl. Er hob sie hoch und warf sie unsanft auf den Rücken seines Pferdes.

»Warum muß ich so reiten?« fragte Christina empört.

»Ich finde, du kannst dich mit einer so harmlosen Strafe glücklich schätzen«, sagte er. »Du hast Übleres verdient.«

Als sie das Lager erreicht hatten, rechnete Christina damit, daß Philip sie weiterhin roh behandeln würde, doch er ließ ihr eine Mahlzeit vorsetzen, spielte sacht mit ihren Haaren und fragte sie freundlich: »Würdest du gern ein Bad nehmen, meine Süße?«

Christina konnte nicht bestreiten, daß sie liebend gern ein Bad nehmen wollte. Philip brachte ihr Kleider und ein Handtuch und führte sie zu einem frischen, klaren Gebirgssee.

»Du erwartest doch nicht etwa, daß ich mich hier bade?« fragte Christina hochmütig.

»Sieh mal, Tina, du bist hier nicht in England, und hier bringt man dir kein heißes Wasser ins Zimmer. Du bist jetzt hier, und wenn du baden willst, dann wirst du das so tun wie wir anderen auch.«

»Gut. Ich muß mich nach diesem schrecklichen Ritt waschen. Wenn das die einzige Möglichkeit ist, ein Bad zu nehmen, dann soll es mir recht sein. Sie können jetzt gehen, Mr. Caxton.«

Philip grinste sie an. »Nein, gnädige Frau, ich habe nicht die Absicht, zu gehen.« Er setzte sich auf einen Baumstamm und schlug die Beine übereinander. Ein langsames Erröten kroch über Christinas Gesicht. »Das kann doch unmöglich heißen, daß Sie hierbleiben und« – sie unterbrach sich, weil sie den Satz am liebsten gar nicht beendet hätte – »und mir zuschauen!«

»Genau das ist meine Absicht.« Er sah sie mit einem breiten Grinsen an, und Christinas Blut kochte.

»Dann drehen Sie sich wenigstens um, damit ich mich entkleiden kann!«

»Ach, Tina, du mußt noch lernen, daß du mir das Vergnügen nicht versagen kannst, deinen Körper zu betrachten, wenn ich ihn auch bisher noch nicht besessen habe«, erwiderte er.

Christina funkelte ihn mit sturmblauen Augen an. Dieser Mann tat alles, um sie zu entwürdigen.

»Ich hasse Sie«, fauchte sie. Dann drehte sie sich um, zog sich aus und ging ins Wasser, bis es ihr über die Brüste reichte.

Sie hätte alles getan, um ihm jedes Vergnügen zu versagen. Sie blieb mit dem Rücken zu Philip stehen und wusch sich mit der süß duftenden Seife in dem köstlich kühlen Wasser. Dann tauchte sie unter, um ihre Haare anzufeuchten. Als die Seife genügend Schaum für eine Haarwäsche gebildete hatte, hörte sie ein platschendes Geräusch im Wasser.

Christina drehte sich eilig um, aber sie konnte Philip nirgends entdecken. Plötzlich stand er direkt vor ihr. Sie war sich nur zu deutlich bewußt, daß sie beide unter der kühlen Wasseroberfläche nackt waren.

Philip schüttelte das Wasser aus seinem dichten schwarzen Haar und griff nach Christina, um sie in seine Arme zu ziehen, aber darauf war sie vorbereitet, und sie warf die Seife nach ihm. Eilig schwamm sie davon. Erst als sie ihn lachen hörte, drehte sie sich um und stellte fest, daß er sich nicht von der Stelle gerührt hatte, sondern sich mit der Seife wusch.

Aus Christinas Gesicht war deutlich die Erleichterung zu erkennen, als sie sich die Seife aus dem Haar spülte und aus dem Wasser stieg. Eilig trocknete sie sich ab und zog sich an. Als Philip hinter ihr auftauchte, versuchte sie gerade, sich mit den Fingern das Haar zu glätten.

»Fühlst du dich jetzt besser, meine Süße?« fragte er zärtlich.

Sie weigerte sich, ihm zu antworten oder ihn anzusehen, und beschäftigte sich damit, ihre Haare zu flechten, während Philip sich anzog. Es gelang Christina jedoch nicht, lange den Mund zu halten, denn ihre Neugier war noch größer als ihre Unwilligkeit, mit ihm zu sprechen.

»Was tun Sie in diesem Land, Philip, und wie kommt es, daß diese Menschen Sie so gut kennen?« fragte sie.

Sein Lachen drang durch die Lichtung. »Ich habe mich schon gefragt, wann du anfangen wirst, Fragen zu stellen«, sagte er. »Es ist der Stamm meines Vaters.«

Christina war sprachlos. »Ihres Vaters? Aber Sie sind doch Engländer!«

»Ja, von der Seite meiner Mutter her bin ich Engländer, aber mein Vater ist Araber, und das hier ist sein Stamm.«

»Dann sind Sie also ein halber Araber?« fragte Christina, der es schwerfiel, das zu glauben.

»Ja, und mein Vater hat meine Mutter gefangengenommen, genauso, wie ich dich geraubt habe. Er hat später zugelassen, daß sie mit mir und meinem Bruder nach England zurückkehrt. Daher bin ich in England aufgewachsen, bis ich volljährig war. Dann habe ich mich entschieden, hierherzukommen und bei meinem Vater zu leben.«

»Ihr Vater lebt hier?«

»Ja, du wirst ihn nachher kennenlernen.«

»Ihr Vater billigt es doch bestimmt nicht, daß Sie mich einfach entführt haben?« fragte sie mit einem Hoffnungsschimmer in der Stimme.

»Ich habe dir bisher nichts angetan – aber mein Vater billigt mein Vorgehen«, sagte er, und ein Lächeln spielte auf seinen Lippen. »Du vergißt, Tina, daß das hier nicht England ist. Es liegt in der Natur meines Volkes, sich das zu nehmen, was es haben will. Und ich habe dafür gesorgt, daß du für mich zu haben bist. Wenn du erst eine Zeitlang hier bist, wirst du das besser verstehen.«

Er brachte sie in sein Zelt zurück und ließ sie dort allein.

Würde sie Philip Caxton jemals verstehen? Christina

sah sich im Zelt um und fragte sich, was sie hier mit sich selbst anfangen sollte. Plötzlich fühlte sie sich sehr einsam, und das ärgerte sie.

Ohne nachzudenken, stürzte Christina aus dem Zelt und sah, daß Philip gemeinsam mit vier anderen Reitern dabei war, die Pferde zu besteigen. Sie lief auf ihn zu und umklammerte sein Bein. »Wohin gehen Sie«, fragte sie.

»Ich bin bald wieder da.«

»Aber was soll ich mit mir anfangen, solange Sie fort sind?«

»Das ist eine absurde Frage, Tina. Tu, was ihr Frauen sonst auch tut, wenn ihr allein seid.«

»Ach so, natürlich, Mr. Caxton«, sagte sie schnippisch. »Weshalb bin ich darauf nicht selbst gekommen? Ich kann Ihr Nähzimmer benutzen, wenn auch kein wirklicher Bedarf dafür besteht – ich bin es gewohnt, fertige Kleider zu tragen, die andere abgelegt haben. Vielleicht könnte ich mich auch um Ihre Korrespondenzen kümmern. Ich bin sicher, daß Sie ein vielbeschäftigter Mann sind, der selbst nicht die Zeit dafür findet. Aber wenn es Ihnen lieber ist, kann ich auch in Ihrer gutsortierten Bibliothek herumstöbern. Ich bin sicher, daß ich dort interessanten Lesestoff finden werde. Ich besitze nämlich nicht nur einen Körper, sondern auch einen Geist, Mr. Caxton!«

»Sarkasmus steht dir nicht, Christina«, sagte Philip zornig.

»Mir hätte klar sein müssen, daß Sie besser wissen als ich, was zu mir paßt«, gab Christina zurück.

»Christina, ich werde diese Tiraden nicht länger dulden. In deinem Zelt kannst du dich benehmen, wie es dir paßt, aber in der Öffentlichkeit wirst du mir Respekt erweisen!« erwiderte er, und seine Kiefermuskeln zuckte bedrohlich.

»Respekt!« Sie trat einen Schritt zurück, um ihn zu mustern. Es belustigte sie nahezu. »So, wie du mich behandelt hast, erwartest du Respekt von mir?«

»In diesem Land schlägt man eine Frau, die ihrem Mann keinen Respekt erweist.«

»Du bist nicht mein Mann«, verbesserte sie ihn.

»Nein, aber das entspricht sich. Ich bin dein Herr, und du gehörst mir. Wenn du wünschst, daß ich eine Peitsche suche und öffentlich deine Rückseite entblöße, dann komme ich deinen Wünschen mit Vergnügen nach. Wenn nicht, kehrst du jetzt in mein Zelt zurück.«

Er sagte das so kühl, daß Christina es nicht darauf ankommen ließ, sich zu vergewissern, ob er seine Drohung wahr machen würde. Sie eilte ins Zelt, warf sich auf das Bett und weinte sich aus. Nie würde sie diesem Schurken etwas anderes als Haß und Verachtung entgegenbringen. Sie wußte weder was sie anfangen sollte, wenn Philip fort war, noch was sie anfangen sollte, wenn er da war. Sie weinte sich in den Schlaf.

Christina erwachte durch einen festen Klaps auf ihren Hintern. Als sie sich umdrehte, stand Philip neben dem Bett, die Hände in die Hüften gestemmt, und auf seinem schönen Gesicht stand ein schelmisches Lächeln.

»Du verbringst viel Zeit damit, in diesem Bett zu schlafen, mein Liebling. Möchtest du, daß ich dir einen anderen Verwendungszweck dieses Betts zeige?«

Christina sprang auf. Es fiel ihr inzwischen schon leichter, seine rauhe Ausdrucksweise zu verstehen.

»Ich bin sicher, daß ich gut ohne dieses Wissen zurechtkomme, Mr. Caxton.« Christina stemmte ebenfalls ihre Hände in die Hüften und fühlte sich sicher, weil das Bett zwischen ihnen stand.

»Du wirst es so und so bald lernen. Im übrigen würde ich es vorziehen, wenn du mich mit Philip oder mit Abu ansprichst, denn so werde ich hier genannt. Ich finde, es ist an der Zeit, daß du die Förmlichkeiten ablegst.«

»Ich würde es vorziehen, bei den Förmlichkeiten zu bleiben, Mr. Caxton. Zumindest macht das Ihrem Volk klar, daß ich nicht freiwillig hier bin«, sagte sie schnippisch.

Philip grinste boshaft. »Die Leute wissen längst, daß du nicht freiwilllig hier bist, aber sie wissen auch, daß ich kein Mann bin, den man warten läßt. Sie gehen davon aus, daß du letzte Nacht defloriert worden bist. Vielleicht kommt es heute nacht dazu.«

Christina riß die Augen auf. »Aber Sie – Sie haben es doch versprochen! Haben Sie denn gar keine Skrupel?«

»Ich halte immer mein Wort, Tina. Es wird nicht nötig sein, dich zu vergewaltigen. Wie ich dir bereits sagte, wirst du mich ebensosehr begehren wie ich dich.«

»Sie müssen verrückt sein! Wie könnte ich Sie begehren, wenn ich Sie mit meinem ganzen Wesen verachte?« fragte sie aufbrausend. »Sie haben mich von meinem Bruder und von allem, was ich liebe, fortgeholt. Sie halten mich hier gefangen und lassen mich bewachen. Ich hasse Sie!«

Christina stolzierte hinaus und verfluchte ihn innerlich mit allen üblen Schimpfwörtern, die ihr nur einfielen. Plötzlich bemerkte sie zwei Stapel Bücher und mindestens zehn Ballen Stoff, die neben einem der Sofas lagen. Sie vergaß ihren Ärger und sah sich die Schätze an.

Es waren Seide, Satin, Samt und Brokat in den schönsten Farben, die sie je gesehen hatte. Sogar ein Ballen fast durchsichtiger Baumwolle für Unterkleider war dabei. Garn in allen passenden Farben, Scheren, kunstvolle Borten und alles, was sie brauchen konnte, um sich schöne Kleider zu nähen, lag vor ihr.

Dann wandte sie sich den Büchern zu, nahm sie eins nach dem anderen in die Hand. Shakespeare, Defoe, Homer... Manche dieser Bücher hatte sie schon gelesen, und manche waren von Schriftstellern, von denen sie noch nie gehört hatte. Neben den Büchern lagen ein Kamm und eine Bürste aus kunstvoll geschnitztem Elfenbein.

Christina war begeistert. Sie fühlte sich wie ein kleines

Kind, das zum Geburtstag mit so üppigen Geschenken überschüttet wird, daß sie bis zum nächsten Geburtstag reichen werden. Philip hatte hinter ihr gestanden und ihre Freude über diese Überraschung gesehen. Sie wirbelte herum.

»Ist das für mich?« fragte sie zimperlich, während sie ihre Hand über einen Ballen blauen Samt gleiten ließ, der exakt der Farbe ihrer Augen entsprach.

»Es war für dich gedacht, aber so, wie du dich benommen hast, weiß ich nicht, ob ich es dir geben sollte«, sagte er.

Seine grauen Augen gaben keinen Hinweis darauf, ob er Spaß machte oder nicht. Plötzlich war sie ganz verzweifelt.

»Bitte, Philip! Ich gehe ein, wenn ich nichts habe, womit ich mich beschäftigen kann.«

»Vielleicht könntest du mir auch etwas geben«, erwiderte er mit rauchig heiserer Stimme.

»Du weißt, daß ich das nicht tun kann. Warum quälst du mich so?«

»Du ziehst vorschnelle Schlußfolgerungen, mein Liebling. Ich hatte nur an einen Kuß gedacht – einen Kuß mit Gefühl.«

Christina warf einen Blick auf die Fülle an Schätzen, die auf dem Sofa lagen. Was kann ein kleiner Kuß schon schaden, dachte sie, wenn ich dafür bekomme, was ich will? Sie kam auf ihn zu und wartete mit geschlossenen Augen ab, aber er tat gar nichts. Sie schlug die Augen auf und sah ihn an. In seinem Blick stand Belustigung.

»Ich habe dich aufgefordert, mir einen Kuß zu geben, junge Frau, und zwar mit Gefühl.« Er sah lächelnd auf sie hinunter.

Nach kurzem Zögern legte Christina ihre Arme um seinen Hals und zog seinen Mund auf ihren hinunter. Sie öffnete die Lippen. Der Kuß begann zart, ehe seine Zunge in ihren Mund vordrang. Wieder durchzuckte sie dieses

Flattern, doch diesmal wehrte sie sich nicht dagegen. Seine Arme schlangen sich um sie und drückten ihren Körper an sich. Sie spürte das Harte zwischen seinen Beinen, als er seine Lippen senkte und eine Feuerspur auf ihrem Nacken hinterließ.

Philip hob sie auf seine Arme und trug sie zum Schlafzimmer. Christina fing an zu zappeln.

»Du wolltest nur einen Kuß! Bitte, stell mich wieder hin«, bettelte sie.

»Verdammt noch mal, Frau! Es wird eine Zeit kommen, in der du gern mit mir kommst, das verspreche ich dir.«

Er stellte sie ab und ging. Ein Lächeln trat auf Christinas Lippen. Aber wie lange würde ihr Glück anhalten? Philips Kuß erregte etwas ihn ihr, was sie nicht verstand. Sie blieb mit einem Gefühl der Leere zurück, dem Gefühl, mehr zu wollen, aber sie wußte nicht, was dieses Mehr war.

Nach wenigen Minuten kam Philip mit einem Mädchen zurück, das das Abendessen brachte. Als sie gegangen war, sprach Philip unfreundlich mit ihr.

»Wir werden jetzt essen, und anschließend stelle ich dich meinem Vater vor. Er erwartet uns schon.«

Sie aßen schweigend, aber Christina war zu nervös, um die warme Mahlzeit zu genießen. Sie fürchtete sich ein wenig davor, Philips Vater kennenzulernen. Wenn er Ähnlichkeit mit seinem Sohn besaß, hatte sie einiges zu fürchten.

»Könnten wir dieses Treffen nicht um ein paar Tage verschieben, damit ich mir vorher etwas nähen kann, was vorzeigbarer ist als das hier?« fragte sie.

Philip sah sie stirnrunzelnd an. »Mein Vater hat sein ganzes Leben hier verbracht. Er ist es nicht gewohnt, daß Frauen schicke Kleider und kostbare Gewänder tragen. Das, was du anhast, ist dem Anlaß durchaus angemessen.«

»Und wessen Kleider trage ich hier eigentlich? Haben sie deiner letzten Mätresse gehört?« fragte Christina angewidert.

»Du hast eine scharfe Zunge, Tina. Diese Kleider gehören Amine, dem Mädchen, das das Essen gebracht hat. Amine ist die Frau von Syed, einem entfernten Cousin von mir.«

Christina schämte sich, aber sie dachte gar nicht daran, es zuzugeben.

»Gehen wir? Mein Vater kann es gar nicht erwarten, dich kennenzulernen.«

Philip nahm sie an der Hand und führte sie zu einem kleineren Zelt, das rechts neben seinem Zelt stand. Sie traten ein, und Christina sah einen alten Mann, der mitten im Zelt auf dem Fußboden saß.

»Kommt rein, Kinder. Ich habe mich schon auf euch gefreut.«

Philip führte sie durch das Zelt, setzte sich seinem Vater gegenüber auf ein Schaffell und zog sie neben sich.

»Ich möchte dir Christina Wakefield vorstellen«, sagte Philip zu seinem Vater. Dann sah er sie an. »Mein Vater, Scheich Yasir Alhamar.«

»Du mußt wirklich aufhören, mich Scheich zu nennen, Abu. Du bist jetzt der Scheich«, schalt er seinen Sohn.

»Ich werde in dir immer den Scheich sehen, Vater. Bitte mich nicht darum, dich mit weniger Respekt zu behandeln.«

»Nun gut, zwischen uns spielt das ohnehin keine Rolle. Das ist also die Frau, ohne die du nicht mehr leben konntest«, sagte Yasir, und er musterte Christina gespannt. »Ja, ich kann verstehen, warum du sie besitzen mußtest. Du bist ein erfreulicher Anblick, Christina Wakefield. Ich hoffe, du wirst mir noch viele schöne Enkel schenken, ehe ich sterbe.«

Christina riß die Augen weit auf, und ihr Gesicht nahm eine rötliche Tönung an. »Enkel! Also so was, ich ...«

Philip schnitt ihr abrupt das Wort ab. »Du sagst jetzt kein Wort mehr.« Er sah sie böse an, mit einem Blick, der ihren Ungehorsam herausforderte.

»Es ist schon gut, Abu. Ich sehe, daß deine Christina noch viel Kämpferisches in sich hat. Deine Mutter war am Anfang genauso, als ich sie in mein Lager brachte. Ich war nur nicht so freundlich wie du, denn ich mußte sie einmal schlagen.«

Christina schnappte nach Luft, doch Yasir lächelte sie vielsagend an.

»Das schockiert dich, Christina Wakefield? Mir hat es auch nicht gepaßt, als es geschehen war. Du mußt wissen, daß ich damals viel getrunken habe und in blinde Wut geraten bin, weil sie ganz unverhohlen mit den Männern in meinem Lager geflirtet hat. Später hat sie zugegeben, daß sie es absichtlich getan hat, um mich so eifersüchtig zu machen, daß ich sie heirate. Danach habe ich nie mehr die Hand gegen sie erhoben, und gleich am Tag darauf haben wir geheiratet. Ich habe fünf unschätzbare Jahre mit ihr erlebt, und sie hat mir meine Söhne geschenkt. Abu und Abin. Aber sie konnte das heiße Wüstenklima nicht ertragen, und daher habe ich ihr den Wunsch nicht abgeschlagen, sie nach Hause reisen zu lassen. Ich trauere noch immer über ihren Tod. Und ich werde immer um sie trauern.«

In den dunkelbraunen Augen von Philips Vater stand ein trauriger Blick, als erinnere er sich an diese längst vergangenen glücklichen Jahre. Er nickte nur, ohne die beiden anzusehen, als Philip sagte, sie würden ihn wieder besuchen.

Christina hatte Mitleid mit Yasir, der nur fünf Jahre mit der Frau verbracht hatte, die er liebte, aber für Philip empfand sie nichts dergleichen. Als sie in sein Zelt zurückkehrten, sah sie ihn mit blitzenden dunkelblauen Augen an.

»Ich werde ihm keine Enkel schenken!« brauste sie auf.

»Was?« fragte Philip lachend. »Das ist doch nur der Wunschtraum eines alten Mannes. Ich erwarte keine Kinder von dir. Das ist auch nicht der Grund, aus dem ich dich hierher gebracht habe.«

»Warum hast du mich denn sonst hierher gebracht?« schrie Christina ihn mit schriller Stimme an.

»Das sagte ich dir bereits, Tina. Du bist zu meinem Vergnügen hier. Weil ich dich will«, erwiderte er ohne Umstände.

Er streckte die Arme nach ihr aus, und Christina wich eilig aus. Angst war an die Stelle ihres Zorns getreten. »Wo kann ich diese Stoffballen verstauen?« fragte sie, um ihn abzulenken.

»Nächste Woche versuche ich, dir eine Truhe dafür zu besorgen. Vorläufig kannst du sie einfach liegenlassen. Komm laß uns jetzt ins Bett gehen«, sagte er und machte sich auf den Weg in das abgetrennte Schlafzimmer.

»Es ist gerade erst dunkel geworden, und ich bin nicht müde. Außerdem denke ich gar nicht daran, mit dir in einem Bett zu schlafen. Und du hast nicht das Recht, mich dazu zu zwingen!« Sie setzte sich und flocht ihre Zöpfe auf.

Philip kam zu ihr und hob sie auf seine Arme. »Ich habe nicht davon gesprochen, daß wir schlafen gehen, meine Süße«, sagte er kichernd.

»Nein!« schrie sie. »Setz mich augenblicklich wieder ab!«

Philip sah lächelnd auf sie herunter, als er sie ins Schlafzimmer trug und sie auf das Bett fallen ließ. »Ich habe dir doch gesagt, daß ich dir Vergnügen bereiten werde. Zieh dich jetzt aus, Tina.«

»Nichts dergleichen werde ich tun«, gab Christina empört zurück.

Sie wollte aus dem Bett springen, doch es war ein nutzloses Unterfangen, denn Philip zog sie schnell in die Mitte des Bettes und legte ein Knie über ihre Hüften. Er zog ihr die Bluse über den Kopf, und obwohl sie sich mit aller Kraft wehrte, war sie verloren. Er band ihren Rock auf und drehte sie um, um ihn runterzuziehen.

»Das kannst du nicht tun!« schrie sie, und sie versuchte verzweifelt, ihm zu entkommen.

Er lachte herzlich. »Wann wirst du endlich begreifen, meine Kleine, daß ich hier der Herr bin? Was ich tun will – das tue ich auch.«

Philip sah die Angst in ihren dunkelblauen Augen, doch das konnte ihn nicht zurückhalten.

»Verdammt noch mal, Tina, ich habe dir mein Wort gegeben, dich nicht zu vergewaltigen, aber ich habe nicht versprochen, dich nicht zu küssen oder deinen Körper nicht zu berühren. Und jetzt hältst du still!« sagte er barsch. Gegen ihren Willen preßte er seine Lippen auf ihren Mund.

Philip küßte sie brutal und ausgiebig. Christina hatte ein ganz seltsames Gefühl. Genoß sie seine Küsse etwa wirklich? Ihre Brüste, ihr Bauch, ihr ganzer Körper prikkelten, und sie fühlte sich unglaublich lebendig.

Philip ließ sie los und stellte sich neben das Bett. Er koste ihren Körper mit dunkelgrünen Augen, als er sich auszog und seine Kleidungsstücke auf den Boden warf. Christinas Augen wurden kugelrund, als sie sein nacktes Verlangen sah. Furcht erfaßte sie, und sie sprang aus dem Bett, um einen letzten Fluchtversuch zu unternehmen. Doch Philip hielt sie an ihrem langen Zopf fest und zog sie gewaltsam in seine Arme.

»Du hast nichts zu befürchten, Tina«, sagte er, als er sie auf das Bett stieß.

Er ließ seine Lippen über ihr Gesicht und ihren Hals gleiten, doch als sie zart auf ihren Brüsten lagen, fing sie wieder an, sich zu wehren. Er hielt ihre Arme mit einer Hand über ihrem Kopf fest.

»Wehr dich nicht, Tina. Sei ganz entspannt und genieße, was ich für dich tun kann«, flüsterte er mit tiefer Stimme.

Während Philip ihre Brüste mit seinen Lippen streichelte, legte er die Hand, die er frei hatte, auf ihren Oberschenkel. Als seine Hand zu dem golden behaarten Dreieck unter ihrem Nabel hinaufglitt, stöhnte Christina und flehte Philip an, aufzuhören.

»Ich habe doch gerade erst angefangen, Tina«, murmelte er, und er stieß sein Knie zwischen ihre Beine, um ihre Schenkel zu öffnen.

Christina fühlte sich entflammt, als Philip sie zart zwischen den Beinen streichelte. Er bedeckte ihre Lippen mit seinem Mund, als sie leise zu stöhnen begann. Jetzt wollte sie nicht mehr, daß er aufhörte. Sie wollte wissen, wie dieses seltsame prickelnde Gefühl in ihrem Innern jemals enden sollte.

Philip ließ ihre Hände los und legte sich auf sie. Er hielt ihren Kopf zwischen seinen großen Händen und küßte sie begierig. Sie spürte seine Härte zwischen ihren Beinen, aber sie störte sich nicht mehr daran. Ihr Kopf schrie innerlich, er solle aufhören, doch ihr Körper forderte, er solle weitermachen. Jetzt wußte Christina, daß Philip recht gehabt hatte. Sie haßte ihren Körper dafür, daß er sie verriet, aber sie begehrte Philip.

Sie spürte, daß er langsam anfing in sie einzudringen. Doch er unterbrach plötzlich seine Bewegungen und sah ihr in die Augen.

»Ich begehre dich, Tina. Du gehörst mir, und ich will dich lieben. Willst du, daß ich jetzt aufhöre? Willst du, daß ich dich loslasse?« Er lächelte sie an, und er wußte, daß er gewonnen hatte. »Sag es mir, Tina. Sag mir, daß ich nicht aufhören soll.«

Sie haßte ihn, aber er konnte sie jetzt nicht einfach im Stich lassen. Sie schlang ihre Arme um seinen Hals. »Hör nicht auf«, flüsterte sie tonlos.

Sie spürte einen sengenden Schmerz, als er tief in sie hineinstieß. Seine Lippen erstickten ihren Schrei, als ihre Nägel sich in seinen Rücken gruben.

»Es tut mir leid, Tina, aber das mußte sein. Es wird jetzt nie mehr weh tun – das verspreche ich dir.« Er fing an, sich langsam in ihr zu bewegen.

Er hatte recht. Es tat nicht mehr weh. Es wurde immer genüßlicher, als Philips Bewegungen schneller wurden. Christina gab sich ihm völlig hin, während sie auf jede seiner Bewegungen empfänglich reagierte. Es gelang ihm, ihren Genuß immer mehr zu steigern, bis sie ihre Augen aufriß und eins mit ihm wurde.

Philip zeigte ihr Genüsse, von denen sie nicht gewußt hatte, daß es so etwas geben konnte. Doch als sie jetzt atemlos unter ihm lag, haßte sie ihn dafür um so mehr. Sie verfluchte sich für diese neuentdeckte Schwäche. Sie hatte gesagt, nie würde sie sich ihm freiwillig hingeben, doch sie hatte es getan, und das konnte sie sich nicht verzeihen.

Christina schlug die Augen auf und stellte fest, daß Philip sie mit einem Blick in den Augen anstarrte, den sie nicht deuten konnte.

»Ich werde dich niemals aufgeben, Tina. Du wirst immer mir gehören«, murmelte er leise. Dann ließ er sich neben sie fallen, zog sie aber an sich, bis ihr Kopf auf seiner Schulter lag.

»Und ich warne dich hiermit. Wenn du jemals wieder versuchen solltest, mir fortzulaufen, werde ich dich finden und dich auspeitschen, bis sich die Haut von deinem bezauberndem Rücken schält. Darauf gebe ich dir mein Wort.«

Christina blieb stumm. Bald darauf konnte sie seinen gleichmäßigen Atem hören und wußte, daß Philip eingeschlafen war. Sie rückte von ihm ab und schlüpfte aus dem Bett.

Sie glitt unbeobachtet aus dem Lager und schlich sich zu der Lichtung, zu der Philip sie am Morgen geführt hatte. Dort tauchte sie in den warmen Teich ein. Bis hierher hatte sie es geschafft, ohne ertappt zu werden. Aber ihr Glück hatte sie verlassen, und sie ließ es nicht auf einen Fluchtversuch ankommen, um zu sehen, ob Philip seine Drohung wahr machen und sie auspeitschen würde. Daher wies Christina ihre Fluchtgedanken von sich, und das warme Wasser spülte seinen Geruch von ihrem Körper.

9

Philip erwachte lächelnd und erinnerte sich an den Sieg, den er in der vergangenen Nacht davongetragen hatte. Er bemerkte den Blutfleck auf dem Laken und spielte versonnen mit Christinas Zopf.

Was für eine Frau hatte er gefunden! Nachdem sie ihre Niederlage eingestanden hatte, hatte sie sich ihm letzte Nacht vollständig hingegeben. Sie hatte seiner rasenden Leidenschaft in nichts nachgestanden. Vielleicht sollte er sie zu seiner Ehefrau machen, um sicherzugehen, daß sie ihn niemals verlassen würde. Doch sie hatte ihn in diesem Punkt einmal zurückgewiesen, und es gab kein Mittel, mit dem er sie zu einer Heirat zwingen konnte.

Philip zog sich an, verließ das Zelt und bat Amine, ihnen das Frühstück zu bringen. Er sah nach seinem Pferd und zwei Pferden, die sie kürzlich erst eingefangen hatten. Er liebte den Umgang mit Pferden, und zwischen den Überfällen auf die vorbeiziehenden Karawanen war es ihm eine Abwechslung, die neuen Pferde zuzureiten.

Philip dachte an den ungläubigen Blick, der bei dem gestrigen Überfall auf das Gesicht des fetten, alten Kaufmanns getreten war, als er gefragt hatte, ob die Karawane irgendwelche Bücher mit sich führte. Philip hatte nur die Dinge genommen, die er für Christina brauchte, und er hatte seinen Männern befohlen, nur Lebensmittel und andere Notwendigkeiten mitzunehmen.

Philip hatte keinen Bedarf an den Reichtümern, die man

durch die Überfälle auf Karawanen erbeuten konnte, denn in England besaß er allen Reichtum, den er sich nur wünschen konnte. Seine Mutter hatte ihm neben dem großen Grundbesitz auch einen Titel hinterlassen.

Sein Halbbruder Rashid nahm alles mit, wenn er eine Karawane überfiel, und es störte ihn auch nicht weiter, wenn dabei jemand ums Leben kam. Rashid war ein harter und erbitterter Mann. Philip war froh, daß er seit seiner Rückkehr nicht mehr im Lager gewesen war.

Als Philip wieder ins Zelt trat, warf Christina ihm einen so haßerfüllten Blick zu, daß jeder andere Mann erstarrt wäre.

»Ich hatte gehofft, deine Übellaunigkeit hätte in der vergangenen Nacht nachgelassen, aber ich sehe schon, daß dem nicht so ist«, bemerkte Philip beiläufig.

»Und ich hatte gehofft, du besäßest den Anstand, die letzte Nacht nicht zu erwähnen. Aber du bist natürlich ein solcher Rüpel, mir diese Nacht sofort um die Ohren zu hauen! Ich verspreche dir, daß ich es nie mehr dazu kommen lasse!«

Philip grinste heimtückisch, als er sich ruhig neben sie setzte. »Gib keine Versprechen ab, die du nicht halten kannst, Tina. Nach dem Frühstück bringe ich dich zum Baden.«

»Danke, ich habe heute nacht schon gebadet«, sagte sie hochmütig.

Philips Augen zogen sich gefährlich zusammen. Er packte sie an den Schultern und rüttelte sie kräftig. »Du kleiner Dummkopf! Glaubst du, wir sind der einzige Stamm hier in den Bergen? Es gibt Dutzende von anderen, und wir teilen uns das Wasser und den Badesee mit Yamaid Alhabbal. Sein Stamm spricht im Gegensatz zu meinem kein Englisch. Weißt du, wo du heute morgen wärst, wenn dich jemand von diesem Stamm entdeckt hätte? Du stündest auf einem Sklavenmarkt – und brächtest eine ansehnliche Summe ein. Natürlich erst, nachdem

Yamaid Alhabbal und alle seine Männer deine Reize gekostet hätten.«

Philip stieß sie von sich und sah mit erbarmungslosem Blick auf sie herunter. »Nie wieder wirst du dieses Lager ohne Begleitung verlassen, hast du gehört?«

»Ja«, flüsterte sie eingeschüchtert.

Als er ihren Schrecken bemerkte, beruhigte Philip sich wieder. »Es tut mir leid, Tina. Es geht nur darum, daß ich dich wahrscheinlich nicht wiederfände, wenn du verkauft wirst. Der fette alte Geier, der das meiste für dich zahlen könnte, würde dich irgendwo verstecken, weil er Angst hätte, dich sonst zu verlieren. Das wünsche ich dir ebensowenig, wie du es dir wünschst.«

Christina wirkte schon wieder völlig gelassen, als sie sich ihren Nähsachen zuwandte. Philip entschloß sich, die Wildpferde zuzureiten, denn sie würden leichter zu zähmen sein als Christina.

Da Christina ihn völlig ignorierte, gab sich Philip nach dem Abendessen ganz seinen eigenen Gedanken hin. Er hatte den späten Nachmittag damit verbracht, seinem Vater von Paul und seiner Frau zu erzählen. Zwar hatte Yasir Paul seit vielen Jahren nicht gesehen, doch er stand seinem Herzen immer noch nahe.

Philip hoffte immer noch, daß Paul seinen Vater wenigstens ein einziges Mal besuchen würde. Der alte Mann hatte nicht mehr allzuviel Zeit vor sich. In diesem Land starben die Leute vor ihrer Zeit.

Als Yasir sich entschlossen hatte, mit seinem Stamm in das Vorgebirge zu ziehen, war Philip begeistert gewesen. Er hatte das Nomadenleben in der Wüste nie gemocht, das ständige Weiterziehen von einer Oase zur nächsten. Der Stamm lebte jetzt seit acht Jahren in den Hügeln. Philip wäre vielleicht nicht so lange bei seinem Vater geblieben, wenn sie nicht dauerhaft in die Berge gezogen wären. Hier war es beträchtlich kühler. Es gab sogar genügend Wasser für regelmäßige Bäder. Und ihr Lager war so gelegen, daß sie einem Überfall standhalten konnten, wenn das nötig sein sollte.

Philip wußte nicht, ob er nach dem Tod seines Vaters in Ägypten bleiben würde. Aber jetzt, da er Christina hatte, würde er sich vermutlich für das Bleiben entscheiden. Er konnte nicht mit ihr nach England zurückgehen, denn dort konnte sie ihm davonlaufen.

Als er die Augen aufschlug, sah er sie auf dem Sofa schlummern. Sie hatte sich wie ein kleines Mädchen zusammengerollt, das unschuldige Träume träumt. Sie erschien ihm kaum wie eine sinnliche Frau, die er in der vergangenen Nacht erlebt hatte. Er wollte sie auf seine Arme heben, um sie ins Bett zu tragen, doch sie erwachte und wich vor ihm zurück.

»Ich wollte dich wirklich nur ins Bett tragen«, sagte er. »Aber da du wach zu sein scheinst, wüßte ich etwas Besseres.«

»Nein!« fauchte sie. »Eher schlafe ich auf dem Fußboden!«

»Das würde dir nicht gefallen, Tina. Es kann hier nachts sehr kühl werden, und du solltest dich an meinen warmen Körper gewöhnen. Der Winter kommt bald.«

»Lieber ertrage ich die Kälte als dich und deine Annäherungsversuche«, erwiderte sie heftig.

»So hast du das letzte Nacht nicht gesehen«, sagte Philip. »Du bist eine sehr leidenschaftliche Frau, Tina, auch wenn du dich weigerst, es einzugestehen.« Er warf sie roh über seine Schulter.

Sie wehrte sich heftig. Plötzlich hielt sie zu Philips Erstaunen vollkommen still. Ein neues Spielchen, dachte er, aber lange wird sie diese Teilnahmslosigkeit nicht durchhalten. Er legte sich neben sie und streichelte sie, bis sie leidenschaftlich stöhnte. »O Philip«, hauchte sie. »Nimm mich.«

Philip legte sich auf sie. Ihre Arme schlangen sich um seinen Hals, und sie erwiderte nur zu begierig seinen

Kuß. Langsam drang er in sie ein und bewegte sich dann immer heftiger, bis ihrer beider Leidenschaft sich entlud und sie in eine glühende Ekstase sandte.

10

Christina schlief so schlecht, daß es endlos zu dauern schien, bis die Dämmerung endlich anbrach. Sie war bereits erwacht, als es noch ganz dunkel war. Als jetzt das Tageslicht allmählich in das Zelt einfiel, starrte Christina den Mann an, der sie letzte Nacht gänzlich ihres Willens beraubt hatte.

Christina hatte sich verzweifelt bemüht, gegen das Drängen anzukämpfen, das ihren Körper durchzuckt hatte, als Philip sie gestreichelt hatte, doch sie hatte seiner Berührung nicht widerstehen können. Sie hatte sich ihm absolut hingegeben. Sie hatte ihn angefleht, sie zu nehmen.

Was hat er bloß aus mir gemacht? dachte Christina wütend. Wie eine läufige Hündin habe ich ihn begehrt.

Sie ließ ihre Blicke über seinen nackten Körper gleiten. Er war von vollendeter Schönheit: schlank, muskulös und kräftig. Sie sah sich sein Gesicht genauer an: so gefurcht und attraktiv, wenn er wach war, und so knabenhaft und bezaubernd, wenn er schlief. Sein schwarzes Haar, das durch die Nacht zerzaust war, lockte sich leicht in seinem Nacken. Philip sah aus wie ein Märchenprinz, den sie sich in kindlicher Unschuld ausgemalt hatte, aber sein Charakter war der eines Teufels!

Plötzlich schreckte Christina durch eine tiefe Stimme auf.

»Abu«, sagte der Mann. »Ich habe gerade eben von deiner Rückkehr erfahren. Wach auf!«

Ein großgewachsener Mann, dessen Körperbau dennoch schmächtig war, betrat das Schlafzimmer. Christina hatte ihn noch nie gesehen. Als er sie erblickte, erstarrte er.

Der Mann sah Philip an, der gerade erwachte, und dann wieder Christina. Ein breites Grinsen trat auf sein Gesicht, als Christina, die sich schämte, daß jemand sie mit Philip im Bett liegen sah, die Decke bis zu ihrem Hals hochzog.

»Ich bitte tausendmal um Entschuldigung, Bruder. Ich wußte nicht, daß du geheiratet hast«, sagte er unschuldig. »Wann hat das glückliche Ereignis stattgefunden?«

Philip setzte sich auf der Bettkante auf und funkelte den Mann böse an.

»Es hat keine Heirat gegeben, und ich bin sicher, daß du das weißt. Falls deine Neugier zufriedengestellt ist, würde ich dich bitten, mein Schlafzimmer zu verlassen.«

»Wie du wünschst, Abu. Ich werde warten und das Frühstück mit dir einnehmen«, erwiderte er. Er grinste noch einmal, drehte sich um und verließ den Raum.

Christina wandte sich an Philip. »Wer war dieser Mann?« fragte sie wütend. »Wie kann er es wagen, einfach dein Schlafzimmer zu betreten? Habe ich denn gar keine Privatsphäre hier?«

Philip stand auf und streckte sich. Er zog sich an.

»Verdammt noch mal, wirst du mir jetzt endlich antworten?« fauchte Christina ihn an, als er sich setzte, um seine Stiefel anzuziehen. Philip drehte sich zu ihr um. Ihr Zorn belustigte ihn.

»Es wird kein zweites Mal passieren, mein Kleines. Das war mein Halbbruder Rashid, und es war eins seiner kleinen Spielchen, mit denen er mich ärgern will. Gerade in meinem Schlafzimmer kannst du dich darauf verlassen, daß du ungestört bist – von mir natürlich abgesehen. Und jetzt zieh dich an«, sagte er. Er hob ihre Kleider auf und reichte sie ihr. »Er wartet schon darauf, dich kennenzulernen.«

Philip sah nicht, daß Christina ihm hinter seinem Rükken kindisch die Zunge herausstreckte, als er das Zelt verließ. Sein Bruder also, dachte sie, während sie sich eilig anzog. Wie viele Überraschungen soll ich eigentlich noch über mich ergehen lassen? Jetzt habe ich es also mit seinem Bruder zu tun – zweifellos schon wieder mit einem Barbaren.

Sie bürstete sich das Haar und band es mit einem Stück Spitze zusammen, das Philip ihr gegeben hatte. Christina wünschte, sie hätte einen Spiegel gehabt, aber sie dachte gar nicht daran, Philip darum zu bitten.

Beide Brüder saßen beim Frühstück, als Christina die Vorhänge zurückschlug. Sie sind so unzivilisiert, daß sie es nicht einmal fertigbringen, aufzustehen, wenn eine Dame hereinkommt, dachte sie. Sie ging auf die beiden zu und blieb vor ihnen stehen.

»Ich bin Rashid Alhamar«, sagte Philips Bruder, und sein Blick glitt von Kopf bis Fuß über ihren Körper. »Und du mußt Christina Wakefield sein.«

Sie nickte, nahm sich ein Stück Brot und setzte sich auf das Sofa gegenüber.

Abgesehen von der Größe wies Rashid keine äußerliche Ähnlichkeit mit Philip auf. Seine Hautfarbe war wesentlich dunkler, und er hatte schwarzes Haar und braune Augen. Sein Gesicht war knabenhaft, fast weibisch, und er hatte im Gegensatz zu Philips gefurchtem Gesicht und dem starken Bartwuchs eine glatte, zarte Haut. Philip war breit und muskulös, obwohl er schlank war, aber Rashid war regelrecht mager.

»Dein Bruder hat eine sehr hohe Belohnung darauf ausgesetzt, daß du sicher zurückkommst, Christina«, sagte Rashid. »Ich habe gehört, daß er und seine Männer dich bei allen Karawanen und sämtlichen Nomadenstämmen in der Wüste suchen.«

»Und jetzt sagen Sie bloß noch, daß Sie diese Belohnung gern einkassieren würden, Mr. Alhamar«, sagte Christina kühl.

»Von einer Belohnung wird kein Wort mehr geredet«, sagte Philip zu Rashid, und seine Stimme klang bedrohlich. »Ich sage es dir hiermit ein für allemal. Christina wird hierbleiben, weil ich es wünsche. Mir als Stammesoberhaupt wird niemand Fragen nach ihr stellen. Sie ist meine Frau, und als solche hat sie auch behandelt zu werden. Und im übrigen betrittst du nie wieder mein Schlafzimmer.«

Rashid lachte. »Nura hat gesagt, du würdest besonders eifrig über sie wachen. Jetzt sehe ich selbst, daß sie recht hat. Nura ist nämlich eifersüchtig auf deine neue Frau. Sie hat immer gehofft, sie würde deine Frau werden.«

»Ach, diese Frauen«, sagte Philip achselzuckend. »Ich habe Nura nie einen Grund gegeben, auf eine Heirat zu hoffen.«

»Aber sie ist genauso wie alle anderen jungen Frauen dieses Stammes. Alle wollen deine Aufmerksamkeit auf sich lenken.«

Christina glaubte, Neid aus seiner Stimme herauszuhören.

»Jetzt reicht es aber mit dem Gerede über Frauen«, erwiderte Philip ärgerlich. »Wo warst du, Rashid? Und warum warst du nicht hier, als ich zurückgekommen bin?«

»Ich war in El Bajyana, weil ich gehört habe, daß dort eine große Karawane vorbeikommt. Dort habe ich von Christinas Verschwinden erfahren. Die Karawane ist mit zwei Tagen Verspätung eingetroffen. Andernfalls wäre ich zu deiner Begrüßung hier gewesen.«

Rashid zog ein kleines Säckchen aus seinem Gewand, öffnete es und schüttelte den Inhalt auf den Tisch.

»Das ist der Grund dafür, daß ich so lange gewartet habe. Ich wußte, wo sie sie verstecken, und daher war es ein leichtes, sie zu stehlen.«

Christina riß die Augen auf, als sie die fantastischen Edelsteine sah, die auf den Tisch kullerten. Es waren riesige Diamanten, Smaragde und Saphire und andere kostbare Steine, die sie nicht kannte. Aber der schönste Stein war ein riesiger Rubin, der blutrot funkelte. Der Rubin allein war schon genug Lösegeld für einen König.

»Da du das Stammesoberhaupt bist, gehören sie natürlich dir«, sagte Rashid widerstrebend.

»Was soll ich mit einem Sack voll Edelsteinen anfangen?« sagte Philip lachend. »Ich brauche hier keinen Reichtum, und ich will hier auch gar keinen Reichtum haben. Du kannst die Edelsteine behalten, denn schließlich hast du dir die Mühe gemacht, sie zu stehlen.«

»Ich hatte gehofft, daß du es so siehst, Abu.« Rashid packte die Edelsteine wieder in das Säckchen und verbarg es unter seinem Gewand.

»Ich hoffe nur, daß du die Juwelen sinnvoll anlegst«, sagte Philip. »Hast du unseren Vater schon aufgesucht?«

»Ich suche ihn jetzt auf. Er ist vor ein paar Monaten schwerkrank gewesen. Maidi hat ihn durchgebracht, aber seit da an ist er nicht mehr zu Kräften gekommen. Ich fürchte, er wird nicht mehr lange leben.«

Philip begleitete seinen Bruder hinaus und blieb im Zelteingang stehen. Christina fragte sich, was für ein Mann er wohl war, wenn er so unbeteiligt die Nachricht aufnehmen konnte, daß sein Vater im Sterben lag. Was für ein Mann konnte Juwelen, die ein Vermögen wert waren, von sich weisen wie gewöhnliche Steine? Würde sie jemals diesen Mann verstehen, der sie zu seiner Mätresse gemacht hatte? Und wollte sie ihn überhaupt verstehen?

Langsam drehte Philip sich um und hob beide Hände, um sich das Haar aus dem Gesicht zu streichen, das ihm in die Stirn gefallen war. Christina konnte die Traurigkeit in seinen dunkelgrünen Augen erkennen.

Er empfand also doch etwas Schmerzliches bei dem Gedanken. Plötzlich empfand sie das Bedürfnis, zu ihm zu gehen und ihn in den Arm zu nehmen. Sie wollte seine Traurigkeit fortwischen. Was war bloß mit ihr los? Sie haßte ihn. Außerdem hätte er sie doch nur ausgelacht.

»Ich glaube, es ist an der Zeit, daß du die Mitglieder meines Stammes kennenlernst«, sagte er mit ruhiger Stimme. Er kam auf sie zu und legte seine Hand unter ihr Kinn. »Das heißt – wenn du nichts Besseres zu tun hast.«

»Meine Näharbeit kann warten«, erwiderte sie.

Philips Hand fiel auf ihre zierliche Taille herunter, als sie aufstand. Sie waren nur wenige Zentimeter voneinander entfernt, und seine Nähe ließ Christinas Puls schneller schlagen. Sie spürte, daß sie dahinschmolz, die Kontrolle über sich selbst verlor. Es war ihr verhaßt, daß er diese Wirkung auf sie ausübte. Sie mußte etwas sagen, um das, was sich zwischen ihnen entspann, aufzulösen.

»Wünschen Eure Hoheit gleich zu gehen?« fragte sie sarkastisch.

»Hier gibt es keine Hoheit, Tina. Ich habe dir doch gesagt, daß du mich Philip nennen sollst.« Seine Hand spannte sich kräftiger um ihre Taille.

Zuerst suchten sie Said und seine Familie auf.

»Das ist Christina Wakefield«, sagte Philip zur ganzen Familie. Alle starrten sie an. »Christina, das ist mein alter Freund Said, und das ist seine Frau, Maidi.« Er zeigte auf die alte Frau, die das Essen zubereitete. »Maidi kümmert sich um meinen Vater, seit er krank ist, und sie kocht das Essen für uns alle. Die junge Frau rechts neben ihr ist ihre Tochter, Nura.«

Beim Anblick des wunderschönen dunkelhaarigen Mädchens, das nicht älter als sie selbst zu sein schien, bekam Christina große Augen. Sie glaubte Feindseligkeit in Nuras Blick zu sehen, und dann fiel ihr wieder ein, daß dieses Mädchen gehofft hatte, Philips Frau zu werden.

»Und die junge Frau mit den Babys ist ihre Schwägerin Amine.«

Christina erwiderte das Lächeln des dunkelhäutigen hübschen Mädchens, das Anfang zwanzig zu sein schien. Sie hatte ihnen gestern das Essen gebracht. Und es waren ihr Rock und ihre Bluse, die Christina im Moment trug.

Vielleicht würde Christina Gelegenheit bekommen, sich mit ihr anzufreunden.

»Das sind Maidis Söhne – Ahmad, Saadi und Syed, Amines Mann«, beendete Philip die Vorstellung.

Die Söhne nickten ihr der Reihe nach zu. Christina erkannte in Ahmad und Saadi die beiden jungen Männer wieder, die Philip bei ihrer Entführung geholfen hatten. Syed war in Philips Alter, und über seine rechte Wange lief eine lange Narbe.

»Es freut mich sehr, Sie alle kennenzulernen«, sagte Christina.

»Wir sind diejenigen, die es ehrt, dich kennenzulernen, Christina Wakefield«, entgegnete Said, der sie herzlich anlächelte. »Ich sehe jetzt ein, warum Scheich Abu sich die Mühe gemacht hat, dich hierher zu bringen. Du bist von ungewöhnlicher Schönheit.«

»Sie schmeicheln mir, Said, aber ich...«

Philip schnitt ihr das Wort ab. »Es war kein großer Aufwand, wie Ahmad und Saadi bestätigen können, aber Christina hat eure Brüder noch nicht kennengelernt, und daher gehen wir jetzt wieder.« Er stieß Christina ins Freie.

»Ich verstehe. Vielleicht ein anderes Mal«, rief Said ihnen nach, und er wirkte verstört.

»Wie kommst du dazu, mir derart ins Wort zu fallen?« schrie Christina Philip heftig an, sowie sie im Freien standen.

»Weil du gerade sagen wolltest, daß du gegen deinen Willen hier bist. Das weiß bereits jeder. Aber wenn du es öffentlich aussprichst, dann wäre das peinlich für mich. Du scheinst zu vergessen, daß wir unsere Frauen schlagen, wenn sie es an Respekt mangeln lassen.« Philip packte sie rauh an der Schulter.

»Nein!« schrie Christina, die sich von ihm losriß. »Ich bin auch brav, ich – ich verspreche es dir!« sprudelte sie eilig hervor, und sie zitterte am ganzen Körper.

»Sei ruhig, Christina«, gebot ihr Philip. »Ich habe nicht vor, dich jetzt zu schlagen. Soweit hast du mich bisher nicht getrieben.«

Er umarmte sie zärtlich und ließ sie erst wieder los, als sie nicht mehr zitterte. Sie würde niemals in der Lage sein, diesen Mann zu begreifen. Im einen Moment drohte er ihr mit Schlägen, und im nächsten Moment hielt er sie zärtlich und liebevoll im Arm.

Liebevoll? Wie kam sie bloß auf Liebe? Philip liebte sie nicht. Er begehrte sie lediglich. Und Liebe und Verlangen unterschieden sich voneinander wie Tag und Nacht. Es bestand keine Hoffnung für sie, diesen Ort jemals wieder zu verlassen, wenn sich sein Herz nicht für sie erweichte und er sie gehen ließ, wie auch sein Vater seine Mutter frei gelassen hatte.

»Ist es wieder gut, Tina?« erkundigte er sich mit heiserer Stimme.

»Ja«, erwiderte sie mit niedergeschlagenen Lidern.

Jetzt stellte er ihr Saids Brüder und deren große Familien vor. Christina fiel auf, daß alle jungen Frauen Philip mit sehnsüchtigen Augen ansahen. Rashid hatte also recht gehabt. Alle hatten gehofft, ihn für sich zu gewinnen, bis er sie aus England geholt hatte, um mit ihr anzugeben. Sie alle mußten sie hassen – und Nura am allermeisten.

Am Nachmittag hatte Christina ihren ersten Rock fertig genäht. Es störte sie nicht, daß ihre Kleider aus zu feinen Stoffen für das Lagerleben waren, denn sie fühlte sich einfach wohler, wenn sie schöne Kleider trug. Philip lobte sie lediglich für ihre flinken Finger, als sie ihren neuen Rock anzog, doch Rashid, der zum Abendessen kam, konnte seine Blicke nicht von Christina losreißen. Da Philip sich über Rashids Aufmerksamkeiten ärgerte, zog Christina sich früh zurück und überließ die beiden Brüder ihren Erörterungen von Stammesangelegenheiten. Als Philip ins Bett kam, stellte sie sich schlafend, weil sie damit gerechnet hatte, er würde wieder versuchen, sie zu nehmen. Doch er zog sie nur dich an sich und schlief augenblicklich ein.

11

Die kommenden Tage vergingen gemächlich, und zwischen Christina und Philip wurden die ersten Dinge zur Routine. Er nahm sämtliche Mahlzeiten mit ihr ein, überließ sie jedoch am Morgen und am Nachmittag sich selbst. Jeden Abend vor dem Essen brachte er sie zum Teich, damit sie baden konnte, und nach dem Essen blieb er bei ihr, reinigte seine Waffen, las oder dachte nur einfach nach.

Jede Nacht liebte Philip sie, und allnächtlich wehrte sie sich gegen ihn, bis ihre Leidenschaft ihre Widerstandskräfte besiegte und sie mit sich riß. Christina konnte nicht leugnen, daß sie Vergnügen bei ihm empfand, aber das bewirkte nur einen um so größeren Haß auf ihn.

Philip löste die seltsamsten gemischten Gefühle bei ihr aus. Sie war immer nervös, wenn er in ihrer Nähe war. Nie konnte sie vorhersagen, was er als nächstes tun würde. Er brachte sie dazu, die Kontrolle über sich selbst zu verlieren und brachte sie in rasende Wut, doch dann verwandelte er diese Wut in Angst. Außerdem fürchtete sie sich ohnehin vor ihm, weil sie wirklich glaubte, er würde sie einmal schlagen, wenn sie ihn zu sehr provozierte.

Eine Woche war vergangen, und sie war des Nähens überdrüssig und langweilte sich im Zelt. Philip hatte ihren Willen gebrochen und gnadenlos die Macht gefestigt, die er über sie besaß, und wenn sie auch jede Minute auskostete, so weinte sie doch hinterher über diesen Verrat, den ihr Körper an ihr beging.

Christina legte ihr Nähezeug zur Seite und trat an den

Zelteingang. Die Sonnenstrahlen fielen so einladend durch das Laub des Wacholders, daß Christina ihre Angst vor Philips Strafen verlor, die auf sie zukamen, wenn sie das Zelt verließ. Sie schlenderte zu dem Pferch, in dem die Pferde standen, und sog genüßlich die Wärme der Sonne in sich auf.

Als sie Philip sah, blieb sie erstarrt stehen. Ahmad saß auf einem wunderbaren Araberhengst, und Philip stand neben ihm. Mutig trat Christina näher. Als sie die Umzäunung erreichte, scheute das Pferd.

Philip drehte sich um. »Was hast du hier zu suchen?« fragte er zornig.

»Mich interessiert, was du tust, und ich würde dir gern zusehen, wenn du die Pferde zureitest«, sagte sie. »Ich habe es in diesem Zelt einfach nicht mehr ausgehalten. Was bringt ihr den Pferden eigentlich bei?«

»Wir erziehen sie systematisch dazu, auf den Druck der Knie zu reagieren, nicht auf die Hände, weil man die Hände nicht immer frei hat. Man kann unsere Pferde auch nur stehlen, indem man sie fortführt, denn sie dulden keinen Reiter mit Zügeln auf ihren Rücken.«

»Das ist ja fantastisch«, sagte Christina mit wachsendem Interesse. »Und wie bringt ihr die Pferde dazu, stehenzubleiben?«

»Da wir ohne Sattel reiten, bohren wir ihnen die Fersen in die Flanken. Bist du jetzt zufrieden?«

»Ja. Darf ich noch eine Weile stehenbleiben und zusehen?« fragte sie schwach.

»Wenn du ruhig bist und das Pferd nicht ablenkst«, sagte er. Sie konnte seinen Blick nicht deuten.

Wie gern sie selbst auf einem dieser Pferde gesessen oder gar ein Wildpferd zugeritten hätte! Plötzlich wurde Christina klar, daß sie sich eine Zukunft in diesem Lager ausmalte. Verflucht, warum kam John nicht zu ihrer Rettung? Wahrscheinlich glaubte er, sie sei längst tot. Sie mußte entkommen oder abwarten, bis Philip ihrer überdrüssig war. Aber wer wußte, ob er sie dann nicht in einen Harem verkaufte?

Wenn sie ihn dazu brachte, sich in sie zu verlieben – vielleicht ließ er sie dann gehen? Aber wie konnte ihr das gelingen, wenn sie ihn haßte? Außerdem hatte er ihr selbst gesagt, daß er nur ihren Körper begehrte.

Christina beobachtete Philip nicht. Sie genoß es nur, endlich im Freien zu sein. Als sie wieder im Zelt waren und beim Essen saßen, teilte Philip ihr mit, daß er das Lager für eine Weile verlassen würde.

»Ich werde Ahmad als Wache vor deinem Zelt zurücklassen, solange ich fort bin. Wenn ich dich bewachen lasse, dann dient das ausschließlich deinem Schutz.«

»Wohin gehst du?«

»Es geht nur um ein *ghazw*«, sagte er gereizt. Offensichtlich wollte er nicht darüber reden, doch Christinas weibliche Neugierde ließ sie nicht in Ruhe, und sie hakte nach.

»Das kann doch nicht dein Ernst sein!« sagte sie entsetzt, als sie begriffen hatte, daß es sich um einen Raubzug handelte. Philip war ein Gesetzloser, der gnadenlos mordete! Und sie, Christina Wakefield, war in seiner Gewalt!

Sie versuchte, aus Ahmad, der vor ihrem Zelt Wache hielt, herauszukriegen, ob Philip andere Frauen vor ihr in das Lager gebracht hatte, denn vielleicht ließ sich in Erfahrung bringen, was ihr bevorstand. Doch Ahmad versicherte ihr, Philip habe vor ihr keine Frau ins Lager gebracht. Jetzt mußte sie diese Frage mit Philip selbst klären. Sie konnte nur hoffen, daß er besserer Laune war, wenn er zurückkehrte.

12

Sie ritten durch die heiße Mittagssonne, und Philip dachte an Christina. Würde er diese Frau jemals verstehen? Warum weinte sie nach etwas, was ihr Vergnügen bereitet hatte?

Ihr geheucheltes Interesse an den Pferden hatte er gleich erkannt, als sie zum Korall gekommen war, aber mußte er nicht verstehen, daß ihr jedes Mittel recht war, ins Freie zu kommen? Das Entsetzen, das in ihrem Blick gestanden hatte, als er ihr von dem Überfall erzählt hatte! Er war wirklich entschlossen gewesen, ihr diese Seite seines Lebens vorzuenthalten, denn er selbst hielt nichts von diesen Überfällen und wußte, daß er sie in Panik versetzen würde, aber sie hatte ihn mit ihrer Neugier so erbost, daß er sie bewußt schockiert hatte. So viele Fragen war er nicht gewohnt, und am allerwenigsten von einer Frau.

Ah, aber was für eine Frau! Philip genoß ihre Gegenwart in vollen Zügen. Es bereitete ihm Vergnügen, ihre außergewöhnliche Schönheit zu sehen. Seit sie da war, freute er sich darauf, in sein Zelt zurückzukehren – ob er es wollte oder nicht. Bisher war sein Zelt ein einsamer Ort gewesen, den er nach Möglichkeit gemieden hatte.

Die Karawane kam in Sicht. Syed feuerte zwei Schüsse in die Luft ab, um zu sehen, ob sich die Männer wehren oder ob sie kampflos hergeben würden, was die Kamele geladen hatten. Die sechs Wachen warfen ihre Waffen fort. Sie wollten lieber am Leben bleiben, als um das Eigentum eines anderen zu kämpfen und dabei zu sterben.

Sie luden die Lebensmittel, die sie brauchten, und ein paar andere Güter auf eins der Kamele und ließen die Karawane weiterziehen. Bald darauf schlugen sie ihr Nachtlager auf, und am nächsten Nachmittag wurden sie jubelnd im Lager begrüßt.

Philip nahm eine der Truhen und überließ den anderen den Rest. Er hoffte, Christina würde besser aufgelegt sein, doch sie würdigte ihn keines Wortes, als er sein Zelt betrat.

Philip begleitete Christina zum Teich und probierte seinen erbeuteten Rasierapparat aus. Auch nach dem Abendessen war Christina sturnm und verdrossen. So konnte es nicht weitergehen. Philip sehnte sich zu sehr danach, sie in sein Bett zu tragen.

»Komm, Tina, laß uns ins Bett gehen«, sagte er versuchsweise, und zu seinem großen Erstaunen folgte sie ihm wortlos. Sie löste ihr Haar und zog sich mit langsamen, verführerischen Bewegungen aus. Dann setzte sich sich nackt auf die Bettkante, und es wirkte wie eine Aufforderung. Doch als er zu ihr kam, hob sie ihre Hände und hielt ihn zurück.

»Ich muß mit dir reden, Philip«, sagte Christina, während sie mit ihren dunklen, saphirnen Augen seinen Blick zu ergründen versuchte.

»Später, mein Kleines«, erwiderte Philip heiser, und er brachte sie mit einem Kuß zum Schweigen. Sie raffte sich mühsam dazu auf, ihn trotzdem von sich zu stoßen.

»Bitte, Philip! Es gibt etwas, was ich wissen muß.«

Er sah ihre bebenden Lippen und das tiefe Blau ihrer Augen.

»Was ist los, Tina?«

»Was hast du mit mir vor?«

»Ich werde dich jetzt lieben. Was hast du denn geglaubt?« Er spielte lächelnd mit den Locken, die über ihre Brüste baumelten.

»Nein, ich meine in weiterer Zukunft – wenn du mich nicht mehr willst. Was wirst du dann mit mir tun?«

»Darüber habe ich noch gar nicht nachgedacht«, log er, denn es gab nichts, worüber er nachdenken mußte. Er würde sie niemals gehenlassen.

»Würdest du mich zu meinem Bruder zurückgehen lassen?« wagte sie sich schüchtern vor.

Philip wußte jetzt, was Christina Sorgen bereitete.

Glaubte sie denn wirklich, er würde sie einfach abschieben? Natürlich glaubte sie das, denn sie dachte nur das Schlechteste über ihn.

»Wenn ich deiner müde werde, Tina – ja, dann darfst du zu deinem Bruder zurückgehen.«

»Gibst du mir dein Wort darauf, Philip?«

»Du hast mein Wort darauf. Ich schwöre es dir.«

Er konnte die Erleichterung sehen, die auf ihr Gesicht trat, als sie sich auf das Kissen zurückfallen ließ. Sie lächelte ihn einladend an.

»Sind jetzt alle deine Ängste vergessen, mein Liebes?« flüsterte er, und seine glühenden Lippen versengten ihren Hals.

»Die meisten«, hauchte sie. Sie zog sein Gesicht zu sich und reagierte willig auf seinen leidenschaftlichen Kuß.

Philip fragte sich einen Moment lang, was sonst noch bewirken konnte, daß Christina sich vor ihm fürchtete. Aber gerade jetzt wehrte sie sich nicht, und das wunderte und erregte ihn gleichermaßen. Er grübelte jedoch nicht lange daran herum, denn er hatte keineswegs vor, diesen Moment mit banalen Fragen zu vergeuden.

Als die Dämmerung anbrach, erwachte Christina beim süßen Gesang einer Nachtigall. Sie dachte an die letzte Nacht und daran, wie weit sie gegangen war.

Sie hatte nicht die Hure spielen müssen. Sie hatte Philip bereits dazu gebracht, ihr zu versprechen, daß er sie zu ihrem Bruder zurückschickte. Doch sie hatte ein Geschäft mit ihm gemacht, und sie hatte sich willig hingegeben, um den Pakt zu besiegeln. Es war eine Kleinigkeit gewesen – er hätte sie auch andernfalls genommen.

Christina lächelte bei dem Gedanken daran, wie sehr ihre Zärtlichkeiten wildes Verlangen in Philip ausgelöst hatte. Seine glühende Leidenschaft hatte sie höher denn je hinaufgetragen. Und sie war in demselben Strudel des Begehrens gefangen gewesen und hatte sich von ihm mitreißen lassen, bis die Flut sie beide in ein Meer der Seligkeit geschwemmt hatte.

Dieser Abend lag jetzt hinter ihr. Es hatte einen Grund, daß sie sich Philip willig hingegeben hatte. Doch da ihre schlimmsten Ängste beschwichtigt waren, würde Philip sie in Zukunft weniger willig vorfinden. Sie würde sich ihm sogar heftiger widersetzen denn je.

Es wird ein wunderbarer Tag, dachte Christina, als sie aus dem Bett schlüpfte und sich anzog. Ich sollte mich vor mich selbst ekeln, aber ich tue es nicht. Ich bin wirklich glücklich.

Es ging auf den Winter zu, und als Christina am Nachmittag zur Pferdekoppel schlenderte, dachte sie daran, sich wärmere Kleider zu nähen. Als sie Schritte hinter sich hörte, glaubte sie, es sei Philip, und sie drehte sich abrupt um, doch zu ihrem Erstaunen fand sie Amine vor, die sie schüchtern ansah.

»Ich wollte dich nicht erschrecken«, sagte Amine scheu.

»Du hast mich nicht erschreckt. Ich dachte, es sei Abu.«

»Oh, Scheich Abu bewacht dich mit Adleraugen. Ich glaube, er liebt dich sehr.«

»Das ist doch lächerlich. Er liebt mich nicht.« Christina lachte bei diesem Gedanken. »Er begehrt mich nur.«

»Das verstehe ich nicht«, erwiderte Amine mit verwirrtem Blick.

»Das macht nichts, ich verstehe es selbst nicht.«

»Darf ich dir eine Frage stellen?« Amine wirkte sehr verlegen, aber als Christina nickte, fuhr sie fort. »Ist es wahr, daß du am selben Tisch mit Scheich Abu ißt?«

Christina war überrascht.

»Natürlich esse ich mit ihm. Wo sollte ich sonst essen?«

Amine riß ihre dunkelbraunen Augen auf. »Ich habe Nura nicht geglaubt, als sie es mir gesagt hat, aber wenn du es selbst sagst, muß ich es glauben.«

»Was ist so schockierend daran, daß ich mit Abu esse?« fragte Christina interessiert.

»Es ist den Frauen verboten, ihre Mahlzeiten mit den Männern einzunehmen«, antwortete Amine kopfschüttelnd. »Das tut man einfach nicht.«

Philip durchbrach also eine unumstößliche Regel, indem er mit ihr gemeinsam aß. Aber das ist doch lächerlich, dachte Christina. Ich bin doch nicht eine von ihnen. Ihre Regeln betreffen mich nicht. Aber sie wollte Amine nicht verletzen.

»Amine, du mußt verstehen, daß ich anders aufgewachsen bin. In meinem Land essen Männer und Frauen immer zusammen. Du siehst also, daß Abu nur versucht, mir die Möglichkeit zu geben, mich in seinem Land heimischer zu fühlen.«

»Ach so, jetzt verstehe ich das«, sagte Amine lächelnd. »Das ist sehr aufmerksam von Scheich Abu. Du hast Glück gehabt, daß er sich dich ausgesucht hat.«

Christina hätte am liebsten laut gelacht. Glück gehabt! Sie war entführt worden und gegen ihren Willen genommen worden! Aber sie erkannte, daß Amine romantisch war, und sie wollte ihr die Illusion nicht rauben.

»Abu ist ein gutaussehender Mann. Jede Frau würde sich glücklich schätzen, wenn er sie für sich auswählt«, log Christina. Jede Frau außer ihr. »Aber wo sind deine Kinder, Amine?«

»Maidi paßt auf sie auf. Es sind ihre einzigen Enkel, und sie ist vernarrt in sie. Es ist schwierig, hier zu heiraten, weil nicht viele Besucher in unser Lager kommen.«

»Wie hast du dann Syed kennengelernt?«

»Ach, Syed hat mich meinem Stamm geraubt«, sagte Amine stolz.

»Dich geraubt!« rief Christina aus. Waren denn alle diese Männer gleich?

»Unsere Stämme haben das Weideland miteinander geteilt, ehe sie sich verfeindet haben. Ich kannte Syed schon, als ich noch ein kleines Kind war, und ich habe ihn immer geliebt. Als ich alt genug war, um ihn zu heiraten, mußte er mich rauben. Mein Vater hätte die Heirat verboten.«

»Aber warum haben sich die beiden Stämme miteinander verfeindet?« fragte Christina mit wachsendem Interesse.

»Ich weiß nicht, denn über solche Dinge reden die Männer nicht mit den Frauen. Ich weiß nur, daß Scheich Ali Hejaz von meinem Stamm etwas gegen Yasir Alhamar hat. Es hat etwas mit Rashids Mutter zu tun, die die Schwester von Ali Hejaz war.«

In genau dem Augenblick ritt Philip mit einem langen Schwert am Gürtel und einer Flinte auf dem Rücken ins Lager.

»Ich muß jetzt gehen!« keuchte Amine, als sie Philip sah.

»Es hat mir Spaß gemacht, mich mit dir zu unterhalten, Amine. Komm doch bitte zu mir und besuch mich in meinem Zelt. Du bist mir immer willkommen, und du kannst gern deine Kinder mitbringen.«

»Das tue ich gern«, sagte Amine furchtsam.

Sie eilte in ihr Zelt, als Philip auf Christina zuritt und neben ihr anhielt, um abzusteigen.

»Warum ist Amine so eilig verschwunden?« fragte Philip.

»Ich habe den Eindruck, sie fürchtet sich vor dir«, antwortete Christina mit einem leisen Lächeln.

»Was?« Er sah sie ungläubig an. »Von mir hat doch niemand etwas zu befürchten!«

»Da täuschst du dich jetzt, mein Geliebter, denn allein deine Gegenwart löst Angst und Schrecken aus«, neckte sie ihn. »Siehst du denn nicht, wie ich zittere und bebe?«

Philip grinste sie an.

»Du, meine Süße, hast viel zu fürchten«, sagte er, und Christina errötete, als sie verstand, was er damit andeuten wollte. Und die Zeit, vor der sie sich am meisten fürchtete, nahte gerade heran, während die Sonne unterging.

Sie nahmen ein schmackhaftes Mahl ein, und nach dem Essen las Philip in einem der Bücher, die er Christina mitgebracht hatte, während sie lange Ärmel für ein Kleid nähte und laut lachte, als sie sich fragte, ob sie sich selbst einen Kaftan nähen sollte und sich vorstellte, wie sie in der Stammeskleidung der Beduinen wohl aussehen würde, denn selbstverständlich würde sie sich eine samtene *kufijah* dazu nähen.

Philip lächelte, als sie ihm ihre Überlegung mitteilte. »Möchtest du, daß ich dein Gepäck aus Kairo kommen lasse? Das ließe sich regeln.«

Christina dachte einen Moment lang darüber nach.

»Nein«, sagte sie dann. »John wäre nur außer sich, wenn plötzlich mein Gepäck verschwunden wäre. Ich will nicht, daß er sich Sorgen um mich macht. Ich komme gut mit den Stoffen zurecht, die du mir mitgebracht hast.«

Christina sah mit leerem Blick auf die Schere in ihrer Hand. Der arme John. Sie hoffte, daß er sich mit ihrem Tod abgefunden hatte, statt daran herumzurätseln, wo sie wohl stecken mochte und was ihr wohl widerfuhr. Zorn brauste in ihr auf, als sie an den Mann dachte, dessen Begierde ihr Leben aus den Fugen gebracht hatte.

»Christina!« rief Philip laut, und das riß sie aus ihren Gedanken. »Ich habe dich gefragt, ob du willst, daß dein Bruder dich für tot hält?«

»Ja!« schrie sie zurück, und ihr ganzer Körper war steif vor Zorn. »Mein Bruder und ich haben uns sehr nahegestanden. John weiß, wie sehr ich darunter leide, von einem Barbaren wie dir beherrscht zu werden. Es ist besser für ihn, wenn er mich für tot hält, bis ich zu ihm zurückkehren kann.«

Philip erhob sich. Ihr plötzlicher Wutausbruch erstaunte ihn. »Leidest du denn hier, Tina?« fragte Philip sie mit ruhiger Stimme. »Schlage ich dich und zwinge ich dich, Sklavenarbeit zu verrichten?«

»Du hältst mich hier gefangen!« brauste sie auf, und

ihre dunkelblauen Augen schossen Dolche auf ihn ab. »Du vergewaltigst mich jede Nacht! Erwartest du etwa, daß ich es genieße, gegen meinen Willen genommen zu werden?«

»Willst du es leugnen?« fragte Philip zärtlich, und seine Augen lachten.

Sie senkte den Kopf, um Philips Blick auszuweichen.

»Wovon sprichst du? Was leugnen?« fragte sie.

Philip legte einen Finger unter ihr Kinn und sah ihr in die Augen.

»Leugnest du, daß du die Liebe mit mir genießt? Kannst du wirklich leugnen, daß ich dir ebenso viel Vergnügen bereite wie du mir? Leidest du so sehr, wenn ich allnächtlich zwischen deinen Beinen liege, Tina?«

Christinas Zorn verwandelte sich in ein Gefühl der Demütigung, und sie senkte ihren Blick. Mußte er denn immer alles gegen sie verwenden? Warum mußte er sie so etwas fragen?

Dieser verfluchte Kerl! Er war nicht bereit, ihr ihren Stolz zu lassen, denn er wußte, daß sie es nicht leugnen konnte. Aber sie würde ihm nicht die Befriedigung gönnen, einzugestehen, welche Genüsse er ihr bereitete.

»Ich habe dir nichts mehr zu sagen«, antwortete Christina eisig. »Und wenn du mich jetzt entschuldigst, würde ich mich gern zurückziehen.«

»Du hast meine Frage noch nicht beantwortet, Tina«, erwiderte Philip mit zarter Stimme.

»Ich habe auch nicht die Absicht«, gab Christina hochmütig zurück. Sie stand auf, um ins Bett zu gehen, doch Philip zog sie an sich und zwang sie, ihm ins Gesicht zu sehen.

Christina versetzte ihm einen Stoß gegen die Schulter, um ihn zu zwingen, sie loszulassen, und die Schere, die sie völlig vergessen hatte, aber immer noch in der Hand hielt, stach ihn. Sie schnappte entsetzt nach Luft, als sie bemerkte, was sie angerichtet hatte. Er zeigte keine Spur von dem Schmerz, von dem sie wußte, daß er ihn spüren mußte, als er die Schere aus seiner Schulter zog. Das Blut sprudelte heraus.

»Philip, es tut mir leid. Ich – das wollte ich nicht«, flüsterte sie. »Ich hatte ganz vergessen, daß ich die Schere noch in der Hand hatte – du mußt mir glauben! Ich würde nie versuchen, dich zu töten! Ich schwöre es dir.«

Philip trat vor den Schrank, ohne ein Wort mit ihr zu sprechen. Er holte ein kleines Päckchen heraus, kam auf sie zu, nahm ihre Hand und zog sie ins Schlafzimmer. Er gab ihr keinen Anhaltspunkt dafür, was er von ihr wollte.

Doch Christina zog ihm das Hemd aus und brachte ihn dazu, sich hinzulegen. Er ließ sie nicht aus den Augen, als sie seinen Kaftan auf seine Wunde preßte, um den Blutstrom zu hemmen.

Dann raste Christina aus dem Zelt und fand Maidi. Sie besorgte sich Wasser und frische Handtücher, ohne Fragen gestellt zu bekommen, und dann lief sie wieder zu Philip. Ihre Hände zitterten unkontrolliert, als sie die Wunde säuberte und die Salbe auftrug und die Verbände anlegte, die sie in dem Päckchen gefunden hatte. Sie war sich nur zu bewußt, daß er jede ihrer Bewegungen beobachtete, als sie unbeholfen die Verbände um seine Brust und seine Schulter wickelte.

Christina fürchtete sich immer noch zu Tode davor, was er jetzt mit ihr tun würde. Glaubte er, daß sie versucht hatte, ihn umzubringen? Warum sagte er denn nichts – aber auch gar nichts? Christina sah ihm nicht in die Augen, weil sie sich vor dem Zorn fürchtete, den sie dort hätte sehen können.

Als sie seine Verletzung verbunden hatte, griff Philip plötzlich nach ihren Handgelenken und zog sie auf sich herunter.

»Du mußt verrückt sein!« keuchte sie, und sie wollte sich aus seinem Griff befreien. »Deine Wunde wird wieder anfangen zu bluten!«

»Dann sag mir das, was ich hören will, Tina«, flüsterte er. »Sag mir, daß du es genießt, mit mir zu schlafen, oder ich nehme dich jetzt sofort und beweise es dir.«

Der Blutverlust ließ seine grünen Augen glasig werden, aber seine Willenskraft und seine Entschlossenheit reichten aus, um diese Drohung in die Tat umzusetzen.

Das war also die Strafe für die Verletzung, die sie ihm zugefügt hatte! Sie mußte zugeben, daß er ihr Genüsse bereitete. Aber sie würde es ihm nicht eingestehen – das konnte sie einfach nicht tun!

Der Schmerz, den sein eiserner Griff in ihren Handgelenken verursachte, gab ihr Mut, und sie funkelte ihn wütend an.

»Verdammt noch mal, Philip! Warum mußt du es aus meinem eigenen Mund hören, wenn du die Antwort ohnehin längst kennst?«

»Sag es mir!« forderte er grob.

Christina hatte ihn noch nie so roh und erbarmungslos erlebt. Mit einer Hand hielt er ihre Handgelenke fest, und mit der anderen zog er ihren Rock hoch. Sie wurde sich darüber klar, daß er verbluten und sterben konnte, wenn er seine Drohung wahrmachte und die Wunde wieder aufriß. Yasir würde sie umbringen, wenn Philip starb.

»Von mir aus«, schluchzte sie. »Ich gebe es zu. Ich gebe alles zu. Bist du jetzt zufrieden, du verfluchter Kerl?«

Er ließ sie los, und sie weinte leise in ihr Kissen.

»Du hast es mir zu leicht gemacht, Liebling«, sagte Philip, und er lachte leise. »Ich hätte dich jetzt nicht geliebt, ganz gleich, wie genußvoll es auch gewesen wäre. Lieber koste ich alle die süßen Nächte aus, die noch vor uns liegen, als heute nacht in deinen Armen zu sterben!«

»Oh! Ich hasse dich, Philip Caxton. Ich hasse dich, ich hasse dich, ich hasse dich!« schrie Christina klagend.

Er lachte nur und schlief augenblicklich ein.

Dieser verdammte Kerl! Wäre er doch verblutet! Aber was wäre dann aus ihr geworden? Ihr wurde ganz übel bei dieser Vorstellung. Aber warum? Hatte sie Angst um Philip oder bangte sie um sich selbst? Sie wußte es nicht, aber sie gelobte, sich in Zukunft nicht mehr so leicht von ihm einschüchtern zu lassen und nicht mehr auf seine Tricks hereinzufallen.

13

In der Woche, die auf diesen Zwischenfall folgte, ruhte Philip die meiste Zeit. Christina entschloß sich, das Beste daraus zu machen, daß sie jetzt eine Zeitlang mit ihm zusammenlebte, und sie begann sogar, sich in Philips Gesellschaft wohl zu fühlen, da er keine Forderungen an sie stellte. Er sprach mit ihr, lachte mit ihr und brachte ihr sogar Kartenspiele bei. Das Pokern beherrschte sie schnell, und bald konnte sie ihn in diesem Spiel schlagen.

Sie fing an, sich in Philips Gegenwart so wohl zu fühlen, als hätte sie ihn ihr Leben lang gekannt. Er erzählte ihr, wie er nach Ägypten gekommen war, um seinen Vater zu suchen, und er erzählte ihr von seinem Leben unter den Ägyptern. Davon, wie sie in der Wüste auf der Suche nach Weideland für ihre Herden von einer Oase zur anderen gezogen waren und gelegentlich Karawanen oder andere Beduinenstämme überfallen hatten. Sie fragte ihn, warum er dieser Lebensweise den Vorzug gegeben hatte, doch darauf sagte er nur: »Mein Vater lebt hier.«

Vier Tage nach dem Unfall wurde Philip gereizt, weil er zu Tatenlosigkeit verdammt war und das Zelt nicht verlassen konnte. Er fauchte sie wegen jeder Kleinigkeit an, doch sie ging nicht auf seine Launen ein. Genauso war es ihr auch gegangen, als sie das Zelt zu Anfang nicht hatte verlassen dürfen. Wenn seine Übellaunigkeit zu stark aufflackerte, entfloh sie dem Zelt und suchte Yasir auf.

Yasir Alhamar freute sich, wenn sie ihn besuchte. Seine

alten braunen Augen strahlten, und das Lächeln ließ viele Falten um seine Augen herum entstehen, wenn sie sein Zelt betrat. Yasir war so ganz anders als ihr eigener Vater, der noch ein vitaler junger Mann gewesen war, als er starb. Aber sie wußte, daß Yasir nicht annähernd so alt war wie er aussah. Das erbarmungslose Klima Ägyptens und die Härten seines Daseins hatten ihn vorzeitig altern lassen.

Philips Vater lag jetzt wirklich im Sterben. Er war blaß und noch schwächer als vor kurzer Zeit, als sie ihn kennengelernt hatte, und oft schweifte seine Aufmerksamkeit ab.

Christina las ihm aus *Arabische Nächte* vor, und das bereitete ihm viel Freude. Aber oft schlummerte Yasir nach einer Stunde ein, oder er blickte nur einfach ins Leere, als sei sie gar nicht da.

Als sie Yasirs Entkräftung Philip gegenüber erwähnte, sagte er nur: »Ich weiß.« Aber sie konnte den Kummer in seinen dunkelgrünen Augen sehen. Er wußte, daß sein Vater nicht mehr lange zu leben hatte.

Am siebenten Tag seiner Regeneration erwachte Christina davon, daß Philips Hand sie streichelte. Schläfrig drehte sie sich um, legte ihre Arme um seinen Hals und schmiegte sich an ihn, als er sie küßte.

»Nein!« schrie sie schrill, als sie merkte, daß er nicht träumte, und sie versuchte, ihn von sich zu stoßen.

»Warum nicht?« fragte er brüsk. »Meine Schulter ist gut verheilt. Du hast dich mir willig hingegeben, ehe du mich letzte Woche zum Invaliden gemacht hast. Jetzt bin ich zufriedenstellend genesen und verspüre ein Verlangen nach dir, das gestillt werden sollte.« Er ließ seine Lippen begierig auf ihren Mund sinken und raubte ihr mit seinem zügellosen Kuß den Atem.

»Hör auf, Philip«, flehte Christina. »Ich hatte einen Grund, mich dir so willig hinzugeben, aber ich werde es nicht wieder tun. Und jetzt laß mich los!« Sie versuchte, sich loszureißen, aber es war zwecklos. Philip war wieder zu Kräften gekommen.

»So – du hast also in dieser wunderbaren Nacht nur ein Spielchen mit mir gespielt. Jedenfalls lasse ich dich nicht los, meine Süße, und du kannst dich wehren, solange du willst. Wehr dich doch gegen mich, bis du vor Vergnügen stirbst!«

Am selben Nachmittag hörte Christina im Freien gereizte Stimmen. Sie lief zum Zelteingang und sah Philip und Rashid, die hitzig miteinander stritten. Drei Frauen saßen neben ihnen auf dem Boden. Plötzlich wandte sich Philip von Rashid ab und kam mit finsterem Blick auf das Zelt zu.

»Rein mit dir, Christina«, brummte Philip, als er sie sah. Er ging direkt auf den Schrank zu, schenkte sich ein Glas Wein ein und spülte seinen Ärger hinunter.

»Was ist passiert, Philip?« fragte sie. Sie wußte nicht, warum er wütend war, und sie hoffte nur, daß sie nicht der Grund war. »Ich sehe, daß wir Besuch haben.«

»Besuch, ha!« brauste er auf. Er ging auf und ab. »Diese Frauen sind keine Besucher. Es sind Sklavinnen, die Rashid der Karawane eines Sklavenhändlers geraubt hat. Er hat vor, sie morgen in den Norden zu bringen und sie zu verkaufen.«

»Sklavinnen!« japste Christina voller Entsetzen. Sie lief zu Philip und zwang ihn, ihr ins Gesicht zu sehen. »Du bist in England aufgewachsen. Du kannst den Menschenhandel nicht gutheißen. Sag mir, daß du nicht mitspielst!«

»Natürlich heiße ich es nicht gut, aber darum geht es jetzt nicht.«

»Du wirst sie doch freilassen?« fragte sie, aber er riß sich nur von ihr los.

»Nein«, erwiderte er barsch. »Verdammt noch mal, ich wußte, daß das passieren mußte!«

Wenn Philip zuließ, daß Rashid diese Frauen verkaufte,

was sollte ihn dann daran hindern, sie zu verkaufen? Wieder einmal schwanden alle ihre Hoffnungen.

»Warum läßt du sie nicht frei?« fragte sie ganz ruhig.

»Mußt du denn immer meine Motive hinterfragen, Frau? Die Sklavinnen gehören Rashid. Er hat sie gestohlen. Wie ich dir schon einmal sagte, überlasse ich ihm das, was er erbeutet. Frag mich nicht noch einmal, wenn es um ihn geht. Hast du verstanden?«

»Eins verstehe ich«, schleuderte sie ihm ins Gesicht. »Nämlich, daß du ein grausamer, erbarmungsloser Barbar bist. Wenn du mich jemals wieder anrührst, trifft meine Schere einen entscheidenderen Körperteil!«

Sie lief zu Yasirs Zelt und hoffte, Philip würde ihr nicht folgen. Doch Rashid lebte im selben Zelt wie sein Vater, und sie lief ihm direkt in die Arme.

»Du«, flüsterter sie giftig. »Du bist noch schlimmer als Philip. Ihr seid eine Horde von Barbaren!«

Rashis ließ sie los und tat so, als verstehe er nicht, wovon sie sprach. »Was habe ich getan, um dich zu verletzen, Christina?« sagte er.

»Hast du denn gar keinen Respekt vor anderen Menschen?« fauchte sie, und sie stemmte ihre Hände in die Hüften. »Warum mußt du diese Frauen verkaufen?«

»Das tue ich doch gar nicht«, sagte Rashid, der sie von Kopf bis Fuß mit seinen Blicken verschlang. »Nichts liegt mir ferner, als den Zorn einer schönen Frau auf mich zu laden. Wenn du willst, daß ich diese Sklavinnen freilasse, werde ich es tun.«

Christina starrte ihn an. Rashid war also doch nicht der habgierige Kerl, als den Philip ihn hingestellt hatte.

»Danke, Rashid, und es tut mir leid. Ich habe den Eindruck, ich habe mich in dir getäuscht.« Sie lächelte. »Wirst du heute gemeinsam mit uns zu Abend essen? Ich fürchte, ich wäre ungern allein mit Philip.«

»Oh, du bist nicht glücklich hier?« fragte er. »Es ist nicht alles gut zwischen dir und Abu?«

»Hast du jemals geglaubt, daß zwischen uns alles stimmt?« fragte sie lachend. Vielleicht hatte sie in Rashid einen Freund gefunden.

»Das ist schade, Christina«, sagte er. Sie sah das Verlangen in seinen dunkelbraunen Augen, aber sein Gesicht war so zart und knabenhaft, daß er ihr fast jünger vorkam als sie selbst es war.

An jenem Abend spielte Christina die anmutige, zuvorkommende Gastgeberin, die Rashid jeden Wunsch von den Augen ablas. Sie unterhielt ihn mit Geschichten aus England und aus ihrer Kindheit.

Rashid konnte seine Blicke nicht von ihr losreißen und störte sich nicht daran, wie offen seine Gelüste zu erkennen waren. Er konnte sich nicht vorstellen, daß es irgendeine Frau auf Erden gab, die es an Schönheit mit ihr aufnehmen konnte. Sie trug einen blaßgrünen Seidenrock und eine Bluse und einen Schal aus dem selben Material, der um ihre cremig weißen Schultern spielte, und ihre goldenen Locken, die sie nicht hochgesteckt hatte, fielen über ihren Rücken. Während er sie ansah, hätte er beinah seine Pläne vergessen können, aber er hatte zu lange darauf gewartet, seine Träume erfüllt zu sehen.

Auch Philip behielt Christina im Auge, wenn auch aus anderen Gründen. Er kochte innerlich, während sie ganz offen mit Rashid flirtete. Mit jedem weiteren Glas Wein fiel Philip eine neue Methode ein, die beiden genüßlich umzubringen. Er war wütend gewesen, als sie am Nachmittag das Zelt verlassen hatte, aber jetzt fühlte er sich dazu in der Lage, ihr den schönen Hals umzudrehen. Er hatte kein Wort gesagt, als sie ihm mitgeteilt hatte, daß Rashid die Frauen freilassen würde. Jetzt wartete er ab, während der Zorn in ihm schwelte, wie weit sie gehen würde, um ihn zu provozieren.

Während des Essens und auch anschließend ignorierte Christina Philip völlig. Sie spürte, daß er wütend war, denn seine Augen, die jeder ihrer Bewegungen folgten, waren vom Zorn verdunkelt. Sie wollte ihn so wütend machen, wie sie es am Nachmittag gewesen war. Sie zahlte es ihm auf ihre Art zurück, und sie kostete es in vollen Zügen aus.

Als Rashid gegangen war, setzte sich Christina Philip gegenüber und wartete, wie er sich verhalten würde. Sie wurde zunehmend nervöser, während er sie stumm anstarrte.

»Hat es dir Spaß gemacht, mich heute abend als Trottel hinzustellen, Christina?«

Sie zuckte zusammen und war auf der Hut. »Jetzt sag mir nur noch, wie ich das angestellt haben soll«, erkundigte sie sich unschuldig.

Ein Schauer lief über ihren Rücken, als er antwortete. »Weißt du nicht, wann du zu weit gehst, Frau?«

»Ich fürchte, ich werde noch weiter gehen, ehe diese Nacht vorbei ist«, flüsterte sie.

Als Philip aufstand, griff Christina eilig nach der Schere, die sie unter ihrem Rock verborgen hatte. Doch Philip sah die Bewegung und nahm sie vorweg. Er zog Christina roh auf die Füße, band ihren Rock auf und warf die Schere quer durch das Zelt.

»Könntest du mich wirklich töten, Tina?« fragte er mit hartem Gesicht. Er hatte diese Frau, die er zur Seinen gemacht hatte, unterschätzt.

»Ja, ich könnte dich töten!« fauchte sie. Wie demütigend es war, halbnackt und hilflos vor ihm zu stehen! »Ich hasse dich!«

»Das habe ich jetzt schon oft genug gehört«, sagte er. »Aber diesmal bist du zu weit gegangen, Christina, und du hast Strafe verdient.« Er wirkte teilnahmslos, als er sich setzte und sie quer über seinen Schoß zog.

»Philip, nein!« schrie sie, aber er ließ seine Hand mit aller Kraft auf ihr entblößtes Hinterteil sausen. Sie schrie vor Schmerz, doch seine riesige Hand sauste wieder durch die Luft und ließ einen weiteren roten Abdruck zurück.

»Bitte, Philip!« schrie sie. »Ich könnte dich nicht töten. Und das weißt du ganz genau!« Doch er achtete nicht auf ihre Worte und schlug ein drittes Mal zu.

»Philip, ich schwöre dir, daß ich es nie mehr versuchen werde!« schrie sie auf, während Tränen über ihre Wangen strömten. Sie flehte ihn an, aber selbst das störte sie jetzt nicht mehr. »Ich schwöre es dir, Philip. Bitte, hör auf!«

Philip drehte sie zart um und wiegte sie in seinen Armen. Christina kam sich wie ein kleines Kind vor, während sie an seiner Brust schluchzte. Aber ganz gleich, wie demütigend es auch gewesen war – Philip hatte recht, sie hatte es verdient. Sie hätte wissen müssen, daß Philip ihren Trick durchschauen würde. Sie hätte nie den Mut gehabt, bewußt mit der Schere auf ihn loszugehen.

Endlich hörte Christina auf zu weinen und legte ihren Kopf an Philips breite Brust. Sie zitterte immer noch, als er sie ins Schlafzimmer trug. Sie brachte nicht den Willen auf, Einwände zu erheben, ganz gleich, was er auch vorhaben mochte. Er legte sie auf das Bett, zog sie aus, deckte ihren zitternden Körper zu und strich ihr das goldene Haar aus dem Gesicht. Dann beugte er sich zu ihr hinunter, küßte sie zärtlich auf die Stirn und verließ den Raum.

Philip wandte sich sofort dem Wein zu. Sie hatte es verdient, und den ganzen Abend hatte er sich ausgemalt, wie genüßlich es sein würde, sie für ihren Flirt mit Rashid zu bestrafen, doch jetzt litt er darunter. Noch nie hatte er eine Frau geschlagen, und das lag ihm überhaupt nicht. Verdammt, diese Frau ging ihm unter die Haut!

Philip fragte sich, was für ein Spiel Rashid spielte. Er hatte ihn aufgefordert, die Sklavinnen freizulassen oder sie aus dem Lager zu entfernen. Doch Rashid hatte es ihm abgeschlagen, und im nächsten Moment machte er eine Kehrtwendung und ließ die Sklavinnen für Christina frei.

Philip wußte, daß Rashid von Christina fasziniert war, und das konnte er ihm wahrhaft nicht vorwerfen. Christina war so schön, daß jeder Mann sie begehrt hätte. Vielleicht versuchte er, ihre Zuneigung zu gewinnen, denn eben darin hatte Philip versagt. Er würde Rashid im Auge behalten müssen. Christina gehörte ihm. Und obwohl sie ihn haßte, würde er sie sich nicht nehmen lassen.

14

Die Hitze des Tages war schon angebrochen, als sich Christina endlich unter ihren Decken rührte. Der Raum war leer, und sie fragte sich, ob Philip überhaupt im Bett gewesen war. Sie konnte ihm keine Vorwürfe machen, denn sie hatte ihm einmal mehr Grund gegeben, ihr zu mißtrauen. Jetzt mußte er sie hassen, aber vielleicht war es besser so. Möglicherweise ließ er sie sogar gehen.

Behutsam rieb sie sich mit der Hand den Hintern, aber dort war kein Schmerz. Ihr Stolz war verletzt worden, und das waren ihre einzigen Schmerzen. Sie fragte sich, wie Philip sich wohl heute ihr gegenüber verhalten würde, denn er hatte kein Wort mehr zu ihr gesagt, seit er sie geschlagen hatte. Sie hoffte, daß keine weiteren Strafen auf sie zukamen.

Vor dem Mittagessen kam Amine mit dem älteren ihrer Kinder zu Christina, um sie zu besuchen. Der kleine Syed war etwa zwei Jahre alt, und Christina lachte über den kleinen Jungen, aber Amines Anwesenheit hemmte sie, denn Christina wußte, daß sie in der vergangenen Nacht ihre Schreie gehört haben mußte.

Amine lächelte sie verständnisvoll an. »Ich möchte dir etwas sagen, Christina, weil ich weiß, was dich bedrückt. Das, was Scheich Abu gestern mit dir getan hat, ist keine Schande für dich. Es zeigt nur, daß er sich etwas aus dir macht, denn andernfalls würde er sich die Mühe sparen.

Nura war letzte Nacht schrecklich eifersüchtig, denn auch sie weiß davon.«

»Das ganze Lager muß mich gehört haben«, krächzte Christina. »Ich kann mich nie wieder hier sehen lassen.«

»Die meisten haben geschlafen. Und außerdem ist das nichts, wofür man sich schämen muß.«

»Stolz bin ich nicht gerade«, sagte Christina. »Aber ich weiß, daß ich gestern abend Strafe verdient habe.«

In dem Moment kam Philip ins Zelt und verblüffte sie beide. Er ging wortlos ins Schlafzimmer. Christina hoffte, daß er nichts von dieser Unterhaltung gehört hatte.

»Ich gehe jetzt«, sagte Amine, und sie nahm den kleinen Syed auf ihren Arm. »Ich bin sicher, daß Scheich Abu allein sein will.«

»Du brauchst nicht zu gehen, Amine«, erwiderte Christina nervös.

»Ich komme wieder.«

»Es hat mir Spaß gemacht, mit dir zu reden«, sagte Christina. Sie begleitete Amine zum Eingang, drückte ihr die Hand und flüsterte: »Danke, Amine. Es geht mir jetzt viel besser als vorher.«

Amine erwiderte ihr Lächeln und eilte davon. Christina stutzte darüber, was für einen glücklichen Eindruck Amine machte, obwohl auch sie von ihrer Familie geraubt worden war.

Christina spürte, daß Philip hinter ihr stand, aber ehe sie sich umdrehen konnte, schlang er seine Arme um sie und zog sie gewaltsam an sich. Er legte seine Hände auf ihre Brüste, und seine Nähe ließ sie weiche Knie kriegen. Sie kämpfte gegen ihre Schwäche und gegen das genüßliche Gefühl, das von dieser Berührung ausging.

»Hör auf, Philip. Laß mich augenblicklich los!« forderte sie und versuchte verzweifelt, seine großen Hände von ihrem Körper zu ziehen. Doch Christina hörte auf, sich zu wehren, als er fester zupackte.

»Du tust mir weh«, sagte sie atemlos.

»Das ist nicht meine Absicht, Tina«, flüsterte er ihr ins Ohr. Er lockerte seinen Griff und spielte mit ihren Brustwarzen, die er zart zwischen seinen Fingerspitzen rieb. Unter dem seidigen Material ihrer Bluse stellten sie sich straff auf und forderten mehr.

Aber sie konnte nicht zulassen, daß er weitermachte. Sie hatte geschworen, nie wieder nachzugeben.

»Bitte, Philip, hör auf«, bat sie, als er seine sengenden Lippen über ihren Nacken bewegte. Ein brennendes Verlangen stieg ihn ihr auf und wurde so glühend, daß sie zitterte, und plötzlich betete sie, er möge sie nicht mehr loslassen.

»Warum sollte ich aufhören? Du gehörst mir, Tina, und ich werde dich liebkosen, wann und wo es mir beliebt.«

Bei seinen Worten wurde sie stocksteif. »Ich gehöre nicht dir. Ich gehöre niemand anderem als mir selbst!« Sie stemmte sich erbost gegen seine Hände und drehte sich zu ihm um. Stolz stand sie da und starrte in seine dunkelgrünen Augen, und ihre eigenen Augen funkelten trotzig.

»In dem Punkt täuschst du dich, Tina.« Er hielt ihr Gesicht mit beiden Händen fest, damit sie seinem eindringlichen Blick nicht entkommen konnte. »Ich habe dich geraubt. Und folglich gehörst du mir, und zwar nur mir allein. Du würdest dich wohler fühlen, wenn du eine gewisse Zuneigung für mich empfändest.«

»Wie kannst du von Zuneigung sprechen, Philip, wenn du selbst der Grund für all meine Sorgen bist! Du weißt, daß ich nach Hause will, aber du hältst mich hier gefangen.«

»Ich will dich hier bei mir haben, und das, was ich will, zählt. Ich dachte nur, du wärest vielleicht glücklicher, wenn sich dein Herz für mich erweichen würde.« Er ließ sie los und wollte das Zelt verlassen.

»Und was ist mit dir, Philip?« fragte sie. »Was empfindest du für mich? Liebst du mich?«

»Dich lieben?« Er wirbelte herum, um sie anzusehen,

und dann lachte er leise. »Nein, ich liebe dich nicht. Ich habe nie eine Frau geliebt, abgesehen vielleicht von meiner Mutter. Ich begehre dich, und das genügt.«

»Nein, das genügt nicht! Dein Verlangen kannst du bei jeder beliebigen Frau stillen – warum muß ich es sein?«

»Weil mir nie eine andere Frau so gut gefallen hat wie du.« Seine Augen streiften indezent über ihren Körper. »Ich fürchte, du hast mich verwöhnt, Tina«, sagte er kichernd, ehe er endgültig das Zelt verließ.

Es war ein heißer Nachmittag, und die Luft war feucht. Es hatte nicht geregnet, seit Philip nach Ägypten zurückgekehrt war, und ihr Wasserloch erschöpfte sich allmählich. Aber bald mußte es regnen. Um diese Jahreszeit regnete es immer.

Philip ritt ein dreijähriges Pferd zu, als er Christina sah, die durch das Lager schlenderte und Yasirs Zelt betrat. Er grinste, als er an den Besuch dachte, den er seinem Vater an diesem Vormittag abgestattet hatte.

»Sie ist ein zartes, freundliches Mädchen, Abu«, hatte Yasir ihn gescholten. »Und du solltest sie richtig behandeln. Es hat mich geschmerzt, sie letzte Nacht schreien zu hören. Wenn ich nicht ganz so schwach wäre, hätte ich dich persönlich zurückgehalten!«

Philips Kopf hatte gepocht und gedröhnt, weil er zuviel getrunken hatte, und die Worte seines Vaters hatten ihn erbost. Er hatte ihm schon zynische Enthüllungen über Christinas wahren Charakter machen wollen, doch im letzten Moment hatte er es sich anders überlegt. Er konnte sehen, wie eingenommen sein Vater für Christina war, und das freute ihn. Christina wirkte auf seinen Vater so wohltuend wie eine frische Brise. Sie konnte wirklich reizend sein, wenn sie nur wollte.

Eine Stunde verging, ehe Philip sie wiedersah. Sie kam so schüchtern auf ihn zu, daß er vermutete, sie wollte etwas von ihm.

»Was kann ich für dich tun, mein Schatz?« fragte er sie.

»Ich habe mich gefragt, ob es hier Pferde gibt, die noch nicht zugeritten sind.«

»Ja, aber warum fragst du?«

»Ich möchte reiten«, sagte sie mit scheu gesenktem Blick.

Philip sah sie zweifelnd an. »Nach dem, was letzte Nacht passiert ist, erwartest du, daß ich dir eins meiner Pferde anvertraue?«

»O bitte, Philip. Ich kann diese Untätigkeit nicht ausstehen. Ich bin es gewohnt, täglich auszureiten«, flehte sie ihn an.

Philip sah ihr prüfend in die Augen. »Woher weiß ich, daß du mit einem Pferd umgehen kannst? Ich weiß nur aus deinen eigenen Erzählungen, daß du schon geritten bist.«

»Das ist eine Beleidigung! Ich bin schon als Kind geritten, und mein Hengst zu Hause ist zwei Hände größer als jedes einzelne dieser Pferde!«

»Nun gut, Tina«, sagte er lachend, und wies auf das Pferd, das er gerade trainierte. »Ist dir mit dem da gedient?«

»O ja!« sagte sie strahlend. Der prachtvolle Araberhengst war rabenschwarz und erinnerte sie an Dax, abgesehen davon, daß er nicht so groß war wie Dax. Er hatte eine stolze, geschwungene Halshaltung, eine breite Brust und lange, schmale Beine. Sie konnte noch gar nicht glauben, daß sie dieses Pferd reiten durfte.

»Ich bin sofort umgezogen!« rief sie, und schon rannte sie zum Zelt.

»Du wirst ohne Sattel reiten müssen«, rief er ihr nach, denn sie benutzten grundsätzlich keine Sattel.

»Das geht in Ordnung«, rief sie über ihre Schulter zurück. »Damit komme ich zurecht.«

Christina stürzte ins Schlafzimmer und holte die weite Reithose, die sie gerade erst genäht hatte. Sie war froh, daß sie sich entschieden hatte, nicht noch ein Kleid, sondern erst eins der langen Beduinengewänder für sich zu nähen.

Sie warf ihren Rock auf das Bett und zog eilig die schwarze Seidenhose an. Dann schlang sie sich einen schwarzen Schal um den Kopf, der ihr goldenes Haar verbarg. Sie glitt in den weiten schwarzen Samtumhang, schnürte ihn mit einer weißen Schärpe um ihre Taille und zog sich dann eine *kufijah* aus schwarzem Samt vor das Gesicht.

Als sie sich überlegte, was Philip zu ihrer Reitkleidung sagen würde, lachte sie. Aber sie störte sich nicht daran, denn sie war unwahrscheinlich glücklich.

Philip war überrascht, als er sie aus dem Zelt kommen sah. Aus der Ferne sah sie aus wie ein junger Knabe, und erst aus der Nähe erkannte er die sinnlichen Rundungen, die durch den weich fallenden Samt betont wurden.

»Ich bin soweit.« Sie drehte sich zu dem Pferd um, legte ihre Hand auf seine Nüstern und flüsterte ihm etwas ins Ohr. »Wir werden gute Freunde werden, meine schwarze Schönheit, und ich werde dich lieben wie mein eigenes Pferd. Hat er einen Namen?« fragte sie Philip, als er sie auf die Decke hob, die auf dem Rücken des Pferdes lag, und ihr die Zügel reichte.

»Nein.«

»Ich werde dich Raven nennen«, sagte die fröhlich, wobei sie sich vorbeugte, damit das Pferd sie hören konnte. »Und wir werden uns vom Wind tragen lassen wie Raben.«

Philip stieg auf Victory und ritt langsam los. Er wunderte sich darüber, wie zart Raven mit Christina umging, denn es hatte ihm viel Ärger bereitet, das Pferd zuzureiten.

Christina gewöhnte sich schnell an das Gefühl, ohne Sattel zu reiten. Sie kam auf dem gewundenen Pfad, der bergab führte, glänzend mit Raven zurecht.

Als sie die Ebene erreicht hatten, trieb Christina Raven zum Galopp an und ließ Philip hinter sich zurück. Ohne jedes Ziel schossen sie durch die endlose Wüste, und Christina vergaß all ihre Sorgen, während sie träumte, wieder in Halstead zu sein und über ihr Anwesen zu reiten, doch dann holte Philip sie ein.

Er nahm ihr die Zügel aus der Hand. »Wenn du darauf bestehst, mit mir um die Wette zu reiten, Tina, dann sollten wir vielleicht vorher auch eine Wette darüber abschließen, wer der Sieger sein wird.«

»Aber ich habe nichts, worum ich wetten kann«, erwiderte sie. Trotzdem hätte sie ihn zur Abwechslung liebend gern besiegt. »Dann ist der Einsatz eben das, was wir voneinander wollen«, schlug er vor, und seine dunkelgrünen Augen bohrten sich in ihre. »Wir reiten zurück, und wenn ich den Fuß des Berges vor dir erreiche, wirst du dich mir von jetzt an willig hingeben.«

Christina dachte einen Moment lang über diesen Einsatz nach. »Und wenn ich gewinne, schickst du mich zu meinem Bruder zurück.«

Philip musterte sie aufmerksam. Sie konnte sehr gut reiten. Es war möglich, daß sie ihn schlug, und dieses Risiko konnte er nicht eingehen.

»Du verlangst zuviel, Tina.«

»Du auch, Philip«, erwiderte sie barsch. Sie ließ ihr Pferd umkehren und schoß davon.

Lächelnd schüttelte er den Kopf, als er ihr nachsah. Sie hatte gewußt, daß er die Wette nicht annehmen würde. Immerhin hatte sie es doch versucht. Er holte sie ein, und sie ritten schweigend zusammen zurück.

Die Wolken kamen aus dem Nichts und ließen einen Regenguß herunterprasseln, der die Hitze fortschwemmte. Christina und Philip waren durchnäßt bis auf die Haut, als sie das Lager erreichten. Die Männer packten kräftig zu, um die Zelte zu retten, und sie sorgten dafür, daß kein

Wasser von unten in die Zelte hineinsickern konnte. Manche saßen im Regen am Feuer und fächelten Rauch aus dem Schutzwall, der errichtet worden war.

Philip stieg vor ihrem Zelt ab und trug Christina ins Zelt. »Sieh zu, daß du aus diesen nassen Kleidern rauskommst, und tu, was nötig ist. Bald wird es dunkel, und heute nacht werden wir kein Feuer haben.« Er setzte sie sachte ab und fügte hinzu: »Ich muß mich um die Pferde kümmern, aber ich komme gleich zurück.«

Als Philip gegangen war, kam Amine. Sie brachte ihnen das Abendessen und frische Handtücher. »Du mußt dich schnell umziehen, Christina. Der Regen bringt Kälte mit sich, und wenn du nicht gleich etwas dafür tust, daß dir warm wird, wirst du krank.«

»Ich frage mich nur, was ich mit den nassen Kleidern tun soll«, erwiderte Christina lachend. »Ich kann sie ja schlecht zum Trocknen an einen Baum hängen.«

»Komm«, sagte Amine, und sie führte Christina ins Schlafzimmer. »Hast du Nähnadeln?«

»Ja.«

»Gut. Dann hänge ich deine Kleider damit an die Innenwand des Zeltes. Es wird ein paar Tage dauern, aber irgendwann sind sie trocken.«

Als Christina ihren Umhang auszog, starrte Amine verwundert ihre Hose an. Christina lachte über den schokkierten Ausdruck, der auf Amines Gesicht getreten war. »Die habe ich mir zum Reiten genäht. Damit kann ich schnell reiten, ohne daß mir ein Rock ins Gesicht fliegt.«

»Ach, aber Scheich Abu gefällt das sicher nicht«, kicherte Amine, als Christina ihr erst die Hose und dann ihre Bluse gab.

»Er hat sie noch nicht gesehen, aber ich nehme an, wenn er sie sieht, werden sie ihm wirklich nicht gefallen«, sagte Christina lachend, denn sie stellte sich vor, wie diese Hose Philips Eifer, sie ins Bett zu bringen, bremsen konnte.

Christina hüllte sich in einen warmen Kaftan, der Philip gehörte, da sie noch nichts Warmes zum Anziehen hatte. Dann bedankte sie sich bei Amine und sagte ihr, wie verloren sie sich ohne sie als Freundin fühlen würde.

Zum Essen schenkte Christina sich ein Glas Wein ein, um sich aufzuwärmen, denn bereits jetzt wehte ein kühler Wind, und im Zelt war es zugig.

Als es endgültig dunkel wurde und Philip sie ins Bett ziehen wollte, hatte der Wein sie Mut schöpfen lassen, und Christina biß ihm in die Hand.

»Verdammt noch mal, Frau, bist du denn nie mit deinen Tricks am Ende?« hörte sie ihn fluchen, aber sie wußte, daß er sie nicht sehen konnte.

In dem Moment blitzte es, und Christinas schmale Silhouette zeichnete sich gegen den Vorhang ab. Das nächste, was sie spürte, war, daß sie flach auf dem Bett lag und Philips Gewicht auf sich spürte.

Er lachte roh, als er ihr Gewand zerriß, statt es aufzuschnüren. Seine Lippen brannten auf ihrem Mund und ließen ihre Schreie verstummen, als er brutal und rücksichtslos in sie eindrang. Sie hatte längst ihren Verstand aufgegeben, und ihr Körper nahm seinen Körper hin wie ein wildes Tier, und der Schmerz verwandelte sich in heftige Wogen ekstatischer Verzückung.

»Es tut mir leid, Tina«, sagte er später, »aber du erstaunst mich immer wieder damit, was du alles tust, um dem zu entgehen. Dich begeistert es doch genauso sehr wie mich.«

»Nein, eben nicht!« schrie sie. Sie stieß ihn von sich und ließ ihren Tränen freien Lauf.

»Ich will nach Hause, Philip«, flehte sie ihn im Dunkeln an. »Ich will wieder zu meinem Bruder«, kam es zwischen zwei Schluchzlauten aus ihr heraus.

»Nein«, erwiderte er barsch. »Und ich will kein Wort mehr davon hören.«

Sie weinte sich die Augen aus, aber Philip war immun gegen ihr Weinen, und schließlich schliefen sie beide ein.

15

Schnell war ein Monat vergangen, dann der nächste. Es war zwar Winter, aber die Tage waren warm mit leichtem Ostwind, doch die Nächte waren extrem kalt. Christina war der Umstand zuwider, daß sie in den langen, kalten Nächten die Wärme von Philips Körper suchte. Jeden Morgen, wenn sie erwachte, war sie dicht an Philip gekuschelt, oder er schmiegte sich an ihren Rücken.

Das Wetter arbeitete gegen Christina, denn die Nähe ihrer Körper auf der Suche nach Wärme rief Philips Verlangen wach. Wenn er vor ihr erwachte, gab es für sie kein Entkommen.

Philip genoß ihre morgendlichen Rangeleien, weil er Christina nicht durch das Zelt jagen und ihre Abwehrversuche abfangen mußte. Morgens hielt er sie fest, ehe sie wirklich wach war und wußte, wie ihr geschah. Dann ließ er sich Zeit mit ihr und mußte nur schwache Proteste über sich ergehen lassen, ehe sie sich seinen Liebkosungen hingab.

Tagsüber ging Philip auf die Jagd. Er war ein guter Jäger, der nur selten sein Ziel verfehlte und seinem Stamm oft willkommenes Fleisch nach Hause brachte.

Christinas Tage waren angefüllt, und gewisse Regelmäßigkeiten hatten sich in ihren Tagesablauf eingeschlichen. Die Vormittage verbrachte sie im Zelt mit Nähen oder Lesen. Amine kam oft zu ihr zu Besuch. Christina, die Kinder liebte, spielte gern mit Amines Kleinen, vor allem mit dem Baby.

Wenn Christina den Kindern beim Spielen zusah, fragte sie sich manchmal, was geschähe, wenn sie schwanger würde. Sie hätte gern ein eigenes Kind gehabt, aber sie wollte kein Kind von Philip. Dazu haßte sie ihn zu sehr.

Und wie würde Philip reagieren? Würde er sie wegschicken, wenn sie ihre gute Figur verlor und ihn nicht mehr zufriedenstellen konnte? Er hatte zu ihr gesagt, daß er sie nicht hierhergebracht hatte, damit sie Kinder bekam. Vielleicht mochte er Kinder nicht. Aber wenn sie einen Sohn von ihm bekäme, würde er dann das Kind behalten wollen? Würde er sie ohne ihr Kind fortschicken? Aber es war unsinnig, sich solche Fragen zu stellen, und daher gab sie sich nicht lange damit ab, an diesen Dingen herumzugrübeln.

Täglich nach dem Mittagessen besuchte Christina Yasir. Sein Gesundheitszustand hatte sich wesentlich gebessert. Er konnte sich wieder länger konzentrieren, und er sprach öfter mit ihr, wobei sein Lieblingsthema Philip war. Wenn er erst einmal anfing, von seinem Sohn zu reden, war er nicht mehr zu bremsen. Er erzählte ihr, wie Philip als Kind in der Wüste aufgewachsen war. Er erzählte ihr, wie er Philip das Laufen und das Reden beigebracht hatte.

»Abus erster Satz war halb Arabisch und halb Englisch«, sagte Yasir. »Er kannte den Unterschied nicht.«

Rashid tat Christina leid. Sie spürte, daß Yasirs ganze Liebe Philip gehörte. Vielleicht tat Rashid auch Philip leid, und das konnte der Grund dafür sein, daß er ihm immer seinen Willen ließ.

Wenn sie Yasir besucht hatte, ritt sie aus. Darauf freute sie sich täglich von neuem. Wenn Philip fort war, wurde sie von Ahmad oder Saadi begleitet, manchmal sogar von Rashid, wenn er gerade im Lager war, doch das war eher selten.

Wenn Christina auf Ravens Rücken durch die Wüste ritt, konnte sie sich einreden, sie sei sicher und geborgen und völlig sorglos zu Hause in Halstead. Kein Philip, keine Sorgen, nichts, was sie ein vergangenes Glück zurückwünschen ließ. Nur Dax unter ihr und neben ihr

Tommy oder John, und sie ritten über Wiesen und Felder, während ein kühler Lufthauch um ihr Gesicht spielte. Die trockene Wüstenluft ließ ihre Träume immer wieder zerbrechen und rief ihr die Wirklichkeit ins Gedächtnis.

Christina betete verzweifelt darum, Philip möge ihrer bald überdrüssig sein. Doch sein Verlangen war anscheinend unersättlich. Allabendlich ersann sie neue Tricks, um das Unvermeidliche zu umgehen, doch schon bald gingen ihr die Ideen aus, und nichts schien ihr zu nutzen. Sie war kratzbürstig und nörgelte. Sie heuchelte Müdigkeit und Kopfschmerz. Doch er durchschaute ihre kleinen Kniffe immer wieder.

Wenn sie ihn in Zorn brachte, nahm er sie nur um so heftiger. Eines nachts trug sie im Bett ihre Reithose, doch das tat ihr hinterher leid, denn die Hose endete als zerrissener Fetzen auf dem Boden. Aufschub gab es für sie nur, wenn er zu erschöpft war, doch gewöhnlich glich er das am kommenden Morgen wieder aus.

Christina hatte Philip den ganzen Tag über nicht gesehen. Rashid hatte am Vorabend mit ihnen gegessen und sie mit einem wunderschönen handgeschnitzten Spiegel beschenkt. Sie hatte sich mit einem flüchtigen Kuß auf seine Wange für dieses Geschenk bedankt. Philip war für den Rest den Abends schweigsam und verdrossen gewesen.

Christina dachte über sein Verhalten nach, während sie eilig zu Saadi lief, der schon mit den Pferden auf sie wartete. In ihrer Hast sah sie Nura nicht, die vom Feuer aufstand, und sie prallte mit ihr zusammen. Nura fiel hin.

»Entschuldige, bitte«, sagte Christina fassungslos, und sie streckte ihre Hand aus. »Laß dir helfen, bitte.«

»Rühr mich nicht an«, zischte Nura, als sie aufstand, und ihre Stimme war haßerfült. »Du böse Hexe! Du hast

Abu verzaubert, damit er dich will. Aber ich werde diesen Zauber brechen. Abu liebt dich nicht. Bald wird er dich rauswerfen und mich heiraten. Du bist hier nicht erwünscht. Warum bleibst du?«

Christina war sprachlos. Sie mußte dem Haß entkommen, den sie in Nuras Augen sah. Sie hatte nicht gewußt, daß Eifersucht einen solchen Haß bewirken konnte. Sie rannte zu den Pferden, und auf Saadis dunklem Gesicht stand deutliches Entsetzen über die Worte seiner Schwester. Er wollte etwas zu Christina sagen, aber sie stieg eilig auf Raven und galoppierte aus dem Lager.

Saadi stieg auf sein Pferd und versuchte verzweifelt, sie einzuholen. Er wußte, daß Scheich Abu ihn bei lebendigem Leibe häuten würde, wenn er verschuldete, daß seiner Frau etwas zustieß. Sie ritt so schnell den Hügel hinunter, daß sie leicht stürzen und sich verletzen konnte. Es war Nuras Schuld, daß sie derart außer sich war, aber Saadi würde die Strafe auf sich nehmen müssen.

Oh, diese Nura! Dafür würde sie ihm zahlen. Er mußte ihr klarmachen, daß der Scheich mit dieser fremdländischen Frau glücklich war, auch wenn er sie bisher nicht geheiratet hatte. Nura mußte ihre unberechtigten Hoffnungen begraben.

Ein Tränenschleier trübte Christinas Sicht. Sie weinte nicht über Nuras Worte, denn es war ihr ganz gleich, ob Philip sie liebte oder nicht. Sie weinte, weil Nura sie haßte und weil das nicht ihre Schuld war. Christina hätte Philip mit Freuden an Nura abgetreten. Sie wäre sofort gegangen, wenn es ihr möglich gewesen wäre. Sie hatte schließlich nicht darum gebeten, entführt zu werden!

Am Fuß des Berges ließ Christina Raven anhalten, um sich die Tränen aus den Augen zu wischen, ehe sie das Pferd wieder zum Galopp antrieb. Sie würde soweit in die Wüste hinausreiten, wie Raven sie nur irgend tragen konnte, und was aus ihr wurde, war ihr völlig gleich.

Plötzlich bemerkte sie zwei Männer, die in der Ferne auf

ihren Pferden saßen. Sie standen regungslos da, und sie überlegte, ob sie auf sie zureiten sollte, doch dann kam der größere der beiden auf sie zu. Sie dachte sich, daß dieser Mann entweder Philip oder Rashid sein mußte, denn er war zu groß, um jemand anderes zu sein. Welcher von beiden es war, konnte sie nicht sagen, weil er noch zu weit entfernt war und seine *kufijah* seine Gesichtszüge verbarg.

Wenn es Philip war, konnte sie ihm nicht entkommen. Sie hörte Saadi, der hinter ihr auftauchte, und als sie sich umdrehte, sah sie die Besorgnis in seinen Augen.

»Ich möchte mich für meine Schwester entschuldigen«, brachte Saadi atemlos heraus. »Sie hatte kein Recht, das zu sagen, was sie gesagt hat, und ich werde sie dafür bestrafen.«

»Es ist schon gut, Saadi. Ich will nicht, daß du Nura meinetwegen bestrafst. Ich kann ihre Gefühle verstehen.«

Christina wandte sich wieder dorthin, wo sie die beiden Männer gesehen hatte, aber alle beide waren verschwunden. Sie setzte wie gewöhnlich ihren Ritt mit Saadi fort, und vor Einbruch der Dämmerung kehrten sie ins Lager zurück.

Als Christina das Zelt betrat, erwartete Philip sie bereits, um sie zu ihrem Bad zu begleiten. Er schien bester Laune zu sein und gab ihr einen Klaps auf den Hintern, als sie an ihm vorbeiging, um die Handtücher und die Seife zu holen. Sie fragte ihn nicht, ob er einer der Männer gewesen war, die sie in der Wüste gesehen hatte. Er hatte schon bei früheren Gelegenheiten deutlich klargestellt, daß er es nicht mochte, wenn sie ihn ausfragte.

Am späten Morgen des kommenden Tages nähte Christina gerade den Saum eines Rockes um, als Amine ganz langsam das Zelt betrat. Sie blieb händeringend vor Christina stehen.

Ein entsetzlicher Schmerz schlich sich in Christinas Herz. Ihr war klar, daß etwas Schreckliches passiert sein mußte, aber sie wußte nicht, warum sie selbst sich so elend fühlte.

»Was ist passiert, Amine?« fragte sie atemlos. »Ist Abu etwas zugestoßen?«

»Nein«, erwiderte Amine, und eine Träne lief über ihre Wange. »Es geht um seinen Vater – Scheich Yasir Alhamar ist tot.«

»Aber das kann doch nicht wahr sein!« rief Christina aus, und sie sprang auf die Füße. »Yasir war gestern in guter Verfassung, und in den letzten Monaten hat sich sein Gesundheitszustand sichtlich gebessert. Ich – ich kann es einfach nicht glauben!«

Christina lief aus dem Zelt, ohne auf Amine zu achten, die ihr nachrief. Doch schon ehe sie Yasirs Zelt betrat, wußte sie, daß es wahr war. Sein Zelt war leer. Er war wirklich tot. Erst jetzt weinte sie, und ihre Tränen flossen hemmungslos, als sie auf die Schaffelle hinunterblickte, die noch gestern seine Bettstelle gewesen waren und auf denen jetzt niemand mehr lag. Sie ließ sich auf die Knie sinken und berührte den weichen Schafspelz. Sie hatte eine große Zuneigung zu Yasir gefaßt, und jetzt war er einfach nicht mehr da.

Sie spürte, daß Amine ihre Arme um sie legte und ihr wieder auf die Füße half. Sie brachte sie zurück in ihr Zelt und hielt sie im Arm, bis Christinas Tränen versiegt waren.

»Scheich Yasir ist heute nacht im Schlaf gestorben. Rashid hat ihn heute am frühen Morgen tot vorgefunden, und er und Scheich Abu haben ihn in die Wüste gebracht, um ihn dort zu begraben.«

»Aber warum hat man mir nicht eher etwas davon gesagt?« fragte Christina.

»Das ist eine Privatangelegenheit zwischen Söhnen und ihrem Vater. Scheich Abu wollte dich nicht beunruhigen.«

»Wo ist Abu jetzt?« fragte Christina, denn sie wußte, wie er sich jetzt fühlen mußte. Sie erinnerte sich an den

Schmerz, den sie empfunden hatte, als sie ihre Eltern verloren hatte. So seltsam es auch sein mochte, aber sie wollte Philip trösten, ihn in die Arme nehmen und seinen Kummer mit ihm teilen.

»Als Rashid ins Lager zurückkehrte, sagte er, Abu sei in die Wüste hinausgeritten, und dann – ist Rashid auch wieder fortgeritten.«

Christina erwartete geduldig Philips Rückkehr. Sie bemühte sich, sich zu beschäftigen, um nicht an Yasir zu denken, aber es war unmöglich. Immer wieder sah sie sein Gesicht vor sich und das Strahlen, das auf seine Züge trat, wenn sie in sein Zelt kam. Immer wieder hörte sie seine Stimme, die liebevoll von Philip sprach.

Der Mond schwebte hoch über den Bergen und warf einen zarten grauen Lichtschein durch den Wacholder, von dem das Lager umgeben war. Philip stand niedergeschlagen am Feuer und wärmte seine matten Glieder.

Er war den ganzen Tag lang durch die Wüste geritten, ehe er sich mit Yasirs Tod abgefunden hatte. Jetzt hielt er es für das beste, daß es dahin gekommen war. Yasir war sein Leben lang ein tatkräftiger Mann gewesen, und die Monate, die auf seine Krankheit gefolgt waren, hatten ihn zu einem Invaliden gemacht, der sich nicht mehr frei bewegen konnte.

Philip wünschte, man hätte ihm einen längeren Zeitraum mit Yasir zugestanden, aber er war dankbar für die Jahre, die er an seiner Seite verbracht hatte. Er konnte viele erfreuliche Erinnerungen an diese Zeit in die Zukunft hinüberretten, denn Yasir und er hatten einander nähergestanden als üblich zwischen Vätern und Söhnen; sie waren gute Freunde gewesen und hatten vieles gemeinsam erlebt.

Philip war an Körper und Seele erschöpft und sehnte sich danach, Christina dicht neben sich zu spüren. Er ging direkt in sein Schlafzimmer, doch er fand es leer vor. Die verschiedensten Gefühlsregungen zogen nacheinander über sein Gesicht – Elend, Zorn und Bedauern, als er sich fragte, warum sie sich ausgerechnet diesen Zeitpunkt für ihre Flucht hatte aussuchen müssen.

Verdammt noch mal, wieviel Leid wird noch über mich hereinbrechen, ehe dieser Tag zu Ende ist? dachte er. Er drehte sich um und stürzte aus dem Zimmer; dabei fragte er sich, wie groß Christinas zeitlicher Vorsprung wohl sein mochte. Eine zarte Stimme ließ ihn stehenbleiben, ehe er den Zelteingang erreicht hatte.

»Bist du das, Philip?«

Philip fühlte sich, als sei eine schwere Last von seiner Brust genommen. Er ging langsam auf das Sofa zu. Christina hatte sich auf einen Ellbogen gestützt und ihre Füße unter einer schweren Decke aus Schafsfell angezogen. Sie blickte besorgt zu ihm auf.

Er setzte sich neben sie und sah, daß diese Augen rotgeweint waren. Sanft legte sie ihre Hand auf seine Hände.

»Es tut mir leid, Philip«, sagte sie.

»Es ist jetzt wieder gut, Tina. Ich werde eine Zeitlang trauern, aber das Schlimmste ist vorbei, und ich muß mein Leben weiterleben.«

Ein forschender Blick in Christinas Augen sagte ihm, daß auch sie trauerte. Er hatte nicht gewußt, daß sie sich soviel aus Yasir machte. Philip zog sie in seine Arme und drückte sie zart an sich, als sie wieder anfing zu weinen.

In den Tagen, die darauf folgten, herrschte eine seltsame Form von Trauer im Lager. Alle fröhlichen Rufe und jedes laute Gespräch waren aus dem Alltag verbannt.

Amine versuchte auf ihre Art, Christina aufzuheitern. Christina war dankbar, eine Freundin zu haben, mit der sie reden konnte. Wenn Amine und ihre Kinder nicht gewesen wären, hätte sie sich wirklich einsam gefühlt.

Es schien, als könnte Christina Philip nicht aus der Stimmung herausreißen, die sich seiner bemächtigt hatte.

Er saß nur da und starrte ins Leere, als sei sie gar nicht da. Er beantwortete ihre Fragen und begrüßte sie, aber das war auch schon alles. Sie erinnerte sich, daß sie nach dem Tod ihrer Eltern in der selben Verfassung gewesen war, doch John hatte ihr geholfen, diese Zeit durchzustehen. Sie wußte nicht, wie sie Philip helfen konnte.

Nachts, wenn sie ins Bett gingen, hielt Philip sie im Arm, sonst nichts. Das fing an, sie nervös zu machen. Ständig fragte sie sich, wann er sie wieder nehmen würde. Sie sagte sich, daß ihr die gegenwärtige Situation nicht paßte, weil sie dieses Verhalten von Philip nicht gewohnt war.

Sie dachte immer wieder darüber nach, wie sie ihn aus seinen Depressionen herausreißen könnte, aber ihr fiel nichts dazu ein. Hatte sie sich denn nicht längst gewünscht, ihn leiden zu sehen? Doch, sie hatte es so gewollt, aber das war lange her. Es tat ihr weh, Philip unglücklich zu sehen, und sie wußte nicht, warum.

16

Seit Yasirs Tod waren fünf Tage vergangen, und Christina, die die letzten Tage im Zelt verbracht hatte, hielt diese Anspannung nicht mehr aus. Sie beschloß auszureiten.

»Es ist gut, daß du deine gewohnten Aktivitäten wieder aufnimmst«, sagte Ahmad zu ihr, als sie losritten. Er lächelte sie strahlend an, als er ihr auf den Hengst half.

»Ja, es ist besser so«, gab Christina zurück. Aber nicht alle Aktivitäten, fügte sie zu sich selbst hinzu, und sie dachte an die ruhigen Nächte, die ihr in letzter Zeit gewährt wurden.

Sie waren weit in die Wüste hineingeritten, als Christina vier Männer entdeckte, die auf ihren Pferden eilig auf sie zukamen. Es schien, als seien sie aus dem Nichts aufgetaucht, und schon hatten sie sie erreicht. Christina hielt Raven an, und als sie sich umdrehte, sah sie, daß Ahmad seine Flinte hob. Doch ehe er den Abzug betätigen konnte, hallte ein Schuß durch die Luft, und Christina sah voller Entsetzen zu, wie Ahmad langsam von seinem Pferd fiel und Blut aus seiner Brust sickerte.

»O Gott – nein!« schrie sie, aber Ahmad lag regungslos im heißen Sand.

Augenblicklich ließ Christina Raven umkehren und peitschte ihn zu einem rasenden Galopp an. Sie wollte sich um Ahmad kümmern, aber jetzt mußte sie an sich selbst denken. Sie hörte, wie ihre Verfolger näherkamen. Ein Arm schlang sich um ihre Taille, riß sie vom Pferd und warf sie über ein anderes Pferd. Sie wehrte sich heftig, was nur dazu führte, daß sie mit dem Rücken in den harten Sand fiel.

Der Mann, der sie geschnappt hatte, stieg von seinem Pferd und kam langsam auf Christina zu. Auf seinem bärtigen Gesicht stand ein wütender, brutaler Ausdruck.

Christinas Herz schlug schmerzhaft, als sie sich auf die Füße zog und anfing zu laufen, doch ehe sie auch nur zehn Meter weit gekommen war, wirbelte der Mann sie herum und schlug sie mit einem Hieb ins Gesicht brutal zu Boden. Dann zog er sie an ihrem Umhang hoch, schlug ihr noch zweimal mit aller Kraft ins Gesicht und ließ sie dann fallen wie ein Stück Dreck. Sie schrie hysterisch, als sie sich im Sand umdrehte, damit er sie nicht mehr schlagen konnte.

Undeutlich hörte Christina Stimmen, die miteinander stritten, aber sie klangen, als kämen sie aus weiter Ferne. Sie fühlte sich benommen, und einen Moment lang wußte sie nicht einmal mehr, wo sie war oder warum sie weinte. All das fiel ihr schmerzlich wieder ein, als sie behutsam den Kopf hob und Ahmads leblosen Körper im Sand liegen sah.

O Gott, warum hatten sie ihn töten müssen? dachte sie, und sie fühlte sich elend. Wenige Meter von ihr entfernt saßen drei Männer auf ihren Pferden, und einer von ihnen sprach grob mit dem Mann, der sie geschlagen hatte.

Amair Abdalla stieg ab und trat zu der Frau, die im Sand lag. Er empfand Mitleid mit ihr, als er sie umdrehte und ihr Gesicht sah, das bereits jetzt verfärbt und angeschwollen war. Er hatte gehört, die Frau sei eine Schönheit, aber jetzt war ihr zerschundenes Gesicht zudem noch von Sand und Tränen entstellt.

Dieser elende Schurke Cassim! Es war alles so schnell gegangen, daß Amair ihn nicht hatte aufhalten können. Sie hatten es eilig; andernfalls hätte er diese Bestie auf der Stelle bestraft. Cassim war schon immer brutal gewesen. Seine Frau war zweimal fast an seinen Grausamkeiten und seinen Schlägen gestorben.

Scheich Ali Hejaz würde es nicht gut aufnehmen, daß diese Frau geschlagen worden war. Christina Wakefield war Scheich Ali in mehr als einer Hinsicht wichtig, und er hatte strikte Anweisung gegeben, daß ihr nichts zustoßen dürfe.

Cassim würde seine Strafe bekommen, wenn sie ins Lager zurückkehrten – und das wußte er genau. Aber jetzt mußten sie sich beeilen. Ein offener Kampf auf Scheich Abus Boden widersprach den Plänen, und Amair wollte einem Zusammenstoß mit diesem großgewachsenen Mann aus dem Wege gehen. Es hätte den sicheren Tod bedeutet.

Einige Momente waren vergangen, seit der junge Mann Christina umgedreht hatte. Er hatte ihr ins Gesicht gesehen, und sie konnte das Mitleid in seinen braunen Augen erkennen. Was würde jetzt geschehen? Vielleicht würden sie sie nicht mehr schlagen – jedenfalls im Moment nicht. Christina zuckte instinktiv vor dem Mann zurück, als er sich herunterbeugte, um sie aufzuheben. Er trug sie zu den Pferden, setzte sie auf seinen kleinen Araber und stieg hinter ihr auf. Die drei anderen Männer saßen bereits auf ihren Pferden und warteten, und alle ritten im Galopp los.

Christina schloß die Augen, als sie an Ahmads Leiche vorbeikamen. Der arme Ahmad. Er war kaum älter als sie, und jetzt war sein Leben zu Ende. Die vier Männer ließen Raven und Ahmads Pferd zurück. Wenn es Diebe waren, warum nahmen sie dann nicht auch ihre Pferde mit?

Wer waren sie überhaupt? Sie hätten sie unmöglich als Frau erkennen können, nicht in ihrer Reitkleidung. Warum also hatten sie nicht auf sie geschossen? Die Männer konnten nicht zu ihrer Rettung gekommen sein, denn niemand wußte, daß sie hier war. Und wenn sie vorhatten, sie zu ihrem Bruder zurückzubringen, dann hätten sie sie nicht geschlagen. Sie konnte sich die Zusammenhänge einfach nicht zusammenreimen.

Diese Männer mußten dem benachbarten Stamm angehören, vor dem Philip sie gewarnt hatte. Würden sie sie alle benutzen und sie dann in die Sklaverei verkaufen? Philip würde sie niemals finden.

Philip, wo bist du? Du mußt mich finden! Wie konnte sie bloß so etwas denken! Wollte sie Philip denn nicht längst verlassen?

Zumindest wird mein neuer Herr niemals die Macht über mich haben, mich mit seinen Berührungen schwach zu machen, so, wie es Philip gelungen ist. Keinem anderen Mann wird es gelingen, derart mein Verlangen wachzurufen, wie es Philip gelungen ist. Plötzlich wurde ihr klar, was sie gerade in Gedanken gesagt hatte.

Ich liebe ihn! Ich habe ihn die ganze Zeit über geliebt und es nie auch nur gewußt! Christina, du bist ein Dummkopf, eine dumme kleine Närrin! In all diesen Monaten hast du dich gegen Philip gewehrt und darum gebetet, daß er dich nach Hause schickt, und während all dem hast du ihn die ganze Zeit geliebt. Vielleicht siehst du ihn nie wieder, und Philip glaubt immer noch, daß du ihn haßt.

Aber was ist, wenn er mich nicht sucht? Was, wenn er froh ist, daß ich fort bin, daß er mich los ist? Kann ich ihm das vorwerfen – so, wie ich mich ihm gegenüber benommen habe? O nein, er muß mich holen, er muß mich retten, damit ich ihm sagen kann, wie sehr ich ihn liebe. Und er muß mich bald finden, ehe es zu spät ist!

Als Yasir gestorben ist und ich Philip trösten wollte, hätte mir klar sein müssen, daß ich Philip liebe. Ein solcher Alptraum war nötig, damit ich die Wahrheit erkenne, und jetzt ist es vielleicht zu spät. O Gott, gib mir noch eine Chance!

Es wurde jetzt dunkel, und sie ritten immer noch, als sei ihnen der Teufel auf den Fersen. Auch das ergab keinen Sinn. Wenn diese vier Männer dem benachbarten Stamm angehörten, von dem Philip gesprochen hatte, hätten sie in die Berge reiten müssen, und sie hätten längst das Lager erreicht.

Sie mußte sich irren. Sie waren am Fuß des Gebirges entlanggeritten, aber als jetzt der Mond herauskam und ihnen den Weg beleuchtete, kehrten sie in die Wüste um. Wohin brachten sie sie? Und was würde aus ihr werden, wenn sie dort ankamen?

Christina erinnerte sich daran, wie sie sich vor langer Zeit die selben Fragen gestellt hatte, aber damals war Philip ihr Entführer gewesen. In den ersten Wochen, nachdem er sie in sein Lager gebracht hatte, hatte sie ihn wirklich gehaßt. Er hatte ihr alles genommen, was sie liebte. Er hatte alles so manipuliert, daß sie in dieses Land gekommen war. Aber jede junge Frau läßt bei ihrer Heirat alles zurück, was sie bis dahin gekannt hat. Es dauert eine Weile, ehe man sich an ein neues Leben gewöhnt.

Sie hatte sich daran gewöhnt – sich sogar zu sehr daran gewöhnt. Und sie spürte eine Furcht und eine Leere in ihrem Herzen bei dem Gedanken, Philip vielleicht nie wiederzusehen. Das war schlimmer als der Schmerz in ihrem geschwollenen Gesicht, den sie bei jedem Schritt empfand, den das Pferd zurücklegte. Sie schloß die Augen, um sich vor all dem Elend zu verschließen, und irgendwie gelang es ihr, einzuschlafen.

Der Klang von Stimmen ließ Christina die Augen wieder aufschlagen. Sie wurde vom Pferd gehoben. Sie fragte sich, was geschehen war, bis sie die vielen neuen Gesichter um sich herum sah und die Stiche in ihrem Gesicht spürte. Die Sonne war aufgegangen, und es herrschte eine sengende Hitze, die durch den Sand verstärkt wurde und sie zwang, eine Hand über die Augen zu halten, um etwas sehen zu können.

Ehe Christina in ein kleines Zelt gebracht wurde, sah sie sich im Lager um. Sie befanden sich in einer Wüstenoase. Zwei riesige Palmen ragten über sechs kleinen Zelten auf, und sie konnte Ziegen, Schafe und Kamele sehen, die auf einem Streifen Gras hinter ihr weideten. Als sie im Zelt waren, dauerte es einen Moment lang, bis Christinas Augen sich an das Dunkel gewöhnt hatten. Dann sah sie einen alten Mann, der allein auf einem Kissen hinter einem niedrigen Tisch saß, auf dem in mehreren Schalen Essen stand.

Der alte Mann hatte noch keinen Blick in ihre Richtung geworfen. Er aß ungestört, und daher sah Christina sich in dem Zelt um. Einige Kissen waren auf dem Boden verstreut, und an einer Seite stand eine Truhe, aber nirgends gab es Stühle oder Teppiche.

Als Christina den alten Mann wieder ansah, tauchte er seine Finger in eine kleine Wasserschale, wie sie selbst es viele Male nach einem Essen mit Philip getan hatte. Jetzt sah er sie an, und seine braunen Augen wurden beim Anblick ihres geschundenen Gesichtes groß vor Zorn. Sie zuckte zusammen, als er mit der Faust auf den Tisch schlug und sämtliche Schalen klapperten.

Er trug einen farbenprächtigen Kaftan und eine *kufijah*, und sie stellte fest, daß er barfuß war. Als er aufstand, schien er nicht größer als sie zu sein, doch seine Stimme gebot Achtung.

Er sprach so grob mit dem jungen Mann, der bei Christina war, daß sie schloß, er müsse der Scheich dieses Stammes sein. Ein hitziger Wortwechsel entspann sich zwischen den beiden, aber Christina konnte nichts verstehen, und dann führte der junge Mann sie hinter einen Vorhang in einer Ecke des Zeltes.

Dort hatte sie kaum genügend Platz, um sich hinzulegen. Ein Schaffell lag auf dem Sand, auf das Christina gelegt wurde. Dann wurde sie allein gelassen.

Wenige Minuten später schlug eine alte Frau die Vorhänge zurück und brachte ihr ein Tablett mit einer großen Schale Essen und einem Glas Wein. Die Frau stellte das Tablett in den Sand, drückte Christina ein nasses Handtuch in die Hand, deutete auf ihr Gesicht und ließ Christina wieder allein.

Sie wusch sich mit dem Handtuch das Gesicht, aber um ihre schmerzhaft geschwollenen Augen herum konnte sie nicht jeden Schmutz entfernen. Das Essen war fett, aber zum Glück war es zart, denn auch das Kauen war schmerzhaft. Der Wein schmeckte köstlich, aber sie spürte eine ganz seltsame Müdigkeit, als sie das Glas ausgetrunken hatte. Christina bemühte sich nach Kräften, wachzubleiben, um auf das vorbereitet zu sein, was als nächstes passieren würde, doch es gelang ihr nicht, die Augen offenzuhalten, und sie konnte auch nicht mehr zusammenhängend denken, und im nächsten Moment war sie fest eingeschlafen.

Als Amair Abdalla die Frau in Scheich Ali Hejaz' Zelt zurückließ, gab er Cassim Bescheid, daß Scheich Ali ihn zu sprechen wünsche, ehe er direkt zum Zelt seines Vaters ging. Er empfand keinerlei Mitleid mit Cassim, denn ganz gleich, was ihm bevorstand – er hatte es sich selbst zuzuschreiben. Scheich Ali war noch wütender, als Amair es erwartet hatte, und Cassim würde für das, was er getan hatte, wahrscheinlich sterben.

»Ist alles glatt gelaufen, Amair?« fragte sein Vater, Cogia Abdalla, als Amair das Zelt betrat, das sie gemeinsam bewohnten.

»Ja, Vater, alles ist verlaufen wie geplant«, erwiderte Amair voller Abscheu. Er setzte sich auf das Schaffell, das ihm als Bett diente, und griff nach dem Weinschlauch aus Ziegenfell, der daneben lag. »Aber eins sage ich dir – mir paßt nicht, was mir hier befohlen worden ist. Diese Frau hat niemandem etwas getan, und es ist nicht richtig, sie als Pfand zu benutzen, um Rache zu üben. Sie hat jetzt schon genug gelitten, denn Cassim hat sie geschlagen, ehe ich ihn zurückhalten konnte.«

»Was! Dieser nichtsnutzige...«

»Verstehst du das denn nicht, Vater?« fiel ihm Amair ins Wort. »Nichts von alledem hätte überhaupt passieren dürfen. Cassim hat auf den Mann geschossen, mit dem Christina Wakefield ausgeritten ist. Ich bete nur darum, daß er gefunden wird, ehe er stirbt, denn es ist Ahmad, der Bruder von Amines Mann. Wenn Ahmad stirbt, wird Syed uns hassen, und wir werden meine Schwester Amine nie wiedersehen.«

»Ich hätte wissen müssen, daß dieser Plan zu nichts Gutem führt.« Cogia ließ niedergeschlagen den Kopf hängen. »Ich hätte nie meine Zustimmung geben dürfen, daß du dich daran beteiligst. Ich will nur, daß dieser Haß zu einem Ende kommt, damit ich meine Tochter wiedersehen kann. Amine muß inzwischen Kinder haben, und ich habe sie nie gesehen. Vielleicht werde ich meine Enkelkinder niemals sehen.«

»Und trotzdem hättest du diesem Plan niemals zustimmen dürfen, Vater. Scheich Abu hat nichts mit dem zu tun gehabt, was vor all diesen Jahren vorgefallen ist. Er war damals jenseits der Meere. Ich finde es nicht richtig, daß Scheich Ali sich an ihm rächen will, nachdem Scheich Yasir gestorben ist.«

»Ich weiß, mein Sohn, aber was können wir jetzt noch

tun? Vielleicht kommt Scheich Abu gar nicht«, sagte Cogia. Er warf einen Blick aus dem offenen Zelt hinaus. Draußen spielten drei kleine Jungen mit einem kleinen Lamm. Cogia verzehrte sich vor Sehnsucht danach, seine eigene Tochter und deren Kinder zu sehen.

»Er wird kommen«, erwiderte Amair. »Und wenn er die Männer seines Stammes mitbringt, wird es zu viel sinnlosem Blutvergießen kommen, und das für etwas, was fünfundzwanzig Jahre zurückliegt. Und nicht einer der Männer, die dabei sterben werden, hat irgend etwas damit zu tun gehabt.«

Philip kam, und zwar keine Stunde später. Er kam allein, und dafür verfluchte er sich, als er sah, in welche Gefahr er sich begab.

Philip war in sein Lager zurückgekehrt und hatte gehört, daß Christina mit Ahmad ausgeritten war. Er war froh, daß sie sich entschlossen hatte, ihre Ausritte wieder aufzunehmen, und ihm wurde auch klar, daß es für ihn an der Zeit war, seine eigenen Depressionen abzuschütteln. Sein Vater war tot, aber er hatte immer noch Christina.

Gedanken an Christina gingen Philip durch den Kopf, als er durch das Zelt lief und ihre Rückkehr erwartete. Doch als die Sonne unterging und immer noch keine Spur von ihr zu sehen war, wurde er von einem entsetzlichen Grauen gepackt. Er lief aus dem Zelt, sah Syed bei den Pferden stehen und sagte ihm, er solle ihm folgen.

Philip brach der Schweiß aus, als sie den Hügel hinuntergaloppierten. Syed versuchte verzweifelt, mit ihm schrittzuhalten. Nachdem er ein Stück weit in die Richtung geritten war, die Christina meistens einschlug, sah Philip zwei Pferde, die dicht nebeneinander standen. Jegliche Farbe wich aus seinem Gesicht, als er näherkam und eine Gestalt im Sand liegen sah.

Er sprang von seinem Perd und rannte zu Ahmad. Die Wunde war im Brustkorb, und Ahmad hatte viel Blut verloren, aber er war noch am Leben. Als Syed kam, flößten sie Ahmad gewaltsam Wasser ein. Endlich schlug er die Augen auf. Er sah von Philip zu Syed und versuchte, sich aufzurichten, aber der Blutverlust hatte ihn zu sehr geschwächt.

»Kannst du sprechen, Ahmad?« fragte Philip. »Kannst du mir sagen, was passiert ist?«

Ahmad sah Philip mit glasigen Augen an. »Vier Männer aus der Wüste sind mit hoher Geschwindigkeit auf uns zugekommen. Ich – ich habe meine Flinte gehoben, um zu schießen, aber sie haben auf mich geschossen. Das ist alles, woran ich mich erinnern kann.« Ahmad strengte sich an, um sich umzusehen, und als er Christinas Pferd sah, sank er in den Sand zurück. »Sie haben sie mitgenommen?«

»Es sieht ganz danach aus«, erwiderte Philip. Sein Körper war angespannt und kampfbereit. Er sah den älteren der beiden Brüder an. »Syed, du bringst Ahmad ins Lager zurück. Maidi wird wissen, was sie für ihn tun kann. Ich weiß nicht, wie lange ich fort sein werde, aber folge mir nicht. Ich werde Christina finden, und der Mann, der auf deinen Bruder geschossen hat, wird sterben.«

»Allah sei mit dir«, erwiderte Syed, als Philip auf sein Pferd stieg.

Die Spuren der vier Entführer waren noch zu erkennen, da es nicht windig gewesen war und sie nicht im Sand verweht waren. Philip folgte der Fährte mit einer Geschwindigkeit, die Victory bisher noch nie erreicht hatte. Immer wieder sah er Christinas verängstigtes Gesicht vor sich, und er betete darum, sie rechtzeitig zu finden, ehe die Männer sie vergewaltigten und sie anschließend verkauften.

Er hätte niemals zulassen sollen, daß sie in die Wüste ritt. Wenn er ihre Bewegungsfreiheit auf das Lager beschränkt hätte, wäre sie jetzt da, und er müßte nicht um ihr Leben bangen. O Gott, laß mich sie rechtzeitig finden!

Philip wurde ganz krank ums Herz, als er versuchte,

sich vorzustellen, wie sein Leben ohne Christina aussehen würde. Er sah das Bett, das er mit ihr geteilt hatte, leer vor sich, das leere Zelt, das er in letzter Zeit so gern betreten hatte, ihren schönen, zarten Körper, der ihn so sehr in Versuchung führen konnte. Wie sollte je eine andere Frau Christinas Platz einnehmen? Der Gedanke, sie nie wiederzusehen, war ihm schier unerträglich.

Er mußte sie lieben, wenn er so empfand!

Philip hatte nie geglaubt, daß er sich je verlieben würde. Was für ein Narr war er gewesen! Aber was war, wenn er Christina nicht fand? Oder noch schlimmer – wenn sie nicht gefunden werden wollte? Er würde sie finden oder bei dem Versuch, sie zu finden, sterben, und er würde sie zwingen, mit ihm zurückzukehren. Lieber wollte er mit ihrem Haß leben als ohne sie. Vielleicht würde sie ihn eines Tages doch noch lieben lernen.

Philip dankte dem Himmel für den Vollmond, der ihm genug Licht gab, um den Spuren zu folgen. Die Stunden vergingen langsam und waren von peinigenden Gedanken angefüllt, und die Sonne stand schon hoch am Himmel, als Philip das Lager eines Wüstenstammes in der Ferne vor sich sah. Die Spuren, denen er folgte, führten direkt zu dem Lager. Jetzt dauert es nicht mehr lange, Christina, dachte er. Ich werde dich finden und nach Hause bringen.

Philip ritt langsam in das Lager hinein. Etliche Männer kamen auf ihn zu, als er Victory mitten im Lager zum Stehen brachte.

»Ich suche vier Männer und eine Frau«, sagte Philip auf Arabisch. »Sie sind hier vorbeigekommen, oder?«

»Du befindest dich am richtigen Ort, Abu Alhamar. Du wirst jetzt absteigen und mit mir kommen.«

Philip drehte sich zu dem Mann um, der gesprochen hatte. Eine Flinte war auf seinen Rücken gerichtet und ließ ihm kaum eine Wahl. »Woher weißt du, wer ich bin?«

»Du wirst erwartet. Komm mit.«

Philip stieg ab, und der Mann stieß ihn mit der Flinte zu einem Zelteingang. Weitere bewaffnete Männer liefen hinter ihm her und waren bereit, auf die kleinste Bewegung von seiner Seite aus zu reagieren. Woher zum Teufel wissen sie, wer ich bin? fragte sich Philip.

Ein alter Mann, der am hintersten Ende des Zeltes saß, stand auf und musterte Philip. »Du hast nicht lange gebraucht, um hierherzukommen, Scheich Abu. Auf diesen Moment habe ich lange gewartet.«

»Was zum Teufel soll das alles heißen?« fragte Philip. »Woher weißt du, wer ich bin? Ich habe dich in meinem ganzen Leben noch nicht gesehen.«

»Du hast mich gesehen, aber daran erinnerst du dich sicher nicht. Vielleicht hast du von mir gehört? Ich bin Ali Hejaz, der Scheich dieses Stammes und der Onkel von Rashid, deinem Halbbruder. Weißt du jetzt, wer ich bin?«

»Ich habe deinen Namen gehört, aber das ist auch schon alles. Warum hast du mich erwartet?«

»Oh, ich sehe, daß dein Vater dir die Wahrheit verschwiegen hat. Dann muß ich dir eben die ganze Geschichte erzählen, damit du verstehst, warum ich dich töten werde, um den Tod meiner Schwester zu rächen.«

»Du mußt verrückt sein«, sagte Philip lachend. »Ich habe dir nichts getan. Warum willst du meinen Tod?«

»Ich bin nicht verrückt, Abu Alhamar.« Ali Hejaz sprach mit ruhiger Stimme und kostete den Moment seines Triumphes aus. »Du wirst bald erfahren, warum du sterben mußt. Ich wußte, daß du mir in die Falle gehen würdest, denn ich habe deine Frau in meiner Gewalt.«

»Wo ist sie?« fragte Philip aufbrausend. »Wenn du ihr etwas angetan hast...«

»Alles zu seiner Zeit, Abu«, fiel ihm Ali Hejaz ins Wort. »Du kannst sie später sehen, wenn auch zum letztenmal. Bange nicht um sie, denn ihr wird in meinem Lager nichts zustoßen. Ich bin Christina Wakefield dankbar, weil sie dich meiner Rache ausgeliefert hat. Später werde ich sie dann zu ihrem Bruder zurückbringen und die Belohnung kassieren.«

»Woher weißt du von ihr?« fragte Philip.

»Du stellst so viele Fragen! Weißt du, Rashid besucht mich von Zeit zu Zeit. Er hat erwähnt, du seiest aus England zurückgekehrt und würdest dir eine Ausländerin als Mätresse halten. Es scheint ganz so, als hätte ich Christina Wakefield von ihrem Entführer befreit!« Ali legte eine Pause ein. Als er wieder sprach, war seine Stimme zornerfüllt. »Dazu kommt, daß ich kürzlich von Yasirs Tod erfahren habe. Man hat mich darum betrogen, ihn eigenhändig zu töten, und daher wirst du, sein geliebter Sohn, seinen Platz einnehmen.«

»Was soll mein Vater angeblich getan haben?« fragte Philip.

Ali Hejaz schenkte zwei Gläser Wein ein und bot Philip eins der beiden an. Er lehnte ab, und Ali lächelte. »Es wird dein letztes sein – ich schlage dir vor, es zu trinken. Der Wein ist nicht vergiftet, das versichere ich dir. Ich habe mir einen langsameren, grausameren Tod für dich ersonnen.«

»Fahr fort mit deinen Erklärungen, Hejaz. Ich will Christina sehen«, erwiderte Philip. Er nahm den Wein und prostete dem alten Mann spöttisch zu.

»Ich sehe, daß du mich noch nicht ernst nimmst. Ah, aber das wirst du tun, wenn dein langwieriger Tod beginnt. Wie dem auch sei – du verdienst jedenfalls, zu erfahren, warum du sterben wirst.« Ali unterbrach sich und trank aus dem Glas, das er in der Hand hielt.

»Vor langer, langer Zeit waren dein Vater und ich eng miteinander befreundet. Ich hätte alles für Yasir getan. Ich kannte auch deine Mutter, und ich war mit Yasir zusammen, als du geboren wurdest. Damals habe ich mich für deinen Vater gefreut. Er hatte zwei prachtvolle Söhne und eine Frau, die er mehr als sein Leben liebte. Ich erinnere mich noch, dich auf meinem Schoß gehabt zu haben, als du erst drei Jahre alt warst, und ich habe dir Geschichten erzählt. Kannst du dich daran noch erinnern?«

»Nein.«

»Damit habe ich auch nicht gerechnet. Es waren glückliche Tage – bis deine Mutter gegangen ist. Sie war eine gute Frau, aber sie hat Yasir vernichtet. Er wurde nie mehr der alte. Als seine Frau und seine beiden Söhne ihn verlassen hatten, hatte Yasir das Gefühl, es gäbe nichts mehr in seinem Leben, wofür es sich zu leben lohnte. Drei Jahre lang habe ich mit ihm gelitten, denn ich habe Yasir geliebt wie einen Bruder. Ich hoffte, er würde deine Mutter vergessen und ein neues Glück finden. Ich hatte eine Schwester, die Margiana hieß, ein wunderschönes Mädchen, das Yasir anbetete. Daher bot ich Yasir Margianas Hand an.«

»Aber meine Mutter und mein Vater waren doch noch verheiratet. Wie hätte er deine Schwester heiraten können?« unterbrach ihn Philip.

»Deine Mutter war fort und würde nicht zurückkommen. Es war genauso, als sei sie tot. Yasir stand es frei, sich wieder zu verheiraten. Er konnte ein neues Leben beginnen und Söhne zeugen, und er hätte zusehen können, wie sie zu Männern heranwachsen. Yasir willigte ein, meine Schwester zu heiraten. Damals mußte ich gerade fortgehen, und ich bat Margiana, nicht vor meiner Rückkehr zu heiraten. Aber sie weigerte sich, bis dahin zu warten.

Ich wurde verwundet, während ich fort war, und Monate lang war ich ans Bett gebunden. Ich brauchte fast zwei Jahre, um meine Schwester und Yasirs Stamm zu finden. Rashid, der Sohn meiner Schwester, war damals ein Jahr alt.

Und so vergingen die Jahre, und ich glaubte, mit meiner Schwester stünde alles zum Besten. Yasir war immer noch unglücklich. Er liebte Rashid nicht so, wie er dich geliebt hatte. Aber meine Schwester tat so, als sei sie glücklich, wenn ich sie besuchte.

Vor einigen Jahren kam meine Schwester dann zu mir und erzählte mir endlich die Wahrheit über ihre sogenannte Ehe. Yasir hatte sich im allerletzten Moment geweigert, sie zu heiraten. Aber in der Nacht, in der sie hätten heiraten sollen, betrank er sich und vergewaltigte sie. Als sie Monate später feststellte, daß sie ein Kind bekam, bat sie Yasir, sie zu heiraten. Doch er weigerte sich weiterhin. Er konnte deine Mutter nicht vergessen. Margiana schämte sich, weil sie nicht verheiratet war, und daher log sie mich an und ließ mich in dem Glauben sie sei glücklich. Yasir hat sie nie mehr genommen, aber er hat sie und Rashid bei seinem Stamm leben lassen. Sie hat ihn geliebt, und er hat sie wie ein Stück Dreck behandelt.

Nachdem meine Schwester mir die Wahrheit erzählt hatte, brachte sie sich um. Es war, als hätte Yasir ein Messer in ihre Brust gestoßen. Er hat meine Schwester getötet, und an jenem Tag habe ich Rache geschworen. Ich wartete, aber Yasir wußte von meinem Haß und verließ nicht mehr allein das Lager. Er vergaß nie, daß ich auf ihn wartete, und ich habe zu lange gewartet. Yasir ist als glücklicher Mann gestorben und ohne das zu erleiden, was meine Schwester erlitten hat.«

»Aber all das hat nichts mit mir zu tun. Warum willst du meinen Tod?« fragte Philip. Er glaubte die Geschichte. Yasir hatte bis zum Tage seines Todes mit der Erinnerung an seine erste und einzige Frau gelebt. Wahrscheinlich hatte er nie gewußt, daß Margiana ihn geliebt und deshalb gelitten hatte.

»Du wirst stellvertretend für Yasir sterben«, sagte Ali Hejaz. »Du, sein geliebter Sohn, der ihm alles war, wie meine Schwester mir alles war. Du, der du Yasir in hohen Jahren noch Freude geschenkt hast, die ihm nicht zustand. Du, der Sohn der Frau, die die Schuld am Tod meiner Schwester trägt. Du, der du deinem Vater in jeder Hinsicht gleichst und dir Frauen nimmst, ohne sie zu heiraten, und sie leiden läßt.

Du wirst sterben, und ich werde zu guter Letzt doch noch Rache geübt haben.« Ali lachte ein kurzes, satanisches Lachen. »Ah, aber Rache ist süß. Wenn jetzt Yasir noch hier wäre und deinen Tod erleben könnte, wäre ich der glücklichste Mensch auf Erden. Ich werde dir sogar einen letzten Wunsch gewähren, wenn er im Rahmen des Vernünftigen bleibt.«

»Das ist zu freundlich«, sagte Philip sarkastisch. »Ich möchte jetzt Christina Wakefield sehen.«

»Ach ja, diese Frau. Sagte ich nicht schon, daß du sie sehen kannst? Aber vorher muß ich dich warnen, denn ich fürchte, ihr ist etwas zugestoßen, bevor sie hierhergekommen ist.«

»Etwas zugestoßen? Wo ist sie?« fragte Philip heftig.

Ali Hejaz gab einem der Männer, die hinter Philip standen, ein Zeichen. Der Mann hob einen Vorhang im Hintergrund.

Philip sah Christina, die auf dem Boden lag. »O mein Gott!« stieß er atemlos hervor. Er bückte sich, um sie zu berühren, aber sie bewegte sich nicht.

»Ich hielt es für das beste, sie für ein paar Tage zu betäuben, bis die Schwellung nachläßt«, sagte Ali.

Philip richtete sich auf und drehte sich ganz langsam zu dem alten Mann um. Die Muskeln in seinen Wangen zuckten, denn er war rasend vor Zorn.

»Wer war das?« sagte er mit ruhiger Stimme, und es fiel ihm schwer, seine Empfindungen derart zu unterdrükken. »Wer hat ihr das angetan?«

»Es hätte nicht passieren sollen. Der Mann, der sie geschlagen hat, ist immer grausam zu Frauen gewesen. Als sie vor ihm davongelaufen ist, ist er außer sich geraten und hat sie geschlagen, ehe meine Männer ihn zurückhalten konnten. Natürlich wird er dafür sterben. Ich habe strikte Anweisung gegeben, der Frau nichts anzutun, und er war ungehorsam. Ich habe noch nicht über seine Todesart entschieden, aber er wird sterben.«

»Gib ihn mir«, sagte Philip grimmig.

»Was?«

»Überlaß mir den Mann, der das getan hat. Du hast mir eine letzte Bitte gewährt. Ich will den Mann, der sie geschlagen hat.«

Ali sah Philip ungläubig an und riß dann seine alten Augen weit auf. »Natürlich! Es stimmt, daß dir diese Ehre zusteht. Ich zweifle nicht daran, daß du gewinnst, aber es wird ein fairer Kampf. Ihr werdet mit Messern kämpfen, jetzt sofort, und zwar hier im Lager. Wenn Cassim tot ist, wirst du einen langsameren Tod sterben.«

Philip folgte dem alten Mann aus dem Zelt. Er konnte an nichts anderes mehr denken als daran, den Mann zu töten, der es gewagt hatte, Christina so zuzurichten.

»Holt Cassim und sagt ihm, was er zu erwarten hat«, befahl Ali.

Ali zog sein eigenes Messer aus dem Gürtel und reichte es Philip. »Wenn der Kampf vorbei ist, wirst du das Messer hinwerfen und keinen weiteren Widerstand leisten. Wenn nicht, dann wird Christina Wakefield nie zu ihrem Bruder zurückgebracht, sondern in die Sklaverei verkauft. Hast du verstanden?«

Philip nickte und nahm das Messer. Er zog seinen Kaftan und sein Hemd aus und nahm das Messer in die rechte Hand. Cassim wurde aus einem Zelt geführt, und seine Furcht zeigte sich deutlich auf seinem Gesicht. Er wurde vor Philip gezerrt.

»Gegen diesen Mann kämpfe ich nicht!« schrie Cassim. »Wenn ich sterben muß, dann erschießt mich!«

»Steh auf und kämpfe wie ein Mann. Oder ich werde dir lebendig das Herz aus dem Leib reißen lassen!« schrie Ali.

Philip empfand kein Mitleid für den Mann, der vor ihm kauerte. Er sah nur noch Christinas geschwollenes Gesicht vor sich. »Bereite dich auf deinen Tod vor, du feiges Schwein.«

Cassim wurde losgelassen und taumelte einige Meter

zurück. Dann stürzte er nach vorn. Doch Philip war vorbereitet. Er wich seitlich aus, und sein Messer erwischte Cassims rechten Arm, direkt unter der Schulter. Sie umkreisten einander mit ausgebreiteten Armen. Cassim sprang wieder mit einem Satz nach vorn und wollte sein Messer in Philips Brust stoßen. Doch Philip bewegte sich blitzschnell und erwischte sein Opfer. Er schlitzte Cassims ausgestreckten Arm bis zum Knochen auf. Cassim ließ das Messer fallen und starrte bestürzt die Wunde an. Philip schlug ihn mit der Hand nieder.

Er ließ Cassim Zeit, sein Messer aufzuheben, ehe er ihn wieder angriff. Cassim war offensichtlich nicht geübt im Umgang mit Messern, und seine Angst machte ihn so unvorsichtig, daß er Philips Geschicklichkeit mühelos zum Opfer fiel.

Philip kannte viele Tricks, die er von seinem Vater gelernt hatte, aber er brauchte keinen Trick anzuwenden. Philips Messer stach wieder und immer wieder zu, bis Cassim von seinem eigenen Blut überströmt war und vornüber in den Sand fiel.

Philip fühlte sich abgestoßen. Er hätte nie geglaubt, daß er zu solcher Brutalität fähig war. Wie konnte er derart gnadenlos einen Mann töten? Philip fühlte sich gräßlich. Er warf das Messer neben Cassims Leiche und ging zu Ali Hejaz.

»Du wirkst unzufrieden, Abu. Vielleicht fühlst du dich besser, wenn du weißt, daß Cassim auch deinen Stammesgenossen erschossen hat.«

»Es gibt kein Mittel, um sich besser zu fühlen, wenn man einen Menschen getötet hat«, erwiderte Philip.

»Wenn du viele Jahre darauf gewartet hast, einen Menschen zu töten, wie es bei mir der Fall ist, dann kann Rache sehr wohl genüßlich sein«, sagte Ali. »Du wirst jetzt mit meinen Männern gehen. Denk daran, daß Christina Wakefields Zukunft in deinen Händen liegt. Außerdem habe ich meinen Männern befohlen, auf dich zu schießen, wenn du versuchst zu fliehen. Eine Wunde im Arm oder im Bein wird deinen Tod nur noch qualvoller gestalten.«

Die Männer ergriffen Philip und führten ihn hinter Ali Hejaz' Zelt. Dort steckten vier Pfähle im Sand, und an jedem Pfahl war ein Seil befestigt. Jetzt wußte er, wie er sterben würde.

Er leistete keinen Widerstand. Die Männer legten ihn auf den Rücken, spreizten seine Arme und Beine und banden ihn an die vier Pfähle. Einer der Männer flüsterte Philip zu: »Verzeih mir«, ehe er ging. Der zweite Mann setzte sich in den Schatten, den Alis Zelt warf, um Philip zu bewachen.

Philip fragte sich, wozu eine Wache überhaupt nötig war. Er konnte nicht entkommen. Es war schon spät am Nachmittag, aber die Sonne würde noch mindestens zwei Stunden lang sengend auf den Sand strahlen.

Heute würde die Sonne nicht viel Schaden anrichten, aber morgen würden seine Qualen beginnen. Würde er das ertragen? Konnte er sich mit reiner Willenskraft dazu bringen, schnell zu sterben?

Er würde sich zwingen, die Nacht über zu wachen, das war die einzige Möglichkeit. Dann hatte er bereits zwei Tage und Nächte nicht geschlafen, und das würde es ihm möglich machen, morgen zu schlafen, und vielleicht würde er in der heißen Sonne so schnell sterben, daß er nicht einmal erwachte.

Eine Stunde war vergangen, und Philip mußte bereits gegen den Schlaf ankämpfen. Ein Schatten zeichnete sich über ihm ab, und als er die Augen aufschlug, sah er Ali Hejaz.

»Ist es nicht eine Ironie des Schicksals, daß du ausgerechnet auf diese Weise stirbst? Du wolltest unter unserer Sonne leben und Yasir glücklich machen, und daher ist es nur angemessen, daß du unter unserer Sonne stirbst. Es ist keine angenehme Todesart. Deine Zunge wird aufquellen. Aber ich will nicht, daß du allzu bald erstickst. Du wirst gerade genug Wasser bekommen, um das zu verhindern. Du wirst lange leiden, während die Sonne dich bei lebendigem Leib röstet. Und falls du mit dem Gedanken gespielt hast, dich über Nacht wachzuhalten und dein Leiden morgen durch Schlaf zu verkürzen, dann muß ich dich enttäuschen. Ich habe dir ein leichtes Mittel in den Wein getan, und du wirst heute nacht schlafen.« Ali lachte, als er Philips Hoffnungen ein Ende bereitete. »Du wirkst überrascht, Abu. Aber wie du siehst, habe ich an alles gedacht. Ja, du wirst morgen bei Sonnenaufgang wach sein. Ich wünsche dir eine angenehme Nacht, Abu. Es wird deine letzte sein.« Mit diesen Worten überließ er Philip seinen Gedanken.

Philip zog mit aller Kraft an den Seilen, aber es bestand keine Hoffnung für ihn, zu entkommen. Er schlief ein.

17

Der Schmerz in seinen Augen ließ Philip erwachen. Als er sie aufschlug, starrte er direkt in die späte Morgensonne und war eine Minute lang geblendet. Im ersten Moment fragte er sich, warum er im Freien geschlafen hatte, doch dann versuchte er aufzustehen und spürte den Schmerz in seinen Schultern.

Die Sonne tat also bereits ihr Werk. Er sah auf seine verbrannte Brust und seine verbrannten Arme hinunter. Zumindest hatte sich Hejaz in einer Hinsicht getäuscht – er war nicht bei Sonnenaufgang erwacht. Philip blieb vollkommen still liegen.

Die Sonne stand jetzt direkt über ihm. Philips Zunge fühlte sich wie ein Fremdkörper in seinem Mund an, wie ein Stück trockener Stoff. Der Schweiß, der aus seinem Körper trieb, strömte unter Schmerzen über seine verbrannte Haut. Wie lange konnte er das durchhalten? Er zwang sich, an erfreuliche Dinge zu denken, und er verlor sich in Gedanken an Christina.

Philip hörte eine Stimme, die ihn aus weiter Ferne rief und ihn aus seiner Bewußtlosigkeit herausriß, als sie immer lauter wurde. Als er mühsam die Augen aufschlug, sah er Ali Hejaz, der neben ihm stand. Er versuchte zu sprechen, aber sein Mund war zu trocken, und seine Lippen waren gesprungen und hatten Blasen.

»Du bist also noch am Leben. Du mußt einen starken Lebenswillen haben.« Ali wandte sich an den Wächter, der neben ihm stand. »Gib ihm ein paar Tropfen Wasser, aber nicht mehr.«

Der Wächter ließ ein paar Tropfen in Philips Mund rinnen, und Ali sagte: »Morgen früh sollte dir die Sonne den Rest geben. Wenn du dann immer noch lebst, werde ich dich von einem meiner Männer töten lassen, weil wir morgen das Lager abbrechen und weiterziehen müssen. Das Wasser wird knapp hier. Ich würde dich mitnehmen und dich in unserem nächsten Lager wieder in der Sonne rösten lassen, aber dein Stamm wird sich bald auf die Suche nach dir machen. Du wirst morgen sterben, so oder so. Angenehme Träume, Abu.«

Die Sonne ging unter, aber Philip glühte immer noch. Das Wasser war nur soviel gewesen, daß es seine Sinne genarrt hatte. Er dachte an Christina, die nur wenige Meter von ihm entfernt in Hejaz' Zelt lag. Wenigstens schlief sie, statt diesen Alptraum mitzuerleben. Aber vielleicht hätte sie es sogar genossen, ihn bei lebendigem Leibe rösten zu sehen. Schließlich haßte sie ihn. Bald würde sie jedenfalls wieder bei ihrem Bruder sein, wie sie es sich immer gewünscht hatte.

Der Mond stand hoch am Himmel, als Philip spürte, daß jemand bei ihm war. »Endlich schläft das ganze Lager, aber wir müssen leise sein, damit niemand etwas merkt«, flüsterte der Mann, als er sich zu Philip hinunterbeugte. »Ich bin Amair Abdalla, der Bruder von Amine, die in deinem Lager lebt. Ich bitte dich, meinem Vater und mir den Anteil, den wir an dieser Sache gehabt haben, zu verzeihen. Mein Vater ist ein alter Mann und wollte nichts anderes, als ein Ende des Hasses unseres Scheichs erleben, weil er seine Tochter wiedersehen will. Ihm ist inzwischen klar, daß es falsch war, deine Frau gefangenzunehmen. Sie hat es nicht verdient zu leiden, ebenso wenig wie du. Ich werde dich jetzt mit einer Salbe einreiben. Du darfst aber nicht laut schreien.«

Philip ganzer Körper zuckte zusammen, als das kühlende Fett mit seiner Haut in Berührung kam. Er unterdrückte die Schreie, als der Mann die Salbe in seine Brust und sein Gesicht massierte.

»Ich hätte dich letzte Nacht schon freigelassen, wenn du nicht so stark betäubt gewesen wärst. Es dauert eine Weile, aber dann wird dir die Salbe einen Teil der Schmerzen nehmen«, sagte Amair. Er wischte sich das Fett von den Händen.

Dann durchschnitt er die Seile, zog Philip auf die Füße und gab ihm eine Wasserflasche. Philip trank nur ganz wenig.

»Dein Pferd steht im Schatten für dich bereit«, sagte Amair. »Die Frau ist noch betäubt und wird nicht allein reiten können. Ich hole sie sofort. Kannst du sprechen?«

Philip trank mehr Wasser, und dann gelang es ihm, heiser zu flüstern: »Was wird passieren...«

»Mein Vater wird sich am Morgen mit den Ältesten zusammensetzen, noch ehe Scheich Ali erwacht. Sie werden Ali davon abhalten, dir weiterhin nachzustellen, und sie werden mich vor ihm beschützen. Ich kann nur beten, daß du verstehst, daß ich den Befehl hatte, die Frau zu ergreifen. Es hat mir nicht gepaßt, aber ich hatte keine andere Wahl. Kannst du mir verzeihen?«

»Du bist in meinem Lager willkommen«, gab Philip zurück.

»Jetzt hole ich deine Frau. Du hast noch fünf Stunden

Zeit bis zum Sonnenaufgang. Bis dahin solltest du deinen Kaftan wieder tragen können.«

Amair stellte sich dicht neben das Zelt und schlitzte es mit einem Messer auf. Er kroch durch den Schlitz, und als er im nächsten Moment wieder auftauchte, trug er Christina auf den Armen. Er legte sie neben Philip und ging, um das Pferd zu holen.

Amair half Philip auf Victory und hob Christina dann vor ihn. »Kannst du reiten?«

»Ich muß wohl«, sagte Philip.

Amair führte das Pferd leise aus dem schlafenden Lager. »Ich wünsche dir ein langes und erfolgreiches Leben, Scheich Abu. Allah sei mit dir.«

»Laß es dir wohlergehen, mein Freund. Ich habe dir mein Leben zu verdanken«, flüsterte Philip. Er grub seine Fersen in Victorys Flanken und schlug die Richtung zu seinem Lager ein.

Jede Bewegung des Pferdes verursachte Philip mörderische Qualen, doch nach einer Weile begann die Salbe zu helfen. So merkwürdig es auch war – aber er konnte Ali Hejaz nicht hassen. Er bedauerte den Mann dafür, so viele Jahre lang mit diesem Haß gelebt zu haben.

Philip dankte Gott, daß er noch am Leben war. Bald würden seine Wunden verheilt sein, und er hatte Christina wiedergefunden. Ja, er hatte allen Grund zur Dankbarkeit.

Wenn Christina es nur lernen könnte, ihn zu lieben, wäre er der glücklichste Mensch auf Erden. Aber er durfte sie nicht drängen. Wenn er ihr jetzt seine Liebe erklärte, würde sie ihn nur auslachen. Nein, er mußte ganz langsam ihre Liebe gewinnen. Jetzt, da sie wieder bei ihm war, würde er geduldig sein.

Christina kam ganz allmählich wieder zu sich und stellte fest, daß sie auf einem Pferd saß und daß dieses Pferd sich bewegte.

Es war Tag. Sie konnte den Nacken des Pferdes und die Wüste vor sich sehen. Sie erinnerte sich an ein Lager in der Wüste, an eine Mahlzeit und daran, ein Glas Wein getrunken zu haben, aber sonst an nichts. Wie war sie auf dieses Pferd gekommen? Wohin wurde sie jetzt schon wieder gebracht?

Sie mußte fliehen. Sie mußte Philip wiederfinden. Christina schwang ein Bein über den Nacken des Pferdes und ließ sich vornüber in den Sand fallen. Der Mann stöhnte, als sie ihn anstieß, aber das war ihr gleich. Sie sprang auf und lief davon.

»Christina!«

Christina blieb stehen. Sie konnte es einfach nicht glauben. Philip war gekommen, um sie zu holen, und jetzt brachte er sie nach Hause. Sie schrie seinen Namen und wirbelte herum.

»O mein Gott!« entfuhr es ihr, als sie sein von Blasen übersätes Gesicht sah.

»Genau das habe ich auch gesagt, als ich dich gesehen habe, aber ich kann es dir jetzt nicht erklären. Steig bitte wieder auf, Tina. Ich habe es eilig, nach Hause zu kommen.«

»Aber, Philip, dein Gesicht ist ja...«

»Ich kann mir vorstellen, wie ich aussehe«, fiel ihr Philip ins Wort. »Aber hast du dein eigenes Gesicht schon gesehen? Keiner von uns beiden ist – äh – allzu leicht wiederzuerkennen, aber das wird verheilen. Komm jetzt, Tina.«

Christina brachte es fertig, ohne Hilfe aufzusteigen. Sie war bestürzt und machte sich Sorgen wegen seines Zustands. Wie hatte er derart üble Verbrennungen davontragen können? Aber wenigstens waren sie wieder zusammen, und dafür dankte sie Gott.

Eine Stunde später ritten sie in das Lager und wurden von einer Ansammlung von überraschten und schockierten Gesichtern begrüßt. Man half Christina und Philip vom Pferd. Amine eilte weinend auf sie zu und nahm Christina liebevoll in die Arme.

»Ich habe schon geglaubt, du seist tot – das dachten wir alle. Und als Scheich Abu nicht zurückgekommen ist, dachten wir, er sei bei dem Versuch, dich zu retten, auch getötet worden. Aber dein Gesicht – o Christina, tut es weh? Wie konnte das bloß passieren?« fragte Amine. Sie drückte Christinas Hände. »Und Scheich Abu – er hat schlimme Verbrennungen.«

»Ich bin von einem Araber, der irgendeinem Wüstenstamm angehört, geschlagen worden, und dann haben sie mich in ihr Lager verschleppt. Aber ich weiß nicht, warum. Das ist alles, woran ich mich erinnern kann. Ich weiß nicht einmal, wie Philip mich gerettet und woher er diese Verbrennungen hat.« Sie drehte sich um und sah, daß Syed Philip ins Zelt half. Dann sah sie ihre Freundin wieder an. »Amine, das mit Ahmad tut mir so entsetzlich leid.«

»Ahmad wird bald wieder gesund sein, aber ich muß Maidi helfen. Wir müssen uns um Scheich Abu kümmern.«

»Ahmad lebt noch!« rief Christina glücklich aus.

»Ja, und in ein paar Tagen geht es ihm wieder gut. Eine Rippe hat die Kugel abgefangen, und die Wunde verheilt gut. Aber jetzt muß ich Maidi holen.«

»Natürlich. Wir reden später miteinander«, sagte Christina. Sie ging ins Zelt.

Syed zog Philip gerade den Kaftan aus, als sie ins Schlafzimmer kam. Sie blieb erstarrt stehen, als sie seine Verbrennungen sah.

»O Philip. Deine Brust auch?« wimmerte sie.

»Ich fürchte, ja, Tina. Aber du brauchst dich nicht aufzuregen. Es ist nicht ganz so schlimm, wie es aussieht. In rund einer Woche wird der Schmerz nachlassen, und die Haut wird sich schälen. Ich habe nicht die Absicht, mein Leben lang zweifarbig zu bleiben.«

»O Philip! Wie kannst du damit spaßen?« Sie kam näher und sah sich seine Brust und seine Arme genauer an. Beim Anblick der gräßlich dunkelroten Haut verfinsterte sich ihr Gesicht. »Tut es sehr weh? Wie konnte das passieren?« fragte sie.

»Setz dich, mein Liebling. Du hast keinen Grund, in Wut zu geraten. Schließlich bin ich derjenige, der verletzt worden ist«, stöhnte Philip, als er sich ganz langsam auf das Bett sinken ließ.

»Aber wie konnte das passieren, Philip?« fragte Christina wieder. Sie war absolut fassungslos.

»Das ist eine lange Geschichte, Tina, und meine Kehle ist noch zu ausgedörrt, um sie dir zu erzählen. Ich bin müde, ich habe Schmerzen, und ich bin hungrig wie ein Wolf. Warum besorgst du uns nicht etwas zu essen?«

»Oh, du verdammter Kerl!« brauste sie auf, und sie stolzierte aus dem Zelt.

Amine stand am Feuer und füllte zwei Schalen mit einem köstlich duftenden Eintopf. Christina war wütend, als sie auf sie zukam.

»Er ist unmöglich! Er beantwortet mir keine meiner Fragen. Er will etwas Eßbares, sonst nichts!« sprudelte Christina erbost heraus.

»Scheich Abu muß starke Schmerzen haben, Christina. Er will nicht, daß du merkst, wie übel er zugerichtet worden ist.«

»Du hast recht. Er hat Schmerzen, und ich denke nur an mich. Dieser Alptraum war nötig, damit mir klar wurde, wie sehr ich ihn liebe.«

»Er macht sich offensichtlich auch viel aus dir«, sagte Amine. »Sei geduldig, Christina. Er wird dir erzählen, was passiert ist, wenn er sich erst ausgeruht hat. Und jetzt braucht ihr beide etwas zu essen, also komm jetzt.«

»Du hast recht. Ich fühle mich, als hätte ich seit Tagen nichts gegessen.«

»Du warst drei Tage und drei Nächte fort.«

»Drei Tage! Aber wie kann das sein?« sagte Christina. »Wie kann ich so lange fort gewesen sein?«

»Scheich Abu wird es dir erklären können. Wir sind alle begierig darauf, zu erfahren, was passiert ist. Aber jetzt komm. Du mußt etwas essen.«

Christina konnte nichts dagegen einwenden, und sie folgte Amine ins Zelt. Amine brachte Philip das Essen ins Schlafzimmer. Maidi kümmerte sich dort um seine Wunden. Dann ging Amine.

Ich schäme mich so, dachte Christina, als sie das Essen heißhungrig verschlang. Philip muß extreme Schmerzen haben, und ich muß ihm ins Gesicht springen und Antworten verlangen, obwohl er gar nicht in der Verfassung ist, sie geben zu können. Ich muß die ganze Sache jetzt vergessen und nur noch daran denken, was ich tun kann, damit es ihm wieder besser geht. Er wird mir alles erzählen, wenn es an der Zeit ist – oder doch nicht? Er kann es nicht leiden, Fragen zu beantworten. Diese Fragen wird er mir beantworten müssen. Schließlich bin ich auch betroffen!

Christina hatte ihre eigenen Verletzungen völlig vergessen. Ihre Augen und ihre Wangen waren noch geschwollen und wund, aber es bereitete ihr keine Schwierigkeiten, zu essen oder zu reden.

Ihr Kaftan war völlig verdreckt. Sie fühlte sich schmutzig und klebrig, aber wie konnte sie baden, wenn Philip ans Bett gebunden war? Es war zu gefährlich, alleine baden zu gehen. Als sie gegessen hatte, kam Syed ins Zelt. Er trug einen Eimer Wasser in jeder Hand.

»Scheich Abu hat Wasser für dich kommen lassen. Er hat gesagt, du müßtest dich eine Zeitlang auf diese Weise waschen«, sagte Syed eilig, während er die Eimer abstellte.

Seine Verlegenheit war so offenkundig, daß Christina am liebsten laut gelacht hätte, aber sie riß sich zusammen. »Danke, Syed, das ist sehr freundlich von dir.«

Maidi kam aus dem Schlafzimmer, und endlich war Christina allein mit Philip im Zelt. Sie entschloß sich, sich im Schlafzimmer zu waschen. Jemand hätte ins Zelt kommen und sie unbekleidet vorfinden können, aber sie wollte auch in Philips Nähe sein. Sie ging zu der Truhe, um Handtücher und Seife herauszuholen, und dann trug sie die Eimer in den anderen Raum.

»Schläfst du, Philip?« fragte sie.

»Nein.«

»Ich wollte mich hier waschen, weil ich hier mehr für mich bin, aber wenn es dich stört, kann ich wieder gehen.«

»Natürlich nicht. Ich hatte die Absicht, dich hier baden zu sehen, und ich muß sagen, daß ich mich schon darauf gefreut habe.«

»Oh, du!« gab sie zornig zurück. Aber als sie das Fett sah, das über seinen Oberkörper verteilt war, fing sie an zu lachen.

»Was zum Teufel ist hier so komisch?« fragte er erbost.

»Es tut mir leid«, kicherte sie. »Aber du siehst so komisch aus. Hast du schon gesehen, wie du aussiehst?«

»Nein, hab' ich nicht – aber was ist mit dir?«

»Was soll das heißen?« fragte sie.

»Ich schlage dir vor, dir dein eigenes Gesicht im Spiegel anzusehen, ehe du mich auslachst.«

Christina nahm ihren Spiegel, und als sie ihr eigenes Spiegelbild sah, stockte ihr der Atem. »O Gott, das bin doch nicht ich! Ich sehe ja gräßlich aus! Den Schurken, der mich geschlagen hat, würde ich mit Vergnügen auspeitschen!«

»Verdammt noch mal, Tina, mußt du denn ständig fluchen? Ich finde das nicht allzu damenhaft.«

»Damenhaft! Sieh dir mein Gesicht an, Philip. Ist dieses geschwollene Gesicht mit den blauen Flecken das Gesicht einer Dame? Damen schlägt man im allgemeinen nicht, aber ich bin geschlagen worden.«

»Wenn ich es mir recht überlege, sprichst du nicht nur nicht wie eine Dame, sondern du siehst in diesem Kaftan und dieser Hose auch kaum wie eine Dame aus«, kicherte Philip.

»Jetzt gehst du zu weit, Philip. Ehe du mich wegen meines Aussehens beleidigst, solltest du dir vielleicht doch ansehen, wie du aussiehst«, erwiderte sie hochnäsig, und sie warf ihm den Spiegel zu. »Und jetzt sag mir, wer von uns beiden schlimmer aussieht.«

»Touché, meine Süße. Die Runde geht an dich. Warum wäschst du dich nicht, damit wir mit diesen Albernheiten aufhören und endlich schlafen können?«

»Ganz wie du sagst, mein Herr und Meister. Aber solange ich nicht wieder wie eine Dame aussehe, sehe ich auch keinen Grund, warum ich mich jetzt wie eine Dame geben sollte.« Sie schnürte ihren Kaftan auf und ließ ihn auf den Boden fallen. Langsam folgten ihre restlichen Kleider.

»Was zum Teufel wolltest du mit dieser Bemerkung sagen?« fragte Philip.

»Ach – nichts weiter«, neckte sie ihn, und sie fing an, sich von Kopf bis Fuß zu waschen. Sie wußte, daß Philip ihr zusah. Und erstaunlicherweise störte sie es nicht im geringsten. Bisher hatte sie sich immer wieder gescheut, sich in Philips Anwesenheit auszuziehen, doch jetzt genoß sie das, was der Anblick ihres Körpers bei ihm auslösen konnte.

»Vielleicht solltest du dich doch lieber nebenan waschen, Christina.«

Seine Stimme klang verärgert, und sie konnte sich den Grund denken. »Aber warum, Philip«, gab sie unschuldig zurück. »Ich bin fast fertig, und du kannst immer noch die Augen zumachen, wenn dir mein Anblick unerträglich ist.«

Sie hörte ihn stöhnen, und plötzlich war sie wütend auf sich selbst, weil sie ihn verspottete. Vor einem Monat, selbst vor einer Woche noch, hätte sie es ausgekostet, wenn Philip ihrer Willkür derart ausgeliefert gewesen wäre. Aber jetzt wünschte sie sich nur noch, daß es ihm wieder besser ging. Sie wollte seine Arme wieder um sich spüren.

Nachdem sie sich abgetrocknet hatte, löste Christina ihr Haar und bürstete es ganz schnell durch, ehe sie ins Bett kam.

»Warte, Christina. Ich glaube, es ist besser, wenn ich ein paar Tage auf dem Sofa schlafe – bis diese verfluchten Schmerzen nachlassen.«

Im ersten Moment wirkte sie verletzt, doch dann trat ein entschlossener Ausdruck auf ihr Gesicht.

»Du wirst nichts dergleichen tun. Wenn hier jemand auf dem Sofa schläft, dann bin ich das. Es hat keinen Sinn, daß du dich von der Stelle rührst, wenn du endlich eine bequeme Lage gefunden hast.« Sie ging zu seiner Truhe und holte einen seiner Kaftane heraus, um darin zu schlafen.

»Christina, ich will nicht, daß du allein dort draußen schläfst.«

»Du bist wohl kaum in der Verfassung, dich mit mir zu streiten.« Sie schlüpfte in das Gewand, schnürte es in der Taille zu und krempelte dann die langen Ärmel hoch. »Und jetzt entspann dich und schlaf gut. Wir sehen uns morgen früh.«

»Wirklich?«

Sie drehte sich zu ihm um und sah ihn zärtlich an. »Ist es das, was dir Sorgen macht – daß ich dir in der Nacht davonlaufe? Schäm dich, Philip. Es wäre reichlich unfair von mir, ausgerechnet jetzt fortzulaufen, während du außer Gefecht bist. Und außerdem traue ich eurer verfluchten Wüste nicht. Ich gebe dir mein Wort darauf, daß ich morgen früh noch da bin.«

»Ist dein Wort irgend etwas wert?«

»Oh, du bist unmöglich! Du mußt bis morgen warten,

ehe du eine Antwort auf diese Frage bekommst. Und jetzt gute Nacht.«

Mit diesen Worten verließ sie das Schlafzimmer und rollte sich auf dem einsamen Sofa zusammen. Wenigstens war es bequem. Verdammt noch mal, sie wollte nicht hier schlafen, sie wollte mit Philip im Bett schlafen. Aber er hatte natürlich recht. Sie hätte ihm während der Nacht durch jede Berührung weh tun können, und das wollte sie nicht. Sie wollte, daß er so schnell wie möglich wieder gesund wurde.

Jetzt, da sie wußte, daß sie Philip liebte, war alles anders. Sie konnte sich nicht mehr gegen ihn wehren oder ihm irgend etwas abschlagen. Aber wie konnte sie ihre veränderte Haltung erklären, ohne ihm ihre Liebe zu gestehen? Vielleicht würde er glauben, sie sei ihm für ihre Errettung dankbar. Ja, das konnte er durchaus glauben. Dann würde er sich nicht einmal wundern.

Aber wenn sie ihn nachgab und er ihrer dann überdrüssig wurde, weil er das Spiel gewonnen hatte? Nein – so war Philip nicht. Er mußte sich etwas aus ihr machen, denn sonst wäre er nicht zu ihrer Rettung gekommen. Christina hätte es nicht ertragen, wenn er sie jetzt fortgeschickt hätte. Es machte ihr noch nicht einmal etwas aus, daß sie nicht verheiratet waren. Sie wollte nur bei Philip bleiben.

Vielleicht würden sie Kinder bekommen. Das würde sie aneinander binden. Ein Kind – ein Sohn! Damit wären alle Probleme gelöst, denn Philip konnte die Mutter seines Sohnes nicht fortschicken. Es würde ein wunderbares Leben werden.

18

Christina kam es so vor, als sei sie seit einer Ewigkeit gerannt. Die Meilen flogen an ihr vorbei, aber sie kam an kein Ziel. Sie konnte nirgends etwas anderes als Sand sehen – wohin sie auch sah, nichts weiter als Sand und eine ungeheuerliche Sonne, die herunterbrannte. Doch hinter ihr war der Tod her, und sie mußte entkommen. Ihre Beine taten entsetzlich weh und fühlten sich von ihrem Körper losgelöst. Ihre Brust brannte bei jedem Atemzug, aber immer noch wurde sie vom Tod gejagt. Sie mußte schneller laufen – sie mußte entkommen! Sie hörte, wie der Tod ihren Namen rief. Sie sah sich um, und Furcht durchflutete sie, denn er kam näher. Der Angstschweiß brach aus ihrem Körper. Wieder und wieder rief er ihren Namen, doch sie lief weiter und betete, ein Wunder möge sie retten. Die Stimme des Mannes wurde immer lauter, während er immer wieder ihren Namen rief. Wieder blickte sie zurück. Gütiger Gott, er war direkt hinter ihr und streckte die Hände aus, und dann sah sie sein Gesicht. Es war dieser schreckliche Mann, der sie geschlagen hatte, und jetzt würde er sie töten. Philip! Wo bist du!

»Christina!«

Sie setzte sich plötzlich auf und sah sich mit weit aufgerissenen Augen um. Doch sie wurde ruhiger, als sie die vertraute Umgebung des Zeltes sah.

Ein Traum, lachte sie – ein blödsinniger Traum. Sie wischte sich den Schweiß von der Stirn. Verflucht, aber heute wird ein heißer Tag.

»Du alter Idiot. Du hättest wissen müssen, daß du ihr nicht trauen kannst.«

Christina fragte sich, mit wem Philip wohl sprach. Sie stand eilig auf und trat ins Schlafzimmer. Als sie die Vorhänge zurückschlug, sah sie, daß Philip sich auf der Bettkante aufgerichtet hatte und unter größten Schwierigkeiten versuchte, seine Hose anzuziehen.

»Was zum Teufel hast du vor, Philip? Du solltest noch nicht sitzen«, schalt Christina ihn aus. Sie sah sich um und entdeckte niemanden außer Philip. »Und mit wem hast du dich eben gerade noch unterhalten?«

Philip starrte sie an, und ein überraschter Ausdruck trat auf sein Gesicht, verwandelte sich jedoch augenblicklich in Zorn. »Wo zum Teufel hast du gesteckt?«

»Was?«

»Wo du gewesen bist, verdammt noch mal! Ich rufe jetzt seit zehn Minuten nach dir. Wo warst du?« brauste er auf.

»Dann hast du also gerade mit dir selbst geredet. Du bist wirklich ein alter Idiot, wenn du in deinem Herzen nicht das kleinste bißchen Vertrauen zu mir findest. Ich habe auf dem Sofa gelegen und geschlafen. Ich habe dir doch gesagt, daß ich nicht weglaufe, und mein Wort ist genauso viel wert wie deins.«

»Warum hast du mir dann nicht geantwortet?«

»Ich hatte einen Alptraum, Philip. Ich habe geträumt, daß mich der Mann, der mich geschlagen hat, durch die Wüste jagt. Der Traum war so intensiv – ich dachte, daß er meinen Namen ruft. Als ich schließlich aufgewacht bin, habe ich nichts weiter gehört, als daß du vor dich hingeredet hast.«

»Schon gut, es tut mir leid, daß ich falsche Schlüsse gezogen habe.« Philip stand auf und versuchte, seine Hose zuzuschnüren.

»Du darfst nicht aufstehen, Philip«, sagte sie eilig, als sie den Schmerz in seinem Gesicht sah.

»Ich habe vor, im Bett zu bleiben, Tina, aber es ist so verdammt heiß in diesem Zelt, daß die schwere Decke zu warm ist. Und um des Anstands willen hätte ich gern etwas an.«

Christina kam zu ihm und schnürte seine Hose zu. Dann half sie ihm, sich wieder auf das Bett zurückzulegen. »Kann ich dir etwas zum Frühstück besorgen, Philip?«

»Das ist der eigentliche Grund, warum ich dich gerufen habe. Ich bin ausgehungert.«

Christina wollte schon gehen, drehte sich dann aber doch noch einmal um. »Wenn ich dich gefüttert habe – wirst du mir dann erzählen, wie du zu diesen Verbrennungen gekommen bist?«

»Eins sage ich dir jetzt gleich. Es besteht kein Grund mehr zu Alpträumen, die sich um diesen Mann drehen – er ist tot.«

»Tot!« sagte sie atemlos. »Wieso?«

»Ich habe ihn umgebracht.«

»Philip! Warum mußtest du ihn töten? Meinetwegen?«

»Ich dachte, du wolltest seinen Tod.«

»Ich wollte, daß er ausgepeitscht wird, nicht, daß er ermordet wird.« Ihr wurde ganz übel bei dem Gedanken, daß er einen Mann um ihretwillen getötet hatte.

»Der Mann hat außerdem auf Ahmad geschossen, und ich habe Syed versprochen, daß er dafür büßt. Ich bin selbst nicht glücklich mit dem, was ich getan habe, aber der Mann wäre ohnehin gestorben, weil er Ungehorsam geleistet hat. Er erwartete gerade seine Hinrichtung, als ich im Lager eingetroffen bin. Zumindest habe ich ihm einen fairen Kampf geliefert, Tina – wir waren beide bewaffnet.«

»Aber warum mußtest *du* es tun?«

»Verdammt noch mal, Tina! Ich war außer mir vor Zorn, als ich gesehen habe, wie er dich zugerichtet hat. Und als ich erfahren habe, daß eben dieser Mann auch auf Ahmad geschossen hat – ich mußte es tun. Der Mann wäre ohnehin gestorben. Man hätte ihm keine Chance gegeben. Dazu kam, daß man mir bereits mitgeteilt hatte, ich würde einen langsameren Tod sterben, und wenn dieser Mann den Kampf gewonnen hätte, hätte er mich davor bewahrt.«

»Was soll das heißen, daß du sterben solltest? Hast du

daher die Verbrennungen – bist du bei lebendigem Leibe geröstet worden?«

»Ja.«

»Aber warum?«

»Wie ich gestern abend schon sagte, Tina, ist das eine lange Geschichte. Könnte ich bitte vorher etwas essen?«

Sie nickte, ohne noch etwas zu sagen, und verließ den Raum. Sie brauchte das Zelt nicht zu verlassen, denn dort fand sie bereits ein großes Tablett vor, das sie erwartete. Diese Amine, dachte Christina, sie ist mir immer um einen Schritt voraus. Christina brachte das Essen ins Schlafzimmer und bestand darauf, Philip zu füttern. Sie wußte, daß ihm jede Bewegung seiner Arme wehtat.

Nach dem Frühstück erzählte ihr Philip die ganze Geschichte. Anfangs war sie wütend – als sie erfuhr, daß man sie dazu benutzt hatte, Philip in den Tod zu locken. Doch dann empfand sie Mitleid für Hejaz, der all diese Jahre mit einem solchen Haß gelebt hatte. Vielleicht war es besser, daß man sie betäubt hatte. Sie hätte es niemals ertragen, Philip leiden zu sehen.

Als er ihr von seiner Flucht erzählte, dankte sie Gott dafür, daß Amair den Mut besessen hatte, ihm zu helfen. Sie wußte, daß Philip mit keinem Wort die Foltern und Qualen erwähnt hatte, die er unter der brennenden Sonne erlitten haben mußte. Das einzig Dumme war, daß sie sich bei Philip nicht für ihre Rettung bedanken konnte. Das wäre dem Eingeständnis gleichgekommen, daß sie lieber bei ihm blieb, denn ihre Entführer hätten sie zu John zurückgeschickt. Und sie konnte ihm einfach nicht sagen, daß sie ihn liebte, wenn er sie nicht liebte.

Christina sah Philip mit einem Blick voller Zärtlichkeit an. Er hatte soviel erlitten, um sie zu retten. Sie sah eine neue Hoffnung – vielleicht liebte er sie doch. »Philip, warum bist du mir nachgeritten?« fragte sie.

»Du gehörst mir, Tina. Niemand nimmt mir weg, was mir gehört.«

Christina verließ den Raum. Das war also alles, was sie ihm bedeutete. Sie war sein Besitz, und er benutzte sie, bis er ihrer überdrüssig wurde, aber niemand durfte sie ihm wegnehmen. Sie war zu dumm gewesen. Was hatte sie denn von ihm erwartet – etwa, daß er sagte, er sei ihr zur Rettung gekommen, weil er sie liebte? Daß ihm der Gedanke, sie zu verlieren, unerträglich war?

Doch dann blieb sie stehen. Sie hatte kein Recht, zornig über seine Antwort zu sein. Sie erwartete zuviel. Zumindest hatte Philip gesagt, sie gehöre ihm, und genau das wollte sie schließlich. Sie brauchte nur Zeit – Zeit, um ihn dazu zu bringen, sie zu lieben, Zeit, ihm ein Kind zu gebären, das sie aneinander binden würde.

Christina mußte sich mit irgend etwas beschäftigen, um sich von Philip abzulenken. Sie setzte sich mit einem Buch auf ihr Bett und fing an zu lesen.

Kurz darauf betrat Rashid das Zelt. Als er Christina sah, sperrte er vor Staunen den Mund auf. Christina war ebenfalls überrascht, denn normalerweise kam Rashid nicht einfach in ihr Zelt, jedenfalls nicht mehr, seit Philip es ihm strikt untersagt hatte.

»Was – was tust du hier?« fragte Rashid nach einem ungewohnt langen Schweigen.

»Ich lebe hier – wo sollte ich sonst sein?« fragte sie lachend.

»Aber du warst doch... Wie bist du hierhergekommen?«

»Was ist los mit dir, Rashid? Hat dir denn niemand gesagt, was passiert ist? Ich bin entführt worden, und Philip wäre beinah von deinem Onkel getötet worden, aber er ist entkommen und hat mich hierhergebracht.«

»Ist er hier?«

»Natürlich ist er hier. Dein Benehmen ist äußerst seltsam, Rashid. Fühlst du dich nicht wohl?«

»Rashid!« rief Philip aus dem Schlafzimmer.

»Da, siehst du?« sagte Christina, denn sie hatte das komische Gefühl, daß Rashid ihr nicht glaubte. »Geh lieber zu ihm, denn er kann nicht rauskommen.«

»Was fehlt ihm?«

»Er hat üble Verbrennungen, und daher ist es besser, wenn er eine Zeitlang im Bett bleibt«, erwiderte Christina.

Rashid zögerte einen Moment, ehe er das Schlafzimmer betrat. Christina folgte ihm und setzte sich neben Philip auf das Bett.

»Wo warst du, Rashid?« fragte Philip mit ruhiger Stimme.

»Was soll das heißen – ich war draußen in der Wüste und habe Christina gesucht. Ich bin in der Nacht, in der sie entführt worden ist, zurückgekommen, und Syed hat mir erzählt, was passiert ist.«

»Und hat Christina dir nicht gerade erzählt, wie es weiterging?«

»Sie hat meinen Onkel erwähnt.«

»Sag mir eins, Rashid. Wußtest du nichts von dem Haß deines Onkels auf unseren Vater?«

»Doch, aber mein Onkel ist ein alter Mann. Ich hätte nicht gedacht, daß er etwas vorhat«, antwortete Rashid, der sichtlich nervös war.

»Als du Ali Hejaz vom Tod unseres Vaters berichtet hast, hat sich sein Haß auf mich gerichtet!«

»Davon wußte ich nichts«, flüsterte Rashid.

»Infolge deines losen Mundwerks ist Christina dazu benutzt worden, mich in das Lager deines Onkels zu locken. Sie ist von einem Angehörigen seines Stammes geschlagen worden, und deinem Onkel wäre es beinah gelungen, mich umzubringen.« Philip legte eine Pause ein und musterte Rashid aufmerksam. »In Zukunft, Rashid, wäre ich dir dankbar, wenn du Abstand davon nehmen würdest, meinen Namen oder irgend etwas, was mich betrifft, deinem Onkel gegenüber zu erwähnen – oder auch irgend jemand anderem gegenüber. Wenn noch einmal etwas geschehen sollte, was auf deine Anregung zurückgeht und mein Leben verkürzen könnte, werde ich weniger freundlich darauf reagieren. Ist das klar?«

»Ja«, antwortete Rashid nervös.

»Dann kannst du jetzt gehen. Ich brauche Ruhe.«

»Warst du nicht etwas zu grob mit ihm?« fragte Christina, als Rashid gegangen war. »Es war doch nicht wirklich seine Schuld.«

»Mußt du Rashid denn immer in Schutz nehmen? Lassen wir die Schuldfrage ungeklärt, solange es nicht zu weiteren solchen Vorfällen kommt. Und jetzt laß uns von etwas anderem reden. Bring mir zwei Schläuche Wein, und wenn ich bis zur Bewußtlosigkeit betrunken bin, könntest du mir den Gefallen tun, diese Schmiere von meiner Brust zu entfernen. Sie macht mich verrückt.«

»Wie der Herr wünschen«, neckte sie ihn, und sie verließ den Raum, ehe er auf ihre spitze Bemerkung reagieren konnte.

19

Zehn Tage waren vergangen, seit Philip Christina in das Lager zurückgebracht hatte. Zehn Tage voller Schmerzen, Klagen und Enttäuschungen. Zehn elende Nächte in seinem einsamen Bett. Der Schmerz war völlig verschwunden, und dunkelbraune Haut war zurückgeblieben, die sich in wenigen Tagen schälen würde. Er hoffte, er würde dann wieder so aussehen wie früher. Und heute – heute nacht würde er Christina in sein Bett locken. Heute nacht würde er sie sich nehmen, nachdem er so lange hatte warten müssen.

Philip fühlte sich wie ein Kind, das auf Heiligabend wartet. Weihnachten stand auch wirklich in wenigen Tagen bevor. Aber er würde sein Geschenk schon heute abend bekommen, und die Vorfreude war kaum zu ertragen. Er hätte Christina heute morgen schon nehmen können, aber er wollte alles so anfangen, daß sie unmöglich mit irgendwelchen Ausreden kommen konnte.

Philip hatte seinen Alltag wieder in Angriff genommen. Dazu gehörte auch, Christina zum Baden zu begleiten. Sie im Teich zu sehen, hatte extreme Anforderungen an seine Willenskraft gestellt! Aber jetzt war der Abend herangerückt.

Christina lag zusammengerollt auf dem Sofa gegenüber von Philip. Sie nähte einen winzigen Kaftan für den kleinen Syed, und sie hatte das Kleidungsstück schon fast fertiggestellt, aber ihre Gedanken schweiften ab. Sie fragte sich, was mit Philip los war. Es ging ihm wieder gut, aber sie schlief immer noch auf dem Sofa. Ein unerwünschter Gedanke ging ihr immer wieder durch den Kopf – was, wenn er sie nicht mehr haben wollte?

Wie dem auch sein mochte – bald würde sie es wissen, denn sie war fest entschlossen, heute nacht in seinem Bett zu schlafen.

»Ich gehe jetzt ins Bett, Philip«, sagte sie.

Sie stand vom Sofa auf und ging ins Schlafzimmer, wie sie es in den vergangenen zehn Tagen auch getan hatte – um ihre Kleider abzulegen und sich zum Schlafen in einen von Philips Kaftanen zu hüllen. Doch heute würde sie seinen Kaftan nicht anziehen, und sie würde auch nicht in das andere Zimmer zurückkommen.

Als Christina ihre Bluse auszog und sie auf ihre Kleidertruhe legte, spürte sie einen Luftzug, denn der Vorhang wurde zurückgeschlagen. Doch sie drehte sich nicht um. Sie flocht ihre Zöpfe auf, und sie tat es sehr langsam, denn ihre Finger zitterten vor Nervosität.

Das war der Moment, auf den sie gewartet hatte. Sie wußte, daß Philip den Raum betreten hatte, aber sie wußte nicht, was er tun würde. Er konnte ganz einfach ins Bett gehen – ohne etwas von ihr zu wollen – oder er konnte zu ihr kommen. O Gott, laß ihn kommen!

Plötzlich spürte Christina ihn hinter sich. Sie drehte sich langsam zu ihm um, und ihr Blick drückte Zärtlichkeit und Liebe aus, und in seinen Augen stand unglaubliches Verlangen.

»Christina.«

Sie ging auf Philip zu, schlang ihre Arme um seinen Hals und zog seinen Mund auf ihre Lippen. Seine Arme preßten sie an sich. Als er sie auf das Bett gleiten ließ, fragte sie sich, ob sie jemals wieder so glücklich sein würde.

Nachdem sie sich geliebt hatten, lag Christina mit dem Kopf auf Philips Schulter da. Mit dem Finger spielte sie in den Locken auf seiner Brust. Eins wußte sie jetzt ganz gewiß – Philip begehrte sie noch. Und solange er sie begehrte, würde er sie nicht fortschicken.

Sie war so froh, daß an Schlaf nicht zu denken war, und sie staunte darüber, daß sie keinerlei Schuldgefühle empfand, nachdem sie sich Philip so willig hingegeben hatte. Aber weshalb hätte sie auch Schuldgefühle haben sollen, wenn sie sich ihm hingab? Sie liebte ihn, und es war nur natürlich, daß sie ihn glücklich machen wollte. Sie wollte sich dem, den sie liebte, ganz und gar hingeben. Und es kam erst in zweiter Linie dazu, daß Philip ihr dabei die größten Genüsse auf Erden bereitete.

Was bedeutete schon eine Ehe? Nichts weiter als ein unterzeichneter Vertrag, den man der Zivilisation vorzeigen konnte. Sie lebte nicht inmitten der Zivilisation, und es zählte nur, was sie empfand. Zum Teufel mit der zivilisierten Welt. Sie war nicht hier, um sie zu verdammen, und sie hatte auch nicht vor, dorthin zurückzukehren.

Aber sie mußte auch an John denken.

»Philip, bist du wach?«

»Wie könnte ich schlafen, wenn deine Finger mich kitzeln?« fragte er im Spaß.

Christina richtete sich im Bett auf und sah ihn an.

»Philip, könnte ich meinem Bruder schreiben, damit er weiß, daß mit mir alles in Ordnung ist?«

»Würde dich das glücklich machen?« fragte er.

»Ja.«

»Dann schreib ihm. Saadi wird deinen Brief überbringen. Aber du wirst deinem Bruder nicht schreiben, wo du bist, mein Liebling. Ich glaube kaum, daß es mir Spaß machen würde, wenn die gesamte Britische Armee diesen Berg stürmt.«

»O Philip, ich danke dir!« rief sie aus, und sie beugte sich vor und küßte ihn zärtlich.

Philip schlang seine Arme um sie und ließ sie nicht mehr los. »Wenn ich gewußt hätte, was das bewirkt, dann hätte ich dich deinem Bruder eher schreiben lassen«, sagte er lachend. Er ließ sich mit Christina in den Armen fallen, und alle ihre Gedanken waren vergessen.

Am kommenden Morgen erwachte Christina mit dem Gefühl, etwas ganz Dringendes vorzuhaben. Dann fiel ihr ein, daß sie heute an John schreiben würde. Sie war ganz aufgeregt und wollte gleich aufstehen. Dann spürte sie Philips Hand, die träge zwischen ihren Brüsten ruhte, und eine andere Form der Erregung bemächtigte sich ihrer.

Philip schlief noch, und nichts war wichtig genug, um von seiner Seite zu weichen. Christina überlegte einen Moment lang, ob sie ihn wecken sollte, doch dann schlug er langsam die Augen auf und lächelte sie an.

»Ich dachte, daß du längst deinen Brief schreibst«, sagte er schläfrig, während seine Hand sich ein wenig bewegte und sich auf eine ihrer zarten, runden Brüste legte.

»Du hast so friedlich geschlafen, daß ich dich nicht wekken wollte«, log sie. »Bist du hungrig?«

»Nur auf dich, mein Liebling.« Er lächelte und senkte seine Lippen auf ihre Brust und sandte Ströme glühenden Feuers durch ihren ganzen Körper.

»Einem Hungrigen kann ich die Nahrung nicht versagen«, flüsterte sie, und sie schlang ihre Arme um ihn, als er sich auf sie legte.

Gerade als Christina und Philip aus dem Schlafzimmer kamen, brachte Amine das Frühstück. Als sie Christinas strahlendes Gesicht sah, war sie sehr froh für ihre Freundin.

»Ich glaube, es wird ein schöner Tag«, bemerkte Amine heiter, als sie das Tablett mit dem Frühstück auf dem Tisch absetzte.

»Ja, es ist ein wunderschöner Tag«, seufzte Christina zufrieden, als sie sich setzte. Sie lief dunkelrot an, als sie sah, mit welchem rätselnden Blick Philip sie betrachtete, denn sie war noch nicht im Freien gewesen und konnte sich keinerlei Vorstellung davon machen, was draußen für ein Tag war. »Äh – wie geht es dem kleinen Syed?« platzte sie hilflos heraus, um ihre Verlegenheit zu überspielen.

»Ihm geht es gut«, sagte Amine lächelnd. »Er folgt seinem Vater jetzt auf Schritt und Tritt, und Syed ist froh, daß er ihn mitnehmen kann.«

»Das freut mich«, erwiderte Christina, die ihre Fassung wiedergefunden hatte. »Genauso sollte es sein. Ach, ehe ich es vergesse – der Kaftan für den kleinen Syed ist so gut wie fertig. Ich bringe ihn dir später vorbei.«

»Das ist nett von dir, Christina.« Amine lächelte scheu. Noch nie hatte sie eine Freundin wie Christina gehabt, die so gut zu ihr war und ihre Zeit so großzügig für andere opferte. Sie liebte sie sehr und hätte alles für sie getan. »Wir sehen uns dann später.«

Philip beobachtete Christina während des gesamten Frühstücks, und das brachte sie in Verlegenheit und machte sie nervös. Nach dem Frühstück sprach er endlich mit ihr.

»Bevor ich nach England zurückgegangen bin, habe ich Paul oft geschrieben, und daher findest du alles, was du für deinen Brief brauchst, in meiner Truhe. Ich sage Saadi jetzt Bescheid und komme später zurück.«

Sobald Philip das Zelt verlassen hatte, setzte sich Christina an den Brief.

An meinen geliebten Bruder.

Verzeih mir, John, daß ich dir nicht eher geschrieben habe, aber ich bin erst kürzlich auf den Gedanken gekommen. Laß dir gleich zu Anfang erzählen, daß es mir an Leib und Seele blendend geht und daß ich wirklich glücklich bin.

Wahrscheinlich hast du mich schon für tot gehalten, weil drei ganze Monate vergangen sind. Es tut mir leid, wenn ich dir Kummer bereitet habe, aber ich wollte, daß du genau das denkst. Anfangs wußte ich nicht, was aus mir werden würde, und daher war es besser, daß du nicht wußtest, daß ich am Leben bin. Aber jetzt ist alles anders.

Denke nicht schlecht von mir, wenn ich dir sage, daß ich mit einem Mann zusammenlebe. Ich will dir seinen Namen nicht sagen, da das keine Rolle spielt. Was eine Rolle spielt, ist, daß ich ihn liebe und bei ihm bleiben will. Wir sind nicht verheiratet, aber auch das spielt keine Rolle. Solange ich weiß, daß er mich haben will, werde ich glücklich sein.

Dieser Mann, den ich liebe, ist eben der Mann, der mich von dir fortgeholt hat, und anfangs habe ich ihn dafür gehaßt. Doch dieser Haß hat sich im Lauf unseres Zusammenseins von Tag zu Tag mehr in Liebe verwandelt. Ich wußte gar nicht, daß es so gekommen war, bis ich ihn vor zwei Wochen beinah verloren hätte. Doch seit da an weiß ich, daß ich für alle Zeiten bei ihm bleiben will. Ich weiß nicht, ob er mich liebt, aber ich bete, daß er mit der Zeit lernen wird, mich zu lieben.

Vielleicht wird er mich eines Tages heiraten, aber selbst wenn er es nicht tut, werde ich bei ihm bleiben, bis er mich nicht mehr haben will. Ich würde dir schreiben, wo ich bin, aber er möchte das nicht. Ich weiß in meinem Innersten, daß ich dich eines Tages wiedersehen werde, John. Bis dahin bitte ich dich, dir keine Sorgen um mich zu machen. Ich bin hier glücklich, und mir fehlt es an nichts.

John, ich flehe dich an, urteile nicht zu schlecht über mich, denn ich kann nichts dafür, was ich in meinem Herzen für diesen Mann empfinde. Ich täte alles für ihn. Bitte, versteh das, und verzeih mir, wenn ich dir Leid angetan habe. Du weißt, daß ich es niemals absichtlich täte. Er wollte mich, und daher hat er dafür gesorgt, daß er mich bekommt. Er sagt, in seinem Land sei das so üblich, und jetzt liebe ich ihn und will ihn mehr als alles andere. Versteh das bitte um meinetwillen.

In Liebe
Crissy

Christina lehnte sich zurück und versiegelte den Brief. Sie war zufrieden mit dem, was sie geschrieben hatte, aber sie konnte unmöglich zulassen, daß Philip den Brief sah. Sie wollte gerade Saadi suchen, als Philip das Zelt betrat.

»Wenn du deinen Brief geschrieben hast, mein Liebling, dann gebe ich ihn Saadi. Er wartet schon draußen.«

»Nein«, sagte sie etwas zu eilig. »Ich gebe ihm den Brief selbst.«

Philip sah sie fragend an. »Du hast deinem Bruder doch nicht geschrieben, wo du bist, oder etwa doch?«

»Philip, du hast mich gebeten, es nicht zu tun, und daher habe ich es nicht getan. Wenn du mir jetzt nicht vertraust, wirst du mir nie vertrauen.«

»Gut. Dann kannst du Saadi den Brief geben«, sagte er, und er hielt den Zelteingang für sie zur Seite.

Saadi wartete auf seinem Pferd. Christina gab ihm den Brief und flüsterte: »Geh mit Gott.«

Er lächelte sie an, und in seinen Augen stand glühende Bewunderung. Dann gab er seinem Pferd die Hacken und ritt den Hügel hinunter. Christina blieb stehen und blickte ihm nach, bis er aus ihrer Sichtweite verschwunden war. Dann drehte sie sich zu Philip um, der neben ihr stand, und legte ihre Hand voller Nervosität auf seinen Arm.

»Ich danke dir nochmals, Philip. Ich fühle mich wesentlich besser, wenn ich weiß, daß John sich keine Sorgen um mich macht.«

»Rechtfertigt das nicht noch einen Kuß, mein Liebling?«

»Doch, allerdings«, erwiderte sie. Und sie schlang ihre Arme um seinen Hals und zog seinen Kopf zu ihren Lippen.

20

Christina saß geistesabwesend auf dem Sofa und nippte an ihrem Tee. Sie versuchte verzweifelt, sich an das zu erinnern, was Philip zu ihr gesagt hatte, ehe er an diesem Morgen losgeritten war. Es war noch so früh gewesen, und sie war noch so müde gewesen, daß sie gar nicht wach genug war, um ihm wirklich zuzuhören.

Er hatte irgend etwas von einem Vertrag gesagt, den er mit Scheich Yamaid Alhabba unterschreiben würde, um sicherzugehen, daß die beiden Stämme sich nicht um das gemeinsam benutzte Wasser streiten würden. Er würde Vorkehrungen für eine Zusammenkunft der Stämme treffen, die gemeinsam die erneuerte Freundschaft feiern wollten. Er würde den ganzen Tag über fort sein, vielleicht sogar über Nacht.

Alles war so vage, daß Christina sich fragte, ob sie nicht die ganze Geschichte geträumt hatte. Aber wenn es ein Traum war, wo war dann Philip? Er hatte nicht neben ihr im Bett gelegen, als sie schließlich aufgewacht war. Und

Amine berichtete ihr später, sie hätte Philip ganz früh am Morgen mit Rashid bei den Pferden gesehen. Die beiden hatten miteinander gesprochen, und dann war Philip fortgeritten.

Plötzlich fühlte sich Christina schrecklich einsam. Philip hatte sie noch nie einen ganzen Tag lang allein gelassen, abgesehen von der Zeit, in der sie ihm entführt worden war. Es war noch früh am Morgen, und bereits jetzt vermißte sie ihn. Was zum Teufel sollte sie heute nur machen?

Sie wollte gerade anfangen, ein Buch zu lesen, als Rashid sich ankündigte und hereinkam. Im ersten Moment freute sie sich über seinen Besuch, doch dann sah sie den ernsten Ausdruck, der auf seinem Gesicht stand.

»Was ist los, Rashid? Was ist passiert?« fragte sie eilig.

»Ich habe etwas für dich, Christina. Von Abu.«

Er drückte ihr einen Zettel in die Hand und wirkte dabei sehr nervös. Sie setzte sich, um zu lesen, was er ihr geschrieben hatte.

Christina,
ich habe Rashid gebeten, dich zu deinem Bruder zurückzubringen. Ich hätte nicht geglaubt, daß es soweit kommt, aber die Feuer sind erloschen, und es hat keinen Sinn, so weiterzumachen. Ich gebe dich frei, und das ist ja das, was du immer wolltest. Ich möchte, daß du fort bist, wenn ich zurückkomme. Es ist besser so.

Philip

Christina schüttelte den Kopf und starrte ungläubig den Zettel an. Nein – das konnte nicht wahr sein. Es war irgendein grausamer Scherz. Aber warum fühlte sie sich innerlich ganz krank? Ein Kloß saß in ihrer Kehle, und die Finger, mit denen sie das Papier zerknüllte, waren kalt und klamm.

»Gütiger Himmel – warum sollte er mir das ausgerechnet jetzt antun?« flüsterte sie heiser.

Die Tränen strömten ungehindert über ihre Wangen, und ihre Nägel gruben sich tief in ihre Handfläche, als sie das Blatt Papier, das ihr Leben zerstörte, zusammenpreßte. Doch sie spürte nur den inneren Schmerz, der sie verzehrte.

»Wir müssen jetzt gehen, Christina.«

»Was?«

Christina blickte auf und sah ihn an, als wisse sie nicht, wer er sei. Doch dann kehrte das Leben in sie zurück, und plötzlich packte sie eine ungeheure Wut auf Philip. Wie konnte er sie so dickfällig abschieben?

»Nein!« sagte sie eilig. »Ich gehe nicht. Ich lasse mich nicht ablegen wie ein altes Hemd. Ich bleibe hier und rede selbst mit ihm. Soll er mir doch ins Gesicht sagen, daß er will, daß ich verschwinde. Ich werde es ihm nicht leicht machen.«

Rashid sah sie überrascht an. »Aber ich dachte, du wolltest zu deinem Bruder zurückkehren. Du hast mir doch selbst gesagt, daß zwischen Abu und dir nicht alles stimmt.«

»Das ist lange her. Seit damals hat sich alles geändert. Ich liebe ihn, Rashid.«

»Das hast du ihm doch nicht etwa gesagt?«

»Nein«, flüsterte sie. »Wie hätte ich es ihm sagen können, wenn ich nicht weiß, was er empfindet? Aber jetzt weiß ich es ja.«

»Es tut mir leid, Christina. Aber du kannst nicht hierbleiben. Er hat mir befohlen, dich vor seiner Rückkehr fortzubringen.«

»Ich gehe aber nicht. Soll er mir doch ins Gesicht sagen, daß er mich nicht mehr haben will.«

Rashid machte einen verzweifelten Eindruck. »Christina, wir müssen gehen! Ich wollte es dir nicht sagen, aber du zwingst mich dazu. Abu begehrt dich nicht mehr.

Er will dich aus dem Weg räumen, damit er Nura heiraten kann, wenn er zurückkommt.«

»Hat er dir das gesagt?«

»Ja«, sagte Rashid leise und mit niedergeschlagenen Lidern.

»Wann?«

»Heute morgen – ehe er losgeritten ist. Aber es ist nicht das erste Mal, daß er darüber gesprochen hat. Es war schon immer damit zu rechnen, daß er Nura heiratet. Wir müssen jetzt gehen. Ich helfe dir beim Packen.«

Es war zwecklos zu bleiben und sich noch länger quälen zu lassen. Christina ging ins Schlafzimmer und schlug die Vorhänge zurück. Sie wollte einen letzten Blick auf den Raum werfen, in dem sie so viele glückliche Nächte verbracht hatte. Warum mußte sie jetzt so empfinden – warum hatte sie sich bloß in Philip verliebt? Wenn sie ihn weiterhin gehaßt hätte, ware sie jetzt überglücklich gewesen. Statt dessen fühlte sie sich, als sei das das Ende ihres Lebens.

Christina wollte nichts mitnehmen, was sie an Philip erinnerte, aber als sie den Spiegel sah, den Rashid ihr geschenkt hatte, dachte sie an Amine.

»Ich will mich nur noch von Amine verabschieden und ihr das hier geben«, sagte Christina, und sie hielt den Spiegel hoch. »Ich will nichts mitnehmen, was mich an diesen Ort erinnert. Aber Amine war mir eine gute Freundin, und ich möchte ihr gern etwas schenken. Das verstehst du doch, oder nicht?«

Christina weinte wieder, als sie Amine den Spiegel in die Hand drückte.

»Ich möchte dir das schenken. Denk immer daran, daß ich dich wie eine Schwester liebe. Ich gehe, und ich bin gekommen, um mich zu verabschieden.«

»Wohin gehst du? Du kommst doch bald wieder?« fragte Amine, aber sie merkte bereits, daß sie die Freundin nie wiedersehen würde.

»Ich gehe zurück zu meinem Bruder, und ich komme nicht zurück. Du wirst mir fehlen, Amine. Du bist mir eine wirkliche Freundin gewesen.«

»Aber warum, Christina, warum?«

»Das spielt jetzt keine Rolle mehr. Ich kann jedenfalls nicht hierbleiben. Sag Syed und seinen Brüdern Auf Wiedersehen von mir, und richte ihnen aus, daß ich ihnen alles Gute wünsche. Und küß den kleinen Syed und das Baby von mir. Ich würde zu sehr heulen, wenn ich sie selbst küsse.« Sie lächelte Amine wehmütig an und schlang ihr dann die Arme um den Hals. »Ich werde oft an dich denken. Auf Wiedersehen.«

Christina lief zu Rashid, der die Pferde bereits geholt hatte. Sie ritten gemeinsam aus dem Lager, und nachdem sie einen letzten Blick zurückgeworfen hatte, grub Christina ihre Hacken in Ravens Flanken und drängte ihn zu einer selbstmörderischen Geschwindigkeit. Rashid schrie ihr nach, aber sie wartete nicht auf ihn. Sie wollte sterben. Sie hatte das Gefühl, nichts mehr im Leben zu haben, wofür es sich zu leben lohnte. Wenn sie in Philips Bergen starb, würde er vielleicht für den Rest seines Lebens Schuldgefühle haben. Aber warum sollte sie ihn erfahren lassen, daß sie nicht ohne ihn leben konnte? Es war nicht seine Schuld, daß er sie nicht mehr begehrte. Und sie liebte ihn immer noch. Sie hoffte, er würde mit Nura glücklich werden, wenn es das war, was er wollte.

Christina zügelte Raven und ritt in gemäßigtem Tempo weiter. Sie würde sich etwas anderes einfallen lassen, um ihrem Leben ein Ende zu bereiten. Aber sie würde so lange damit warten, daß Philip nichts davon erfuhr. Sie dachte an Margiana und daran, daß sie sich wegen Yasir umgebracht hatte. Christina verstand jetzt wahrhaft die Qualen und die Leiden, die eine Frau empfinden konnte.

Die Hitze der Wüste nahm zu, doch Christina merkte nichts von alledem. Ihr war so elend zumute, daß ihr

Körper nichts von außen wahrnahm. Sie konnte nicht verstehen, warum ihr das zustieß.

Die Nacht brach herein und ging vorüber, und die Sonne stieg wieder auf, aber Christina konnte keinen Frieden finden.

Fragen bestürmten sie. Sie durchforstete ihr Inneres, um Antworten zu finden, doch es gab keine Antworten. Warum – warum bloß wollte er sie nicht mehr? Sie war immer noch derselbe Mensch, der sie vor vier Monaten gewesen war. Sie sah auch noch genauso aus – nur ihre Gefühle hatten sich gewandelt. Warum hatte Philip ihr das angetan?

Lag es daran, daß sie ihm nachgegeben hatte? Hatte er sie weggeworfen, weil sie keine Herausforderung mehr darstellte? Aber das wäre nicht fair – und das konnte auch nicht der Grund sein, denn sonst hätte er sie schon vor einem Monat fortgeschickt.

Und was war mit dem letzten Monat? Es war eine wunderbare Zeit gewesen – so wunderbar und vollkommen in jeder Hinsicht. Philip hatte genauso glücklich und zufrieden gewirkt, wie sie es gewesen war. Er hatte mehr Zeit denn je mit ihr verbracht. Täglich war er mit ihr ausgeritten. Er hatte ihr von seiner Vergangenheit erzählt, hatte sich geöffnet und mehr von sich preisgegeben. Warum also war sie jetzt hier? Warum hatte Philip es sich anders überlegt? Warum nur? Warum?

Die Fragen ließen sie nicht schlafen. Sie lag wach da, als sie während der heißesten Zeit des Tages ruhten, und sie dachte und dachte im Kreis, aber sie konnte keinen Frieden finden. Sie nahm das Brot und das Wasser, das Rashid ihr gab und aß mechanisch, doch ihr Geist arbeitete weiter – drehte immer wieder alles um und betrachtete es von allen Seiten – und sie versuchte verzweifelt, eine Lösung zu finden. Wenigstens war auf die Dämmerung Verlaß, die einsetzte, wie sonst auch, und sie ritten weiter.

21

Verdammt, das wird wieder ein stickiger Tag, dachte John Wakefield gereizt, als er hinter seinem Schreibtisch saß und die Morgenpost durchsah. Es war Winter. Es war nicht ganz so heiß wie am Anfang, als er in dieses schreckliche Land gekommen war, aber in dieser letzten Woche ohne Regen waren die Tage warm und feucht gewesen. Dieses verfluchte Wetter ging ihm unter die Haut.

Wenigstens konnte er sich darauf freuen, heute abend Kareen Hendricks zu sehen. Die bezaubernde, hinreißende Kareen. John dankte seinem Glücksstern, daß er William Dawson dazu gebracht hatte, ihn letzte Woche in die Oper zu schleifen, denn andernfalls hätte er Kareen nicht kennengelernt.

Ein kalter Schauer überlief John, als er an die Hölle dachte, die er in seinen ersten drei Monaten in Ägypten durchlebt hatte. Aber alles hatte sich verändert, als er Crissys Brief bekommen hatte – sein Glück inbegriffen.

Es klopfte. »Was ist?« fauchte John.

»Ein Araber steht draußen. Er sagt, es geht um etwas Wichtiges«, sagte Sergeant Townson.

»Das sagen sie doch alle. Schicken Sie ihn rein, Townson.«

Als sich die Tür leise wieder schloß und John aufblickte, sah er einen ungewöhnlich großen Araber vor sich stehen. Es war nicht nur der größte Araber, den John je gesehen hatte, sondern er war sogar größer als er selbst.

»Sie sind John Wakefield?« fragte der junge Mann, der in stolzer Haltung vor Johns Schreibtisch stand.

»Lieutenant Wakefield«, verbesserte ihn John. »Darf ich fragen, wie Sie heißen?«

»Mein Name spielt keine Rolle. Ich bin gekommen, um mir die Belohnung abzuholen, die Sie für die Rückkehr Ihrer Schwester ausgesetzt haben.«

Nicht schon wieder so einer, dachte John kläglich. Mit

wie vielen von diesen geldgierigen Opportunisten und Dieben mußte er sich denn noch abgeben? Er konnte gar nicht mehr zählen, wie viele Menschen zu ihm gekommen waren, weil sie hofften, sich durch Fehlinformationen die Belohnung erschleichen zu können. Die meisten machten einen Rückzieher, wenn John ihnen sagte, die Richtigkeit ihrer Information müsse erst noch erwiesen werden. Wie oft hatte er eine wilde Jagd durch die Stadt und in der Wüste unternommen, und all das war fruchtlos geblieben.

Er hatte zwar Christinas Brief erhalten, den ihm ein junger Araber in die Hand gedrückt hatte, ehe er gleich wieder davongelaufen war, doch er hatte die Hoffnung, sie zu finden, immer noch nicht ganz aufgegeben. Er wollte gern glauben, daß sie dort, wo sie war, glücklich war, aber er mußte sich seiner Sache sicher sein. Schließlich konnte alles gelogen sein. Es war nicht auszuschließen, daß sie gezwungen worden war, diesen Brief zu schreiben. Mit Vergnügen hätte er Hand an den Mann gelegt, der Crissy entführt hatte und der sie sich als Mätresse hielt, statt sie zu heiraten. John hätte diesen Lümmel gezwungen, sie zu heiraten!

»Wollen Sie Ihre Schwester wiederhaben?«

»Entschuldigen Sie bitte«, sagte John. »Ich war in Gedanken. Wissen Sie, wo meine Schwester ist?«

»Ja.«

»Und Sie können mich zu ihr führen?«

»Ja.«

Dieser Mann war anders als die anderen. Er zögerte nicht, wenn es galt, Antworten zu geben. John sah einen Hoffnungsschimmer.

»Woher weiß ich, daß Sie die Wahrheit sagen? Man hat schon oft versucht, mich reinzulegen.«

»Darf ich Ihnen eine Frage stellen?«

»Selbstverständlich.«

»Woher weiß ich, daß Sie mir das Geld geben, nachdem ich Sie zu Ihrer Schwester geführt habe?«

»Eine gute Frage«, sagte John grimmig. Er schloß die unterste Schublade seines Schreibtischs auf und holte einen kleinen, schweren Sack heraus. »Seit Christinas Entführung liegt dieses Geld bereit. Sie können es zählen, wenn Sie wollen, aber die Gesamtsumme, die ich als Belohnung ausgesetzt habe, ist in diesem Sack, und sie gehört Ihnen, wenn Sie die Wahrheit sagen. Das Geld zählt für mich nicht. Ich will nur Christina wiederhaben.« John unterbrach sich und musterte einen Moment lang diesen jungen Mann. »Sagen sie mir eins – woher wissen Sie, wo meine Schwester ist?«

»Sie hat in meinem Lager gelebt.«

John sprang so heftig auf, daß sein Stuhl hinter ihm umfiel. »Sind Sie etwa der Mann, der sie entführt hat?«

»Nein«, erwiderte der junge Mann ganz schlicht, ohne unter den sturmblauen Augen zusammenzuzucken, die ihn anfunkelten.

John beruhigte sich wieder, als er sah, daß er keinen Kampf austragen mußte.

»Wie weit ist Ihr Lager von hier entfernt?«

»Wir brauchen nicht dorthin zu reisen.«

»Ja, aber...«

»Ihre Schwester wartet draußen.«

»Draußen!«

»Wir sind mehrere Tage lang geritten. Sie sitzt schlafend auf ihrem Pferd. Sie können sie von Ihrem Fenster aus sehen.«

John eilte an das Fenster, das einen Ausblick auf die Straße bot. Einen Moment später wandte er sich zu dem Araber um, und Zorn war auf seinem gebräunten Gesicht zu erkennen.

»Sie haben gelogen! Außer einem arabischen Knaben, der sich über sein Pferd beugt, ist dort draußen niemand. Was haben Sie sich von diesem Trick versprochen?«

»Ach – ihr Engländer seid so skeptisch. Haben Sie erwartet, daß Ihre Schwester so gekleidet ist, wie es bei Ihnen Brauch ist? Sie hat bei meinem Volk gelebt und sich so wie mein Volk gekleidet. Wenn Sie hinausgehen, werden Sie die Wahrheit meiner Worte erkennen«, erwiderte der Araber. Dann drehte er sich auf dem Absatz um und verließ Johns Büro.

Für einen faulen Trick war es zu einfach, dachte John. Er brauchte nichts weiter zu tun, als ins Freie zu gehen und nachzuschauen. Warum stand er noch hier? John hob den Geldsack auf und folgte dem Araber ins Freie. Es mußte die Wahrheit sein.

Draußen auf der Straße, auf die die Sonne glühend herunterbrannte, lief John auf die beiden Pferde zu, die mit gefesselten Vorderfüßen vor dem Gebäude standen. Er blieb neben dem seidig schwarzen Araberhengst stehen, der die staubige Gestalt im schwarzen Kaftan auf seinem Rücken trug. Wenn das wieder ein fauler Trick war, stand zu befürchten, daß er den jungen Araber, der neben ihm stand, in Stücke reißen würde.

Wenn das Crissy war, brauchte er nichts weiter zu tun, als die schwarze *kufijah* anzuheben, die ihr Gesicht bedeckte, um es herauszufinden. So einfach war das.

In diesem Augenblick bewegte sich das Pferd, und die schlafende Gestalt fiel langsam von seinem Rücken. John fing sie in seinen Armen auf. Währenddessen rutschte die *kufijah* von ihrem Gesicht und legte ein schmutziges, tränenüberströmtes Gesicht frei, das er überall auf Erden wiedererkannt hätte.

»Crissy! O Gott – Crissy!«

Christina schlug einen Moment lang die Augen auf und flüsterte Johns Namen. Dann sackte sie in seinen Armen zusammen, und ihr Kopf fiel auf seine Schulter.

»Wie ich schon sagte, sie hat zwei Tage und zwei Nächte lang nicht geschlafen. Alles, was ihr fehlt, ist Schlaf.«

John drehte sich um und sah den jungen Mann an, der ihm seine Schwester zurückgebracht hatte.

»Ich muß mich bei Ihnen für meine Zweifel entschuldigen. Für das, was Sie getan haben, werde ich Ihnen ewig dankbar sein. Wenn Sie das Geld aus meinen Händen annehmen würden, gehört es Ihnen.«

»Ich bin mehr als glücklich, daß ich Ihnen diesen Dienst erweisen konnte. Und jetzt werde ich gehen, aber wenn Christina erwacht, dann richten Sie ihr bitte aus, daß ich ihr alles Gute wünsche.«

Er nahm die Zügel des schwarzen Pferdes, stieg auf sein eigenes Pferd und ritt die Straße hinunter.

John sah auf Christina hinunter, die friedlich in seinen Armen schlief. Gott sei Dank, dachte er. Bitte, steh mir bei, das an Christina wieder gutzumachen, was sie erlitten hat.

John trug Christina ins Haus. Er setzte sich auf einen Stuhl, der Sergeant Townsons Schreibtisch gegenüberstand, und hielt Christina immer noch zärtlich im Arm.

»Lieutenant! Ist sie auf der Straße ohnmächtig geworden? Sie sollten sie lieber hinlegen, Sir. Der Staub auf ihrem Kaftan beschmutzt Ihre Uniform.«

»Hören Sie auf mit Ihrem Geschwätz, Sergeant. Ich werde nichts dergleichen tun. Aber ich werde Ihnen sagen, was Sie jetzt tun. Als erstes werden Sie meine Kutsche vorfahren lassen. Dann können Sie Colonel Bigley davon unterrichten, daß ich für heute Schluß mache.«

»Sie machen Schluß? Und was ist, wenn der Colonel nach den Gründen fragt?«

»Sagen Sie ihm, daß ich meine Schwester wiedergefunden habe und sie anständig unterbringen muß. Glauben sie, daß Sie das behalten können, Sergeant?«

»Ja, Sir. Aber Sie wollen doch nicht sagen, daß dieses Mädchen da Ihre Schwester ist?« Der Sergeant bereute seine Frage, als er das kalte Blitzen in Lieutnant Wakefields Augen sah.

»Sie werden jetzt augenblicklich meine Kutsche vorfahren lassen, Sergeant. Das ist ein Befehl.«

Es war schon gegen Mittag, als John seine Wohnung erreichte. Es gelang ihm, die Tür zu seiner Wohnung aufzuschließen, ohne Christina zu wecken, doch als er auf dem Weg zu dem leerstehenden Gästezimmer war, hielt ihn Mrs. Greene, seine Haushälterin, an.

»Was auf Erden haben Sie am hellichten Tag zu Hause zu suchen, John Wakefield? Und was haben Sie da?« fragte sie mißbilligend.

»Das ist meine Schwester.«

»Ihre Schwester?« Mrs. Greene war schockiert. »Wollen Sie damit sagen, daß das das kleine Mädchen ist, daß Sie in ganz Ägypten gesucht haben? Warum sagen Sie das denn nicht gleich? Stehen Sie nicht rum, bringen Sie Ihre Schwester ins Bett.«

»Ich war gerade dabei, als Sie mich aufgehalten haben, Mrs. Greene«, sagte John. Er betrat das Zimmer, in dem Christinas gesamte Habe aufbewahrt war, und legte sie sachte auf das Bett.

»Ist sie verletzt – und wie haben Sie sie gefunden?«

»Sie braucht nichts weiter als Schlaf, das ist alles«, sagte John. Er sah Christina liebevoll an. »Vielleicht könnten Sie ihr den Umhang ausziehen, damit sie es bequemer hat, aber versuchen Sie, sie nicht aufzuwecken.«

»Wenn Sie nicht wollen, daß sie wach wird, sollten Sie mir lieber helfen.«

Johns Blick fiel auf ein zerknülltes Blatt Papier, das Christina fest umklammert hielt. Es gelang ihm, ihre Finger so weit zu lösen, daß er den Zettel aus ihrer Hand nehmen konnte. Dann warf er ihn achtlos auf den kleinen Nachttisch. Gemeinsam zogen sie Christina den Kaftan und die Schuhe aus. Einmal schlug Christina die Augen auf, doch sie schloß sie sofort wieder und schlief weiter.

Mrs. Greene und John verließen den Raum, und leise schloß er die Tür hinter ihnen. Er begab sich direkt zu der Bar im Salon, goß sich ein Glas Whiskey ein, ließ sich auf seinen Lieblingssessel sinken und trank den Whiskey pur.

»Was soll ich damit anfangen, Sir – es wegwerfen?« fragte Mrs. Greene, und sie hielt Christinas schmutzigen Kaftan hoch.

John sah zu der Matrone auf, die in der Tür stand. »Legen Sie ihn einfach zur Seite. Christina soll entscheiden, was damit geschieht.«

John wollte Christina sobald wie möglich wieder nach England bringen. Ägypten hatte ihnen beiden nur Leid gebracht, aber jetzt, da Christina wieder bei ihm war, würden sie wieder glücklich sein.

Warum, fragte er sich, hatte Christina den Mann verlassen, den sie zu lieben behauptete? Sie hatte geschrieben, sie würde bei ihm bleiben, bis er sie nicht mehr haben wollte. War es das? Dieser Schurke hatte sie entführt, sich an ihr gütlich getan und sie dann abgelegt, um die Belohnung einzukassieren. Crissy hatte gesagt, daß sie ihn liebte. Wie sehr sie leiden mußte!

John trank den letzten Rest Whiskey aus, stand auf und ging durch das kleine Eßzimmer in die ebenso kleine Küche. Dort fand er Mrs. Greene, die am Herd stand.

»Ich werde etwa eine Stunde aus dem Haus gehen, Mrs. Greene«, sagte er. »Es ist unwahrscheinlich, daß meine Schwester in der Zwischenzeit erwacht. Falls doch, dann sagen Sie ihr, daß ich eine Verabredung absagen mußte und gleich wieder da bin. Und geben Sie ihr alles, wonach sie fragt.«

»Was ist mit Ihrem Mittagessen?«

»Ich esse, wenn ich zurückkomme«, sagte John, der sich einen Apfel aus der Obstschale auf dem Küchentisch nahm. »Es dauert nicht lange.«

Es war kein weiter Weg zu Major Hendricks' Unterkunft, und John hoffte, Kareen dort vorzufinden, denn er wollte die Verabredung, die er mit ihr für den Abend getroffen hatte, persönlich absagen.

Kareen war ein Jahr jünger als er und hier zu Besuch bei ihrem Onkel Hendricks. Sie war in England zu Hause, aber ihre Mutter hatte spanisches Blut. Viel mehr wußte er nicht über sie – nur, daß sie ihn in hohem Maße anzog.

Kareen sah mit ihrem seidigen schwarzen Haar und ihren schwarzen Augen wie eine Spanierin aus. Ihr Körper war schlank und doch an den richtigen Stellen wohlgerundet. John hatte sich auf diesen Abend gefreut, doch jetzt mußte er die Verabredung absagen. Kareen würde das verstehen.

John klopfte an die Tür von Major Hendricks' bescheidenem Heim. Wenige Momente später öffnete sich die Tür, und er stand einem jungen Mädchen gegenüber, das ihn fröhlich anlächelte. John war schockiert, denn dieses Mädchen sah aus, als sei es erst sechzehn oder siebzehn, und doch...

»Kareen?«

Das junge Mädchen lachte über Johns Bestürzung.

»Das passiert ständig, Lieutenant. Ich bin Kareens Schwester Estelle. Wollen Sie nicht eintreten?«

»Ich wußte gar nicht, daß sie eine Schwester hat«, sagte John, als er in den Flur trat. »Sie sehen ihr unglaublich ähnlich.«

»Ich weiß – wie Zwillinge. Aber Kareen ist fünf Jahre älter als ich. Mein Vater sagt immer, daß Kareen und ich die exakten Abbilder unserer Mutter in jungen Jahren sind. Unsere Mutter ist immer noch eine schöne Frau, und es ist gut zu wissen, wie wir eines Tages aussehen werden.« Sie lächelte John ganz bezaubernd an. »Entschuldigen Sie, bitte. Alle sagen, ich rede zuviel. Wollten Sie Kareen sehen, Lieutenant...«

»John Wakefield«, stellte er sich mit einer knappen Verbeugung vor. »Ja, ich würde sie gern sprechen, wenn das möglich ist.«

»Ich glaube, das läßt sich machen. Sie ist in ihrem Zimmer und ruht sich aus. Es ist dieses heiße Wetter – wir haben uns noch nicht daran gewöhnt. Es kann einen ganz schlaff machen. Sie sind also John Wakefield«, sagte sie und musterte ihn von Kopf bis Fuß. »Kareen hat eine Menge über Sie erzählt, und ich sehe schon, daß sie nicht übertrieben hat.«

»Sie besitzen eine erstaunliche Offenheit, Miß Estelle.«

»Nun, ich finde, die Leute sollten sagen, was sie denken.«

»Das kann einem manchmal Scherereien eintragen«, sagte John im leichten Plauderton.

»Ja, ich weiß. Aber es macht mir Spaß, andere Leute zu schockieren. Ich könnte allerdings nicht behaupten, daß ich Sie schockiert habe. Sie müssen Komplimente von den Damen gewöhnt sein«, sagte sie schelmisch.

»Nicht direkt. Ich bin es gewohnt, Komplimente zu machen, nicht sie zu bekommen«, sagte John lachend.

»So spricht ein wahrer Gentleman. Aber Sie haben zugelassen, daß ich schon wieder weiterplappere. Wenn Sie jetzt bitte im Salon warten, gehe ich zu Kareen und sage ihr, daß Sie hier sind.«

»Danke, und es war mir ein Vergnügen, Sie kennengelernt zu haben, Miß Estelle.«

»Dasselbe kann ich ganz entschieden auch von Ihnen behaupten, Lieutenant Wakefield. Aber ich bin sicher, daß wir uns wiedersehen«, fügte sie hinzu, ehe sie im Korridor verschwand.

Wenige Minuten später tauchte Kareen in der Tür auf, und sie war so schön, wie er sie in Erinnerung hatte.

»Ich dachte, meine Schwester erlaubt sich einen Scherz, als sie sagte, Sie seien hier«, sagte sie. »Gelegentlich tut sie solche Dinge. Aber warum sind Sie schon so früh hier, Lieutenant Wakefield?«

»Kareen – ich weiß, daß wir uns erst zum zweitenmal sehen, aber würden Sie mich bitte John nennen?« fragte er, und er legte seinen gesamten Charme in dieses Ansinnen.

»Einverstanden, John«, sagte sie lächelnd. »Aber was führt Sie hierher?«

»Ich weiß nicht so recht, wie ich es Ihnen sagen soll«, sagte John, und er wich ihren forschenden Blicken aus. Er trat an das offene Fenster, verschränkte die Hände hinter dem Rücken und schaute ins Freie. »Sie sind erst seit einem Monat hier, Kareen, aber Sie wissen vermutlich von dem Verschwinden meiner Schwester?«

»Ja, mein Onkel hat es mir erzählt, als ich erwähnte, daß ich Sie kennengelernt habe«, erwiderte sie.

»Christina ist in unserer ersten Nacht in Kairo aus ihrem Hotelzimmer entführt worden. Christina und ich haben einander sehr nahe gestanden. Ich habe sie überall gesucht und vor Sorge um sie fast den Verstand verloren. Doch heute ist zu zurückgekehrt – heute morgen.«

»John – das ist ja wunderbar! Ich freue mich so für Sie. Fehlt ihr auch nichts?«

Er drehte sich zu ihr um und sah, daß sie sich wirklich für ihn freute.

»Es geht ihr gut, aber ich habe bisher noch keine Gelegenheit gehabt, auch nur ein Wort mit ihr zu reden. Sie ist fast eine Woche lang geritten, und jetzt schläft sie. Ich wollte Ihnen das erst erzählen, damit Sie verstehen, warum ich Sie heute abend nicht in die Oper begleiten kann. Ich muß da sein, wenn Crissy aufwacht.«

»Selbstverständlich verstehe ich das, und ich danke Ihnen für Ihre Erklärung. Kann ich Ihnen in irgendeiner Form behilflich sein?«

»Es ist nett, daß Sie das fragen, Kareen. Vielleicht könnten Sie sie in ein paar Tagen besuchen. Ich weiß noch nicht, wie leicht ihr die Eingewöhnung fallen wird, nachdem sie endlich wieder da ist. Ich kann nur beten, daß sie in der Lage sein wird, dieses schreckliche Erlebnis zu vergessen.«

»Ich bin sicher, daß es ihr mit der Zeit wieder gutgehen wird, John«, erwiderte Kareen.

»Das hoffe ich auch.«

Christina schlief jetzt seit zwölf Stunden. Es war fast Mitternacht, und John ging ungeduldig im Salon auf und ab. Es gab so viele Dinge, die er wissen mußte. Er wollte sich nicht in dem Augenblick, in dem sie erwachte, gleich auf sie stürzen, aber er brauchte Antworten. Es gab wirklich Dinge, die er unbedingt wissen mußte. Würde Crissy noch dieselbe sein, oder hatten diese letzten vier Monate sie verändert?

John öffnete leise ihre Tür. Aber Crissy lag immer noch zusammengerollt da und hatte eine Hand unter ihrem Kopf liegen. Langsam betrat er das Zimmer und blieb neben dem Bett stehen. Er blickte auf sie hinunter, wie er es im Lauf des Abends schon so häufig getan hatte.

Sie hatte nicht abgenommen, und sie machte einen gesunden Eindruck, wenngleich sie schmutzig war. Sie trug einen Rock und eine Bluse nach Art der Wüstenbewohner. Doch beides war aus edlem grünen Samt gefertigt und mit Borten aus Spitze eingesäumt. Sie sah aus wie eine arabische Prinzessin.

In ihrem Brief hatte sie geschrieben, daß es ihr an nichts fehlte. Dieser Mann mußte gut für sie gesorgt haben. Und gerade das gab John Rätsel auf, denn er fragte sich, wie ein Mann, der sie erst einmal hatte, sie wieder gehen lassen konnte. Christina war von ganz außergewöhnlicher Schönheit. Etwas war anders an ihr – auffallend und doch unbeschreiblich – etwas, was sie von allen anderen Frauen abhob, die als schön bezeichnet wurden.

Plötzlich schlug Christina die Augen auf, zwinkerte ein paarmal und fragte sich offensichtlich, wo sie war.

»Es ist alles gut, Crissy«, sagte Philip. Er setzte sich auf ihre Bettkante. »Du bist jetzt zu Hause.«

Sie sah ihn an, und ihre Augen füllten sich mit Tränen. Im nächsten Moment klammerte sie sich an ihn, als hänge ihr Leben davon ab.

»John! O Johnny – halt mich fest. Sag mir, daß alles nur ein Traum war, daß es nie passiert ist«, schluchzte sie.

»Es tut mir leid, Crissy, aber das kann ich dir nicht sagen – ich wünschte, ich könnte es«, sagte er, während er sie fest an sich drückte. »Aber es wird alles wieder gut – du wirst es sehen.«

Er ließ sie sich ausweinen, ohne etwas zu sagen. Als sie aufhörte zu weinen, hielt er sie auf Armeslänge von sich und strich ihr das Haar von den nassen Wangen zurück.

»Fühlst du dich jetzt besser?«

»Nicht wirklich.« Sie lächelte schwach.

»Warum wäschst du dir nicht das Gesicht, während ich dir etwas zum Essen besorge, und dann können wir uns unterhalten.«

»Ich täte nichts lieber, als mich stundenlang in einer heißen Badewanne einzuweichen. In den letzten vier Monaten habe ich nur kalt gebadet.«

»Das kannst du später machen. Wir müssen uns vorher unterhalten.«

»O John, ich will nicht darüber reden – ich will es nur so schnell wie möglich vergessen.«

»Das kann ich verstehen, Crissy. Aber es gibt Dinge, die ich wissen muß. Es ist das beste, wenn wir gleich darüber reden, dann können wir es beide vergessen.«

»Gut, ich nehme an, du hast recht.« Sie stieg aus dem Bett und sah sich im Zimmer um. »Laß mir einen Moment Zeit, damit ich ...«

Sie unterbrach sich abrupt, als sie das zerknitterte Blatt Papier sah, das John am Vormittag auf ihren Nachttisch geworfen hatte.

»Wie ist das hierhergekommen?« Ihre Stimme klang zornig.

»Was ist los mit dir, Crissy? Ich habe es dir aus der Hand genommen, ehe ich dich ins Bett gepackt habe.«

»Und ich dachte, ich hätte es weggeworfen.« Sie drehte sich eilig zu ihm um und runzelte die Stirn. »Hast du das gelesen?«

»Nein. Warum bist du so wütend?«

»Es ist sozusagen meine Entlassung«, sagte sie leichthin, doch in ihren Augen ballten sich Sturmwolken zusammen. »Aber das spielt jetzt keine Rolle mehr. Wie war das mit dem Essen?«

Nach dem Abendessen schenkte John zwei Gläser Sherry ein und brachte Christina eins davon ins Eßzimmer. Er setzte sich ihr gegenüber, streckte seine Beine behaglich unter dem Tisch aus und musterte ihr Gesicht.

»Liebst du ihn noch?« fragte John.

»Nein – inzwischen hasse ich ihn!« sagte sie eilig, und ihre Augen blitzten gefährlich auf.

»Aber noch vor einem Monat...«

»Das war, bevor ich dahintergekommen bin, was für ein grausamer und egoistischer Mensch er ist.«

»Ist das der Grund, aus dem du ihn verlassen hast?«

»Ihn verlassen? Er hat mich fortgeschickt! Er hat mir diesen Brief hinterlassen, in dem steht, daß er mich nicht mehr begehrt und wünscht, daß ich bei seiner Rückkehr verschwunden bin. Er konnte es mir nicht einmal persönlich sagen.«

»Ist das der Grund, aus dem du ihn jetzt haßt – weil er dich fortgeschickt hat?«

»Ja! Er hat sich nicht das geringste aus mir oder aus meinen Gefühlen gemacht. Ich dachte, daß ich ihn liebe, und ich hatte gehofft, daß er mich mit der Zeit auch lieben würde. Aber jetzt weiß ich, wie dumm ich war. Es hat ihn nicht einmal interessiert, daß ich ein Kind von ihm bekommen könnte!«

»O Gott, Crissy – dann hat er dich also doch vergewaltigt!«

»Vergewaltigt? Nein – er hat mich nie wirklich vergewaltigt. Ich war sicher, das hätte ich in dem Brief klargestellt, den ich dir geschickt habe, John. Ich dachte, du würdest verstehen, daß ich mich ihm hingegeben habe. Deshalb habe ich dich doch um Verzeihung gebeten.«

»Ich vermute, ich konnte es einfach nicht akzeptieren.

Ich wollte es wohl einfach nicht glauben. Aber, Crissy, wenn er dich nicht vergewaltigt hat – das kann doch nicht heißen, daß du dich ihm von Anfang an hingegeben hast?«

»Ich habe mich gegen ihn gewehrt!« rief sie empört aus, und sie versuchte, sich zu verteidigen. »Ich habe mich mit aller Kraft gegen ihn gewehrt.«

»Dann hat er dich also doch vergewaltigt?«

Christina ließ beschämt den Kopf hängen. »Nein, John, er brauchte mich nie zu vergewaltigen. Er hatte Geduld mit mir – er hat sich Zeit gelassen und meinen Körper langsam zum Leben erweckt. Versteh das bitte, John – ich habe ihn gehaßt, aber gleichzeitig habe ich ihn begehrt. Er hat eine Glut in mir entfacht, von der ich gar nicht wußte, daß es so etwas gibt. Er hat mich zur Frau gemacht.«

Sie fing wieder an zu weinen. John fühlte sich ganz kläglich, weil er ihr die Schuld an etwas gegeben hatte, wofür sie nichts konnte. Aber warum verteidigte sie diesen Schuft?

John lehnte sich über den Tisch und hob ihr Gesicht, um in ihre hellblauen Augen zu sehen.

»Es ist schon gut. Es war nicht deine Schuld. Es ist dasselbe, als hätte er dich vergewaltigt.«

»Ich habe mich gegen ihn gewehrt, aber es war jedesmal dasselbe. Ich habe versucht, ihm zu entkommen, aber er hat mir damit gedroht, daß er mich findet und mich schlägt, wenn ich es wieder versuche. Am Anfang habe ich Todesängste vor ihm ausgestanden, aber im Lauf der Zeit hat meine Furcht nachgelassen. Ich habe sogar einmal auf ihn eingestochen, und er hat mir nichts getan. Und dann bin ich von einem anderen Stamm geraubt worden, und er ist bei seinem Versuch, mich zu retten, fast ums Leben gekommen. Damals ist mir klar geworden, daß ich ihn liebe. Danach habe ich mich nicht mehr gegen ihn zur Wehr gesetzt, John. Ich konnte mich nicht gegen den Mann wehren, den ich liebe. Wenn du mir das nicht verzeihen kannst, dann tut es mir leid.«

»Ich verzeihe dir, Crissy. In der Liebe gibt es keine Regeln. Aber du hast gesagt, daß du ihn jetzt haßt. Warum verteidigst du ihn dann weiterhin?«

»Ich verteidige ihn doch gar nicht!«

»Dann sag mir seinen Namen, damit ich ihn aufspüren kann. Für das, was er dir angetan hat, hat er Strafe verdient.«

»Sein Stamm nannte ihn Abu.«

»Und sein Nachname?«

»O John, das ist doch ganz gleich. Ich will nicht, daß er bestraft wird.«

»Verdammt noch mal, Crissy!« schrie John, und er schlug mit der Faust auf den Tisch. »Er hat dich genommen, und dann hat er dich zu mir zurückgeschickt, um die Belohnung zu kassieren.«

»Belohnung?«

»Ja. Der Mann, der dich hierhergebracht hat, hat das Geld gewollt, und daher habe ich es ihm gegeben.«

Christina ließ sich auf ihren Stuhl zurückfallen, und ein leichtes Grinsen trat auf ihre Lippen.

»Ich hätte wissen müssen, daß Rashid das tut. Er nimmt Geld, wo er es nur irgend findet. Abu wird wahrscheinlich nie erfahren, daß Rashid die Belohnung angenommen hat. Und das ist nicht der Grund, aus dem Phi – aus dem Abu mich zurückgeschickt hat. Er ist der Scheich seines Stammes, und er braucht kein Geld. Ich war selbst dabei, als er sogar einen Beutel mit Edelsteinen zurückgewiesen hat.«

»Du wolltest ihn gerade anders nennen«, sagte John, der eine Braue hochzog.

»Ja, er hat noch einen anderen Namen, aber das ist nicht von Bedeutung.« Sie stand auf und trank den letzten Schluck Sherry. »Können wir die ganze Geschichte jetzt vergessen, John? Ich möchte ihn für alle Zeiten aus meinen Gedanken verbannen.«

»Kannst du das denn, Crissy?« Er blickte skeptisch zu ihr auf. »Du liebst ihn doch immer noch, oder nicht?«

»Nein!« wimmerte sie, aber dann biß sie sich auf die Lippen, und wieder traten Tränen in ihre Augen. »O Gott, ja – doch! Ich kann nichts dafür. Warum mußte er mir das antun, John? Ich liebe ihn so sehr, daß ich sterben möchte!«

John zog sie an sich. Er spürte, wie sehr sie litt. Er ertrug es nicht, sie so unglücklich zu sehen – und ihr Herz zerbrach auch noch an einem Mann, der ihre Liebe nicht verdient hatte.

»Es wird seine Zeit brauchen, Crissy, aber du wirst ihn vergessen. Du wirst eine neue Liebe finden – irgend jemanden, der dir die Form von Liebe gibt, die du verdienst.«

22

Zwei Monate waren vergangen, seit Philip sie fortgeschickt hatte. Christina versuchte verzweifelt, ihn aus ihren Gedanken zu verbannen. Aber sie dachte immerzu an ihn. Täglich betete sie, er möge es sich anders überlegen und sie holen. Doch er kam nicht. Sie konnte nicht schlafen. Sie lag allnächtlich wach und sehnte sich nach ihm, nach seinen Händen auf ihrem Körper, und sie vermißte seinen Körper neben sich im Bett.

Christina hatte seit ihrer Rückkehr niemanden außer Kareen gesehen. Sie hatte Kareen auf Anhieb gemocht, als John sie in ihr kleines Zimmer gebracht hatte. Kareen hatte ihr keine Fragen gestellt, und bald waren sie gute Freundinnen geworden. Christina wußte, daß Kareen in John verliebt war, und sie war froh, daß John ihre Liebe erwiderte. Sie verbrachten viele Tage gemeinsam, und schließlich vertraute Christina Kareen alles an – alles bis auf Philips richtigen Namen.

Sie verbarg ihr Unglück vor John, aber wenn sie alleine war, verbrachte sie ihre Zeit damit, in ihren Erinnerungen zu schwelgen und allein in ihrem Zimmer zu weinen. Sie ging nicht aus und empfing auch keine Besucher, und sie schob als Ausrede vor, in einer schlechten Verfassung zu sein, was auch tatsächlich stimmte. In der Stadt war es wesentlich heißer, als es in den Bergen gewesen war. Sie litt unter der drückenden Luftfeuchtigkeit und den schlechten Lüftungsmöglichkeiten der kleinen Wohnung. Oft war ihr schwindlig und übel.

Christina wußte, daß sie ein neues Leben anfangen mußte, und daher erklärte sie sich schließlich einverstanden, die Frauen der Offiziere zum Tee zu empfangen.

Anfangs hatte sie höflich über das Wetter geplaudert, über die Oper und über Probleme mit Bediensteten. Aber dann hatten die fünf Frauen mittleren Alters angefangen, über andere Leute zu klatschen, die Christina nicht kannte – und die sie auch gar nicht erst kennenlernen wollte. Mechanisch kapselte sie sich ab und dachte an Philip, aber ihre Aufmerksamkeit wurde wieder auf das Gespräch gelenkt, als sie hörte, daß ihr Name fiel.

»Wie ich schon sagte, Miß Wakefield, war mein Mann unter den Männern, die die Suche nach Ihnen durchgeführt haben«, sagte die behäbigste der Frauen.

»Mein James auch«, fiel eine andere Frau ein.

»Wir haben uns alle solche Sorgen um Sie gemacht, als Sie nicht aufgefunden wurden. Wir dachten, nach so langer Zeit seien Sie mit Gewißheit tot«, fügte wieder eine andere Frau hinzu, während sie geziert von einem Keks abbiß.

»Und dann sind Sie völlig gesund und unbeschadet wieder aufgetaucht. Es war wie ein Wunder.«

»Sagen Sie, Miß Wakefield, wie ist es Ihnen gelungen, zu entkommen?« fragte die behäbige Frau betont.

Christina stand auf und trat vor den Kamin. Diese Frauen wollten nichts anderes, als ihr Informationen aus der Nase zu ziehen, um neuen Stoff für ihren Klatsch zu haben, den sie in der ganzen Stadt verbreiten würden, um dann geschlossen über sie herzufallen.

»Ich möchte lieber nicht darüber reden, wenn Sie nichts dagegen haben«, sagte Christina ruhig, während sie sich ihnen wieder zuwandte.

»Aber, meine Liebe, wir sind alle Ihre Freunde. Uns können Sie es doch sagen.«

»Ich hätte mich umgebracht, wenn ich an Ihrer Stelle gewesen wäre«, bemerkte eine der Damen abgeschmackt.

»Das hätte ich auch getan«, warf eine zweite ein.

»Ich bin sicher, daß Sie beide Ihr Leben nicht sehr hoch einschätzen. Was mich angeht, so ziehe ich es vor, weiterzuleben«, bemerkte Christina kühl. »Sie bezeichnen sich als Freunde – aber Sie sind nichts weiter als ein Haufen alter Tratschweiber. Ich denke gar nicht daran, Ihnen irgend etwas zu erzählen. Ich möchte, daß Sie alle dieses Haus verlassen – und zwar augenblicklich!«

»Jetzt hört euch nur diese eingebildete Primadonna an. Wir sind gekommen, um unser Mitgefühl auszudrücken, und Sie benehmen sich ganz so, als seien Sie stolz auf das, was Ihnen widerfahren ist – die Gefangene eines dreckigen Arabers zu sein. Und dabei sind Sie nichts weiter als...«

»Raus – alle miteinander!« schrie Christina.

»Wir gehen ja schon! Aber lassen Sie sich eins gesagt sein, Miß Wakefield. Sie sind jetzt Ware aus zweiter Hand! Kein anständiger Mann wird je auf den Gedanken kommen, Sie zu heiraten, nachdem Sie bei einem dreckigen Araber gelegen haben. Merken Sie sich das!«

Als John nach Hause kam, erzählte Christina ihm nichts von diesem Vorfall. Aber er wußte bereits alles.

»Sie haben dich zum Weinen gebracht, stimmt's, Crissy?« sagte er mit zarter Stimme, und er nahm ihr Gesicht zwischen seine Hände. »Du darfst es dir nicht zu

Herzen nehmen. Diese Frauen sind doch nichts weiter als ein Haufen neidischer, keifender Schnattergänse.«

»Aber es ist wahr, was sie gesagt haben, John. Kein anständiger Mann wird mich jetzt noch heiraten. Ich bin beschmutzt!«

»Das ist doch lächerlich, und ich will so etwas nicht mehr aus deinem Mund hören«, schalt er sie. »Du unterschätzt deine Schönheit, Crissy. Jeder Mann auf Erden würde seinen rechten Arm dafür hergeben, mit dir verheiratet zu sein. Ist William Dawson nicht ein dutzendmal hiergewesen, um dich aufzusuchen? Wenn du dein Zimmer wieder verlassen und ein neues Leben beginnen würdest, würdest du selbst feststellen, daß du dich vor Heiratsanträgen kaum retten könntest! Warum gehst du nicht heute abend mit Kareen und mir in die Oper?«

»Ich will euch nicht stören, wenn ihr zusammen ausgeht.« Christina seufzte und ließ ihre Schultern hängen. »Vielleicht lese ich einfach ein Buch und gehe früh ins Bett.«

»Crissy – ich kann nicht mitansehen, was du dir antust«, sagte John. »Wenn ich nach Hause komme, sind deine Augen meistens so rot wie jetzt. Du hast versucht, es vor mir zu verbergen, aber ich weiß, daß du immer noch um diesen Mann weinst. Er ist deine Tränen nicht wert! Mein Gott, ich würde ihn umbringen, wenn er mir in die Finger käme!«

»Sag das nicht, John«, sagte sie. Sie war völlig außer sich. Sie griff nach seinem Arm, und ihre Finger gruben sich mit ungewohnter Heftigkeit in seine Muskeln. »Sag das *nie* wieder! Er läßt mich leiden, ja, das stimmt, aber diese Last habe allein ich zu tragen. Du kannst ihm nicht die ganze Schuld geben, denn er hat nie gewußt, daß ich ihn liebe. Er war in dem Glauben, mir das zu geben, was ich immer wollte – meine Freiheit. Schwöre mir, ihm niemals etwas anzutun!«

»So beruhige dich doch, Crissy«, sagte John, den ihr

Ausbruch schockiert hatte. »Wahrscheinlich wird mir dieser Mann ohnehin nie über den Weg laufen.«

Christinas Stimme war eindringlich, und Tränen standen in ihren Augen. »Aber eines Tages könntet ihr euch doch begegnen. Du mußt mir dein Wort darauf geben, daß du ihm nichts tun wirst!«

John zögerte, und er sah in das flehentliche Gesicht seiner Schwester. Er würde diesen Abu niemals kennenlernen, und daher schadete es nichts, Crissy sein Wort zu geben, wenn es sie glücklich machte. Dann kam er auf eine Idee.

»Ich gebe dir mein Wort – unter einer Bedingung, daß du aufhörst, dich wegen dieses Mannes zu quälen. Geh raus und lerne neue Leute kennen. Und den Anfang machst du, indem du heute mit mir in die Oper gehst!«

Christinas Gesicht wurde plötzlich ganz ruhig. Sie löste ihren Griff und ließ Johns Arme los.

»Einverstanden, John, wenn es das ist, was mir die Sicherheit gibt, daß du dein Wort halten wirst. Aber ich glaube trotzdem, daß der Abend schöner für dich wäre, wenn ich nicht mitkomme.«

»Überlaß das meinem Urteil.« Er warf einen Blick auf die Uhr, die auf dem Kaminsims stand. »Du hast nur noch eine knappe Stunde Zeit, um dich fertigzumachen.« Er grinste breit, als er ihren Unwillen sah. Das war sehr wenig Zeit, um sich für ihren ersten Ausgang seit sechs Monaten herauszuputzen. »Ich sage Mrs. Greene, daß sie dir ein heißes Bad vorbereitet.«

Eine knappe Stunde später saßen sie wirklich in der Kutsche, holten Kareen ab und fuhren zur Oper. Als sie das Foyer betraten, wandten sich ihnen alle Blicke zu, und flüsternde Bemerkungen wurden ausgetauscht. Die Frauen musterten Christina verächtlich und wandten sich dann ab. Aber die Männer entblößten sie mit lasziven Blikken. Ein paar junge Männer, die John und Kareen offensichtlich kannten, kamen auf sie zu, um sich Christina vorzustellen. Sie überschütteten sie mit artigen Komplimenten, aber ihre Augen streiften unverschämt über ihren Körper, und sie reagierte barsch auf ihre Schmeicheleien.

»Miß Wakefield!«

Christina drehte sich abrupt um und sah William Dawson, der mit einem strahlenden Lächeln auf sie zukam. Er sah noch genauso aus, wie sie ihn in Erinnerung hatte – gebräunt und sportlich. Sie erinnerte sich an seine spannenden Geschichten und wünschte, sie hätte ihn bei einem seiner zahlreichen Besuche empfangen.

»Es ist so lange her«, sagte er, und er führte ihre Hand an seine Lippen. »Und Sie sind so schön wie eh und je. Ich hoffe, Sie haben sich völlig von Ihrer Krankheit erholt?«

»Ja. Man hat mich – äh – überredet, mich wieder in die Welt der Lebenden zu stürzen«, sagte sie. »Es ist schön, Sie wiederzusehen, Mr. Dawson.«

»William«, verbesserte er sie. »Wir sind doch alte Freunde, Christina. Es würde mich verletzen, wenn Sie mich anders ansprechen. Haben Sie einen Begleiter?«

»Ich bin mit John und Kareen gekommen.«

»Schämen Sie sich, John, die beiden schönsten Frauen Kairos ganz für sich zu beanspruchen.«

»Ich vermute, wenn es um die beiden geht, bin ich ein wenig egoistisch«, sagte John lachend.

»Ich wäre der glücklichste Mann in Kairo, wenn Sie mir erlauben würden, während der Vorstellung neben Ihnen sitzen zu dürfen, Christina, und Sie vielleicht anschließend nach Hause zu bringen. Das Einverständnis Ihres Bruders selbstverständlich vorausgesetzt.«

»Nun, ich...« Christina sah John hilfesuchend an, aber er warf ihr einen warnenden Blick zu, um sie an das Versprechen zu erinnern, das sie ihm gegeben hatte. Sie lächelte schwach.

»Es ist mir ein Vergnügen, Ihr Angebot anzunehmen,

William. Es scheint so, als hätte ich jetzt meinen eigenen Begleiter, was meinst du, Kareen?«

Kareen nickte mit einem einfühlsamen Blick. »Ja, und einen charmanten noch dazu.«

Sie wußte, daß Christina nicht soweit war, einen solchen Abend durchzustehen. Sie trug ihr gebrochenes Herz noch zu offen mit sich herum. Kareen fragte sich, wie es John gelungen sein mochte, Christina zu überreden, heute abend mitzukommen. Es war gut für Christina, daß sie endlich aus dem Haus kam, aber dem höflichen Plaudern mit einem Kavalier war sie noch nicht gewachsen.

Christina bekam die Oper nur unvollständig mit. Immer wieder ließ sie sich von Gedanken an Philip ablenken. Sie war froh, daß sie eingewilligt hatte, sich von William nach Hause bringen zu lassen. John würde eine Zeitlang mit Kareen allein sein wollen, und sie wäre nur im Weg gewesen.

»Mögen Sie noch auf ein Glas Sherry mitkommen, William?« fragte sie, denn sie hatte Schuldgefühle wegen der vielen Male, die sie sich geweigert hatte, ihn zu empfangen.

»Ich hatte gehofft, daß Sie mich dazu auffordern würden.«

Im Haus ging Christina direkt auf die Bar zu, aber William kam von hinten auf sie zu, streckte beide Arme aus, damit sie ihm nicht entkommen konnte, schenkte zwei Gläser Sherry ein und trat dann zurück, um ihr eins der Gläser in die Hand zu drücken.

»Auf diesen Augenblick würde ich gern anstoßen. Wie oft habe ich davon geträumt«, murmelte er. Seine Blicke streiften ihren Busen, der sich durch ihr tiefausgeschnittenes Kleid deutlich abzeichnete.

»Ich glaube kaum, daß dieser Moment so denkwürdig ist, William«, sagte sie nervös.

Christina rückte von ihm ab und setzte sich auf Johns Lieblingssessel, in dem sie sich wenigstens etwas geborgener fühlte. Plötzlich fiel ihr ein, daß Mrs. Greene Freunde besuchte und wahrscheinlich über Nacht bei diesen Freunden bleiben würde.

»Sie täuschen sich, Christina«, sagte William und griff nach ihrer Hand, um sie auf die Füße zu ziehen. »Die heutige Nacht wird für uns beide eine denkwürdige Nacht werden.«

Plötzlich riß er sie in seine Arme. Seine Lippen fanden ihren Mund und verschlangen ihn in einem brutalen, fordernden Kuß. Christina war schockiert und fühlte sich abgestoßen. Wie hatte sie sich bloß in diese Lage bringen können? Sie entzog ihm ihren Mund, doch er preßte sie immer noch an sich.

»William, bitte – lassen Sie mich los.« Sie versuchte ruhig zu sprechen. Aber sie wußte, daß sie allein mit ihm war, und nur mit Mühe konnte sie die Panik unterdrükken, die in ihr aufstieg.

»Was ist los, Christina?« Er hielt sie auf Armeslänge von sich entfernt. »Du brauchst mir nicht die keusche Jungfrau vorzuspielen.«

»Sie gehen zu weit, William Dawson«, erwiderte Christina kühl, während sie sich aus seinem Griff losriß. »Sie haben nicht das Recht, sich solche unverschämten Freiheiten bei mir herauszunehmen.«

»Ich habe noch gar nicht angefangen, mir die Freiheiten herauszunehmen, die ich mir heute nacht noch herauszunehmen gedenke.«

William streckte seine Arme nach Christina aus, doch sie lief fort und schob den breiten Stuhl zwischen sich und ihn.

»Ich muß Sie bitten zu gehen«, sagte sie barsch.

»Und du glaubst, so kannst du dich benehmen, Püppchen? Ich werde mich gut um dich kümmern. Ich bin kein reicher Mann, aber eine Mätresse kann ich mir mit Sicherheit leisten. Und wenn du ein braves Mädchen bist, heirate ich dich nach einer Weile vielleicht sogar.«

»Sie müssen verrückt sein!«

Er lachte. Sie sah das lüsterne Verlangen in seinem Gesicht. Er schob den Stuhl zur Seite und kam mit ausgestreckten Armen auf sie zu. Christina wandte sich ab, um fortzulaufen, aber es war schon zu spät. William packte sie um die Taille und riß sie wieder an sich.

Sein gemeines Lachen versetzte sie in Wut. Seine Hände erforschten ihre Brüste und ihren Bauch, während sie versuchte, sich loszureißen.

»Magst du es gern roh? Ist es das, was du gewohnt bist, Püppchen? Ein Mann mehr spielt nach all diesen stinkigen Ausgestoßenen in der Wüste, für die du die Beine breitgemacht hast, auch keine Rolle mehr. Sag mir – wie viele waren es? Und welcher von ihnen hat den Bastard gezeugt, den du im Bauch trägst? Ich bin sicher, der Kleine wird nichts dagegen haben, daß ich die Reize seiner Mama koste.«

Bei seinen letzten Worten erstarrte Christina. Sie blieb regungslos stehen. Nicht einen Atemzug konnte sie mehr machen, und die Worte dröhnten in ihren Ohren. *Der Bastard, den du im Bauch trägst – Bastard.* Ein Baby!

»Du hast dich also doch entschlossen vernünftig zu sein. Du wirst es auch genießen, nach all dem Abschaum, den du gewöhnt bist, einen richtigen Mann zu haben.«

Plötzlich brach Christina in lautes Gelächter aus. Es war lange her, seit sie den Klang ihres eigenen Lachens vernommen hatte. William wirbelte sie grob herum und schüttelte sie an den Schultern.

»Was zum Teufel ist hier so komisch?« fragte er. Aber sie lachte nur hysterisch, und Tränen rollten über ihre Wangen.

Und dann hörten beide, wie Johns Kutsche vor dem Haus vorfuhr.

»Du kleine Hexe!« flüsterte William erbost, während er sie von sich stieß.

»Ja«, erwiderte sie fröhlich. »Ich kann allerdings eine Hexe sein, wenn die Situation es erfordert.«

»Mit dir bin ich noch nicht fertig – es wird ein anderes Mal geben«, sagte er kalt.

»Das bezweifle ich, William.«

John betrat das Zimmer, und seine Blicke wanderten von Christinas belustigtem Gesicht zu Williams finsterem Blick. Er fragte sich im ersten Moment, was vorgefallen sein mochte, doch dann nahm er Abstand davon, sich zu erkundigen.

»Noch hier, William? Es ist ja noch früh – nehmen Sie noch einen Drink mit mir?«

»Ich, äh...«

»Machen Sie schon, William«, fiel ihm Christina spielerisch ins Wort. Sie hoffte, daß er sich vor Verlegenheit winden würde.

»Ich ziehe mich jetzt ohnehin zurück. Es war ein höchst ungewöhnlicher Abend. Nicht allzu erfreulich, aber informativ. Gute Nacht, John.«

Sie wandte sich ab und ging in ihr Zimmer. Sie schloß die Tür hinter sich, lehnte sich an die Tür und hörte noch die Stimmen der Männer im Salon.

»Was wollte sie mit dieser letzten Bemerkung sagen?« fragte John.

»Ich habe keine Ahnung.«

Christina stieß sich von der Tür ab und wirbelte durch das Zimmer, immer wieder, im Kreis, wie sie es als kleines Mädchen getan hatte. Ihr Rock flog durch die Luft, und Nadeln lösten sich aus ihrem Haar, und immer noch wirbelte sie herum, bis sie vor ihrem Bett stand und sich rückwärts darauf fallen ließ. Sie kicherte vor lauter Vergnügen in sich hinein. Mit beiden Händen betastete sie ihren Bauch und suchte nach einem Beweis für Williams Worte.

Sie fand nur eine ganz leichte Erhebung – überhaupt

keinen Beweis. Vielleicht hatte William nur vermutet, daß sie schwanger war, weil sie vier Monate lang mit einem Mann zusammengelebt hatte?

Christina sprang vom Bett, zog die Vorhänge zu, zog sich splitternackt aus und stellte sich vor den Spiegel. Sie sah ihren Körper prüfend an, aber sie konnte keinen Unterschied erkennen. Dann drehte sie sich um und stellte sich im Profil vor den Spiegel. Christina drückte ihren Bauch so weit heraus, wie es nur irgend ging, aber das war nicht viel, und dann zog sie ihn ein. Jetzt hatte sie ihren Beweis. Ihr Bauch ließ sich nicht so weit einziehen wie früher. Aber dann runzelte sie die Stirn, denn vielleicht waren es nur zusätzliche Pfunde und kein Baby. Schließlich hatte ihr Appetit in diesem letzten Monat zugenommen. Darüber mußte sie nachdenken.

Sie blies das Licht aus, kroch ins Bett und zog nur eine leichte Decke über ihren unbekleideten Körper. Es war komisch. Jetzt, da sie wieder ein Nachthemd hätte tragen können, wollte sie es nicht mehr. Sie war es gewohnt, mit Philip in einem Bett zu schlafen und keine Kleidungsstücke zwischen sich zu haben.

Aber wenn sie Philips Kind austrug, mußte es andere Anzeichen geben. Es traf sie wie ein Schlag. Alle Anzeichen waren vorhanden, aber sie hatte sie unter allen möglichen Vorwänden von sich gewiesen. Ihre Benommenheit und ihre Übelkeit hatte sie auf das Wetter geschoben. Zweimal hatte sie ihre Regel jetzt nicht bekommen, aber das hatte sie sich damit erklärt, daß sie so unglücklich war. Ihre Regel war schon früher ausgeblieben, nach dem Tod ihrer Eltern.

Sie hatte Vorwände gesucht, weil sie sich davor gefürchtet hatte, schwanger zu sein. Doch jetzt machte es sie überglücklich, etwas zu haben, wofür es sich zu leben lohnte. Sie würde ein Baby bekommen – ein Baby, das sie in alle Ewigkeit an Philip erinnern würde. Das konnte ihr niemand nehmen.

Aber wie weit war es schon? Es mußte das Ende des dritten Monats sein, und somit blieben ihr noch sechs Monate. Sechs wunderbare Monate voller Freude, bis sie Philips Sohn auf die Welt bringen würde. Sie wußte, daß sie einen Jungen bekommen würde und daß er aussehen würde wie sein Vater.

Mit diesem glücklichen Gedanken drehte sich Christina auf die Seite, und mit einem Lächeln auf den Lippen legte sie ihre Hände zart auf ihren Bauch und schlief ein.

23

»John, kann ich mit dir sprechen, ehe du gehst?« fragte Christina. Sie saß am Eßtisch und trank die dritte Tasse Tee.

»Kann das nicht bis später warten, Crissy? Ich muß diese Papiere noch heute vormittag dem Colonel zustellen, ehe er die Stabssitzung einberuft«, erwiderte John.

»Nein, es kann nicht warten. Ich muß dir jetzt sofort etwas sagen. Ich habe gestern nacht auf dich gewartet, aber du bist zu spät nach Hause gekommen.«

»Nun gut«, seufzte John. Er setzte sich ihr gegenüber und schenkte sich eine Tasse dampfenden Tee ein. »Was gibt es so Wichtiges?«

»Als ich gestern nachmittag auf dem Markt war, habe ich erfahren, daß in vier Tagen ein Schiff nach England ausläuft. Ich habe vor, mit diesem Schiff abzureisen.«

»Aber warum, Crissy? Mir ist klar, daß du sobald wie möglich dieses Land verlassen willst, aber kannst du nicht noch fünf Monate warten und zusammen mit mir zurückkehren?«

»Ich kann nicht warten.«

»Natürlich kannst du das. Du hast keinen Grund, jetzt abzureisen. Du bist in diesem letzten Monat doch ausgesprochen glücklich gewesen: keine Tränen mehr, kein trauriges Gesicht mehr. Seit du angefangen hast, wieder auszugehen, hast du dich total verwandelt. Du gehst gern zum Markt. Du bist ausgegangen, hast neue Leute kennengelernt und deinen Spaß gehabt, und deshalb sehe ich gar nicht ein, weshalb du nicht noch fünf Monate bei mir bleiben könntest.«

»Es gibt einen sehr guten Grund dafür, daß ich jetzt abreisen muß. Bliebe ich noch fünf Monate hier, so müßte ich noch länger hierbleiben. Ich kann mein« – sie legte eine Pause ein – »mein Baby schließlich nicht direkt nach der Geburt auf eine Seereise mitnehmen.«

John sah sie an, als hätte sie ihm ins Gesicht geschlagen. Christina wandte sich von seinem schockierten Gesicht ab, aber sie war äußerst erleichtert, daß sie es ihm endlich gesagt hatte.

»Ein Baby«, flüsterte er. »Du wirst ein Baby bekommen.«

»Ja, John – in fünf Monaten«, sagte Christina stolz.

»Warum hast du mir das nicht eher gesagt?«

»Ich weiß es selbst erst seit dem letzten Monat, und selbst da hatte ich noch Zweifel.«

»Wie konntest du das nicht wissen?« fragte John.

»Ich war zu aufgebracht, John – zu sehr in dem befangen, was mich seelisch quälte, um mitzukriegen, was mit meinem Körper geschieht.«

»Ist das der Grund, aus dem du in diesem letzten Monat so glücklich warst – weil du ein Baby bekommst?«

»O ja! Das war für mich ein Grund, weiterzuleben.«

»Dann hast du also vor, das Baby zu behalten und es selbst aufzuziehen?«

»Natürlich! Wie kannst du das auch nur in Frage stellen? Es ist mein Kind, und ich habe es in Liebe empfangen. Ich werde den Jungen niemals hergeben!«

»Alles kommt immer wieder auf diesen – diesen Mann zurück. Du willst sein Kind, weil es *sein* Kind ist. Willst du wirklich abreisen, ohne ihm zu sagen, daß du sein Kind bekommst? Vielleicht würde er dich jetzt heiraten«, sagte John zornig.

»Wenn ich daran glauben könnte, daß er mich heiratet, würde ich augenblicklich zu ihm gehen. Aber es ist zwecklos. Inzwischen hat er Nura geheiratet. Er will sein Kind nicht haben, aber ich will es. Und ich möchte, daß es zu Hause, in England, geboren wird. Daher muß ich bald abreisen, und warum nicht gleich in vier Tagen?«

»Hast du dir auch überlegt, was die Leute sagen werden? Du bist nicht verheiratet, Crissy. Dein Kind wird ein Bastard sein.«

»Ich weiß. Ich habe oft darüber nachgedacht, aber daran läßt sich nichts ändern. Zumindest wird es ein reicher Bastard«, sagte sie. »Aber wenn du dich an Klatsch störst, bleibe ich eben nicht zu Hause. Ich kann auch anderswo mit meinem Baby leben.«

»Crissy, so war das nicht gemeint. Du weißt, daß ich zu dir stehe, ganz gleich, wie du dich entscheidest. Ich dachte dabei nur an deine Gefühle. Schließlich warst du reichlich außer dir über die widerlichen Bemerkungen der Offiziersgattinnen.«

»Aber damals habe ich mich unerwünscht und erbärmlich gefühlt. Und ich habe mich noch elender gefühlt, als ich mir anhören mußte, daß kein Mann mich noch jemals heiraten wird. Aber jetzt bin ich glücklich. Es kann mich nicht mehr verletzen, was andere über mich sagen. Es ist mir auch recht, niemals zu heiraten. Ich will nur mein Kind – und meine Erinnerungen.«

»Solange du glücklich bist, zählt nichts anderes«, sagte John. Er versuchte sich mit dem Umstand abzufinden, daß Christina eine ledige Mutter sein würde. Er wußte, daß sie stark war, und er wollte gern glauben, daß sie durch nichts zu verletzen war.

»Dein Kind wird keinen Vater haben, aber dafür hat es einen Onkel. Ich helfe dir, es großzuziehen, Crissy.«

»Ich danke dir, John!« rief Christina aus. Sie kam zu ihm, stellte sich hinter seinen Stuhl und schlang ihre Arme um seinen Hals. »Du bist so gut zu mir, John, und ich habe dich so lieb.«

»Trotzdem gefällt mir die Vorstellung noch nicht, daß du die Seereise ganz allein unternehmen willst. Das schickt sich nicht.«

»Mach dir nicht immer solche Sorgen um mich. Ich bin sicher, daß mich in meinem Zustand niemand belästigen wird. Wie du sehen kannst, zeigt sich mein Baby schon«, sagte sie, und sie drehte sich zur Seite. »Und bis ich London erreiche – bis dahin bin ich so fett wie ein Ochse. Ich werde jede Menge Stoff und Garn mitnehmen und die ganze Reise über in meiner Kabine bleiben und Babykleidung nähen. Und wenn das Schiff in London anlegt, miete ich mir eine Kutsche, die mich direkt zu Wakefield Manor bringt. Du siehst also, daß du keinen Grund zu Befürchtungen hast.«

»Laß mich wenigstens an Howard Yeats schreiben. Er kann dich am Hafen abholen und dich nach Hause begleiten.«

»Dazu reicht die Zeit nicht mehr, John. Mein Schiff ist das erste, das ausläuft, und der Brief käme gleichzeitig mit mir an. Und außerdem würden Howard und Kathleen wahrscheinlich darauf bestehen, daß ich bei ihnen bleibe, und das will ich nicht. Ich will so bald wie möglich zu Hause sein. Ich möchte genügend Zeit haben, das kleine Gästezimmer neben meinem Zimmer in ein Kinderzimmer zu verwandeln. Ich muß es neu tapezieren lassen, und dann brauche ich eine Tür, die mein Zimmer mit dem Kinderzimmer verbindet, und...«

»Einen Augenblick, Crissy«, unterbrach er sie. »Nicht so vorschnell. Was hast du gegen unser altes Kinderzimmer einzuwenden? Es war gut genug für uns.«

»John, weißt du denn nicht, wie weit dieses Kinderzimmer von meinem Zimmer entfernt ist? Ich habe vor, mich ganz allein um mein Kind zu kümmern. Ich werde seine Mutter, seine Amme und sein Kindermädchen sein. Es ist ja schließlich nicht so, daß ich einen Mann habe, dem ich die Hälfte meiner Zeit widmen muß. Alles, was ich habe, ist mein Baby – und es darf meine gesamte Zeit beanspruchen.«

»Du hast dir das alles schon recht genau überlegt«, sagte John. Es erstaunte ihn, wie begierig Christina ihr eigenes Leben in die Hand genommen hatte. »Johnsy wird nicht glücklich sein, daß du alles selbst in die Hand nehmen willst«, wandte er ein.

»Sie wird es verstehen, sowie sie die ganze Geschichte kennt. Und ihr Hilfe brauche ich trotz allem«, erwiderte Christina.

»Hast du vor, Tommy ebenfalls die ganze Geschichte zu erzählen?« fragte John.

»Nein – nur das Nötigste.«

»Du weißt hoffentlich, daß es ihn verletzen wird. Tommy wollte dich heiraten.«

»Ja. Aber ich habe ihn nie in der Weise geliebt. Tommy wird darüber hinwegkommen. Vielleicht hat er bereits ein anderes Mädchen gefunden.«

John sah sie zweifelnd an. Tommy hatte mit ihm gesprochen, und er war sicher, daß Tommy Christina auch jetzt noch würde heiraten wollen.

»Ich bin sicher, daß er dich auch mit Kind nimmt«, sagte John.

»Aber ich habe nie das für Tommy empfunden, was er sich gewünscht hat. Ich bezweifle, daß ich ihn je geheiratet hätte – auch wenn ich Abu nie getroffen hätte. Er ist der einzige Mann, den ich je lieben werde. Ich habe ihn verloren, aber ich habe sein Kind, und das ist das einzige, was zählt. Ich will Tommy wirklich nicht verletzen, aber ich kann ihn nicht heiraten.«

»Vielleicht siehst du das später einmal anders. Aber jetzt muß ich wirklich gehen, Schwesterchen. Ich hoffe, der Colonel hat ein Einsehen und läßt zu, daß ich dich nach Alexandria bringe«, sagte John.

»Ich bin sicher, daß er das zuläßt, John. Wenn nicht, dann muß ich eben mit Mrs. Bigley reden.«

»Es wird dem Colonel nicht gefallen, wenn ihr Frauen euch gegen ihn verbündet«, sagte John lachend. Er stand auf und küßte Christina zärtlich auf die Wange. »Ich versuche heute abend früh nach Hause zu kommen, und dann reden wir weiter.«

Sobald John gegangen war, ging Christina in ihr Schlafzimmer, um zu entscheiden, was sie noch für die Heimreise besorgen mußte. Sie ging ihre Garderobe durch. Ihre gesamten Kleider würden in ihre beiden Truhen passen, aber sie würde noch eine zusätzliche Truhe für die Kinderkleidung kaufen müssen, die sie zu nähen gedachte. Und dann ging ihr plötzlich auf, daß alle ihre anliegenden Kleider in wenigen Wochen unbrauchbar sein würden.

Christina lachte über sich selbst, weil es ihr gelungen war, etwas derart Wichtiges zu vergessen. Jetzt würde sie meterweise Stoff kaufen müssen, um nicht nur für das Baby, sondern auch für sich selbst neue Kleider zu nähen, und sie würde zwei weitere Truhen erwerben müssen.

»Auf dieser Reise wirst du dich wahrhaft nicht langweilen, Christina«, sagte sie laut zu sich selbst.

24

Christina stand an Deck und wartete darauf, daß England in Sicht kam. Die Reise war im Handumdrehen vorübergegangen. Lange hatte sie keine so üppige Landschaft mehr gesehen, und auf der Fahrt mit der Kutsche genoß sie das grüne ländliche England. Dicky Johnson kam aus dem Haus, als die Kutsche am späten Abend vorfuhr. Er konnte kaum glauben, daß sie es war.

»Sind Sie das, Miß Crissy? Sind Sie das wirklich?« fragte er mit ungläubigen Augen.

»Ja, Dicky, ich bin es – endlich wieder zu Hause.« Lachend fiel sie dem kleinen Mann um den Hals.

»Es ist so schön, Sie wieder hier zu haben, Miß Crissy. Und Master John – ist er auch nach Hause gekommen?«

»Nein, und er kommt auch erst in ein paar Monaten. Ich wollte eher heimkommen – damit mein Baby hier geboren wird.«

»Ein Baby! Deshalb haben Sie sich durch den Umhang so angefühlt, als hätten Sie zugenommen.«

»Wer ist da, Dicky?« rief Johnsy aus dem Haus.

»Es ist Miß Christina. Sie ist eher als erwartet zurückgekommen. Und zwar ganz allein, wenn ich das hinzufügen darf«, sagte er mißbilligend.

»Mein Kleines!« rief Johnsy. Sie lief die Stufen hinunter und zog Christina in ihre Arme. Dann trat sie einen Schritt zurück, und in ihren Augen stand großes Staunen. »Mein Kleines wird selbst etwas Kleines bekommen. O mein Gott, wie habe ich auf diesen Tag gewartet. Aber warum hast du mir nicht geschrieben?«

»Und du meinst, du hättest meinen Brief lesen können?« neckte Christina die ältere Frau.

»Nein, aber ich hätte jemanden gefunden, der ihn mir vorgelesen hätte. Und jetzt komm rein, mein Liebling. Du mußt mir einiges erklären, und das kannst du bei einer Tasse Tee tun«, sagte Johnsy. Dann sah sie über ihre Schulter Dicky an. »Du bringst Miß Christinas Gepäck rein und gibst dem Kutscher etwas zu essen, ehe er weiterfährt.«

Die übrigen Hausangestellten begrüßten Christina erfreut.

»Über ein Jahr habe ich nichts von dir gehört«, klagte Johnsy, als sie endlich mit Christina allein war.

»Es tut mir leid, daß ich nicht geschrieben habe,

Johnsy, aber du wirst es verstehen, wenn ich dir erst alles erklärt habe.«

»Ich will doch hoffen, daß du guten Grund hattest, mir solche Sorgen zu machen«, sagte Johnsy mürrisch.

Als Christina ihren Umhang und ihren Hut abgelegt hatte, richteten sich Johnsys große braune Augen direkt auf Christinas Bauch.

»Welcher Teufel hat Master John geritten, dich in diesem Zustand allein die Reise unternehmen zu lassen?« sagte sie fassungslos. »Und wo steckt dein neugebackener Mann? Erzähl mir bloß nicht, daß er auch in diesem heidnischen Land bleiben mußte?«

Christina lehnte sich seufzend auf dem Sofa zurück. »John hat eingesehen, daß ich das Kind hier bekommen möchte. Wir hätten andernfalls in Ägypten bleiben müssen, bis es groß genug ist, um die Reise zu unternehmen. Und was meinen Mann betrifft – ich habe keinen. Ich war nie...«

»Ach, mein armes Kleines! Dein Kind ist noch nicht auf die Welt gekommen, und schon bist du verwitwet!«

»Nein, Johnsy, du hast mich nicht ausreden lassen. Ich habe keinen Mann, weil ich nie verheiratet war.«

»Nicht verheiratet? Ach, du meine Güte!« Johnsy brach in Tränen aus. »O mein Kleines! Ein uneheliches Kind bekommst du – oh, wie mußt du leiden, mein Kind! Wie konnte Master John das nur zulassen!« klagte sie. »Oh – der Lump, der dir das angetan hat – sollen ihn tausend Teufel...«

»Nein!« schrie Christina. »Sag niemals ein Wort gegen ihn – nie! Ich liebe den Vater meines Kindes, und ich werde ihn immer lieben. Und ich werde mein Kind selbst großziehen und es lieben. Mir ist ganz gleich, ob es ein Bastard ist oder nicht!«

»Aber, Miß Crissy – das verstehe ich nicht. Warum hast du nicht geheiratet? Ist der Mann tot?«

Christina wußte, daß es ein langer Abend werden

würde, bis sie endlich ins Bett gehen konnte. Sie setzte sich bequemer hin und setzte dazu an, Johnsy die ganze Geschichte zu erzählen, und sie erzählte ihr all das, was sie John nicht erzählt hatte. Sie begann mit ihrer ersten Begegnung mit Philip auf dem Ball in London und endete mit den ersten Anzeichen, die darauf hingewiesen hatten, daß sie ein Kind bekam, und mit ihren Plänen, nach Hause zu kommen.

Johnsy weinte und hielt Christina im Arm.

»O mein Kleines, du mußt so sehr gelitten haben. Wäre ich bloß dagewesen und hätte dir helfen können! Und ich behaupte immer noch, daß dieser Philip Caxton ein Lump ist – sich so von dir abzuwenden.«

»Nein, Johnsy – Philip hatte seine Gründe. Es waren egoistische Gründe, aber ich mache ihm keine Vorwürfe mehr. Ich hoffe nur, daß er mit Nura glücklich ist, denn ich bin glücklich mit meinem Kind«, erwiderte Christina.

»Du magst vielleicht glücklich sein, aber du bist trotzdem traurig, weil du in so kurzer Zeit einen Mann geliebt und ihn verloren hast. Es tut mir so leid für dich, mein Liebes – es tut mir wirklich leid. Aber jetzt muß ich ins Bett gehen. Und du schläfst schon fast im Sitzen ein. Ich sollte mich schämen, dich bis in den frühen Morgen wachzuhalten. Aber morgen kannst du ausschlafen, Liebes. Ich sorge dafür, daß die Dienstboten dich nicht wecken.«

Christinas Badewasser war längst kalt geworden, aber sie war ohnehin zu müde für ein Bad. Sie sah sich in ihrem alten Zimmer um, das sie wegen seiner Blautöne so gern hatte. Es war ja so gut, wieder zu Hause zu sein, mit den Dingen und den Leuten, mit denen sie aufgewachsen war und die sie liebte!

Christina legte sich ins Bett und deckte sich zu. Sie schlief bereits, als Johnsy, die ihre Sachen noch ausgepackt hatte, sie auf die Stirn küßte und auf Zehenspitzen den Raum verließ.

25

Christina erwachte, weil sie zornige Stimmen hörte. Die Stimmen wurden so laut, daß sie die Augen weit aufriß, ohne im ersten Moment zu wissen, wo sie war.

»Verdammt noch mal, wo steckt sie?«

Es war Tommy, der außer sich war, daß er durch seine Dienstboten von Christinas Rückkehr erfahren hatte. Er wollte sich nicht abwimmeln lassen, und als es Johnsy gelungen war, ihn von Christinas Schlafzimmertür fortzuschicken, damit er unten wartete, lugte sie leise in das Zimmer.

Christina legte sich in die Badewanne, ehe sie zu Tommy hinunterging. Sie blieb im Türrahmen stehen, als sie sah, daß Tommy mit dem Rücken zu ihr dasaß. Dann betrat sie leise das Zimmer.

»Schön, dich wiederzusehen, Tommy.«

»Christina, warum hast du nicht...« Er stand auf und drehte sich zu ihr um, doch als er ihren Bauch sah, verschlug es ihm die Sprache.

Ein kleiner, erstickter Laut kam aus seiner Kehle. Christina wandte sich ab und setzte sich an den Tisch. Kurz darauf wurde das Essen gebracht.

»Willst du nicht mit mir essen, Tommy? Ich hasse es, allein zu essen, und dieses Essen duftet zu köstlich, um es stehen zu lassen«, sagte sie, ohne ihn anzusehen. Eilig strich sie sich Butter auf eine Scheibe Toast.

»Wie – wie kannst du bloß so tun, als sei nichts geschehen? Christina, wie konntest du mir das antun? Du weißt, daß ich dich liebe. Ich wollte dich heiraten. Geduldig habe ich deine Rückkehr erwartet und die Tage gezählt. So, wie du aussiehst, hast du geheiratet, sowie du dieses verfluchte Land betreten hast! Wie konntest du nur? Wie konntest du so schnell einen anderen Mann heiraten?«

»Ich bin nicht verheiratet, Tommy – und ich war es

auch nie«, sagte sie ruhig. »Und jetzt setz dich. Du verdirbst dir den Appetit.«

»Aber du bist doch schwanger!« rief er aus.

»Ja«, sagte sie lachend. »Und zwar reichlich.«

»Das verstehe ich nicht.« Dann hielt er den Atem an. »Oh, es tut mir leid, Christina! Wenn John diesen Mann nicht umgebracht hat, werde ich ihn finden und für Gerechtigkeit sorgen!«

»Hör auf, Tommy! Ich war nicht verheiratet, und ich bin nicht vergewaltigt worden. Ich bin entführt worden, und man hat mich vier Monate lang als Gefangene gehalten. Ich habe mich in den Mann verliebt, der mich entführt hat. Er weiß nicht, daß ich ein Kind von ihm bekomme, und er wird es auch nie erfahren. Aber eins mußt du verstehen, Tommy. Ich werde mein Kind behalten und es aufziehen und ihm meine ganze Liebe geben. Ich bin glücklich, und daher ist es nicht nötig, daß ich dir leid tue.

Du hast mich vor langer Zeit gebeten, dich zu heiraten, aber ich habe nie meine Zusage gegeben, Tommy. Und jetzt kommt das natürlich nicht mehr in Frage. Es tut mir leid, wenn ich dich verletzt habe, aber ich möchte gern mit dir befreundet bleiben, wenn – wenn du mir verzeihen kannst.«

»Dir verzeihen! Ich habe dich geliebt, und du hast dich einem anderen Mann hingegeben. Ich wollte dich zur Frau haben, und du bekommst ein Kind von einem anderen. Du bittest mich um Verzeihung? Gütiger Himmel!« Er schlug mit der Faust auf den Tisch und stürzte aus dem Zimmer.

»Tommy, geh nicht so fort!« rief sie ihm nach, aber er war bereits verschwunden.

Johnsy kam ins Zimmer. »Ich habe gewartet, bis ich gehört habe, wie er die Tür zugeschlagen hat. Hat er es sehr schlimm aufgenommen?«

»Ja, ich fürchte, ich habe ihn furchtbar verletzt«, sagte

Christina seufzend. »Und dabei habe ich es mir wahrhaftig nicht ausgesucht, daß es so gekommen ist.«

»Ich weiß, mein Liebes. Es ist nicht deine Schuld. Mach dir keine Vorwürfe. Dieser Philip Caxton ist schuld. Aber Master Tommy wird darüber hinwegkommen. Ihr beide habt euch schon oft gestritten und seid euch immer wieder einig geworden.«

»Aber das war, als wir noch Kinder waren. Ich glaube nicht, daß Tommy mir das jetzt je verzeihen wird.«

»Unsinn! Er braucht nur Zeit, um sich mit der Situation abzufinden. Du wirst noch an meine Worte denken – er wird zurückkommen. Soll ich dir das Essen noch einmal aufwärmen?«

»Nein, im Moment habe ich den Appetit verloren«, erwiderte Christina. Sie stand von ihrem Stuhl auf.

»Du setzt dich jetzt sofort wieder hin. Du darfst nicht mehr nur an dich selbst denken. Dein Baby muß essen, ob du nun willst oder nicht. Du willst doch, daß er gesund und kräftig wird?«

»Schon gut, Johnsy, du hast gewonnen.«

Nach dem Frühstück begab sich Christina sofort in den Stall. Sie schlang ihre Arme um Dax.

»O Dax, ich habe dich ja so vermißt!«

»Er hat sie auch vermißt, Miß Crissy«, sagte Deke, der Stallmeister. »Seit Ihrer Abreise ist er nicht mehr geritten worden. Er hat vier hübsche Füllen gezeugt, und das nächste ist schon unterwegs.«

Am Nachmittag suchte Christina die Stätten ihrer Kindheit auf, doch alles erinnerte sie in irgendeiner Form an Philip.

Als sie ins Haus zurückkehrte, war es schon dunkel, und sie wollte mit einem der langen Streichhölzer den Kamin anzünden, ohne Licht zu machen, als sich ein dunkler Umriß aus den Schatten löste.

»Du hast mich zu Tode erschreckt, Tommy Huntington!« schrie sie, als sie sich von ihrem ersten Schreck erholt hatte und ihre Augen sich an die Dunkelheit gewöhnten. »Was zum Teufel hast du hier im Dunkeln zu suchen?«

»Ich habe auf dich gewartet, aber ich wollte dich nicht erschrecken«, erwiderte Tommy kläglich. Christinas Zorn hatte ihn schon immer eingeschüchtert.

»Warum hast du dann kein Wort gesagt, als ich ins Zimmer gekommmen bin?«

»Ich wollte dich beobachten, ohne gesehen zu werden.«

»Warum um alles auf der Welt?«

»Selbst in deinem derzeitigen Zustand bist du immer noch das schönste Mädchen in ganz England.«

»Danke, Tommy. Aber du weißt, daß ich es nicht leiden kann, wenn man mir nachspioniert. Außerdem habe ich nicht damit gerechnet, dich heute noch einmal zu sehen. Bist du aus bestimmten Gründen hier? Ich bin nämlich müde und möchte nach dem Abendessen gleich ins Bett gehen.«

»Warum hast du dann Feuer gemacht?«

»Weil ich hier essen werde. Ich hasse es, allein in diesem riesigen Eßzimmer zu essen.«

»Hast du etwas dagegen, wenn ich dir Gesellschaft leiste?« fragte Tommy.

Christina zog überrascht eine Braue hoch. Vielleicht war er doch gewillt, die Freundschaft zu erhalten.

»Christina, ich habe dir etwas zu sagen, und ich möchte, daß du mich ausreden läßt, ehe du antwortest.«

Sie sah ihn genauer an und stellte fest, daß er in diesem Jahr herangereift war. Seine Züge hatten das Knabenhafte verloren. Er hatte sich einen Schnurrbart wachsen lassen, und sogar seine Stimme war tiefer geworden.

»Gut, Tommy. Fang an. Ich höre.«

»Ich habe den ganzen Nachmittag damit verbracht, den Schock zu überwinden, daß du einen anderen Mann liebst. Ich – ich bin zu dem Schluß gekommen, daß ich dich trotz allem liebe. Es spielt keine Rolle, daß du das

Kind eines anderen austrägst. Ich möchte dich trotzdem heiraten. Ich werde dein Kind akzeptieren und es wie mein eigenes großziehen. Bald wirst du diesen anderen Mann vergessen. Du wirst es lernen, mich zu lieben – ich weiß, daß es so kommen wird. Ich will jetzt gar keine Antwort von dir haben. Ich möchte, daß du es dir eine Zeitlang überlegst.« Er unterbrach sich und griff nach ihrer Hand. »Ich kann dich glücklich machen, Christina. Du würdest es nie bereuen, meine Frau geworden zu sein.«

»Es tut mir leid, daß du immer noch so für mich empfindest«, sagte Christina. »Ich hatte gehofft, wir könnten weiterhin Freunde sein. Aber ich kann dich nicht heiraten, Tommy, und ich werde es mir nie anders überlegen. Die Liebe, die ich für den Vater meines Kindes empfinde, ist zu groß. Ich werde ihn zwar niemals wiedersehen, aber ich kann ihn nicht vergessen.«

»Verdammt nochmal! Christina – du kannst nicht in deinen Erinnerungen leben. Er ist weit weg, und ich bin hier. Findest du denn in deinem Herzen keinen Raum für eine neue Liebe?«

»Nicht für diese Art von Liebe.«

»Und was ist mit deinem Kind? Ich würde ihm einen Namen geben. Der Junge müßte sich nicht als Bastard durch sein Leben kämpfen.«

»Die Neuigkeiten, daß ich schwanger bin, haben sich wahrscheinlich schon in ganz Halstead verbreitet. Selbst wenn ich dich heiraten würde, würde mein Kind immer noch als Bastard gelten. Nur sein richtiger Vater könnte dieses Unrecht gutmachen.«

»Trotzdem, Crissy – das Kind braucht einen Vater. Ich könnte den Jungen lieben – und sei es nur deinetwegen. Du mußt an das Kind denken.«

Christina rückte von Tommy ab und stellte sich vor das Kaminfeuer. Es war ihr verhaßt, Tommy zu verletzen.

»Tommy, ich habe dir doch schon gesagt...«

»Nein, Christina – sag es nicht.« Er stellte sich hinter sie und hielt sie an den Schultern fest. »Ich bitte dich – überleg es dir! Du bist alles, was ich je wollte, was ich mir je erträumt habe. So leichtfertig kannst du meine Hoffnungen nicht zerstören. Ich liebe dich, Crissy – ich kann nichts dagegen tun.«

Er wandte sich ab und verließ den Raum, ehe sie etwas darauf sagen konnte.

Christina aß allein und blickte auf die leeren Stühle. Sie fühlte sich fett und aufgedunsen, elend und unglücklich. Verdammt, warum mußte Tommy ihr solche Schuldgefühle einflößen? Sie wollte ihn nicht heiraten, denn es war ihr schier unerträglich, sich nach Philip das Leben mit einem anderen Mann vorzustellen. Warum mußte Tommy sie ausgerechnet lieben? Sie würde ihn nicht heiraten, ihn nicht und auch keinen anderen.

Wenn sie ihr Kind hier nicht in Frieden bekommen konnte, hätte sie ebenso gut in Kairo bleiben können.

26

Die kommenden Monate zogen sich dahin. Das Kinderzimmer war fertig, die kleinen Kleidungsstücke waren genäht, und Christina, die nichts mehr zu tun hatte, langweilte sich.

Sie konnte kaum noch etwas tun, und sie fragte sich schon, ob sie wirklich jemals wieder schlank sein würde. Ihren Spiegel drehte sie zur Wand. Sie konnte sich selbst nicht mehr sehen.

Tommy machte ihr das Leben zur Qual. Täglich suchte er sie auf, und täglich wieder war es dasselbe. Er gab einfach nicht auf.

Immer wieder sagte sie ihm, daß sie ihn nicht heiraten würde, und immer wieder verschloß er seine Ohren davor.

Es war Ende September, als Christina endgültig einen Entschluß faßte. Sie suchte Johnsy im Haus.

»Ich muß von hier fortgehen«, teilte sie ihr aus heiterem Himmel mit.

»Wovon um alles in der Welt sprichst du, mein Liebes?«

»Ich kann hier einfach nicht mehr bleiben. Tommy bringt mich um den Verstand. Immer wieder ist es dasselbe. Ich halte das nicht mehr aus.«

»Ich lasse ihn nicht mehr zu dir.«

»Das hilft nicht, allein die Vorstellung, daß er demnächst wieder auftauchen wird, macht mich ganz nervös.«

»Das ist nicht gut für das Baby.«

»Ich weiß, und deshalb will ich ja fortgehen. Ich gehe nach London und miete mir ein Hotelzimmer. Bis es soweit ist, habe ich auch einen Arzt gefunden. Aber mein Entschluß steht fest. Ich gehe.«

»Das kommt überhaupt nicht in Frage. Du wirst nicht nach London gehen – an einen Ort, an dem es von Leuten wimmelt, die für niemand anderen als sich selbst Zeit haben – und dann noch ganz allein«, erwiderte Johnsy.

»Ich muß gehen. Ich komme schon zurecht.«

»Du hast mich nicht ausreden lassen, mein Liebes. Ich sehe ein, daß du nicht in Master Tommys Nähe bleiben willst. Aber du gehst nicht nach London. Du kannst zu meiner Schwester gehen, die in Benfleet arbeitet. Sie ist Köchin auf einem großen Anwesen, das einer Familie gehört, die so heißt wie der Mann, den du liebst.«

»Caxton?«

»Ja, aber dieser Philip Caxton kann kein Gentleman sein – nicht nach allem, was er getan hat.«

»Philips einziger lebender Angehöriger ist sein Bruder, und dieser Bruder lebt in London.«

»Gut, dann kannst du also hingehen und dort dein Kind bekommen. Victory heißt das Anwesen, glaube ich. Das hat Mavis mir erzählt. Und dort hast du Menschen, die sich um dich kümmern.«

»Aber was werden die Besitzer dazu sagen, daß ich mich dort aufhalte?« fragte Christina.

»Mavis sagt, der Gutsherr ist nie da – treibt sich immer auf den Meeren rum. Die vielen Dienstboten leben ganz allein in diesem großen Haus und haben nichts anderes zu tun, als es in Schuß zu halten.«

»Aber du hast mir schon früher von Mavis erzählt. Ich dachte, sie wohnt in Dover.«

»Dort hat sie auch bis vor sieben Monaten gewohnt. Der alte Koch von Victory ist gestorben, und Mavis hat ganz zufällig von dieser Stellung gehört. Der Gutsbesitzer zahlt recht gut. Er ist ein sehr reicher Mann. Mavis hat gesagt, er war so begeistert von ihrem Porridge, daß sie die Stelle bekommen hat. Es gab so viele Bewerber, daß sie wirklich Glück hatte, die Stelle zu kriegen. Ich werde ihr heute abend noch schreiben, damit sie weiß, daß du kommst. Dann kannst du packen und gleich morgen abreisen. Ich ginge gern mit, mein Liebes, aber dieses Haus steht auf dem Kopf, wenn ich nicht da bin.«

»Ich weiß, aber ich bin sicher, daß alles gut ist, wenn deine Schwester nach mir sehen kann.«

»Auch die Haushälterin, die sie dort haben, ist eine gutherzige Frau. Wenn du in guten Händen bist, brauche ich mir keine Sorgen um dich zu machen.«

Als Tommy am Abend kam, sagte Christina ihm nichts von ihrer Abreise. Sie überließ es Johnsy, ihn nach ihrer Abreise vor die vollendeten Tatsachen zu stellen.

Nach einer dreitägigen Reise traf Christina am Nachmittag auf dem riesigen Anwesen ein, das Victory genannt wurde. In der letzten halben Stunde waren sie bereits über das Land der Caxtons gefahren. Christina wurde klar, daß dieses Anwesen mindestens zweimal so groß wie Wakefield war. Ein prachtvolles, weitläufiges dreistöckiges

Haus aus Sandstein, den Moos und Efeu bewuchsen, ragte vor ihr auf.

Christina war sehr nervös, weil sie niemanden dort kannte. Auf ihr zweimaliges Klopfen hin öffnete eine kleine, pausbäckige Frau, die sie mit einem warmen Lächeln begrüßte. Ihr schwarzes Haar war von grauen Strähnen durchsetzt und im Nacken geknotet, und sie hatte freundliche graue Augen.

»Sie müssen Christina Wakefield sein. Kommen Sie rein – so kommen Sie doch. Ich bin Johnsys Schwester Mavis. Ich kann Ihnen gar nicht sagen, wie froh wir sind, daß Sie hierhergekommen sind, um hier Ihr Baby zu bekommen«, sagte sie fröhlich, während sie Christina in die riesige Eingangshalle führte, die mindestens über zwei Stockwerke reichte. »Als der Bote heute morgen die Nachricht von Ihrem Kommen überbracht hat, ist dieses alte Haus wieder zum Leben erwacht.«

»Ich möchte keine Mühe machen«, sagte Christina.

»Unsinn, mein Kind! Wie sollten Sie uns zur Last fallen? In diesem Haus sind alle müßig, und Sie sind hier wirklich willkommen. Sie können hier bleiben, solange Sie wollen – je länger, desto lieber.«

»Vielen Dank«, erwiderte Christina

Christina war von den Maßen des Hauses beeindruckt. »Ein so großes Haus habe ich noch nie gesehen – es ist schön hier.«

»Ja, so wie hier sieht es im ganzen Haus aus – groß und leer. Hier gehört eine Familie hinein, aber ich glaube nicht, daß ich das noch erleben werde. Der Gutsbesitzer scheint nicht heiraten und keine Kinder bekommen zu wollen.«

»Ach – er ist also noch jung?« Christina war überrascht. Sie hatte ihn sich alt und kränklich vorgestellt.

»Es heißt, er sei jung und verantwortungslos. Er zieht es vor, im Ausland zu leben, statt sich um sein Gut zu kümmern. Aber kommen Sie, nach dieser Reise in Ihrem Zustand müssen Sie erschöpft sein. Ich bringe Sie jetzt in Ihr Zimmer, damit Sie sich vor dem Abendessen noch ausruhen können. Wissen Sie, Miß Christina, Ihr Baby wird seit zwei Generationen das erste Kind sein, das hier geboren wird. Die Haushälterin, Emma, hat mir erzählt, daß Lady Anjanet die letzte ist, die hier geboren wurde, und sie war ein Einzelkind.«

»Dann ist Mr. Caxton gar nicht hier geboren worden?« fragte Christina.

»Nein, er ist im Ausland geboren. Lady Anjanet ist viel gereist, als sie jung war«, erwiderte Mavis.

Christina beschlich ein gewisses Unbehagen, doch sie schüttelte es ab.

»Ich gebe Ihnen ein Zimmer im Ostflügel – mit Morgensonne«, sagte Mavis. Sie gingen durch einen langen Korridor im ersten Stock, der mit wunderbaren Wandteppichen behängt war. Sie kamen an einer offenstehenden Tür vorbei, und die blauen Töne der Einrichtung erinnerten Christina an ihr eigenes Zimmer. Die Größe und die Schönheit des Raumes verblüfften sie. Der Teppich und die Gardinen waren dunkelblau, und die Möbel und die Bettdecke auf dem massigen Bett waren in einem helleren Blau gehalten. In dem Zimmer gab es einen gewaltigen Kamin mit Marmoreinfassung.

»Könnte ich mich vielleicht in diesem Zimmer einrichten?« fragte Christina impulsiv. »Blau ist meine Lieblingsfarbe.«

»Natürlich geht das, mein Kind. Ich bin sicher, daß Mr. Caxton nichts dagegen hat. Er ist ohnehin nie zu Hause.«

»Oh – ich wußte nicht, daß es sein Zimmer ist. Ich kann unmöglich ...«

»Das geht schon in Ordnung, mein Kind. Dieses Zimmer braucht ein bißchen Leben. Es ist jetzt seit mehr als einem halben Jahr nicht mehr bewohnt worden. Ich lasse Ihr Gepäck nach oben bringen.«

»Aber sind hier nicht seine Sachen?«

»Doch, aber das Zimmer war für zwei Leute gedacht. Sie werden ganz bestimmt jede Menge Platz für Ihre Dinge finden.«

Nach dem Abendessen führte Mavis Christina durch das Erdgeschoß. Die freundliche Haushälterin, Emmaline Lawrence, gesellte sich zu ihnen. Im obersten Stockwerk befanden sich die Dienstbotenquartiere, eine große Bibliothek und ein Schulzimmer. Der Westflügel des ersten Stocks war völlig unbenutzt, doch im Erdgeschoß nahm ein riesiger Ballsaal die gesamte Rückfront des Hauses ein. Christina sah die Küche, einen großen Bankettsaal und ein kleineres Eßzimmer. Am anderen Ende des Hauses lagen das Arbeitszimmer des Gutherrn und der Salon.

Der Salon war prächtig ausgestattet und ganz in Grün und Weiß gehalten, und viele Porträts zierten die Wände. Christina fühlte sich zu dem größten der Porträts hingezogen, das über dem Kamin hing. Sie blieb davor stehen und sah in meeresgrüne Augen mit goldenen Sprenkeln. Es war das Porträt einer auffallend schönen Frau, deren pechschwarzes Haar über die bloßen Schultern floß. Christinas früheres Unbehagen kehrte in verstärkter Form zurück.

»Das ist Lady Anjanet«, unterrichtete Emma Christina. »Sie war so schön. Ihre Großmutter war Spanierin – daher hat sie das schwarze Haar, aber die Augen kommen von der Seite ihres Vaters.«

»Sie sieht so traurig aus«, flüsterte Christina.

»Ja, das Porträt wurde gemalt, nachdem sie mit ihren beiden Söhnen nach England zurückgekommen ist. Danach ist sie nie mehr glücklich gewesen, aber sie hat niemandem die Gründe verraten.«

»Sie sprachen von zwei Söhnen?«

»Ja, Mr. Caxton hat einen jüngeren Bruder, der in London lebt.«

Eine Woge von Schwindelgefühlen brach über Christina herein, und sie brach auf dem nächstbesten Stuhl zusammen.

»Ist alles in Ordnung, Miß Christina? Sie sind ganz blaß«, rief Mavis aus.

»Ich weiß es nicht – ich – ich – fühle mich etwas schwach. Könnten Sie mir eventuell den Vornamen von Mr. Caxton verraten?« fragte sie. Aber sie kannte die Antwort bereits.

»Ich dachte, das hätte ich schon gesagt«, sagte Emma. »Sein Name ist Philip. Philip Caxton, Esquire.«

»Und sein Bruder heißt Paul?« fragte Christina mit schwacher Stimme.

»Ja, aber weshalb? Woher wissen Sie das? Sind sie mit Mr. Philip bekannt?«

»Bekannt!« Christina lachte hysterisch. »Ich bekomme ein Kind von ihm.«

Mavis schnappte nach Luft.

»Aber warum haben Sie das denn nicht gleich gesagt?« fragte Emma, und auf ihrem Gesicht stand ein schockierter Ausdruck.

»Ich finde das einfach wunderbar!« platzte Mavis heraus.

»Sie verstehen mich falsch. Ich wußte nicht, daß das hier sein Haus ist. Mavis, Sie haben Johnsy nie gesagt, wie Mr. Caxton mit Vornamen heißt, und Philip hat mir nie gesagt, daß er in diesem Teil des Landes ein Gut besitzt. Ich kann jetzt unmöglich hier bleiben – das wäre ihm gar nicht recht.«

»Unsinn!« sagte Emma. »Wo sollte Mr. Philips Baby geboren werden, wenn nicht hier in seinem eigenen Haus?«

»Aber Philip wollte mich nicht haben. Er will dieses Kind nicht.«

»Das kann ich nicht glauben, Miß Christina – dazu sind Sie viel zu hübsch«, sagte Mavis. »Ein solcher Dummkopf kann Mr. Caxton nicht sein. Weiß er, daß Sie sein Kind bekommen?«

»Ich – ich wußte, daß er dieses Kind nicht will, und daher fand ich es nicht nötig, es ihm zu sagen.«

»Wenn Sie es ihm nicht gesagt haben, dann können Sie nicht sicher sein, daß er so empfindet«, argumentierte Emma vernunftgemäß. »Nein, Sie werden hierbleiben, wie geplant. Sie können es mir doch nicht nehmen, Philip Caxtons Kind zu sehen.«

»Aber...«

»Ich will kein Wort mehr davon hören, daß Sie abreisen. Aber jetzt wüßte ich furchtbar gern, wie Sie Mr. Caxton kennengelernt haben.«

»Ich möchte am liebsten die ganze Geschichte hören!« sagte Mavis.

Christina blickte zu Lady Anjanets Porträt auf. Wie ähnlich Philip ihr doch sah!

Wenige Wochen später setzten Christinas Wehen ein. Emma packte sie augenblicklich ins Bett und holte Mavis, die Erfahrungen als Hebamme hatte.

Die Wehen dauerten vierzehn Stunden lang. Mit letzter Anstrengung stieß Christina das Kind in die Welt hinaus und wurde mit krähendem Geschrei belohnt.

Trotz ihrer Ermattung lächelte sie. »Ich möchte meinen Sohn in den Arm nehmen«, flüsterte sie Emma matt zu. Emma wirkte ebenso erschöpft wie sie.

»Gleich, aber woher wissen Sie, daß es ein Junge ist?«

»Was sonst sollte Philip Caxton zeugen?«

27

Es war Ende September, und Philip war erst gestern in Kairo eingetroffen. Heute morgen war es ihm gelungen, einen halbwegs passenden Anzug zu finden, und er hatte alles in Auftrag gegeben, was er für seine Heimreise brauchen würde. Jetzt saß er vor einem Glas Cognac und wartete auf sein Essen. Er dachte an gar nichts. An die letzten acht Monate, in denen er die Hölle auf Erden durchlebt hatte, wollte er auch gar nicht denken.

»Philip Caxton, oder irre ich mich? Daß ich Ihnen über den Weg laufe! Was führt Sie nach Kairo?«

Philip blickte von seinem Cognac auf und sah John Wakefield vor sich stehen.

»Ich muß einiges Geschäftliche erledigen«, antwortete Philip. Er fragte sich, ob John wußte, daß sich diese geschäftlichen Angelegenheiten um Johns Schwester drehten. »Aber jetzt habe ich alles erledigt, und Ende des Monats werde ich nach England zurückkehren. Wollen Sie nicht mit mir zu Mittag essen?« fragte Philip aus reiner Höflichkeit.

»Ich erwarte jemandem zum Mittagessen, aber ich trinke gern etwas mit Ihnen, solange ich warte.«

»Sind Sie hier mit Ihrer Schwester verabredet?« fragte Philip, und er hoffte, die Antwort würde nein lauten. Er verspürte nicht den Wunsch, sie wiederzusehen – am liebsten wollte er sie nie mehr sehen.

»Christina ist vor fünf Monaten nach England gereist. Es hat ihr in Ägypten nicht gefallen. Ich könnte auch nicht gerade behaupten, daß ich mir allzuviel daraus mache. Das einzig Gute, was dieser Aufenthalt für mich mit sich gebracht hat, ist, daß ich hier meine Frau kennengelernt habe. Wir haben erst im letzten Monat geheiratet, und wir reisen auch bald nach England, wahrscheinlich sogar mit demselben Schiff wie Sie.«

»Dann muß ich Ihnen wohl gratulieren. Zumindest war

Ihre Reise kein totaler Mißerfolg – was bei mir der Fall war«, sagte Philip verbittert. Er würde froh sein, wenn er Ägypten und die jüngst vergangenen Ereignisse hinter sich zurückgelassen hatte.

John Wakefield stand auf und winkte, und Philip sah zwei bezaubernde Frauen, die auf den Tisch zukamen. John küßte die ältere der beiden auf die Wange und stellte Philip seiner Frau und deren Schwester vor.

»Mr. Caxton ist ein Bekannter aus London. Es sieht ganz danach aus, als würden wir gemeinsam nach England zurückfahren«, teilte John den Damen mit.

»Ich kann Ihnen gar nicht sagen, wie froh ich bin, Sie kennenzulernen, Mr. Caxton!« sprudelte Estelle Hendricks heraus. »Jetzt weiß ich, daß die Reise weitaus angenehmer wird. Wenn Sie mitkommen, macht es sicherlich mehr Spaß. Sie sind doch nicht verheiratet, Mr. Caxton?«

»Estelle!« rief Kareen aus. »Das geht dich überhaupt nichts an!« Dann wandte sie sich an Philip, und ein leichtes Lächeln stand auf ihren rosigen Lippen. »Ich muß mich für meine Schwester entschuldigen, Mr. Caxton. Sie ist direkter in ihrer Art, als es gut für sie ist.«

Philip amüsierte sich über die Kühnheit des jungen Mädchens. »Das ist doch in Ordnung, Mrs. Wakefield. Es ist erfrischend, wenn jemand frei heraus redet.«

In der darauffolgenden Nacht lag Philip in seinem kleinen Hotelbett und verfluchte sein Pech, ausgerechnet John Wakefield über den Weg gelaufen zu sein. Dieses Zusammentreffen hatte dazu geführt, daß Christina wieder überdeutlich vor seinen Augen stand. Er hatte gehofft, sie vergessen zu können, aber es war ihm unmöglich. Allnächtlich spukte ihr Bild durch seinen Kopf: ihr wunderbarer schlanker Körper, der unter seinem lag; ihr Haar, wenn das Licht darauf fiel; ihre blaugrünen Augen und ihr verlockendes Lächeln. Allein der Gedanke daran ließ ihn erregen. Er begehrte sie immer noch, obwohl er sie nie mehr haben würde.

Anfangs war Philip entschlossen gewesen, in Ägypten zu bleiben. Er konnte nicht nach England zurückkehren und Gefahr laufen, versehentlich auf Christina zu treffen. Doch wohin er auch sah, sah er nur sie. Im Zelt, im Teich, in der Wüste – überall. Er konnte sie einfach nicht aus seinen Gedanken verbannen, solange er in Ägypten blieb.

Philip hatte bereits vor vier Monaten nach England zurückkehren wollen. Aber dann war Amines Bruder Amair in sein Lager zu Besuch gekommen und hatte Philip die Wahrheit über Christinas Entführung erzählt. Rashid hatte die gesamte Geschichte ausgeheckt. Er hatte Philips Tod herbeigewünscht, um selbst Scheich zu werden.

Rashid war nie mehr ins Lager zurückgekehrt, nachdem er Christina zu ihrem Bruder zurückgebracht hatte. Philip hatte Rashid vier Monate lang gesucht, aber Rashid war vom Erdboden verschwunden.

Am Tag vor der Abreise seines Schiffes hatte Philip nichts Besseres zu tun, und daher ging er zum Markt und schlenderte zwischen den offenen Verkaufsständen und den kleinen Läden herum. In den Straßen wimmelte es von arabischen und ägyptischen Händlern. Wohin Philip auch blickte – überall sah er Kamele, die mit Handelsware schwerbepackt waren.

Der Duft von Parfums und Essenzen hing in der Luft und rief Philip in Erinnerung, wie er zum erstenmal über diesen Markt gelaufen war, vor rund vierzehn Jahren. Damals war er erst zwanzig gewesen, und Ägypten war für ihn ein fremdes und erschreckendes Land. Er war gekommen, um seinen Vater zu suchen, aber er hatte keine Ahnung gehabt, wie er vorgehen sollte. Er hatte nichts weiter gehabt als den Namen seines Vaters und die Information, daß er der Scheich eines Wüstenstammes war.

Philip hatte viele Wochen damit zugebracht, durch

staubige Straßen zu laufen und die Leute zu fragen, ob sie Yasir Alhamar kannten. Schließlich hatte er erkannt, daß das zu nichts führte. Sein Vater war ein Mann der Wüste, und daher hatte Philip einen Führer engagiert, der ihn in die Wüste führte. Mit zwei Kamelen, die mit Vorräten beladen waren, waren sie in den sengenden Sand hinausgezogen.

In den schrecklichen Monaten, die darauf folgten, hatte sich Philip mit den Beschwerlichkeiten des Lebens in der Wüste vertraut gemacht. Tagsüber hatte die sengende Sonne auf ihn heruntergebrannt; nachts hatte ihn die eisige Kälte gezwungen, sich dicht an sein Kamel zu kuscheln, um sich zu wärmen.

Sie waren tagelang geritten, ohne ein anderes menschliches Wesen zu treffen. Wenn sie auf Beduinen gestoßen waren, hatten diese entweder nie von Yasir gehört, oder sie hatten keine Ahnung, wo er zu finden war.

Und dann, als Philip die Suche schon aufgeben wollte, waren sie zufällig auf das Lager seines Vaters gestoßen. Nie würde er diesen Tag und den Gesichtsausdruck seines Vaters vergessen, als er ihm mitgeteilt hatte, wer er war.

Philip war in Ägypten glücklich gewesen, aber er hielt es dort nicht mehr aus. Solange er blieb, konnte er Christina nicht vergessen. Da keine Hoffnung zu bestehen schien, Rashid zu finden, hatte er sich endlich doch entschlossen, das Land zu verlassen.

Er würde nach England zurückgehen, Paul über den Tod ihres Vaters unterrichten und dann sein Anwesen verkaufen. Vielleicht würde er nach Amerika gehen. Er wollte irgendwo hingehen, wo er weit fort von Christina Wakefield war.

28

Nach ihrer Zeit im Wochenbett blieb Christina noch einen Monat lang in Victory, und sie machte sich gründlich mit dem kleinen Philip junior vertraut. Sie hatte ihm den richtigen Namen gegeben, denn er war ein Abbild seines Vaters – dieselben grünen Augen, dasselbe schwarze Haar, dieselben ausgeprägten Züge. Er war ein wunderhübsches Baby – gesund und mit einem unersättlichen Appetit ausgestattet. Er war ihre Freude und ihr Lebensinhalt.

Doch jetzt war sie lange genug hier, und es war an der Zeit, nach Hause zu reisen. Johnsy würde es kaum erwarten können, Philip junior zu sehen, und Christina hoffte, daß sie jetzt mit Tommy zurechtkommen würde.

Sie drehte sich zu ihrem Baby um, das mitten auf Philips großem Bett lag und sie stumm betrachtete. Sie lächelte es an, packte ihre restliche Habe in die letzte Truhe und verschloß sie. Vor wenigen Minuten hatte sie gehört, wie die Kutsche vor dem Haus vorgefahren war, und daher ging sie zur Tür und bat eines der Dienstmädchen, den Fahrer zu ihr hinaufzuschicken, damit er ihr Gepäck holte.

Als das Mädchen gegangen war, setzte Christina ihren Hut auf, zog ihren Umhang an und sah sich sehnsüchtig im Zimmer um. Jetzt sah sie zum letztenmal Dinge, die mit Philip zu tun hatten. Plötzlich machte es sie traurig, sein Haus zu verlassen. Sie strich zart mit ihrer Hand über die Einrichtungsgegenstände und war sich darüber im klaren, daß er sie einst berührt hatte.

»Und wer mögen Sie wohl sein, Madam?«

Beim Klang der fremden Stimme drehte Christina sich abrupt um, und ihr stockte der Atem, als sie Paul Caxton in der Tür stehen sah.

»Was um alles in der Welt tun Sie hier?« fragte er. Doch dann sah er das grünäugige Baby auf dem Bett liegen. »Ich will verflucht sein! Er hat gesagt, daß es so kommt. Er hat gesagt, er würde Sie bekommen, aber ich hätte nie geglaubt, daß Sie ihn je heiraten würden!« Paul lachte laut und wandte sich wieder zu Christina um, der vor Überraschung immer noch die Worte fehlten. »Und wo steckt mein Bruder? Ich muß wohl meine herzlichsten Glückwünsche aussprechen.«

»Ihr Bruder ist nicht hier, Mr. Caxton, und ich habe ihn nicht geheiratet. Und wenn Sie mich jetzt entschuldigen – ich wollte gerade abreisen«, erwiderte sie kühl. Dann ging sie auf das Bett zu und hob ihr Baby hoch.

»Aber Sie haben ein Kind von ihm. Soll das etwa heißen, daß dieser miese Schurke Sie nicht heiraten wollte?«

»Ihr Bruder hat mich entführt und mich vier Monate lang gefangengehalten. Er wollte mich nicht heiraten. Ich habe den Jungen, den Philip nicht haben will, geboren, aber ich will das Kind, und ich werde es selbst aufziehen. Und jetzt gehe ich, wenn Sie mich entschuldigen.« Sie ging an ihm vorbei und die Treppe hinunter.

Paul blieb stehen und sah ihr nach. Er fragte sich, was auf Erden hier eigentlich vorging. Er konnte einfach nicht glauben, daß Philip seinen eigenen Sohn nicht haben wollte. Und warum hatte er Christina Wakefield nicht geheiratet? War sein Bruder denn völlig übergeschnappt?

Es war deutlich zu erkennen, daß er von Christina keine Antworten auf seine Fragen bekommen würde. Er würde Philip selbst schreiben müssen.

Christina war seit einer Woche wieder in Wakefield Manor, als sie einen Brief von John bekam. Er schrieb ihr, daß Kareen eingewilligt habe, ihn zu heiraten, und daß er in Kürze mit seiner neuen Frau nach Hause zurückkehren würde.

Christina war überglücklich. Sie hatte Kareen ins Herz geschlossen und freute sich wirklich darauf, sie als Schwägerin zu haben. Sie hoffte, die beiden würden noch rechtzeitig vor Weihnachten zu Hause sein. Welch ein freudiger Feiertag das werden konnte!

Johnsy und Christina machten sich eifrig daran, das frühere Zimmer der Eltern für John und seine Frau herzurichten. Christina stürzte sich kopfüber in diese Arbeit, denn sie brauchte Bewegung, um ihre Bauchmuskulatur wieder zu straffen. Sie war enttäuscht gewesen, als sie nicht augenblicklich wieder die Figur gehabt hatte, die sie von sich gewohnt war, und sie hatte sich in das Hilfsmittel flüchten müssen, ein Korsett zu tragen. Doch sie machte Gymnastik und sorgte dafür, daß sie bei Johns Rückkehr wieder eine gute Figur hatte.

Die Zeit verflog schnell. Christina nahm ihre täglichen Ausritte wieder auf, und das war gut für sie und für Johnsy. So bekam Johnsy die Gelegenheit, mit Philip junior zu spielen, und Christina konnte gleichzeitig Tommy entkommen. Er hatte sich nicht verändert, während sie fort gewesen war, und er war auch nicht von seiner Einstellung abzubringen. Sie behandelte ihn kühl, aber er blieb beharrlich.

Christina spürte, daß Tommy ihr Kind haßte, obwohl er sich alle Mühe gab, es vor ihr zu verbergen. Jedesmal, wenn sie Tommy sitzenließ, um nach Philip junior zu sehen, war er verärgert. Er beharrte darauf, Johnsy könne sich um das Kind kümmern. Und es versetzte Tommy in Wut, daß Philip junior jedesmal anfing zu schreien, wenn er auch nur in seine Nähe kam. Christina tat alles, um die beiden nach Möglichkeit auseinanderzuhalten.

Zwei Tage nach Weihnachten kam John mit Kareen nach Hause. Sie trafen am frühen Morgen ein, und Christina schlief noch, als Johnsy in ihr Zimmer stürzte. Sie hatte gerade noch genügend Zeit, um in einen Bademantel zu schlüpfen, ehe John und Kareen ins Haus kamen. Christina lief auf sie zu und umarmte und küßte alle beide.

»Ich freue mich so für euch, und ich bin so froh, daß ihr endlich zu Hause seid!« rief Christina aus, und Freudentränen traten in ihre hellblauen Augen.

»Ich werde Wakefield nie wieder verlassen«, sagte John

lachend, und er drückte Christina dicht an sich. »Das kann ich dir versichern. Aber wo steckt mein Neffe?«

»Hier, Master John«, antwortete Johnsy voller Stolz, und sie öffnete die Tür, die die beiden Zimmer miteinander verband.

Philip junior war hellwach und hatte einen Fuß in jeder Hand, als sie sich alle um die Wiege scharten.

»Wie hübsch er ist, Christina, absolut bezaubernd!« rief Kareen aus. »Darf ich ihn auf den Arm nehmen – oder hast du etwas dagegen?«

»Natürlich kannst du ihn nehmen – Philip junior ist begeistert, wenn man mit ihm schmust«, antwortete Christina.

»Philip junior?« John zog eine Braue hoch. »Ich dachte, du würdest ihn nach unserem Vater benennen. Oder nach seinem Vater.«

»Der Name hat mir einfach gut gefallen. Ich konnte mir nicht vorstellen, wie es sich macht, wenn ein Engländer Abu gerufen wird.«

»Das könnte ich allerdings auch nicht«, sagte John lachend. Er drückte die Hand des kleinen Philip, der in Kareens Armen lag. »Er ist so kräftig wie ein Ochse. Aber woher hat er diese ungewöhnlichen Augen, Crissy? In unserer Familie gibt es keine grünen Augen, und einen Araber mit solchen Augen habe ich nie gesehen.«

»Du stellst komische Fragen, John. Woher soll ich das denn wissen?«

Er wollte noch mehr sagen, doch er schluckte die Worte hinunter, als er Kareens mißbilligenden Blick sah.

»Und jetzt ist es an der Zeit, den Kleinen zu füttern. Und Sie scheren sich jetzt hier raus, Master John«, fiel Johnsy ein.

John errötete wirklich bei dem Gedanken, daß seine Schwester das Baby an die Brust nehmen würde. »Komm runter, wenn du fertig bist, Crissy. Estelle ist mitgekommen, und wir können alle zusammen frühstücken.«

Christina war froh, daß Estelle mitgekommen war. Estelle war ein sehr hübsches Mädchen, und vielleicht würde Tommy ganz bezaubert von ihr sein.

Eine Weile später legte Christina Philip junior in seine Wiege, und als er wieder eingeschlafen war, ging sie zu den anderen ins Eßzimmer.

»Wie schön, dich wiederzusehen, Estelle«, sagte Christina, als sie das Mädchen in die Arme schloß. »Ich hoffe, du hast vor, bei uns zu bleiben. Wir haben mehr als genügend Platz in diesem großen Haus.«

»Eine Zeitlang, ja, aber dann muß ich meine Eltern besuchen«, sagte das Mädchen.

»Hat dir die Reise Spaß gemacht?«

»Oh – es war die schönste Zeit meines Lebens!« sagte Estelle überschwenglich.

»Ich fürchte, Estelle hat sich hoffnungslos in einen der Passagiere verliebt, der mitgereist ist – in einen Freund von John«, sagte Kareen.

»Er ist der bestaussehende Mann, der mir je unter die Augen gekommen ist, und ich weiß, daß er mich genauso sieht«, erwiderte Estelle beseligt.

»Du setzt zuviel als selbstverständlich voraus, Estelle«, sagte Kareen. »Kleine Aufmerksamkeiten bedeuten noch lange nicht, daß er dich liebt.«

»Doch, das tut er!« rief Estelle. »Und wir werden uns ganz bestimmt wiedersehen, selbst wenn ich dazu nach London fahren muß. Ich habe vor, Philip Caxton zu heiraten.«

Alle Beteiligten zuckten zusammen, als in der Küche Geschirr zerschmettert wurde, und Christina wußte, daß Johnsy der Unterhaltung gelauscht hatte. Philip war zurückgekommen, und er war in London! Eine Woge der Eifersucht spülte über Christina hinweg, als sie sich vorstellte, daß Estelle und er auf demselben Schiff gewesen waren.

Warum war er zurückgekommen? Und warum hatte er

Nura verlassen? Vielleicht hatte er sie auch schon satt, und Estelle war jetzt sein neues Spielzeug. Würde er denn niemals aufhören, Frauen zu erobern?

»Du erinnerst dich doch an Philip Caxton, Crissy?« fragte John, der nicht merkte, wie sehr sie um ihre Selbstbeherrschung rang.

»Du hast ihn kennengelernt, Christina?« sagte Estelle. »Dann mußt du doch wissen, wie ich...«

Johnsy betrat das Zimmer, bleich wie ein Gespenst, und sagte: »Es tut mir leid – das mit den Tellern. Sie sind mir aus der Hand geglitten. Miß Crissy, könntest du mich bitte auf mein Zimmer bringen? Ich fühle mich nicht allzu wohl.«

»Natürlich, Johnsy«, antwortete Christina, die dankbar auf sie zuging und so tat, als helfe sie ihr.

Als sie außer Hörweite waren, sagte Johnsy: »Oh, mein Kleines, es tut mir so leid. Es muß ganz schrecklich für dich sein. Dieser Schurke ist also wieder in England. Und was wirst du jetzt tun?«

»Ich werde überhaupt nichts tun, Johnsy. Er wird nicht hierherkommen, und ich gehe nirgends hin, wo ich ihm über den Weg laufen könnte. Außerdem fühle ich mich gar nicht furchtbar, sondern ich bin wütend! Dieser Mann ist verachtungswürdig. Jede hübsche Frau, die ihm über den Weg läuft, muß er zerrütten.«

»Für mich klingt das ganz so, als seist du eifersüchtig, mein Liebes«, bemerkte Johnsy.

»Ich bin *nicht* eifersüchtig«, wütete sie. »Ich bin verrückt. Ich habe ihm nicht vorgeworfen, was er mir angetan hat, aber ich hätte es ihm vorwerfen sollen. Wahrscheinlich hat er Nuras Herz gebrochen, und dasselbe wird er bei Estelle auch tun. Estelle weiß gar nicht, daß er verheiratet ist!«

»Du auch nicht, Crissy. Du weißt nicht mit Sicherheit, ob er dieses andere Mädchen geheiratet hat. Vielleicht hat er sie auch nur als seine Mätresse gehalten, wie dich.«

»Das würde er nicht wagen! Ihre Familie hätte das niemals zugelassen.«

»Trotzdem weißt du es nicht mit Gewißheit.«

Tommy kam zum Abendessen, aber er würdigte Estelle keines Blickes, ebenso wenig wie sie ihn. Nach dem Abendessen fand Christina einen Moment, in dem sie allein mit John sprechen konnte, und sie bat ihn, ihr zu helfen, was Tommy betraf. Sie erklärte ihm, daß Tommy sie seit ihrer Rückkehr belästigt hatte und daß sie nicht mehr wußte, was sie tun sollte.

»Kannst du nicht mit ihm sprechen, John? Sag ihm, daß er aufhört, mich zu bitten, daß ich ihn heirate!«

»Ich wüßte nicht, warum du ihn nicht heiraten solltest, Crissy. Er liebt dich. Er würde einen guten Ehemann abgeben. Und dein Kind hätte einen Vater. Du kannst nicht ewig in deinen Erinnerungen leben, und ich bin sicher, daß du mit der Zeit lernen könntest, Tommy zu lieben.«

Christina war einen Augenblick lang überrascht. Doch dann wurde ihr klar, daß ihr Bruder recht haben konnte. Es gab keinen Grund mehr, Tommy nicht zu heiraten.

29

Philip klopfte lautstark an die Tür. Sie wurde von einem Dienstboten geöffnet, der einen griesgrämigen Eindruck machte. »Mr. Caxton, Sir, schön, Sie wiederzusehen.«

»Wo steckt mein Bruder?« fragte Philip, während er dem Hausangestellten seinen Überzieher in die Hand drückte.

»In seinem Arbeitszimmer, Mr. Caxton. Soll ich Ihre Ankunft melden?«

»Das wird kaum nötig sein«, erwiderte Philip, der den kurzen Gang hinunterging, der zu Pauls Arbeitszimmer führte. Die Tür stand offen. »Ich kann ein anderes Mal wiederkommen, wenn du beschäftigt bist, Brüderchen«, sagte Philip im Spaß.

Paul blickte von seinen Papieren auf und erhob sich eilig. Auf seinem gutgeschnittenen Gesicht stand ein breites Grinsen.

»Verdammt, es ist wirklich schön, dich wiederzusehen, Philip! Wann bist du zurückgekommen?« Paul kam auf ihn zu und umarmte seinen Bruder liebevoll.

»Ich bin gerade erst angekommen«, antwortete Philip. Er setzte sich auf einen breiten Ledersessel am Fenster.

»Ich habe dir vor nicht allzu langer Zeit einen Brief geschrieben, aber du bist offensichtlich abgereist, ehe er dich erreichen konnte. Aber das ist ja auch gleich – jetzt bist du hier. Darauf sollten wir etwas trinken«, sagte Paul. Er trat vor die kleine Bar, in der er eine Flasche Cognac und ein Sortiment an Gläsern aufbewahrte. »Außerdem meinen herzlichsten Glückwunsch.«

»Ich glaube kaum, daß man mir zu meiner Heimkehr gratulieren muß«, bemerkte Philip trocken.

»Da bin ich ganz deiner Meinung. Einen Drink rechtfertigt deine Heimkehr auch nicht, aber meinen Glückwunsch hast du dir verdient, weil ich deinen Sohn gesehen habe und er ein hübsches, gesundes Kerlchen ist. Er sieht genauso aus wie du«, sagte Paul heiter, während er Philip ein Glas in die Hand drückte.

»Wovon zum Teufel sprichst du, Paul? Ich habe keinen Sohn.«

»Aber ich – ich dachte, du weißt es! Ist das denn nicht der Grund, weshalb du nach England zurückgekommen bist – um dein Kind zu finden?« fragte Paul.

»Du sprichst in Rätseln, Paul. Ich sagte dir doch bereits, daß ich keinen Sohn habe!« gab Philip zurück. Er fing an sich zu ärgern.

»Du wirst ihn also nicht anerkennen? Du willst einfach seine Existenz leugnen – so tun, als hätte es ihn nie gegeben?«

»Es gibt keinen Sohn, den ich anerkennen könnte – wie oft muß ich dir das denn noch sagen! Und jetzt solltest du mir eine vernünftige Erklärung liefern, denn du stellst meine Geduld reichlich auf die Probe, Bruder!« brauste Philip auf.

Paul brach in Gelächter aus und ließ sich auf einen Sessel sinken, der Philip gegenüberstand. »Ich will verdammt sein! Sie hat es dir also nicht gesagt? Du weißt von nichts?«

»Nein, sie hat es mir nicht gesagt, und wer zum Teufel ist *sie?*«

»Christina Wakefield! Mit wem hast du denn sonst in diesem Jahr zusammengelebt?«

Philip sank schockiert auf seinen Sessel zurück.

»Sie hat vor drei Monaten in Victory ein Kind zur Welt gebracht. Natürlich habe ich angenommen, du wüßtest davon, wenn sie in dein Haus zieht, um das Baby zu bekommen. Ich war zufällig dort und habe sie getroffen, als sie gerade abreiste, um wieder nach Hause zu fahren. Sie schien wütend zu sein, daß ich das mit dem Kind erfahren habe. Und sie hat mir erzählt, was du getan hast – wie du sie entführt und sie vier Monate lang als Gefangene gehalten hast. Wie zum Teufel konntest du das bloß tun, Philip?«

»Ich hatte keine andere Möglichkeit, sie zu bekommen. Aber warum ist sie nicht zurückgekommen und hat es mir gesagt?« sagte Philip, mehr zu sich selbst als zu Paul.

»Sie hat gesagt, du wolltest das Kind nicht haben – du hättest sie nicht heiraten wollen.«

»Aber ich habe ihr nie gesagt ...« Er unterbrach sich, als ihm einfiel, daß er ihr genau das gesagt hatte. Er hatte gesagt, er hätte sie nicht in sein Lager gebracht, damit sie seine Kinder zur Welt brachte, und ganz zu Anfang hatte er ihr gesagt, er habe nicht die leisesten Absichten, sie zu heiraten.

»Wenn das Kind mir ähnlich sieht, dann beweist das

noch lange nicht, daß es mein Kind ist. Christina könnte nach ihrer Rückkehr zu ihrem Bruder schwanger geworden sein.«

»Benutze deinen Verstand, Philip, und rechne den Zeitraum nach. Du hast sie entführt, als sie gerade erst nach Kairo gekommen ist – im September, das stimmt doch?«

»Ja.«

»Du hast sie vier Monate bei dir behalten, und Ende Januar hat sie dich verlassen. Acht Monate später, Ende September, ist das Kind geboren. Also muß es von dir sein. Und außerdem hat Christina mir mehr oder weniger deutlich gesagt, daß es dein Kind ist. Ihre exakten Worte waren: ›Ich habe den Sohn geboren, den Philip nicht haben will‹, und ich könnte dem hinzufügen, daß sie die Absicht hat, das Kind zu behalten und es selbst aufzuziehen.«

»Ich habe einen Sohn!« rief Philip aus, und er schlug mit seiner Faust auf die Stuhllehne, während sein Lachen durch den Raum hallte. »Ich habe einen Sohn, Paul – einen Sohn! Und du sagst, er sieht mir ähnlich?«

»Er hat deine Augen und dein Haar – er ist ein hübscher Junge. Besser hättest du es dir nicht wünschen können.«

»Einen Sohn. Und sie hätte es mir nicht einmal gesagt. Ich brauche eines deiner Pferde, Paul. Ich reite morgen früh sofort los.«

»Du reitest nach Halstead?«

»Natürlich! Ich will meinen Sohn haben. Jetzt muß Christina mich heiraten!«

»Wenn du nichts von dem Kind wußtest – warum bist du dann eigentlich nach England zurückgekehrt?« fragte Paul, während er ihre Gläser nachfüllte. »Bist du wegen Christina zurückgekommen?«

»Ich will sie immer noch, aber ich bin nicht gekommen, um sie zu suchen. Ich bin zurückgekommen, weil ich in Ägypten nichts mehr zu suchen hatte. Yasir ist tot.«

»Das tut mir leid, Philip. Ich habe Yasir nie wirklich gekannt oder an ihn als an meinen Vater gedacht. Aber ich weiß, daß du ihn geliebt hast. Es muß schlimm für dich gewesen sein.«

»Das war es auch, aber Christina hat mir über seinen Tod hinweggeholfen.«

»Ich wünschte, ich wüßte, was zwischen Christina und dir vorgefallen ist«, sagte Paul.

»Vielleicht werde ich es dir eines Tages erzählen, Brüderchen. Aber heute nicht. Ich bin selbst nicht sicher, was eigentlich passiert ist.«

Philip reist am kommenden Morgen bei Anbruch der Dämmerung ab, und während er durch das Land ritt, hatte er Gelegenheit, über die Vorfälle nachzudenken.

Warum war Christina nicht zurückgekommen und hatte ihm gesagt, daß sie ein Kind von ihm bekam, als sie selbst es gemerkt hatte? War sie zu stolz gewesen? Und was war mit John? Sie hatte ihrem Bruder offensichtlich nichts davon erzählt, denn sonst hätte John sich auf ihn gestürzt, als sie sich in Kairo getroffen hatten.

John würde jedenfalls bald die Wahrheit erfahren. Philip fragte sich, wie er die Neuigkeiten aufnehmen würde, denn sie hatten sich auf der Rückreise nach England wirklich angefreundet. Er fragte sich natürlich auch, wie Christina reagieren würde, wenn er unerwartet auftauchte. Offensichtlich hatte sie verhindern wollen, daß er etwas von der Geburt seines Sohnes erfuhr. Oder doch nicht? War sie nach Victory gegangen, damit er es unter allen Umständen erfahren würde?

Sie wollte das Kind behalten und es selbst aufziehen. Wenn sie ihn haßte, warum hätte sie dann seinen Sohn behalten sollen, der sie ständig an ihn erinnern würde? Vielleicht machte sie sich doch etwas aus ihm!

Hätte er ihr doch nur gesagt, daß er sie liebte! Hätte er doch nur nicht darauf gewartet, diese Worte erst aus ihrem Mund zu hören. Diesmal würde er es ihr sagen, und zwar sowie er sie sah.

Christina war Estelle den ganzen Morgen über bewußt aus dem Weg gegangen. Sie ertrug das Glück nicht, das in den Augen des Mädchens stand, nicht, wenn dieses Mädchen Philip liebte. Jetzt war es schon spät am Nachmittag, und Kareen und Estelle waren nach Halstead gefahren, um Einkäufe zu machen, während sich John in seinem Arbeitszimmer in die Bücher vertiefte, um zu überprüfen, was auf dem Gut vorgefallen war. Es war still im Haus. Christina zog sich in den Salon zurück und versuchte, ein Buch zu lesen, um nicht an Estelle und Philip zu denken. Doch immer wieder stellte sie sich die beiden zusammen vor, wie sie sich küßten und im Arm hielten. Dieser verfluchte Kerl!

»Christina, ich muß mit dir reden.« Das war Tommy Huntington.

Sie stand auf und ging zum Kamin. Ihr roter Samtrock bauschte sich sachte bei ihren Bewegungen.

»Ich habe nicht damit gerechnet, dich vor dem Abend zu sehen, Tommy. Was ist so wichtig, daß es dich schon zu dieser Zeit hierherführt?« fragte Christina. Sie wandte ihm den Rücken zu und beschäftigte sich damit, die Figürchen auf dem Kaminsims umzustellen.

»Ich habe heute morgen mit John gesprochen. Er ist auch der Meinung, daß wir heiraten sollten. Du kannst mich nicht länger zurückweisen, Christina. Ich liebe dich. Würdest du mich bitte heiraten?«

Christina seufzte. Ihre Antwort würde alle Beteiligten glücklich machen, nur sie selbst nicht. Selbst Johnsy hatte ihr auseinandergesetzt, daß Ehen um der Form willen geschlossen wurden und nicht aus Liebe, und auch Johnsy war der Meinung, daß es ausreichend war, wenn Tommy sie liebte.

»Gut, Tommy, ich werde dich heiraten. Aber ich kann dir nicht garantieren, daß ich jemals ...«

Sie wollte ihm erklären, daß sie ihn vielleicht nie lieben würde, doch der Klang einer tiefen Stimme fiel ihr ins Wort. Sie wurde totenbleich.

»Ich bin davon unterrichtet worden, daß ich einen Sohn habe, gnädige Frau. Stimmt das?«

Tommy packte Christinas Arm mit aller Kraft, aber sie war zu schockiert, um die rohe Berührung zu spüren. Tommy ließ sie wieder los und wirbelte herum, um dem Eindringling ins Gesicht zu sehen. Christina hielt sich am Kaminsims fest. Ihre Knie waren so weich, daß sie fast zusammensackte.

»Wer sind Sie, Sir?« fragte Tommy, »und was hat es zu bedeuten, daß Sie meine Verlobte fragen, ob Sie einen Sohn haben?«

»Ich bin Philip Caxton. Es mag sein, daß Sie die Absicht haben, Miß Wakefield zu heiraten, aber diese Angelegenheit geht Sie nichts an. Ich spreche mit Christina. Und ich erwarte eine Antwort.«

»Wie können Sie es wagen!« brauste Tommy auf. »Christina, kennst du diesen Mann?«

Christina war vollkommen verwirrt und aufgewühlt. Sie drehte sich langsam zu Philip um und sah ihn an, und bei seinem Anblick schmolz sie dahin. Er hatte sich nicht verändert – er war immer noch der Mann, den sie liebte. Sie wäre am liebsten auf ihn zugelaufen. Sie wollte ihre Arme um seinen Hals schlingen und ihn nie mehr loslassen. Doch der Haß, der in seinen Augen stand, und die bittere Kälte seiner Stimme hielten sie zurück.

»Habe ich einen Sohn, gnädige Frau?«

Seine Stimme war so gehässig, daß Christina zusammenzuckte. Doch dann kam Zorn in ihr auf. Wie konnte er es wagen, so kalt nach ihrem Kind zu fragen.

»Nein, Mr. Caxton«, sagte sie. »*Ich* habe einen Sohn – nicht *Sie!*«

»Dann lassen Sie mich meine Frage umformulieren, Miß Wakefield. Habe ich Ihren Sohn gezeugt?«

Christina wußte, daß sie nicht ausweichen konnte. Paul mußte ihm erzählt haben, wann sie das Kind geboren hatte. Philip hatte es sich ausrechnen können, und jetzt wußte er, daß sie dieses Kind von ihm haben mußte. Außerdem brauchte er nur einen Blick auf Philip junior zu werfen, um selbst zu sehen, daß es sein Sohn war.

Christina sank auf den nächstbesten Stuhl und wandte ihren Blick von den beiden Männern ab, die auf ihre Antwort warteten.

»Ist das wahr, Christina? Ist dieser Mann der Vater deines Kindes?« fragte Tommy mit erstickter Stimme.

»Ja, Tommy, es ist wahr«, flüsterte Christina.

»Wie können sie es wagen, hierherzukommen, Mr. Caxton?« fragte Tommy.

»Ich bin wegen meines Sohnes hier, und ich rate Ihnen, sich nicht einzumischen.«

»Wegen *deines* Sohnes!« schrie Christina, und sie sprang von ihrem Stuhl auf. »Aber du wolltest ihn doch nie haben. Warum willst du ihn jetzt?«

»Ich fürchte, du hast das, was ich dir vor langem gesagt habe, falsch ausgelegt, Christina. Ich habe dir gesagt, ich hätte dich nicht in mein Lager entführt, damit du mir Kinder gebärst. Ich habe nie zu dir gesagt, daß ich kein Kind will, wenn es dazu kommen sollte, daß du schwanger wirst«, erwiderte Philip ganz ruhig.

»Aber ich...«

Johns Auftauchen in der Tür schnitt Christina das Wort ab. »Was ist das hier für ein Geschrei?« fragte er streng. Dann sah er Philip, der in der Tür lehnte, und er lächelte erfreut. »Philip – ich habe nicht damit gerechnet, Sie so schnell wiederzusehen. Aber es freut mich, daß Sie meine Einladung angenommen haben, uns zu besuchen. Estelle wird begeistert sein, Sie zu sehen.«

»Gütiger Himmel!« platzte Tommy heraus. »Sind denn hier alle verrückt geworden? Weißt du denn nicht, wer dieser Mann ist, John? Das ist der Vater von Christinas Kind.«

Johns Lächeln erstarb. »Ist das wahr, Christina?« fragte er.

»Ja«, hauchte sie ängstlich.

John schlug mit der Faust gegen die Wand. »Verdammt noch mal, Christina! Ich habe mich mit diesem Mann angefreundet! Du hast mir erzählt, der Vater deines Kindes sei ein Araber!«

»Aber Philip ist ein halber Araber, und ich habe dir gesagt, daß er noch einen anderen Namen hat!« schrie Christina zurück.

»Und *Sie!*« schrie John Philip an. »Sie kommen jetzt mit!«

»John!« schrie Christina auf. »Du hast mir dein Wort gegeben!«

»Ich erinnere mich nur zu gut an das Versprechen, das du mir abgenommen hast, Crissy. Ich habe nichts anderes vor, als mich mit Philip allein in meinem Arbeitszimmer zu unterhalten«, sagte John jetzt ruhiger, und die beiden verließen den Raum.

John schenkte zwei Gläser Cognac ein und drückte Philip eins der Gläser in die Hand. Dann ließ er sich in den schwarzen Ledersessel hinter seinem Schreibtisch sinken.

»Warum sind Sie hierhergekommen? Gütiger Himmel, Philip! Ich habe jedes Recht, Sie zum Duell aufzufordern, denn Sie haben das Leben meiner Schwester zerstört!«

»Ich hoffe, daß es nicht dazu kommt«, erwiderte Philip. »Ich habe von meinem Bruder erfahren, daß ich einen Sohn habe, und ich bin gekommen, um Christina zu heiraten und sie und den Jungen zu mir nach Benfleet zu holen. Aber ich habe gerade mitangehört, daß dieser kämpferische Milchbub ihr einen Antrag gemacht hat, und sie hat ihn angenommen. Daher steht eine Heirat jetzt nicht mehr zur Diskussion. Aber ich will trotzdem meinen Sohn haben.«

»Christina wird ihr Kind niemals hergeben!«

»Dann muß ich Sie um die Erlaubnis bitten, mich hierbleiben zu lassen, damit ich sie bekehren kann, es sich anders zu überlegen. Sie verstehen doch sicher meine Gefühle. Der Junge ist mein Erbe, und ich bin ein reicher Mann. Er hätte nur dabei zu gewinnen, daß ich ihn aufziehe.«

»Ich kann das einfach nicht verstehen. Sie sind ein Gentleman, aber andererseits entführen Sie eine Dame und halten Sie sich als Mätresse. Wie konnten Sie etwas Derartiges tun?« fragte John.

Philip belustigte es, daß John ihm dieselbe Frage stellte, die ihm bereits sein Bruder gestellt hatte.

»Ich habe Ihre Schwester mehr begehrt als jemals eine Frau zuvor. Sie ist so schön, daß Sie mir daraus kaum einen Vorwurf machen können. Ich bin es gewohnt, mir zu nehmen, was ich will, und ich habe sie gebeten, mich zu heiraten, als ich sie in London kennengelernt habe. Als sie meinen Heiratsantrag abgelehnt hat, habe ich dafür gesorgt, daß Sie nach Ägypten geschickt werden, ins Land meines Vaters.«

»*Sie* waren das also!«

»Ja, und den Rest der Geschichte kennen Sie vermutlich.«

John nickte. Es überraschte ihn, wie weit dieser Mann gegangen war, um Christina zu bekommen. Wahrscheinlich würde er genausoweit gehen, um seinen Sohn zu bekommen. Crissy täuschte sich also – Philip wollte sie und das Kind, und er war hierhergekommen, um sie zu heiraten. John war schuldbewußt, weil er Crissy überredet hatte, Tommy zu heiraten. Möglicherweise hatte er Crissy die einzige Chance zu ihrem Glück vermasselt. Aber wenn er zuließ, daß Philip hierblieb, konnte es sein, daß er und Crissy die Dinge unter sich regelten und klärten. John beschloß, sich zu keinen weiteren Einmischungen hinreißen zu lassen.

»Sie können von mir aus hierbleiben, solange Sie wollen, Philip, obwohl dadurch vermutlich ein gewaltiger Wirbel entsteht. Wie Sie wissen, hält sich Estelle ebenfalls hier auf, und sie bildet sich ein, verliebt in Sie zu sein. Ich weiß nicht, wie Sie ihr gegenüber empfinden, aber ich möchte Sie bitten, mit Behutsamkeit vorzugehen – um Christinas willen.« John erhob sich und ging zur Tür. »Ich bin sicher, daß Sie jetzt Ihren Sohn sehen wollen. Ich versuche, Tommy Huntington die Sachlage zu erklären, während Sie sich von Christina ins Kinderzimmer bringen lassen.«

»Ich bin Ihnen dankbar für Ihr Verständnis«, erwiderte Philip.

Philip und John standen vor der Tür zum Arbeitszimmer, und John rief Christina zu sich. Sie tauchte im Korridor auf, und ihr Gesicht glich einer Maske.

»Ich habe mich entschlossen, Philip eine Zeitlang als meinen Gast aufzunehmen«, sagte John.

»Aber, John...«

»Wir haben diese Angelegenheit bereits geregelt, Crissy. Und jetzt führst du Philip ins Kinderzimmer. Es ist wirklich an der Zeit, daß er seinen Sohn kennenlernt.«

»Oh!« Sie drehte sich um und ging die Teppe hinauf, ohne auf Philip zu warten.

»Sie haben doch nicht etwa erwartet, daß Sie ein leichtes Spiel haben, oder?« fragte John.

»Wenn Christina im Spiel ist, ist nichts auf Erden leicht«, erwiderte Philip, und er folgte ihr die Stufen hinauf.

Vor der Tür zum Kinderzimmer wartete sie auf ihn. Sie war angespannt und wütend, und als Philip sie eingeholt hatte, konnte sie sich nicht mehr zügeln.

»Was versprichst du dir davon, hierzubleiben?« fragte sie grob. »Hast du nicht schon genug Unheil angerichtet?«

»Ich habe dir diese Frage bereits beantwortet, Christina. Ich bin wegen meines Sohnes gekommen.«

»Das kann doch nicht dein Ernst sein! Nach allem, was du mir angetan hast, erwartest du noch von mir, daß ich dir deinen Sohn überlasse? Du bekommst ihn nicht!«

»Ist er in diesem Zimmer?«

»Ja, aber...«

Philip öffnete die Tür und ging an Christina vorbei in das Kinderzimmer. Er ging direkt auf die Wiege zu, blieb daneben stehen und sah auf seinen Sohn hinunter.

Christina stellte sich neben ihn, aber sie sagte kein Wort, als sie das stolze Lächeln sah, mit dem er Philip junior betrachtete.

»Er ist ein hübsches Kerlchen, Tina – ich danke dir«, sagte Philip voller Wärme, und Christina schmolz wieder dahin, als sie die Zartheit in seiner Stimme vernahm. Philip nahm seinen Sohn in die Arme. Erstaunlicherweise plärrte das Baby nicht, sondern sah sich neugierig die Bartstoppeln im Gesicht seines Vaters an. »Wie hast du ihn getauft?«

Christina zögerte und wandte ihren Blick ab. Was konnte sie darauf sagen?

»Junior«, flüsterte sie.

»Junior! Was ist denn das für ein Name für meinen Sohn?« brauste Philip auf, und Philip junior fing an zu schreien.

Eilig nahm Christina Philip das Baby aus dem Arm, denn er stand hilflos da. »Psst, mein Liebling, es ist alles gut – Mama ist da«, beschwichtigte sie den Kleinen. Er hörte sofort auf zu schreien, und Christina funkelte Philip wütend an. »Den Namen habe ich ausgesucht, weil du nicht da warst. Ach – warum mußtest du überhaupt kommen?«

»Ich bin mit wohlmeinender Absicht gekommen, aber dann habe ich mitangehört, wie du deinem Liebhaber die Einwilligung gegeben hast, ihn zu heiraten«, gab Philip zurück, und seine Augen wurden dunkel und bedrohlich.

»Meinem Liebhaber!«

»Jetzt komm schon, Christina – erspare mir dein Leugnen. Ich weiß schließlich besser als jeder andere, was für eine leidenschaftliche Frau du bist. Nach all diesen Monaten habe ich damit gerechnet, dich in den Armen eines anderen Mannes vorzufinden.«

»Ich hasse dich!« schrie Christina, und ihre Augen nahmen ein dunkles, bewölktes Blau an.

»Mir ist durchaus bewußt, wie du zu mir stehst. Wenn du mich so sehr haßt, warum willst du dann meinen Sohn behalten? Jedesmal, wenn du ihn ansiehst, wirst du mich in ihm sehen.«

»Er ist schließlich auch mein Sohn! Neun Monate lang habe ich ihn ausgetragen. Ich habe die Schmerzen durchgemacht, die es bedeutet, ein Kind zu gebären. Ich gebe ihn nicht her! Er ist ein Teil von mir, und ich liebe ihn!«

»Noch etwas anderes verwundert mich. Wenn du mich so sehr haßt, weshalb bist du dann nach Victory gegangen, um meinen Sohn auf die Welt zu bringen?«

»Ich wußte nicht, daß es dein Haus ist, als ich dort hinging. Ich wollte nicht hierbleiben, und daher hat Johnsy, meine alte Amme, vorgeschlagen, daß ich zu ihrer Schwester gehe, die nun mal zufällig deine Köchin ist. So bin ich nach Victory gekommen. Woher hätte ich denn wissen sollen, daß es dein Gut ist?«

»Das muß eine gewaltige Überraschung für dich gewesen sein«, höhnte Philip. »Warum bist du nicht wieder abgereist, als du die Wahrheit herausgefunden hast?«

»Emma hat darauf bestanden, daß ich bleibe. Und jetzt habe ich dazu nichts mehr zu sagen«, erwiderte sie. »Du mußt jetzt gehen, Philip. Es ist Essenszeit für den Kleinen.«

»Dann stille ihn doch. Es ist reichlich spät für falsche Scham von deiner Seite, Christina. Der Körper, der unter deinem Kleid verborgen ist, ist mir sehr wohl vertraut.«

»Du bist unmöglich! Du hast dich kein bißchen verändert!«

»Nein, aber du. Du warst aufrichtiger.«

»Ich weiß nicht, wovon du sprichst.« Sie ging auf ihre Schlafzimmertür zu. »Ich schlage vor, du läßt dir von jemandem dein Zimmer zeigen. Deinen Sohn kannst du später wiedersehen – wenn du es wünschst.«

Sie setzte sich in der hintersten Ecke ihres Zimmers auf einen Stuhl und legte Philip junior auf ihren Schoß, während sie ihr Mieder aufknöpfte. Doch sie konnte Philips Gegenwart weiterhin spüren, und als sie aufblickte, stand er im Türrahmen und starrte sie gebannt an.

»Bitte, Philip! Das Kinderzimmer steht dir offen, aber das hier ist mein Zimmer. Ich hätte gern eine gewisse Privatsphäre – wenn du nichts dagegen hast.«

»Bringe ich dich in Verlegenheit, Christina? Hast du bisher noch nie deine Brüste vor einem Mann entblößt?« spottete er. »Ich schlage vor, du hörst jetzt auf, dich empört zu geben, und stillst endlich meinen Sohn. Er hat Hunger, oder etwa nicht?«

»Oh!« Sie entschloß sich, ihn zu ignorieren, und sie hoffte, er würde gehen. Sie zog ihr Kleid auf einer Seite herunter und legte Philip junior an die Brust. Er trank gierig und stützte sich dabei mit einer seiner winzigen Fäuste ab. Ihr war bewußt, daß Philip ihr immer noch zusah.

»Christina, was tust du da?« kreischte Johnsy, die durch die andere Tür ins Zimmer gekommen war und Philip sah.

»Schon gut, Johnsy. Beruhige dich«, sagte Christina gereizt. »Das ist Philip Caxton.«

»Sie sind also der Vater von Philip junior«, fauchte Johnsy, die sich zu Philip umdrehte. »Sie haben vielleicht Nerven, hierherzukommen – nach allem, was Sie meiner Kleinen angetan haben.«

»Ach, Johnsy, sei still! Du hast jetzt schon mehr als genug gesagt!« schnitt ihr Christina das Wort ab. Philip fing an zu lachen, und sie zuckte zusammen, denn sie wußte ganz genau, was ihn so sehr belustigte. »Das ist ein gängiger Name, verdammt noch mal! Ich brauche dir keine Erklärungen abzugeben!« Philip junior fing wieder an zu schreien.

»Scheren Sie sich hier raus, Mr. Caxton. Sie stören Crissy und Ihren Sohn«, schalt Johnsy. Sie schloß die Tür hinter Philip, aber Christina konnte sein Lachen immer noch hören. Eilig schloß Johnsy die andere Tür und sah dann kopfschüttelnd Christina an. »Er ist also doch gekommen – wußte ich es doch. Weiß Master John, daß er da ist?«

»Ja. John hat beschlossen, Philip als Besuch hier aufzunehmen. Und Tommy weiß es auch. Philip ist in dem Moment ins Zimmer gekommen, als ich Tommy meine Einwilligung zur Heirat gegeben habe. Oh, Johnsy, was soll ich bloß tun?« Christina fing an zu weinen. »Er ist wegen seines Sohnes gekommen – nicht meinetwegen! Philip ist so kalt zu mir, und wie soll ich es ertragen, ihn und Estelle zusammen zu sehen?«

»Es wird alles gut ausgehen, Miß Crissy – du wirst es ja sehen. Und jetzt hörst du auf zu weinen, denn sonst schläft der Kleine gar nicht mehr ein.«

Christina schloß die Tür des Kinderzimmers ganz leise hinter sich und sah Philip, der aus dem Nebenzimmer kam. Sie mußte auf ihn zugehen, um die Treppe zu erreichen, aber er verstellte ihr den Weg.

»Schläft *Philip* junior?« fragte er spöttisch.

»Ja«, erwiderte sie, wobei sie seinen Blicken auswich. »Stellt dich dein Zimmer zufrieden?«

»Es hat zu reichen«, sagte er und bog ihr Gesicht zu sich. »Aber mir wäre es lieber, dein Zimmer mit dir zu teilen.«

Philip zog sie an sich, ließ ihren Körper mit dem seinen verschmelzen und legte seinen Mund auf ihre Lippen. Sein Kuß verlangte eine Reaktion. Nur zu willig reagierte sie. Die langen, einsamen Monate fielen von ihr ab.

»Ach, Tina, warum hast du mir nicht gesagt, daß du ein Kind von mir bekommst? murmelte er mit belegter Stimme.

»Ich habe erst bemerkt, daß ich schwanger bin, als ich schon im dritten Monat war. Und dann war es zu spät – du warst schon mit Nura verheiratet.«

»Nura!« sagte er lachend, und er blickte in ihre hellblauen Augen. »Ich...«

Doch dann fuhr er zusammen. Sie war also doch zu ihrem Bruder zurückgegangen, weil sie es so gewollt hatte. Philip hatte schon geglaubt, vielleicht hätte sie bereits von der Schwangerschaft gewußt und gefürchtet, er könne zornig werden. Wann würde er endlich begreifen, daß diese Frau ihn haßte!

»Was ist los mit dir, Philip?« fragte Christina, die die Kälte in seinen Augen bemerkte.

»Du solltest besser wieder zu deinem Liebhaber gehen. Ich bin sicher, daß dir seine Küsse lieber sind als meine«, sagte Philip grob. Mit diesen Worten stieß er sie von sich.

Christina sah ihm nach und hatte das Gefühl, ihre Knie würden unter ihr nachgeben. Was hatte sie bloß gesagt? Wie hatte sie ihn dazu gebracht, sie so brutal zu verletzen? Noch vor einem Moment war sie vor Glück wie von Sinnen gewesen, und jetzt war ihr sterbenselend zumute.

»Philip! Oh, ich wußte, daß du kommen würdest!«

Christina hörte Estelles glückliche Stimme aus dem unteren Stockwerk nach oben dringen.

»Ich hatte gehofft, du würdest noch hier sein, meine Süße. Du wirst mir den Aufenthalt hier verschönern«, antwortete Philips tiefe Stimme heiter.

Tränen schossen in Christinas Augen. Sie trat in ihr Zimmer und warf sich schluchzend auf ihr Bett. Wie hätte sie es ertragen können, nach unten zu gehen und zuzusehen, wie Philip mit Estelle flirtete? Warum haßte er sie nur so? Warum konnte er sie nicht nach wie vor begehren? Wie hätte sie es ertragen können, die beiden zusammen zu sehen, wenn gleichzeitig ihr Herz brach?

31

Philip stand in der offenen Tür und sah Christina beim Schlafen zu. Er hatte sie schon oft im Schlaf beobachtet, aber damals hatte er sie in die Arme ziehen und sie lieben können, wie er es auch jetzt am liebsten getan hätte. Sie war so schön mit ihrem goldenen Haar, das sich über das Kissen fächerte, und dem unschuldigen Gesichtsausdruck. Wenn sie sich etwas aus ihm machte, wäre er der glücklichste Mann auf Erden.

Er fragte sich, warum Christina am Vorabend nicht zum Abendessen erschienen war. Er hatte sich darauf vorbereitet, ihr zu zeigen, daß er genauso gleichgültig sein konnte wie sie, und er hatte vorgehabt, seine gesamte Aufmerksamkeit Estelle zu widmen. Christinas Ausbleiben bei der Mahlzeit war eine herbe Enttäuschung für ihn gewesen. Estelle war ein bezauberndes Mädchen, aber sie konnte sich nicht mit Christina messen – niemand konnte sich mit Christina messen. Warum mußte sie bloß eine so verschlagene Hexe sein?

Philip junior fing wieder an zu schreien, und Philip stellte sich hinter die Tür, um Christina ungesehen beobachten zu können, wenn sie das Kinderzimmer betrat. Sie kam ins Zimmer, und er stellte überrascht fest, daß sie den schwarzen Kaftan trug, den sie sich in Ägypten geschneidert hatte. Warum hatte sie ihn nicht verbrannt? Offensichtlich war für sie das Kleidungsstück nicht mit Erinnerungen belastet.

Ihre goldenen Locken flossen über ihren Rücken, als sie direkt auf die Wiege zuging, und Philip junior hörte auf zu weinen, als er sie sah.

»Guten Morgen, mein Liebling. Heute hast du Mami lange schlafen lassen, das muß man schon sagen. Du bist meine einzige Freude, Philip. Was täte ich ohne dich?«

Philip wurde warm ums Herz, als er sah, wie sehr sie dieses Kind liebte. Dennoch verwunderte ihn, warum sie das Kind nach ihm benannt hatte.

Plötzlich drehte sich Christina um. Sie hatte Philips Anwesenheit im Zimmer unbewußt wahrgenommen, aber als sie ihn an der Tür stehen sah, sagte sie kein Wort. Sie wandte sich wieder Philip junior zu, hob ihn aus der Wiege und setzte sich in einer Ecke des Zimmers in einen Schaukelstuhl. Langsam knöpfte sie ihr Nachthemd auf.

Ihr Schweigen erzürnte Philip. Es wäre ihm lieber gewesen, wenn sie ihn angeschrien hätte. Aber sie ignorierte ihn vollständig.

»Du hast nicht lange gebraucht, um deinen Anstand wieder zu verlieren«, bemerkte er boshaft.

»Du hast dich gestern deutlich ausgedrückt, Philip. Ich könnte dir nichts zeigen, was du nicht längst gesehen hast«, sagte Christina ruhig, und sie warf ihm dieses Halblächeln zu, das nicht bis zu ihren blauen Augen reichte.

Er lachte. Heute morgen konnte er sie nicht aus der Fassung bringen. Er sah zu, wie sein Sohn gierig an Christinas Brust trank, und dieser Anblick ergriff ihn. Das war sein Kind, und das war die Frau, die er nach wie vor haben wollte. Er weigerte sich, seine Niederlage zu akzeptieren. Er würde einen Weg finden, sie beide zu bekommen.

»Er hat großen Appetit. Brauchst du keine Amme?« fragte Philip.

»Ich habe genug Milch, um seinen Bedarf zu decken. Philip junior wird bestens versorgt«, sagte sie angespannt.

Philip seufzte inbrünstig. »Ich wollte nicht andeuten, du seist keine gute Mutter. Die Mutterschaft scheint dir zu bekommen, Christina. Du gehst ganz ausgezeichnet mit meinem Sohn um«, sagte Philip zart, und er spielte mit einer Strähne ihres Haares, die über die Stuhllehne gefallen war.

»Danke«, flüsterte sie.

»Wo hast du ihn taufen lassen?« fragte Philip, um etwas zu sagen. Er wollte nicht gehen, und er glaubte, etwas sagen zu müssen, um Christina nicht nervös zu machen, indem er einfach wortlos hinter ihr stehenblieb.

»Er ist noch nicht getauft«, sagte Christina.

»Gütiger Himmel, Christina! Er hätte einen Monat nach seiner Geburt getauft werden müssen. Worauf hast du noch gewartet?« fragte er aufbrausend, und er kam um den Stuhl herum, um ihr Gesicht zu sehen.

»Verdammt noch mal – hör auf, mich anzuschreien! Ich habe einfach nicht daran gedacht, das ist alles. Ich bin es nicht gewohnt, Kinder zu kriegen«, erwiderte sie genauso zornig, wie er es war, und ihre Augen nahmen ein dunkles Saphirblau an.

»Der Junge wird noch heute morgen getauft – mach dich sofort fertig und den Jungen auch!« brüllte Philip. Christina wollte widersprechen, aber sie wußte, daß es zwecklos war. Philip stürmte aus dem Zimmer.

Philip arrangierte alles für die Taufe, und Christina blieb vor Schreck der Atem aus, als der Junge eine Stunde später auf den Namen Philip Caxton, junior, getauft wurde.

»Du hattest kein Recht, das zu tun«, fauchte sie Philip auf dem Rückweg in der Kutsche an.

»Ich hatte durchaus das Recht – ich bin sein Vater«, erwiderte Philip grinsend.

»Du bist rechtlich gesehen nicht sein Vater – zwischen uns sind keine Gelübde gesprochen worden. Verdammt noch mal! Der Junge heißt Philip Junior Wakefield, und so steht es auch auf seiner Geburtsurkunde.«

»Das läßt sich leicht ändern, Christina.«

»Vorher müßtest du das Original des Dokumentes finden. Er ist mein Sohn, und er wird meinen Namen tragen, nicht deinen!«

»Und wenn du heiratest, hast du dann etwa die Absicht, ihm den Namen deines Mannes zu geben?«

»Darüber habe ich mir noch keine Gedanken gemacht, aber wenn Tommy ihn adoptieren will, ja, dann wird er seinen Namen tragen.«

»Ich lasse nicht zu, daß dieser junge Trottel meinen Sohn aufzieht«, fuhr Philip sie mit finsterem Blick an.

»In dieser Angelegenheit hast du nichts mehr zu sagen, Philip. Tommy wird ihm ein guter Vater sein.« Sie glaubte ihren eigenen Worten nicht so recht.

»Das werden wir ja sehen«, murmelte Philip.

Als sie nach Hause kamen, war John außer sich vor Sorge. Beide wußten, weshalb er sich Sorgen machte.

Christina legte Philip junior ins Bett. Dann ging sie in ihr Zimmer, und durch die offene Tür hörte sie, daß Philip sein Zimmer betrat. Seine Stimme war deutlich zu vernehmen, und die Worte, die er sagte, bewirkten, daß sie regungslos stehenblieb.

»Was tust du denn hier? Deine Schwester würde dir etwas erzählen, wenn sie wüßte, daß du dich im Zimmer eines Mannes herumtreibst.«

»Sieh mich nicht so entsetzt an, Philip. Du mußt es schließlich gewöhnt sein, Damen in deinem Schlafzimmer zu empfangen«, sagte Estelle mit süßlicher Stimme. »Ich habe hier auf dich gewartet, damit ich dich allein sprechen kann. Warum machst du nicht die Tür zu und kommst zu mir? Das ist viel gemütlicher.«

»Das wird kaum nötig sein – du bleibst nämlich nicht lange hier. Ich habe nicht die Absicht, mich aus diesem Haus werfen zu lassen, weil du deine Spielchen mit mir spielen willst, Estelle.«

Christina wollte nicht länger zuhören, aber sie konnte sich nicht abwenden.

»Ich spiele keine Spielchen, Philip Caxton! Ich bin hierhergekommen, weil ich eine Antwort will. Liebst du Christina noch? Ich habe ein Recht darauf, es zu erfahren.«

»Liebe! Was hat denn Liebe damit zu tun? Ich habe sie damals begehrt, genauso, wie ich heute dich begehre«, sagte Philip mit äußerst wenig Gefühl in seiner tiefen Stimme.

»Dann bedeutet sie dir also nichts mehr?« fragte Estelle.

»Christina ist die Mutter meines Sohnes – das ist alles. Und jetzt muß ich dich bitten, zu gehen, Estelle, ehe dich jemand hier findet. Wenn du das nächste Mal mit mir allein reden willst, dann such dir einen angemesseneren Ort dafür aus.«

»Ganz wie du willst, Philip«, kicherte Estelle, die offensichtlich sehr zufrieden mit sich war. »Sehe ich dich beim Mittagessen?«

»Ich komme bald runter.«

Christina setzte sich auf ihre Bettkante und fühlte sich, als sei ihr ein Messer ins Herz gerammt worden. Sie war am Verhungern gewesen, aber jetzt konnte sie nicht mehr ans Essen denken. Sie mußte dieses Haus verlassen!

Christina zog ihre Reitkleidung an, ließ sich Dax satteln und ritt, bis ihr die Tränen kamen. Sie trieb Dax zu immer größerer Eile an. Sie hätte ihrem Leben ein Ende bereitet, wenn Philip junior nicht gewesen wäre. Sie konnte ihr Baby nicht allein lassen. Aber sie mußte der Tatsache ins Auge sehen, daß sie Philip nach wie vor liebte und ihn niemals mehr haben würde. Das mußte sie akzeptieren, und Freude schenkte ihr das Kind. Tommy liebte sie, und vielleicht würde sie eines Tages eine gewisse Zufriedenheit an seiner Seite empfinden.

Es war schon seit zwei Stunden dunkel, als Christina endlich nach Hause kam und alle ihr besorgt im Korridor entgegenkamen.

Christinas Kleider waren zerrissen, weil sie wie eine Wilde durch den Wald geritten war. John war wütend und stellte ihr viele Fragen.

»Ich bin ausgeritten, und das ist alles. Und niemand

sollte besser als du meine Gründe kennen!« fauchte Christina ihn an.

»Crissy, ich möchte dich allein sprechen«, sagte John, der erkannte, daß Philips Anwesenheit in diesem Haus Christina mehr Sorgen machte, als er für möglich gehalten hatte.

»Heute nicht, John. Ich bin zu müde.«

Er folgte ihr die Treppe hinauf. »Ich kann ihn wegschicken, wenn du willst, Crissy.«

»Nein, John, das ist nicht nötig. Ich komme von jetzt an mit seiner Gegenwart in diesem Haus zurecht.« Sie wußte selbst nicht, ob sie die Wahrheit sagte.

32

Es war der fünfte Tag des neuen Jahres, und das Jahr war 1885. In der letzten Woche war Wakefield Manor ein Pulverfaß gewesen. Tommy haßte Philip, und Estelle bedachte Christina mit verächtlichen Bemerkungen. Alle warteten nur darauf, daß es zu einer Explosion kommen würde.

Wenn Christina gegen ihren Willen mit Philip allein war, schien er sich ausschließlich für sein Kind zu interessieren, und mit keinem Wort erwähnte er vergangene Zeiten. Er behandelte Christina höflich und kühl, spielte mit seinem Sohn, und wenn es an der Zeit war, daß Christina ihn stillte, verließ er taktvoll das Zimmer. Das verblüffte Christina am meisten.

Christinas größtes Problem war Tommy. Er war sehr fordernd, seit Philip eingetroffen war. Ständig drängte er Christina, einen Termin für ihre Eheschließung festzusetzen, doch bisher hatte sie es vermieden, sich festzulegen.

Doch heute konnte Christina sich endlich über etwas freuen.

Kareen kam zu ihr ins Eßzimmer.

»Estelle hat sich endlich entschlossen, nach Hause zu fahren – sie ist gerade oben und packt«, sagte sie.

Christina sagte kein Wort, obwohl sie vor Freude am liebsten an die Decke gesprungen wäre.

»Auch wenn sie meine Schwester ist und ich sie sehr lieb habe«, fuhr Kareen fort, »muß ich zugeben, daß ich froh über ihre Abreise bin. Aber es wundert mich, daß sie jetzt fährt – und sie sagt mir ihre Gründe nicht. Noch gestern habe ich versucht, sie zu einer Abreise zu überreden, und sie hat sich strikt geweigert. Heute morgen ist sie dann mit Philip ausgeritten, und nach ihrer Rückkehr hat sie gesagt, daß sie keine Minute mehr hierbleibt. Es ist besser so, aber ich verstehe es nach wie vor nicht.«

Christina verstand es auch nicht. Aber ihr war egal, warum Estelle abreiste – solange sie nur abreiste. Jetzt brauchte sie nicht mehr mit anzusehen, wie eine andere Frau sich an Philip klammerte. Aber vielleicht würde Philip ebenfalls abreisen, wenn Estelle abreiste. Plötzlich war Christina gar nicht mehr so glücklich.

Philip hatte die kleinen Spielchen mit Estelle schon längst satt gehabt, aber nur durch ihre eigene Kühnheit hatte sie es ihm ermöglicht, dem endgültig ein Ende zu machen. Sie hatte ihn überredet, mit ihr auszureiten.

Sie war unter einer alten Eiche abgestiegen, hatte sich ins Gras gesetzt und ihn verführerisch aufgefordert, sich zu ihr zu gesellen.

»Estelle, steig wieder auf dein Pferd. Ich habe keine Zeit für deine Spielchen«, hatte er grob gesagt.

»Spielchen!« hatte Estelle aufgeschrien. Sie war aufgesprungen, hatte ihn angesehen und ihre Arme in die Hüften gestemmt. »Hast du jetzt die Absicht, mich zu heiraten oder nicht?«

Philip war überrascht gewesen, aber das war die Lösung seines Problems. Er konnte dem ganzen Ärger ein Ende machen, indem er nein sagte.

»Ich habe nicht die Absicht, dich zu heiraten, Estelle, und es tut mir leid, wenn ich den Glauben in dir geweckt habe, das sei meine Absicht.«

»Aber du hast doch gesagt, daß du mich begehrst«, gab sie wütend zurück.

»Ich hatte egoistische Gründe, das zu sagen. Und außerdem war es genau das, was du hören wolltest. Es gibt nur eine Frau, die ich begehre oder je heiraten werde.«

»Und die ist mit einem anderen verlobt«, hatte Estelle mit einem bitteren Lachen gesagt. Sie hatte sich auf ihr Pferd geschwungen und war losgeritten.

Philip mußte Christina zurückerobern, und wenn er sie wieder entführen mußte. Die Vorstellung, daß sie diesen Kerl heiraten würde, der bei jeder Mahlzeit neben ihr saß, daß dieser unreife Junge sie in seinen Armen halten würde, war unerträglich. Er würde es zu verhindern wissen. Lieber wollte er mit ihrem Haß leben als ohne sie.

Philip sah nach dem Abendessen auf die Uhr und wartete nur darauf, daß das Dienstmädchen Christinas Zimmer verlassen würde. John und Kareen hatten ihr Schlafzimmer am anderen Ende des Hauses, und er konnte zudem hoffen, daß sie bereits schliefen. Sowie Philip hörte, daß das Mädchen die Tür hinter sich schloß, schlich er sich in Christinas Zimmer. Sie saß mit dem Rücken zu ihm in der Wanne und badete. Als er sich näher an sie heranschlich, hörte sie ihn.

»Was tust du hier?« schrie sie auf und rutschte tiefer in die Wanne.

Philip schnappte sich ihr Handtuch und ihren Morgenmantel und warf beides auf ihr Bett, außerhalb ihrer Reichweite. Dann setzte er sich auf einen Stuhl und wartete. Christina sah ihn wütend an.

»Was zum Teufel soll das heißen, Philip Caxton? Verdammt noch mal! Willst du unbedingt aus dem Haus geworfen werden? Brauchst du einen Vorwand, um ebenfalls abzureisen, nachdem Estelle abgereist ist? Ist es das?«

Philip grinste, ohne sie aus den Augen zu lassen.

»Ich habe nicht vor, dieses Haus zu verlassen, Christina, und selbst wenn es so wäre, brauchte ich keinen Vorwand. Wenn du jetzt bitte Abstand davon nehmen würdest, deine Stimme zu erheben, damit mich niemand hier entdeckt?«

Tiefe Verwirrung brach über sie herein. Philip saß im Schatten, aber Christina konnte deutlich den glühenden Blick erkennen, der in seinen Augen stand. Philip begehrte sie, dessen war sie sicher, und ein Prickeln durchlief ihren Körper. Sie begehrte ihn aus ganzem Herzen, aber sie wußte, daß diese Liebe nur eine Nacht andauern würde. Morgen würde er sich so kalt und gleichgültig wie bisher verhalten, und das würde sie nicht ertragen.

»Verlaß mein Zimmer, Philip. Du hast kein Recht, hier zu sein.«

»Du bist heute abend außergewöhnlich schön, Tina«, murmelte Philip. »Du könntest einen Mann in Versuchung führen, alles zu tun, was du nur willst – aber nicht, dich jetzt allein zu lassen.«

Er lachte herzlich.

Sie drehte sich in der Wanne um. Sein Anblick war ihr unerträglich; das pechschwarze Haar, das zerzaust war, und sein weißes Hemd, das bis zur Taille offenstand und seine gebräunte Brust mit den kleinen schwarzen Haarlöckchen entblößte. Er war die Verführung in Person! Es kostete sie große Anstrengung, nicht triefend naß zu ihm zu gehen und ihn augenblicklich zu lieben. Das war das, was sie wollte, und es war das, was er wollte, aber sie konnte es nicht tun. Sie hätte es nicht ertragen, ihn heute nacht zu lieben und morgen wieder seinem Haß ausgesetzt zu sein.

Zwanzig Minuten vergingen. Weder Philip noch Christina sprachen. Ihr Rücken war ihm zugewandt, aber sie wußte, daß er sie immer noch ansah.

»Philip, bitte – das Wasser wird kalt«, flehte sie ihn an.

»Dann schlage ich dir vor, aus der Wanne zu steigen«, erwiderte er sanft.

»Dann geh, damit ich aus der Wanne steigen kann!« fauchte sie.

»Du versetzt mich in Erstaunen, Tina. Ich habe dir hundertmal beim Baden zugeschaut und gesehen, wie du nackt aus dem Wasser gestiegen bist. Damals warst du nicht so schüchtern, warum also jetzt so tun als ob? Einmal haben wir uns sogar auf dem harten Boden am Ufer des Teiches geliebt. Du warst es, die an diesem Tag zu mir gekommen ist und ...«

»Hör auf!« schrie sie, und sie schlug mit ihrer geballten Faust auf das Wasser. »Es ist sinnlos, über die Vergangenheit zu reden, Philip. Es ist aus und vorbei. Und jetzt gehst du augenblicklich, ehe ich mir eine Erkältung hole.«

»Hat dein Körper bei der Geburt meines Sohnes Schaden genommen?« fragte Philip. »Oder warum sonst weigerst du dich, nackt vor mir zu stehen?«

»Natürlich nicht! Meine Figur ist wieder wie früher.«

»Dann steh auf und beweise es, Tina«, murmelte er mit belegter Stimme.

Christina hätte fast an diesem Köder angebissen, und sie wollte schon aufstehen, aber dann ließ sie sich noch tiefer als bisher ins Wasser sinken und verfluchte Philip tonlos. Der Seifenschaum hatte sich gänzlich aufgelöst, und ihr Körper war seinen Blicken ausgesetzt. Ihre einzige Hoffnung bestand darin, daß er ging, ohne ihr nahezukommen! Wenn er sie auch nur berührte, war sie verloren.

In dem Moment hörten sie Schritte im Korridor, und Christina erstarrte, als leise an ihre Tür geklopft wurde.

»Christina, ich muß mit dir sprechen. Christina, bist du wach?«

Sie wandte ihren Kopf zu Philip um, doch er saß immer

noch behaglich in seinem Stuhl und amüsierte sich über diese neue Klemme, in die sie geraten war.

»Tommy, um Himmels willen, geh nach Hause! Ich nehme gerade ein Bad – wir sprechen morgen miteinander!« sagte sie laut.

»Ich warte, bis du fertig bist«, rief Tommy durch die Tür.

»Nein, das wirst du nicht tun, Tommy Huntington!« Ihre Furcht war jetzt größer als ihr Zorn. »Es ist spät am Abend. Ich sehe dich morgen – aber nicht jetzt!«

»Christina, es kann nicht bis morgen warten, verdammt noch mal! Ich mache nicht mehr mit, daß dieser Mann in diesem Haus weilt. Er muß gehen!«

Philips tiefes Lachen schallte durch das Zimmer. Die Tür wurde heftig aufgerissen und schlug gegen die Wand, als Tommy ins Zimmer stolperte. Philip saß noch im Schatten, und Tommy mußte sich zweimal im Zimmer umsehen, ehe er ihn entdeckte.

Tommy war außer sich und ballte die Fäuste, die neben ihm herabhingen. Erst sah er sie an, dann Philip, dann wieder Christina. Ehe ihr etwas einfiel, stieß Tommy einen entsetzlichen Schrei aus und stürzte sich auf Philip.

Christina stand auf, und Wasser spritzte nach allen Seiten auf den dicken blauen Teppich.

»Laß das, Tommy!« schrie sie.

Tommy hielt in der Bewegung inne. Bei Christinas Anblick fiel ihm der Kiefer herunter, und er vergaß vollständig, daß Philip im Zimmer war. Aber Philip, der sich fast erhoben hatte, um sich gegen Tommys Angriff zu stemmen, blickte Christina finster an.

»Setz dich hin, Frau«, knurrte Philip zornig.

Sie tat es augenblicklich, und wieder spritzte Wasser nach allen Seiten über den Wannenrand, und eine tiefe Röte breitete sich auf ihrem Gesicht aus.

»Was zum Teufel haben Sie hier zu suchen, Caxton?« fragte Tommy gebieterisch.

»Du brauchst dich gar nicht aufzuregen, Tommy«, sagte Christina beschwichtigend. »Philip ist direkt vor dir ins Zimmer gekommen – um mit mir über meinen Sohn zu reden. Er hat nicht gewußt, daß ich ein Bad nehme, als er reinkam.«

»Dann hat er also dagesessen und dir beim Baden zugesehen? Wie konntest du ihn in dein Zimmer lassen, Christina, oder geht das schon die ganze Zeit so?«

»Sowas Albernes! Ich sage dir doch, daß alles ganz harmlos war. Himmel! Dieser Mann hat mir in der Vergangenheit hundertmal beim Baden zugesehen. Wenn du dich erinnern würdest – Philip ist wegen seines Sohnes hierhergekommen, nicht meinetwegen. Und er hat nur lange genug hier gesessen, um mir ein paar Fragen zu stellen – das ist alles. Ich war die ganze Zeit über in dieser Wanne, Tommy. Er hat mich erst in dem Moment gesehen, in dem du mich durch deine Dummheit gezwungen hast, aufzuspringen.«

»Aber er hat kein Recht darauf, hier zu sein, verdammt noch mal!«

»Wenn du deine Stimme nicht senkst, Tommy, wirst du John noch wecken!« fauchte Christina.

»John wecken – genau das habe ich vor. Sie werden nicht mehr lange hier sein, Mr. Caxton.« Tommy lachte bitter und eilte aus dem Zimmer.

»Jetzt sieh dir nur an, was du angerichtet hast!« schrie Christina. »Warum konntest du mich nicht einfach in Ruhe lassen? Jetzt ist John gezwungen, dich aufzufordern, daß du sein Haus verläßt. Das hast du absichtlich getan, oder etwa nicht?«

»Es lag nicht in meiner Absicht, hier entdeckt zu werden, Christina«, sagte Philip ruhig. »Dieses Haus ist ebenso sehr dein Haus wie Johns Haus. Ich brauche also nicht zu gehen, es sei denn, du wünscht auch, daß ich gehe. Wenn du willst, daß unser Sohn aufwächst, ohne seinen richtigen Vater zu kennen, liegt das ganz bei dir.«

Es war das erste Mal, daß Philip von ›unserem Sohn‹ gesprochen hatte. Christina war überrascht und gleichzeitig erfreut, als sie es hörte.

»Schnell – reich mir meinen Hausmantel, bevor John kommt!« sagte sie eilig. »Und dreh dich um, verdammt noch mal!«

»Um Gottes willen, Christina!« Aber er drehte sich um und entfernte sich weit von ihr. Er blieb am Fenster stehen.

Christina stieg aus der Wanne, und es gelang ihr, das Gewand über ihren nassen Körper zu ziehen und es in der Taille zu schnüren, als John mit Tommy auf den Fersen in ihr Zimmer stürzte.

»Was zum Teufel geht hier vor, Christina?« fragte John.

Philip wandte sich den beiden zu, und Tommy funkelte ihn wütend an.

»Ich habe dir doch gesagt, daß es die heilige Wahrheit ist, John. Das ist empörend, und ich fordere, daß Caxton augenblicklich dieses Haus verläßt!« brauste Tommy auf.

»Es reicht, Tommy. Ich muß dich jetzt bitten, nach Hause zu gehen. Ich werde diese Angelegenheit regeln«, erwiderte John.

»Ich gehe nicht!«

»Tommy – du gehst, und zwar gleich! Ich will allein mit Christina reden. Ich werde tun, was nötig ist.«

Tommy drehte sich um und stürmte aus dem Zimmer.

»Ich ziehe mich ebenfalls zurück, wenn Sie sich allein mit Christina unterhalten wollen«, sagte Philip.

»Ja, bitte«, erwiderte John barsch. »Ich werde Sie morgen früh von meiner Entscheidung unterrichten.«

»Dann bis morgen. Gute Nacht, Tina.« Philip schloß die Tür hinter sich.

Christina wußte, daß er sie bitten wollte, sich für ihn einzusetzen, damit er in der Nähe seines Sohnes bleiben konnte. Sie entspannte sich ein wenig und setzte sich auf ihr Bett.

»Crissy, wie kommst du dazu, Philip zu dieser nachtschlafenden Zeit in dein Zimmer zu lassen?« fragte John. »Habt ihr die Dinge endlich unter euch geregelt? Ist es das?«

»Ich weiß nicht, wovon du sprichst, John. Zwischen uns gibt es nichts zu regeln. Was zwischen uns war, ist vorbei – und es läßt sich nichts daran ändern. Außerdem habe ich Philip nicht gebeten, in mein Zimmer zu kommen. Er ist einfach reingekommen und nicht mehr gegangen.«

»Hat er...«

Christina lächelte schwach. »Philip hat die ganze Zeit über, die er hier war, in der Ecke gesessen, aber ich wußte, daß er mich begehrt hat. Und ich weiß, daß ich dich nicht noch mehr schockieren kann, als ich dich ohnehin schon schockiert habe, wenn ich dir jetzt sage, daß ich ihn auch wollte, mehr als alles auf der Welt«, flüsterte sie, denn sie fürchtete, daß Philip sie in seinem Zimmer hören konnte. »Aber ich habe ihm widerstanden, weil ich wußte, daß er mich nur für diese eine Nacht haben will. Morgen hätte er mich wieder gehaßt.«

»Aber, Crissy, Philip hat nie aufgehört, dich zu begehren.«

»Oh, doch, das hat er!« fauchte sie.

Es war zwecklos, mit ihr zu diskutieren, wenn sie auf stur schaltete. John schüttelte den Kopf. »Dann werde ich ihn wohl bitten müssen zu gehen, Crissy. Wäre dieser Mann nicht ausgerechnet Philip gewesen, dann wäre er jetzt tot.«

»Ich will nicht, daß er fortgeht, John.«

»Das kann doch nicht dein Ernst sein! Gerade eben hast du mir noch erzählt, daß du ihm nicht widerstehen kannst, wenn er – Crissy, es *wird* wieder passieren, wenn er hierbleibt.«

»Es wird nicht wieder passieren, John, ich weiß, daß es nicht dazu kommen wird. Und außerdem werde ich meine Tür von jetzt an abschließen. Ich will, daß Philip hierbleibt, bis er aus eigenem Willen geht. Ich will ihm nicht das Recht streitig machen, seinen Sohn kennenzulernen.«

»Und was ist mit Tommy? Er wird nicht verstehen, warum Philip weiterhin hierbleibt.« John machte eine Pause und schüttelte den Kopf. »Es ist alles meine Schuld, Crissy. Ich hätte dir niemals zureden dürfen, Tommy zu heiraten.«

»Das spielt jetzt keine Rolle mehr. Ich werde morgen früh mit Tommy sprechen. Ich werde ihm klarmachen, daß es eine harmlose Angelegenheit war.«

»Ich bezweifle, daß er dir das glauben wird. Was hast du vor, wenn du mit Tommy verheiratet bist? Er wird Philip niemals in seinem Haus dulden.«

»Ich weiß es nicht. Damit befasse ich mich, wenn es soweit ist. Und wenn du mit Philip sprichst, dann sag ihm bitte, ich hätte dir gesagt, daß wir über Philip junior gesprochen haben. Und auch wenn es sich nicht gehört, daß solche Dinge vorfallen, vergiß bitte die ganze Sache, solange so etwas nicht wieder vorkommt.«

»Hast du das etwa auch zu Tommy gesagt? Kein Wunder, daß er so wütend war. Glaubst du wirklich, Tommy ist so naiv, dir das zu glauben? Er ist doch kein Dummkopf.«

»Ich muß eben einfach darauf beharren, daß es so ist«, sagte Christina. »Ich will keine Konfrontationen zwischen Philip und Tommy mehr erleben.«

»Sprich mit Tommy, ehe er mir über den Weg läuft. Ich weiß nicht, wie ich ihm erklären soll, daß Philip weiterhin hierbleibt. Ich verstehe es selbst nicht so ganz.« John kam zu ihr und küßte sie zart auf die Wange. »Ich kann mir vorstellen, daß Tommy morgen in aller Frühe auftaucht, und daher solltest du jetzt am besten schlafen. Gute Nacht, meine kleine Schwester. Ich hoffe, du weißt, was du tust.«

Sie lächelte schwach, aber sie gab ihm keine Antwort.

Nachdem John gegangen war, sah Christina sich in ihrem leeren Zimmer um und spürte einen Stich des Bedauerns. Sie fragte sich, was passiert wäre, wenn Tommy nicht dazwischengekommen wäre. Sie schlüpfte in ihr Nachthemd, kroch ins Bett, und wie schon in so vielen Nächten überkam sie ein glühendes Verlangen. Sie wollte Philip – seine Hände, die ihren Körper erforschten, seine Lippen, die ihr jeden Willen raubten, seine Muskeln, die sich auf seinem Rücken bewegten, wenn sie ihn streichelte. Sie drehte sich um und weinte leise in ihr Kissen. Sie weinte um das, was niemals mehr sein konnte.

33

Christina erwachte vom lauten Schreien ihres Sohnes. Sie stürzte zur Wiege, und keine Gefahr in Gestalt von Philip war zu sehen. Als das Kind aufgehört hatte zu schreien, wickelte und stillte sie es. Dabei dachte sie wieder an die Worte, die Philip gebraucht hatte: *unser Sohn*. Wie natürlich das klang, nicht so wie mein Sohn oder Philips Sohn.

Es war zehn nach sieben, und jede Sekunde konnte Tommy im Haus auftauchen. Christina entschied sich für ein unpassendes Kleid, das tief ausgeschnitten war und Tommy bei der bevorstehenden Auseinandersetzung vielleicht ablenken konnte. Sie steckte sich rubinbesetzte Nadeln ins Haar und schmückte sich mit ihren Rubinohrringen, ließ jedoch die passende Kette weg, weil sie fürchtete, die Kette könne verbergen, was sie Tommy sehen lassen wollte.

Tommy war noch nicht da, und das Frühstücksgeschirr ließ darauf schließen, daß John und Philip bereits gegessen und das Haus verlassen hatten. Nach dem Frühstück schenkte Christina sich eine Tasse Tee ein. Als sie sich umdrehte, stand Tommy in der Tür. Er hatte sich ebenfalls sorgsam gekleidet und sah gut aus. Wie Christina gehofft hatte, fiel sein Blick sofort auf ihren tiefen Ausschnitt, der kaum verbergen konnte, was darunter war.

»Christina, wie kannst du am frühen Morgen in einem solchen Kleid herumlaufen?« fragte er bestürzt.

»Gefällt dir mein Kleid nicht, Tommy?« Sie lächelte verlockend. »Ich habe es nur für dich angezogen.«

Tommy schmolz dahin. Er zog sie in seine Arme. Seine Lippen suchten ihren Mund. Sie spürte keine Schauer der Erregung, nicht die Feuer, die jedesmal aufloderten, wenn Philip sie küßte.

»Es ist ein wunderbares Kleid, Crissy.« Er hielt sie auf Armeslänge von sich fern und musterte sie von Kopf bis Fuß. »Da Caxton jetzt fort ist, habe ich nichts dagegen, daß du es trägst.«

»Tommy.«

»Mein Gott, Crissy, du weißt ja nicht, was ich durchgemacht habe, seit dieser Mann aufgetaucht ist. Es war die Hölle! Ich konnte nicht mehr schlafen, ich konnte nicht mehr essen, ich konnte gar nichts mehr tun. Ich konnte nur noch daran denken, daß er einmal dein Liebhaber war.«

»Tommy.«

»Aber jetzt wird alles gut. Sag mal, hat John ihn in der Nacht noch rausgeworfen, oder ist er heute morgen abgereist?«

Christina seufzte. »Philip reist nicht ab, Tommy.«

Er sah sie an, als sei er völlig unerwartet geohrfeigt worden, doch sie sprach schnell weiter.

»John hat mir geglaubt, als ich ihm gesagt habe, daß gestern abend nichts vorgefallen ist. Es war alles vollkommen unschuldig, Tommy – nichts ist geschehen. Philip Caxton will mich nicht mehr – du hast doch selbst gesehen, wie er mit Estelle umgegangen ist. Du hast wirklich keinen Grund, dich aufzuregen.«

»Keinen Grund!« schrie Tommy aufbrausend. »Ich

mache das nicht mehr mit, Christina, keinen Tag länger!«

»Tommy! Philip hat ein Recht darauf, hier zu sein. Sein Sohn ist hier.«

»Darüber werde ich mit John reden! Dieser Mann wird nicht in einem Haus mit dir bleiben!«

»Dieses Haus ist ebenso sehr mein Haus wie Johns Haus!« schrie Christina. »Und Philip bleibt hier!«

»Verdammt noch mal!« Tommy schlug mit seiner Reitpeitsche auf den Tisch.

»Tommy«, sagte Christina, »Philip ist nur wegen seines Sohnes hier, nicht meinetwegen. Kannst du das denn nicht verstehen?«

»Warum in Gottes Namen gibst du ihm seinen Sohn dann nicht?«

»Das kann doch nicht dein Ernst sein«, sagte Christina lachend.

»Wenn Caxton nichts anderes als seinen Sohn will, dann gib diesem Mann seinen Sohn. Mir war dieses Balg ohnehin immer im Weg«, sagte Tommy bitter. »Wir werden unsere eigenen Söhne haben, Christina, und zwar sobald wir verheiratet sind. *Meine* Söhne!«

Langsam und bedächtig sagte Christina: »Ich bin dir wirklich dankbar dafür, daß du mir gesagt hast, wie du zu Philip junior stehst, bevor wir geheiratet haben. Jetzt wird es zu keiner Heirat kommen. Wenn du meinen Sohn nicht haben willst, kann ich dich unmöglich heiraten, Tommy.«

»Christina!«

»Du verstehst anscheinend nicht, was ich für mein Kind empfinde. Es ist mein Baby, Tommy, und ich liebe es von ganzem Herzen. Nichts auf Erden könnte mich dazu bringen, mich von diesem Kind zu trennen.«

»Du hast nie vorgehabt, mich zu heiraten, stimmt's?« schrie Tommy mit verzerrtem Gesicht. Ein kalter Schauer lief über Christinas Rücken. »Du hast während all der Zeit immer nur diesen Mann geliebt! Aber du wirst ihn nicht bekommen, Christina. Merk dir gut, was ich dir sage! Philip Caxton wird den Tag, an dem er dieses Haus betreten hat, noch bereuen. Und auch du wirst diesen Tag verfluchen!«

»Tommy!« schrie sie auf. Doch er stürzte aus dem Haus und schlug die Tür hinter sich zu.

Christina fing an, unkontrolliert zu zittern. Was sollte sie bloß tun? Was würde Tommy unternehmen? Sie mußte Philip finden und ihn warnen, aber sie hatte keine Ahnung, wo er steckte.

Christina nahm zwei Treppenstufen gleichzeitig. Sie begab sich direkt in Philips Zimmer und schloß die Tür hinter sich. Sie würde hier auf ihn warten. O Philip – bitte, eil dich! Tommy war rasend wie ein Irrer.

Zwanzig Minuten vergingen. Christina erschienen sie wie Stunden. Immer wieder ließ sie sich Tommys Worte durch den Kopf gehen und fragte sich, was er damit hatte sagen wollen. Als sie Schritte im Flur hörte, hielt sie den Atem an und betete, es möge Philip sein. Als die Tür aufging, wurde sie vor Erleichterung fast ohnmächtig.

»Was zum Teufel hast du hier zu suchen? Versuchst du, mir den gestrigen Abend zurückzuzahlen?« fragte Philip.

Seine Grobheit verletzte Christina, aber darüber vergaß sie nicht den Grund ihres Kommens.

»Philip, ich bin gekommen, um dich zu warnen. Tommy hat Drohungen gegen dich ausgestoßen, und er hat sich so merkwürdig benommen, daß ich...«

»Sei nicht albern, Christina!« schnitt ihr Philip das Wort ab. »Du hast mich gestern abend aufgefordert, dein Zimmer zu verlassen, und jetzt fordere ich dich auf, mein Zimmer zu verlassen. Dein Bruder hat deutlich klargestellt, daß er nicht wünscht, daß wir beide miteinander allein sind.«

»Hat er das gesagt?«

»Nicht wörtlich, aber es ist auf dasselbe hinausgelaufen.«

»Aber, Philip, Tommy hat gesagt, er brächte dich dazu, daß du bereust, jemals hierhergekommen zu sein. Er...«

»Glaubst du wirklich, daß ich auch nur einen Pfifferling darauf gebe, was Huntington sagt? Ich kann auf mich selbst aufpassen. Und jetzt sei so freundlich, mein Zimmer zu verlassen.«

Christina griff nach Philips Arm. In ihrem sturmblauen Augen stand Zorn.

»Ich glaube, daß er dich umbringen will! Geht das denn nicht in deinen Dickschädel, verdammt noch mal?«

»Ganz richtig, Christina, genau das habe ich vor«, sagte Tommy.

Christina fühlte sich plötzlich ganz elend, und sie spürte, wie sich die Muskeln in Philips Arm anspannten. Langsam drehte sie sich zu Tommy um, der in der offenen Tür stand. Er hatte zwei Pistolen auf Philip gerichtet.

»Wußte ich doch, daß ich euch beide zusammen vorfinde. Deine Warnung ist zu spät gekommen, Christina. Jetzt kann nichts mehr deinen Liebhaber retten.« Er lachte bitter.

Christina hatte das Gefühl, jeden Moment ohnmächtig zu werden, aber sie zwang sich, dennoch zu sprechen. »Tommy, das kannst du nicht tun! Das ist – das ist Mord! Du wirfst dein eigenes Leben weg!«

»Glaubst du, daß mich mein eigenes Leben noch einen Pfifferling interessiert? Mir ist ganz gleich, was aus mir wird, solange er stirbt, Christina – und zwar vor deinen Augen. Glaubst du etwa, ich wüßte nicht, daß du während der ganzen Zeit, in der wir verlobt waren, mit ihm geschlafen hast? Hältst du mich für einen solchen Trottel?«

»Das ist nicht wahr, Tommy!« schrie Christina. Sie stellte sich vor Philip, doch er stieß sie von sich, und sie fiel auf das Bett zurück.

»Aus dem Weg mit dir, Christina. Das geht nur Huntington und mich etwas an!« sagte Philip barsch.

»Wie ergreifend!« sagte Tommy lachend. »Aber ich habe nicht vor, Christina zu erschießen.«

»Tommy, hör mir zu!« flehte Christina. Sie mußte ihn davon abhalten! Sie zog sich vom Bett hoch und stellte sich mit wogendem Busen vor Tommy hin. »Ich werde mit dir von hier fortgehen, Tommy. Ich heirate dich heute noch. Leg nur bitte, bitte, diese Pistolen fort!«

»Du lügst! Du hast mich immer nur belogen!«

»Ich lüge nicht, Tommy. Das ist einfach Wahnsinn! Du hast keinen Grund, auf Philip eifersüchtig zu sein. Ich liebe ihn nicht, Tommy. Er will mich nicht, und ich will ihn nicht. Wie könnte ich ihn wollen – nach allem, was er mir angetan hat? Bitte – du mußt auf die Vernunft hören! Ich reise heute noch mit dir ab, und wir werden nie mehr ein Wort über diesen Vorfall verlieren. Tommy, bitte!«

»Es reicht, Christina! Du willst mich schon wieder zum Narren halten, aber diesmal spiele ich nicht mit. Du wolltest immer nur diesen Mann, also versuch jetzt nicht, mir das Gegenteil zu erzählen!« schrie Tommy, und die Muskeln in seinem Gesicht zuckten. »Während unserer gesamten Verlobungszeit wolltest du dich von mir nicht anrühren lassen, aber *ihm* hast du erlaubt, dich anzufassen, oder etwa nicht? Damit ist jetzt Schluß! Du wirst ihn nicht bekommen, Christina – und seinen Sohn auch nicht.« Tommy lachte wieder, als er hörte, wie sie nach Luft schnappte, doch er behielt den regungslosen Philip im Auge. »Hast du etwa geglaubt, ich würde dieses Balg am Leben lassen, damit es dich an ihn erinnert? Nein, Christina – beide werden sterben. Ich habe zwei Kugeln, für jeden eine.«

»Du wirst beide Kugeln für mich brauchen, Huntington. Und selbst dann werde ich dich noch in Stücke reißen.« Philips Stimme war ruhig, aber von tödlicher Gefährlichkeit.

»Das bezweifle ich, Caxton – ich bin ein ausgezeichneter Schütze. Meine erste Kugel wird in Ihrem Herzen steckenbleiben, und somit bleibt mir noch eine Kugel, um dieses Balg zu töten, Ihren Sohn. Nichts wird ihr von Ihnen bleiben.« Er unterbrach sich und starrte mit leerem Blick auf den Fußboden. »Du warst alles, was ich je wollte, Crissy, aber diese beiden haben mir dich weggenommen.« Er blickte zu Philip auf, und der Wahnsinn trat wieder in seine Augen.

Tommy hob eine der Pistolen und richtete sie direkt auf Philips Herz. Christina entfuhr ein Schrei, bei dem einem das Blut gerinnen konnte, und sie stürzte in dem Moment nach vorn, in dem Tommy die Kugel abfeuerte. Philip war zur Seite getreten, um der Kugel auszuweichen, doch er mußte Christina in seinen Armen auffangen, als sie zusammenbrach und Blut aus einer Kopfverletzung strömte.

Christina hatte das Gefühl zu fallen, in Zeitlupe zu fallen, und alles drehte sich. Die Welt blitzte rot vor ihren Augen auf – und dann umfing sie Schwärze.

»O mein Gott, was habe ich getan? Ich habe sie umgebracht!« schrie Tommy. Jegliche Farbe wich aus seinem Gesicht, und mit einem grauenerregenden Schrei drehte er sich um und stürzte die Treppe hinunter. Doch ehe er die Haustür erreicht hatte, stürzte John aus dem Eßzimmer, und Kareen und Johnsy folgten dicht hinter ihm.

»Tommy!« schrie John. Er hielt ihn an der Tür an. Tommy drehte sich langsam um, und beim Anblick der beiden Pistolen, die er in seinen Händen hielt, erbleichte John. »Mein Gott! Was hast du getan?«

Tommy ließ augenblicklich die Waffen fallen, als habe er sich die Hände verbrannt. Doch eine der Pistolen war noch geladen und ging mit einem gräßlichen Geräusch los, als sie auf den Boden fiel. Von oben ertönte ein gequälter Aufschrei. Tommy sank auf seine Knie, und Tränen strömten über seine Wangen.

»Sie verfolgt mich jetzt schon als ein Spuk!« schrie Tommy. »O Gott, Crissy, ich wollte dir nichts tun. Ich habe dich geliebt!«

»Bleib, wo du bist, Tommy«, ordnete John mit erstickter Stimme an, ehe er die Treppe hinaufsprang. Die Frauen folgten dicht auf seinen Fersen.

»Wohin mit mir?« murmelte Tommy vor sich hin. Er war allein in der Eingangshalle. »Warum verfolgt mich Caxton nicht? Gerechtigkeit muß geübt werden! O Gott, wie konnte ich bloß so blind sein, nicht zu erkennen, wie sehr sie ihn geliebt hat – so sehr, daß sie mir in die Schußlinie läuft, um ihn zu schützen? Mit dem, was ich angerichtet habe, kann ich nicht leben – ich will sterben!«

34

»Verdammt noch mal Doktor, warum kommt sie nicht zu sich? Jetzt sind es schon drei Tage, und Sie haben gesagt, es sei nur eine leichte Verletzung – die nicht einmal verbunden werden muß!« John ging in Christinas Schlafzimmer auf und ab, während der alte Dr. Willis seine Tasche schloß.

»Nach allem, was mir Mr. Caxton erzählt hat, fürchte ich, daß Christinas Verfassung seelisch bedingt ist, nicht körperlich. Als sie aus ihrer ersten Ohnmacht erwachte und dann den zweiten Schuß hörte, ging sie sofort davon aus, daß jetzt ihr Sohn tot sei. Sie sieht absolut keinen Grund, zu sich zu kommen – sie will es einfach nicht.«

»Aber sie hat allen Grund, weiterzuleben!«

»Wir wissen das, aber sie weiß es nicht. Ich kann Ihnen nur vorschlagen, hier sitzenzubleiben und mit ihr zu sprechen. Sie müssen versuchen, ihr das, was sie glaubt, auszureden. Und machen Sie nicht ein solches Getue, John. In all den Jahren meiner Praxis habe ich noch nie einen Patienten verloren, der an reiner Hartnäckigkeit gestorben ist. Wenn man von Ihrer Mutter einmal absieht. Aber sie war bei vollem Bewußtsein, und sie hat sich durch reine

Willenskraft dazu gebracht zu sterben. Reden Sie mit Christina. Sagen Sie ihr, daß ihr Junge sie braucht – sagen Sie ihr, was sie wollen, damit sie sich nur aus diesem Zustand aufrütteln läßt. Wenn sie erst die Augen aufschlägt, ist alles gut.«

Nachdem Doktor Willis gegangen war, kam Philip ins Zimmer und blieb am Bett stehen.

»Was hatte Willis zu ihrem Zustand zu sagen?« fragte Philip sachlich.

»Daß sie keinen Grund hat, nicht zu sich zu kommen, es nur einfach nicht will!« erwiderte John erhitzt. »Verdammt noch mal! Sie versucht, aus reiner Willenskraft heraus an ihrem Kummer zu sterben, genauso wie unsere Mutter es getan hat.«

John redete den ganzen Tag auf Christina ein, und am späten Abend schlug sie die Augen auf.

Sie sah John an, der auf einem Stuhl neben ihrem Bett saß, und sie fragte sich, warum er hier war. Dann fiel ihr wieder ein, was passiert war.

»O Gott, nein – nein!« schrie sie hysterisch.

»Es ist alles in Ordnung, Crissy – Philip junior geht es gut. Er ist am Leben, das schwöre ich dir!« sagte John eilig.

»Du – du darfst mich nicht belügen, John«, flehte Christina ihn zwischen zwei Schluchzlauten an.

»Ich schwöre es dir Crissy, deinem Sohn ist nichts zugestoßen. Er liegt im Nebenzimmer und schläft.«

Sie konnte nicht aufhören zu weinen. »Ich habe den Schuß gehört. Ich habe ihn selbst gehört!«

»Der Schuß, den du gehört hast, ist aus dem unteren Stockwerk gekommen, Crissy. Er hat sich gelöst, als Tommy die Pistolen fallen gelassen hat. Niemand ist durch diesen Schuß verletzt worden – Philip junior geht es gut.«

Christina schlug ihre Decke zurück und wollte aufstehen. Aber ein stechender Schmerz schoß durch ihren

Kopf, und ihr wurde schwarz vor Augen. Sie fiel auf das Kissen zurück. »Ich muß es mit eigenen Augen sehen.«

»Gut, Crissy, wenn du mir nicht glaubst, kannst du ihn sehen. Aber setz dich diesmal langsam auf. Du liegst seit drei Tagen im Bett.«

John blieb nichts anderes übrig, als Christina in das Kinderzimmer zu tragen. Er stellte sie sachte neben der Wiege ab und hielt sie fest, damit sie nicht umfallen konnte. Christina sah auf ihren schlafenden Sohn hinunter. Sie legte ihre Hände dicht neben sein kleines Gesicht und spürte seinen warmen Atem. Dann streichelte sie seine Wangen. Er bewegte sich und drehte seinen Kopf um.

»Er lebt«, flüsterte sie beglückt. John hob sie wieder auf und trug sie ins Bett. Sie fing sofort wieder an zu weinen, doch diesmal waren es Freudentränen.

»Ich lasse dir etwas zu essen bringen, Crissy. Und dann solltest du dich ausruhen.«

»Aber du hast doch gesagt, daß ich seit drei Tagen schlafe. Ich brauche keine Ruhe mehr. Ich will wissen, was passiert ist, John«, sagte Christina sachlich.

»Einer der Bediensteten der Huntingtons hat mich in den Ställen gefunden. Lord Huntington hat ihn losgeschickt, um mich zu warnen, Tommy sei bewaffnet auf dem Weg hierher. Den ersten Schuß habe ich gehört, ehe ich das Haus erreicht hatte. Dann habe ich Tommy im Flur gefunden. Der zweite Schuß ist versehentlich losgegangen. Du hast geschrien, und ich dachte, Tommy hätte Philip umgebracht. Aber als ich zu dir kam, mußte ich feststellen, daß auf dich geschossen worden war, Crissy – ich dachte, du seist tot. Aber Philip hat mir versichert, du seist nur ohnmächtig geworden, als du den zweiten Schuß gehört hast. Wenn du das Bewußtsein nicht verloren hättest, hättest du gewußt, daß Philip junior nichts zugestoßen ist. Der erste Schuß hat ihn nicht geweckt. Aber der zweite Schuß, der durch das ganze Haus hallte, hat ihm Angst eingejagt, und er hat sich die Seele aus dem Leib geschrien. Selbst als Johnsy zu ihm gekommen ist, wollte er nicht aufhören zu schreien.«

»Ist Philip in Ordnung?«

»Ja. Euch würde beiden nichts fehlen, wenn du nicht in die Schußlinie gelaufen wärst. Ich weiß, warum du es getan hast, Crissy, aber ich fand, es sei nicht meine Sache, Philip zu erklären, warum du es getan hast. Dem Himmel sei Dank, daß die Kugel dich nur gestreift hat.«

»Wo ist Philip jetzt?«

»Ich glaube, er ist unten und betrinkt sich, wie er es jetzt schon seit drei Nächten tut.«

»Und Tommy – ist mit ihm alles in Ordnung?«

»Tommy war, glaube ich, weit erschütterter als alle anderen. Er hat wirklich geglaubt, er hätte dich umgebracht. Er hat geweint wie ein kleines Kind, als ich ihm gesagt habe, daß du lediglich bewußtlos bist. Aber ich fürchte, er ist verhaftet worden. Schließlich hat er auf dich geschossen.«

»Aber mir fehlt nichts – es war nur ein unglückliches Versehen. Ich will nicht, daß er ins Gefängnis kommt, John. Tommy ist durchgedreht, weil ich unsere Verlobung gelöst habe. Ich möchte, daß er freigelassen wird – heute nacht noch.«

»Ich werde sehen, was ich tun kann, aber vorher besorge ich dir etwas zu essen.«

»Miß Crissy, mein Liebes, wach auf. Hier ist jemand, der seine Mama sehen möchte.«

Christina drehte sich im Bett um und sah Johnsy, die Philip junior auf ihren Armen wiegte. Sie lächelte, denn er zappelte in Johnsys Armen. Sie knöpfte ihr Nachthemd auf und legte ihn an die Brust, während sie zusah, wie Johnsy, die offensichtlich außer sich war, im Zimmer aufräumte.

»Was ist los mit dir?« fragte Christina.

»Du kannst gern von mir hören, daß ich vor Angst fast

den Verstand verloren habe – einfach drei Tage lang hier im Bett zu liegen. Und dann kommt auch noch dein Bruder und sagt zu mir, ich soll zu dir raufgehen und dich fragen, ob du bereit bist, Master Tommy zu sehen. Wenn er mich gefragt hätte, hätte ich nein gesagt, aber mich fragt ja niemand mehr.«

»O Johnsy, sei nicht so verdrießlich. Ich werde mit Tommy sprechen, sowie ich Philip junior gestillt habe.«

»Vielleicht ist es dazu noch zu früh?« fragte Johnsy mit einem schwachen Hoffnungsschimmer.

»Mir fehlt nichts. Und jetzt sieh zu, daß du runterkommst und Tommy sagst, ich werde ihn gleich empfangen.«

Eine Weile später klopfte Tommy an die Tür, als Christina Philip junior gerade wieder in seine Wiege gelegt hatte. Sie machte die Tür auf und bemerkte, daß Tommy Reisekleidung trug. Sie forderte ihn auf einzutreten.

»Crissy, ich…«

»Es ist schon gut, Tommy«, fiel sie ihm ins Wort. »Du brauchst nichts dazu zu sagen.«

»Ich will aber etwas sagen«, sagte er, und er nahm ihre Hände in seine. »Es tut mir leid, Crissy. Das mußt du mir glauben. Ich wollte dir um keinen Preis etwas antun.«

»Das weiß ich, Tommy.«

»Mir ist jetzt klar, wie sehr du Philip Caxton liebst. Ich hätte es eher merken müssen, aber ich war zu sehr von meinen eigenen Gefühlen besessen. Als Caxton hier aufgetaucht ist, habe ich in ihm nur einen Rivalen gesehen. Aber jetzt weiß ich, daß du nie für mich zu haben warst – du warst immer nur für ihn da. Sag ihm, daß mir dieser Vorfall außerordentlich leid tut. Er schläft noch, denn sonst würde ich versuchen, es ihm selbst zu sagen.«

»Du kannst es ihm später sagen.«

»Nein, dann bin ich nicht mehr hier. Ich reise heute noch ab.«

»Wohin gehst du?«

»Ich habe mich entschlossen, zum Militär zu gehen, wie John es auch getan hat«, sagte Tommy hilflos.

»Aber was ist mit deinen Ländereien? Dein Vater braucht dich«, sagte Christina. Aber dann merkte sie, daß Tommys Entschluß längst feststand.

»Mein Vater ist noch ein junger Mann. Ich habe hier nichts zu suchen. Mir geht es so, wie es dir gegangen ist, Crissy. Ich habe mein ganzes Leben hier verbracht. Es ist an der Zeit, daß ich mir die Welt ansehe.« Er küßte sie flüchtig auf die Wange, und in seinen braunen Augen stand herzliche Freundschaft. »Jemanden wie dich werde ich nie mehr finden, aber vielleicht gibt es doch noch eine andere Frau, die mir gefällt.«

»Ich hoffe es, Tommy, ich hoffe es wirklich für dich. Und ich wünsche dir alles Glück auf Erden.«

Christina blieb noch lange mitten im Zimmer stehen, nachdem Tommy gegangen war. Sie war traurig und fühlte sich so einsam, als sei ein kleines Stückchen ihres Herzens einfach abgeschnitten worden. Der Tommy, mit dem sie eben gesprochen hatte, war der alte Tommy, den sie wie einen Bruder geliebt hatte, und sie würde ihn sehr vermissen.

35

Philip erwachte mit einem bohrenden Kopfschmerz. Die Sonne, die in sein Zimmer strömte, trug auch nicht gerade zu einer Besserung bei. Er preßte sich die Hände gegen die Schläfen, damit der Schmerz nachließ, aber auch das half nichts. Dann blickte er an seinem vollständig bekleideten Körper hinunter, dem nur ein Schuh fehlte, und er stöhnte.

John hatte ihm am späten Abend mitgeteilt, Christina sei endlich wieder zu sich gekommen. Oder hatte er das alles nur geträumt? Das ließ sich herausfinden. Er stand auf. Wieder zuckte ein stechender Schmerz durch seinen Kopf, und er gelobte sich, lange Zeit keinen Whiskey mehr anzurühren. Er spritzte sich reichlich Wasser ins Gesicht und hielt sich dann an der Kommode fest, bis der Schmerz ein wenig nachließ.

Nach einer Weile war er soweit, daß er sich rasieren und umziehen konnte. Er fühlte sich fast wieder wie ein Mensch, und er beschloß, es sei ein guter Zeitpunkt, um nach Christina zu sehen.

Unangekündigt betrat er ihr Zimmer. Sie saß aufrecht im Bett und trug über einem weißen Spitzennachthemd ausgerechnet den Kaftan aus schwarzem Samt. Ihr langes Haar umrahmte ihr Gesicht mit einem goldenen Heiligenschein.

»Kannst du denn nicht anklopfen?« fragte sie barsch.

»Du würdest ja doch nur ›herein‹ sagen, und warum soll ich unser beider Zeit vergeuden?« Philip setzte sich. »Du bist also endlich wieder zu dir gekommen. Was zum Teufel soll das heißen – einfach drei Tage durchzuschlafen und meinen Sohn einer Amme anzuvertrauen?«

Christina konnte aus seinem Tonfall nicht erkennen, ob Philip sie necken wollte oder ob er es ernst meinte. Sie entschied sich für letzteres und wurde böse.

»Es tut mir leid, daß mein verspätetes Erwachen dich aus der Fassung gebracht hat, aber ich habe *meinen* Sohn heute morgen schon gesehen. Wie wärest du eigentlich mit Ammen zurechtgekommen, wenn du sie so sehr ablehnst?«

»Verdammt noch mal, Frau!« brüllte er, doch dann stöhnte er über den Klang seiner eigenen Stimme.

Christina wurde klar, was mit ihm los war, und sie fing an zu kichern.

»Was zum Teufel ist hier so verdammt komisch?« Er sah sie durch seine roten Augen finster an.

»Du«, sagte Christina, und sie unterdrückte ihr Lachen.

»Was kann bloß in dich gefahren sein, dich drei Nächte hintereinander im Alkohol zu ertränken? Ich weiß, daß du außer dir warst, weil du Philip junior fast verloren hättest, aber ist das ein Grund, dich krank zu trinken? Ihm ist nichts zugestoßen.«

»Du liegst bewußtlos im Bett, und ich weiß nicht, ob du leben oder sterben wirst – und du fragst mich, was in mich gefahren ist, mich zu betrinken?«

»Was für eine Rolle spielt es, ob ich lebe oder sterbe? Ich bin sicher, daß John dir Philip junior gegeben hätte, wenn ich nicht durchgekommen wäre. Die Vorstellung, zu bekommen, was du willst, hätte dich glücklich machen sollen. Es tut mir leid, daß ich dich enttäuscht habe.«

Philip lehnte sich auf dem Stuhl zurück und starrte Christina an. »Für diese Bemerkung sollte ich dich verdreschen. Ach, zum Teufel – vergiß es! Ich hätte nicht so früh zu dir kommen sollen. Mir hätte klar sein müssen, daß du außer dir bist, weil du weißt, daß dein Liebhaber im Gefängnis sitzt.«

»Er war nicht mein Liebhaber, verdammt noch mal!« fauchte Christina zornig. »Um es endgültig zu den Akten zu legen, Mr. Caxton, Sie sind der einzige Liebhaber, den ich je hatte.«

»Du brauchst nicht zu schreien, verdammt noch mal!« schrie er.

»So, brauche ich das nicht zu tun? Mir scheint, anders kann ich nicht zu dir durchdringen. Und überhaupt sitzt Tommy nicht mehr im Gefängnis. Er war...«

»Habe ich dich richtig verstanden?« fiel Philip ihr jetzt ins Wort, und seine grünen Augen wurden ein Spur dunkler.

»Ja, hast du«, erwiderte sie und sie tat so, als bemerke sie seinen Zorn nicht. »Tommy ist letzte Nacht freigelassen worden – auf mein Bestreben hin.«

»Um Himmels willen!« explodierte Philip. Er vergaß

sogar seine Kopfschmerzen. »Nach allem, was er dir angetan hat, läßt du ihn frei herumlaufen, als sei nichts geschehen?«

»Er wollte nicht auf mich schießen.«

»Ich weiß! Auf *mich* hat er gezielt. Bist du eigentlich auf die Idee gekommen, daß ich ihn verklagen könnte?«

»Mir wäre es lieb, wenn du es nicht tätest, Philip«, sagte Christina ruhig. »Tommy bereut, was er getan hat. Er hat mich gebeten, dir in seinem Namen seine Entschuldigung auszurichten. Er...«

»Du hast schon mit ihm gesprochen?« fiel Philip ihr ins Wort.

»Ja. Er hat mich heute morgen aufgesucht.«

»Und jetzt flehst du mich an, ihm die Freiheit zu geben.«

Philip lehnte sich auf seinem Stuhl zurück, als drücke ihn ein schweres Gewicht gegen die Lehne. »Mir scheint, du liebst ihn wirklich.«

»Tommy und ich sind zusammen aufgewachsen. Ich war sehr mit ihm befreundet, bis er sich entschlossen hat, mich zu lieben. Aber ich habe ihn nicht auf dieselbe Weise geliebt.«

»Aber ihr beide wolltet doch heiraten.«

»Am ersten Tag nach meiner Heimkehr hat er mir einen Heiratsantrag gemacht, und seit da an hat er mich täglich gebeten, ihn zu heiraten, bis ich es nicht mehr ausgehalten habe. Ich habe nein gesagt, aber er hat nicht aufgegeben. Ich bin nach Victory gegangen, weil ich Tommy nicht mehr sehen konnte, aber nach meiner Rückkehr hat er wieder von vorn angefangen. Ich habe John gebeten, Tommy aufzufordern, daß er mich in Ruhe llläßt, aber er hat sich auf Tommys Seite gestellt. Ich habe nicht damit gerechnet, dich jemals wiederzusehen, und daher habe ich aufgegeben. Ich habe mich einverstanden erklärt, Tommy zu heiraten, weil alle es so haben wollten. Wir waren Freunde, und als Freund mochte ich ihn – und mag ihn immer noch. Als er sich heute morgen von mir verabschiedet hat, war er wieder ganz der alte.«

»Verabschiedet?«

»Ja, er geht zum Militär. Ich werde ihn vermissen. Als ich unsere Verlobung gelöst habe, hat er vor Eifersucht durchgedreht, aber jetzt ist alles wieder in Ordnung. Willst du ihn immer noch verklagen?«

»Nein, wenn er fort ist, wünsche ich ihm Glück. Du siehst ihn also nur als guten Freund?«

»Ja.«

Philip lachte. Er beugte sich auf seinem Stuhl vor.

»Ich werde dir jetzt sagen, was ich dir schon vor langem hätte sagen sollen. Ich liebe dich, Tina, und ich habe dich immer geliebt. Mein Leben ist ohne dich nicht lebenswert. Ich will dich mit mir nach Hause nehmen – nach Victory. Ich verstehe, wenn du nein sagst, aber ich muß dich fragen. Und wenn du einverstanden bist, werde ich dich in keiner Weise drängen. Ich weiß, daß du mich für das Elend haßt, das ich auf dich geladen habe, aber ich kann mit deinem Haß leben, solange ich mit dir leben kann.«

Christina fing an zu weinen. Sie konnte es einfach nicht glauben.

»Du mußt mir jetzt nicht antworten, Tina.«

Sie sprang vom Bett und kniete sich vor ihn hin. Ihre Arme umschlangen seine Taille, als würde sie ihn nie mehr loslassen. Philip hob ihr Gesicht hoch und strich ihr zart über das Haar, und seine Augen waren zart und forschend.

»Heißt das, daß du mit mir kommst?«

»Philip, wie kannst du nur etwas anderes denken? Wie kannst du glauben, daß ich dich hasse? Ich liebe dich grenzenlos. Es war wohl von Anfang an so, aber ich habe es erst gemerkt, als Ali Hejaz mich dir geraubt hat. Ich wäre für alle Zeiten mit dir in Ägypten geblieben, wenn du mich nicht fortgeschickt hättest. Und als du mich fortgeschickt hast, habe ich alle Höllenqualen durchlebt, bis ich gemerkt habe, daß ich ein Kind von dir in mir trage. Philip junior war mein Grund, weiterzuleben.«

»Bitte, Tina, belüge mich jetzt nicht. Ich habe dich nicht fortgeschickt. Du hast mich verlassen.«

»Aber ich lüge doch gar nicht, Philip. Ich habe bis heute die Nachricht, die Rashid mir ausgehändigt hat, nachdem du in Yamaid Alhabbals Lager geritten bist. Ich konnte es im ersten Moment einfach nicht glauben. Aber als Rashid mir gesagt hat, daß du Nura heiraten willst, habe ich aufgegeben und bin mit ihm gegangen.«

»Ich habe keine Nachricht hinterlassen, Tina. Ich bin in Yamaids Lager geritten, um seinen Stamm zu unserer Hochzeit einzuladen. Als ich zurückgekommen bin...«

»Zu unserer Hochzeit?«

»Ja – ich hatte gerade begonnen zu glauben, daß du dir wirklich etwas aus mir machst. Ich wollte dich heiraten, um sicherzugehen, daß ich dich niemals verlieren werde. Ich hatte unsere Hochzeit als Überraschung geplant. Aber als ich zurückkam, warst du fort, und – zeig mir diese Nachricht.«

Widerwillig ließ Christina ihn los und ging zu ihrer Kommode. Aus der obersten Schublade zog sie den zerknitterten Zettel und drückte ihn Philip in die Hand.

»Rashid!« fauchte Philip, nachdem er gelesen hatte, was auf dem Zettel stand. »Ich hätte es wissen müssen! Und wenn es meine letzte Tat auf Erden ist – ich gehe zurück nach Ägypten und bringe diesen Schurken um!«

»Das verstehe ich nicht.«

»Rashid hat diese Nachricht an dich geschrieben! Mir hat er eine Nachricht hinterlassen, die mit deinem Namen unterschrieben war. Darin stand, daß du mich bittest, dir nicht zu folgen. Ich dachte, du hättest mich in dem letzten Monat reingelegt. Ich dachte, du hättest mir nur vorgespielt, glücklich zu sein, damit ich dir vertraue und dich allein lasse, damit du entkommen kannst.«

»Wie konntest du das bloß glauben, Philip? Ich war nie

in meinem ganzen Leben glücklicher als in diesem letzten Monat mit dir. Diese Art von Glück hätte ich nicht heucheln können.« Sie lächelte liebevoll und streichelte seinen Nacken. »Aber warum hätte Rashid etwas Derartiges tun sollen?«

»Er muß gehofft haben, daß ich dir nach England folge und nicht mehr zurückkehre. Rashid hat mich immer gehaßt, weil ich der Liebling unseres Vaters war und weil ich das Stammesoberhaupt geworden bin. Scheich zu sein, hat ihm mehr bedeutet als alles andere. Ich habe das verstanden und ihm in vieler Hinsicht seinen Willen gelassen. Aber er ist zu weit gegangen, um das zu erreichen, was er angestrebt hat. Er hat deine Entführung ausgeheckt und meinen Tod durch Scheich Alis Hände gewünscht. Als ich von Amines Bruder die Wahrheit erfuhr, habe ich Rashid überall gesucht, aber er war nicht auffindbar. Schließlich habe ich die Suche aufgegeben. Ich konnte nicht in diesem Land leben, in dem die Erinnerung an dich mich überall verfolgt hat, ganz gleich, wohin ich auch gesehen habe. Aber das, was Rashid getan hat, ist unverzeihlich. Er hat uns ein ganzes Jahr unserer Liebe geraubt.«

»Während gewisser Zeiten dieses Jahres wäre es reichlich schwierig gewesen, einander zu lieben«, sagte Christina lachend. »Aber das spielt jetzt keine Rolle mehr – solange wir einander jetzt und für alle Zeiten haben.« Sie unterbrach sich. »Aber was ist mit Estelle? Du hast ihr gesagt, daß du sie begehrst.«

Philip lachte. »Nur, weil ich wußte, daß du uns zuhörst, mein Liebling. Was glaubst denn du, warum ich die Tür offengelassen habe?«

Philip stand auf und zog Christina in seine Arme. Ihre Lippen fanden sich in einem leidenschaftlichen Kuß, und Christina glaubte, vor Glück ohnmächtig zu werden. Philip hielt ihr Gesicht zwischen seinen Händen und küßte ihre Augen, ihre Wangen, ihre Lippen.

»Wirst du mich heiraten, Tina? Wirst du mit mir zusammenleben und an meinem Leben teilnehmen und mich für alle Zeiten lieben?«

»O ja, mein Geliebter, für alle Zeiten. Und ich werde meine Gefühle nie mehr vor dir verbergen.«

»Und ich nicht vor dir.«

»Aber etwas wundert mich immer noch, Philip. Warum hast du mich vom ersten Moment an, als du hier erschienen bist, so kühl behandelt?«

»Weil ich, mein Liebling, hierhergekommen bin, um dich zu heiraten, und in dem Moment, als ich das Haus betrat, höre ich, wie du den Heiratsantrag eines anderen Mannes annimmst. Ich war so wütend, daß ich nicht mehr wußte, wie mir geschieht.«

»Du warst eifersüchtig?« fragte sie fröhlich, und sie fuhr mit einem Finger über seine Wange.

»Eifersüchtig! Ich war noch nie eifersüchtig!« Er ließ sie stehen und verriegelte ihre Schlafzimmertür. Dann zog er sie grob an sich. »Wenn ich dich jemals bei einem Seitenblick auf einen anderen Mann ertappe, schlage ich dich grün und blau!«

»Tust du das wirklich?« Sie sah ihn überrascht an.

»Nein«, murmelte er. In seinen Augen tanzten tückische Funken, als er den schwarzen Kaftan von ihren Schultern gleiten ließ. »Du wirst nicht lange genug aus dem Bett herauskommen, um mir Grund zur Eifersucht zu geben.«

36

Sie waren seit sechs Monaten verheiratet, seit sechs glücklichen Monaten. Christina fiel es immer noch schwer, zu glauben, daß Philip jetzt ihr gehörte. Sie wollte jede Minute an seiner Seite verbringen, ihn berühren, seine süßen Worte hören, seine Liebeserklärungen, die ihr Herz beglückten.

»Hast du die Wette vergessen, die ich dir gestern nacht vorgeschlagen habe?« fragte Philip, als sie mit einem Frühstückstablett ins Schlafzimmer kam. »Ich glaube, der Einsatz war ein Vormittag, den wir in aller Ruhe im Bett verbringen, und ich habe gewonnen.«

»Ich habe es nicht vergessen, mein Liebling, aber du hast noch geschlafen, als ich aufwachte. Ich dachte, du würdest vielleicht etwas mögen, was dich zum Mittagessen hinüberrettet.«

»Ich glaube eher, daß du dich bis zum Mittagessen hinüberretten willst. So, wie du in letzter Zeit beim Essen zugreifst, fange ich schon an zu glauben, daß du dir mehr aus dem Essen machst als aus mir«, neckte er sie. Er nahm ihr das Tablett aus der Hand und stellte es auf den schwarzen Marmortisch vor dem Sofa.

»Das ist nicht wahr, und das weißt du selbst«, sagte Christina, und sie tat so, als würde sie schmollen.

»Du hättest das Tablett jedenfalls nicht selbst nach oben tragen sollen. Die Dienstboten sollen sich ihren Lohn in Zukunft verdienen.«

»Du weißt sehr wohl, mein Herr, daß es den Dienstboten nicht gestattet ist, sich deinem Schlafzimmer zu nähern, wenn die Tür geschlossen ist. Du hast diese Anweisung selbst erteilt, am zweiten Tag unserer Flitterwochen. Ein Dienstmädchen ist hereingekommen, um das Bett frisch zu beziehen, und wir haben immer noch im Bett gelegen. Mit deinem Zorn hast du das arme Mädchen zu Tode erschreckt.«

»Und das mit gutem Grund!« sagte Philip lachend. »Aber was hat dich so lange aufgehalten? Ich bin seit fast einer Stunde auf und wollte dich gerade suchen. Wenn ich eine Wette gewinne, erwarte ich, daß mir der gesamte Einsatz zusteht, nicht nur die Hälfte.«

»Jedesmal, wenn wir in den letzten Monaten Poker gespielt haben, habe ich verloren. Anfangs dachte ich, du hättest mich absichtlich gewinnen lassen, als du mir in Ägypten das Spiel beigebracht hast.«

»Damals wolltest du nicht mit mir wetten, wenn du dich bitte erinnern würdest. Aber jetzt, da der Einsatz es wert ist zu gewinnen, ziehe ich es vor zu gewinnen. Aber vielleicht verlierst du auch gern.«

»Das würdest du wohl gern glauben – stimmt's?« neckte sie ihn, und sie lehnte sich auf dem samtbezogenen Sofa zurück.

»Stimmt es etwa nicht?« fragte er, während er sich neben sie setzte.

»Mein Liebling, du brauchst kein Kartenspiel und kein Glücksspiel, um mich dazu zu bewegen, daß ich den Vormittag mit dir im Bett verbringe – oder meinetwegen auch den ganzen Tag. Das solltest du inzwischen wissen.«

»Ich habe so viele Monate lang geglaubt, daß du mich haßt, Tina, und jetzt fällt es mir schwer zu glauben, daß unser Glück wahr ist«, sagte Philip.

Er nahm ihr Gesicht zwischen seine Hände und sah sie mit strahlender Wärme in den Augen an. »Kein Mann hat das Recht, so glücklich zu sein, wie du mich damit gemacht hast, mir deine Liebe zu schenken. Ich kann einfach nicht glauben, daß du wirklich mir gehörst.«

Christina kam in Philips Arme und schmiegte sich an ihn.

»Wir müssen die elf Monate vergessen, in denen wir voneinander getrennt waren«, flüsterte sie, »die Zweifel vergessen, die uns beide geplagt haben. Wir waren beide so dumm, damals nicht gleich von unserer Liebe zu sprechen. Aber jetzt, da ich weiß, daß du mich so sehr liebst, wie ich dich liebe, werde ich dich nie mehr verlassen.«

Sie lehnte sich zurück und sah ihn an, und plötzlich sprangen Funken in ihre Augen. »Und sollte jemals eine andere Frau dein Interesse gefangennehmen, dann sage ich dir jetzt gleich, Philip Caxton, daß ich um dich kämpfen werde! Du hast mir einmal gesagt, niemand würde dir wegnehmen, was dir gehört. Und ich sage dir: Keine Frau wird mir jemals wegnehmen, was mir gehört!«

»Was habe ich bloß für einen Hitzkopf geheiratet«, lachte er. »Warum hast du mir nicht vorher gesagt, daß du eine eifersüchtige, habgierige Ehefrau wirst?«

»Tut es dir leid, daß du mich geheiratet hast?« fragte sie.

»Die Antwort kennst du selbst. Und jetzt sag mir, was dich so lange unten festgehalten hat. Du versuchst doch nicht etwa, mein Bett zu meiden, oder, mein Liebling?«

»*Das* werde ich nie tun. Ich habe nur ein paar Minuten nach Philip junior gesehen. Er hat wieder Gehversuche gemacht, ohne sich festzuhalten. Er ist so niedlich, wenn er versucht zu laufen. Außerdem hat Emmy mir einen Brief gegeben – von Kareen.«

»Und ich nehme an, den willst du jetzt gleich lesen? Na los, lies ihn schon«, sagte er.

Sie lächelte und riß eilig den Brief auf. Nachdem sie einige Minuten lang leise gelesen hatte, fing sie an zu lachen. »So, das war aber auch an der Zeit.«

»Was ist?« fragte Philip.

»Kareen bekommt ein Baby. John muß ja so glücklich sein, und ich kann mir vorstellen, daß Johnsy ganz außer sich ist. Sie war richtig böse, als wir abgereist sind und *ihr* Baby mitgenommen haben, wie sie es nennt. Ihr einfach ihren Philip junior wegzunehmen! Sie wird froh sein, wenn ein anderes Kind im Haus ist.«

»Das sind erfreuliche Nachrichten, und ich freue mich für die beiden. Aber es wäre auch an der Zeit, daß wir unsere eigene kleine Familie ein wenig ausweiten.« Philip grinste verschmitzt. »Und eigentlich könnten wir uns gleich ans Werk machen.«

Er hob sie hoch und trug sie auf das große Bett mit den vier Bettpfosten, das von der vergangenen Nacht noch ganz zerwühlt war. Er küßte sie zärtlich, und seine Lippen bewegten sich zart und nachgiebig und ganz langsam und behutsam über ihre. Er küßte ihre Kehle, ihre Schulter und legte sie sachte auf das Bett.

In seinen flammenden grünen Augen stand helle Vorfreude. Er schlüpfte aus seinem Kaftan aus Samt und half Christina aus ihrem Kleid heraus. Sie breitete ihre Arme aus, und ihre Körper verschlangen sich ineinander. Er küßte sie wieder, diesmal mit glühender Liebe und Leidenschaft.

Plötzlich zog er sich auf einen Ellbogen und lächelte.

»Mir gefällt die Vorstellung, eine große Familie zu haben«, sagte er. »Du hast doch nichts dagegen, so schnell schon wieder ein Kind zu bekommen, oder?«

»Diese Frage hättest du mir vor einem Monat stellen sollen. Jetzt stehe ich in dieser Frage vor keiner Wahl mehr. In acht Monaten wird sich unsere Familie vergrößern«, sagte Christina mit einem breiten Grinsen.

»Aber warum hast du mir das nicht eher gesagt?« fragte er freudig.

»Ich habe auf den rechten Moment gewartet. Ich hoffe, daß es diesmal ein Mädchen wird.«

»Nein, das kommt nicht in Frage. Erst mal bekommen wir drei oder vier Jungen – dann kannst du das Mädchen haben, das du dir wünscht.«

»Aber wieso?«

»Weil unsere Tochter, wenn sie dir auch nur halbwegs ähnlich sieht, mein Liebling, allen Schutz brauchen wird, den sie nur bekommen kann.«

»Warten wir es doch ab. Ich fürchte, in der Hinsicht haben wir nicht viel zu sagen.«

»Ich nehme an, das ist der Grund, aus dem du in letzter Zeit so unbändig ißt«, sagte er. »Diesmal bin ich da und kann zusehen, wie du in deiner Mutterschaft aufblühst.«

Christina runzelte leicht die Stirn, als sie daran dachte, wie dick sie geworden war, als sie Philip junior bekommen hatte. Aber Philip lächelte.

»Das, was in dir wächst, ist unser Kind. Und in meinen

Augen wird dich das noch viel schöner machen, als du es ohnehin schon bist – falls das überhaupt geht. Ich liebe dich, Tiny.«

Dann küßte er sie, diesmal leidenschaftlich, und ihre Körper verschmolzen miteinander. Die glühenden Flammen der Liebe nahmen sie beide gefangen, und Christina wußte, daß es zwischen ihnen immer so bleiben würde. Sie wußte, daß ihre Liebe zu Philip niemals erlöschen würde.